Die dreizehnte Stunde

atb aufbau taschenbuch

Ein außergewöhnliches Projekt: Zwölf renommierte Autoren erzählen farbenprächtig von tragischen Augenblicken, die die Welt aus den Angeln gehoben haben. Es werden die undurchsichtigen Tode von Kleopatra und Varus aufgeklärt. Mathilde von Tuszien und der Jahrhundertschurke Cagliostro legen ihre Lebensbeichten ab. Für den ersten Hochkönig des vereinten Engerland und den ersten König der Dynastie York werden große Schlachten geschlagen. Blinde Zerstörungswut droht ein ganzes Kalifenreich zu zerstören, die Hugenotten bezahlen sie mit einer blutigen Niederlage. Die Visionen der Vorkämpfer Platon und Flora Tristan führen nach Sizilien und quer durch Frankreich. Persönliche und öffentliche Interessen prallen folgenschwer aufeinander in der mexikanischen Revolution und beim erbitterten Kampf gegen die Pocken. Zwölf unvergessliche Momente – zwölf Schicksale, die mitreißen und berühren.

Die dreizehnte Stunde

Herausgegeben
von Frank Stefan Becker
und Jochen Rudschies

Michael Pfrommer
Frederik Berger
Eric Walz
Charlotte Lyne
Bernhard Walter Kempff
Eve Rudschies
Iris Kammerer
Frank Stefan Becker
Guido Dieckmann
Tanja Kinkel
Kari Köster-Lösche
Gisbert Haefs

atb aufbau taschenbuch

ISBN 978-3-7466-2622-2

Aufbau Taschenbuch ist eine Marke
der Aufbau Verlag GmbH & Co. KG

1. Auflage 2010

Umschlaggestaltung Dagmar & Torsten Lemme, Berlin
unter Verwendung einer Collage von Torsten Lemme
Druck und Binden CPI – Clausen & Bosse, Leck
Printed in Germany

www.aufbau-verlag.de

INHALT

VORWORT

Historische Romane sollen unterhalten, zugleich aber auch mehr bieten: Die Vergangenheit lebendig werden lassen, neue Einblicke vermitteln und das ewig Gültige im menschlichen Leben darstellen. Historische Kurzgeschichten tun all das in einer verdichteten Form. Von der Antike (Platon) bis in die Neuzeit (Ambrose Bierce) reicht die Zeitspanne der Erzählungen in dieser Anthologie, von sehr Bekannten (Kleopatra, Varus), weniger Bekannten (Gaspard de Coligny, Cagliostro und Flora Tristan) und fast Unbekannten (König Raedwald, Peter Plett und dem letzten Kalifen von Bagdad) wird berichtet. Es gibt viel zu entdecken auf dieser Zeitreise durch die Epochen und Länder.

Dabei gehen die Autorinnen und Autoren ganz unterschiedlich vor: Tanja Kinkel lässt Überlebende der Schlacht im Teutoburger Wald zu Wort kommen; Frederik Berger träumt mit der Markgräfin Mathilde vom Gang ihrer Jugendliebe nach Canossa; Guido Dieckmann zeigt uns die Schrecken der Bartholomäusnacht aus dem Blickwinkel eines protestantischen Mädchens, während Bernhard Walter Kempff einen Jungen mit seinem Schimmel in den Rosenkrieg schickt; Eric Walz nimmt uns mit in die Gefängniszelle des größten Betrügers seiner Zeit; und Gisbert Haefs führt uns an den Rand des Phantastischen und einen Schritt darüber hinaus.

Doch welcher Sujets die Autorinnen und Autoren sich auch angenommen haben, alle zeigen sie uns die »dreizehnte

Stunde« ihrer Heldinnen und Helden: den seltenen Moment der Wahrheit, dem niemand ausweichen kann, wenn er erst einmal gekommen ist, und der eine Wegscheide markiert: einen Moment des Untergangs und des Todes, aber auch des Neuanfangs, des Fortschritts – und vielleicht der Unsterblichkeit.

München, im Mai 2010
Frank S. Becker und Jochen Rudschies

DAS BUCH DER TOTEN
Kleopatra VII. und ihr Ende

MICHAEL PFROMMER

Alexandria in Ägypten, 30 v. Chr.

Der Nachtwind frischte auf, und mit ihm verstärkte sich der Geruch von Tang und Dünung. Die See leckte mit feinen Wellen an der Kaimauer. Von der im Hafen ankernden Flotte klangen Postenrufe ans Ufer, doch die Schiffe waren für mich nichts als vage Schemen, genauso unsichtbar wie die Große Bibliothek direkt hinter mir.

Sogar das Signalfeuer des gigantischen Leuchtturms, das seit Jahrhunderten Alexandrias Hafeneinfahrt beschirmte, war seit Tagen erloschen, als hielte selbst dieses Weltwunder den Atem an, so wie die ganze Metropole. Meine Vaterstadt lag in tiefer Finsternis, es herrschte beinahe Totenstille. Die Alexandriner duckten sich angstvoll in ihren Häusern, paralysiert von der bangen Frage, ob die siegreichen Römer nicht doch noch brandschatzen und plündern würden.

Als ich mich auf die Kaimauer setzte, glaubte ich die Angst beinahe körperlich zu spüren, obwohl ich doch eigentlich zu den Siegern zählte. Zwar war ich gebürtiger Alexandriner, aber zugleich auch der Lehrer und einstige Erzieher Octavians, dessen Legionen den Weltmachtsträumen einer Kleopatra vor wenigen Tagen ein gewaltsames Ende bereitet hatten.

Der kaum 33-jährige Sieger hatte darauf bestanden, dass ich beim Einmarsch seiner Truppen neben ihm ritte. Während wir inmitten seiner Legionäre durch die Straßen paradierten, erkundigte er sich entspannt nach mancherlei Sehenswürdigkeiten, und selbst ich zermarterte mir den Kopf, was er damit bezwecken könnte. Wenig später verkündete er der vor Angst gelähmten Bürgerschaft, er werde ihre Stadt aus drei Gründen verschonen. Zum Ersten in Erinnerung an Alexander den Großen, der die Stadt vor drei Jahrhunderten gegründet habe. Zum Zweiten, weil er die Schönheit der Metropole bewundere, und zum Dritten aus Respekt vor mir, seinem langjährigen Lehrer und Freund Areios.

Noch nach Tagen wusste ich nicht, was ich davon halten sollte. Im Grunde hielt ich noch jetzt den Atem an und fragte mich, was diesen geborenen Politiker wohl daran gehindert haben mochte, das legendäre Alexandria seiner Soldateska zum Fraß vorzuwerfen. Ich wusste nur allzu gut, dass mein einstiger Schüler keine Skrupel kannte, wenn es darum ging, seine Feinde auszuschalten, und die besiegte Nilmetropole war die Hauptstadt Kleopatras, die Octavian selbst zur größten Feindin Roms erklärt hatte. Sein generöses Verhalten war nicht nur unverständlich, sondern geradezu unheimlich, schließlich überließ er nichts, aber auch gar nichts dem Zufall. Ich hatte nie einen kälter kalkulierenden Mann erlebt.

Mitternacht war längst vorüber, und ich grübelte immer noch, sogar hier vor der Ruine der einst weltgrößten Bibliothek. Selbst nach Jahren der Abwesenheit spielte mir meine Phantasie immer noch Streiche, und so hatte ich auch jetzt den Geruch jenes Feuersturms in der Nase, dem die Bibliothek vor Jahren zum Opfer gefallen war. Seit meiner Rückkehr zog es mich nun Nacht für Nacht an diesen Ort, an dem mein Großvater ein grausig-loderndes Ende gefunden hatte, als er versuchte, in letzter Sekunde kostbare Schriftrollen zu retten. Philosophie und Bildung waren ihm zum Schicksal geworden.

Für einen Philosophen war das fraglos ein würdiges Ende und die zusammenstürzende Bibliothek ein gewaltiges Grab, doch angesichts des Ausmaßes der Katastrophe hatte man seinerzeit nicht einmal seine Überreste bergen können. Noch immer fiel es mir schwer, mich damit abzufinden, dass das Grab des alten Herrn einzig in dem imposanten Mahnmal bestand.

»Areios?« Eine raue Soldatenstimme riss mich abrupt aus meiner Grübelei. »Areios? Wo bist du? Epaphroditos verlangt nach dir.«

Der Mann schwenkte eine Fackel, sonst hätte ich ihn in der Dunkelheit niemals entdeckt. »Worum geht es?«, fragte ich, als ich ihn erreichte.

»Komm schnell zum Grab Kleopatras, es ist dringend.« Im nächsten Moment eilte er auch schon voran und zwang mich buchstäblich in sein Kielwasser. Epaphroditos war ein früherer Sklave Octavians und nach seiner Freilassung heute einer seiner engsten Berater. Auch wenn wir uns nicht mochten, so war der Mann bei weitem zu einflussreich, als dass ich die Aufforderung hätte ignorieren können. Mich beschlich ein ungutes Gefühl, als ich hinter dem Legionär herhastete, in der mondlosen Nacht kein leichtes Unterfangen. Erst jetzt dämmerte mir, dass man wahrscheinlich eine ganze Reihe von Boten losgeschickt hatte, um mich in der nächtlichen Metropole aufzuspüren. Der Anlass musste also mehr als dringlich sein. Zumindest ahnte ich, dass mein junger Fackelträger ein solches Tempo nur deshalb anschlug, um meinen Fragen zuvorzukommen.

Ich wusste, dass Kleopatra nach der Kapitulation ihrer Truppen von Octavian die Erlaubnis erhalten hatte, in ihrem Mausoleum der Asche ihres geliebten Antonius ein Totenopfer darzubringen. Und auch wenn die einst mächtigste Frau der Welt jetzt nur noch eine Gefangene war, so war die Königin für Octavian nach wie vor eine Schlüsselfigur. Dennoch konnte ich mir beim besten Willen nicht vorstellen, weshalb man mich nun plötzlich zu Hilfe rief, und so verstärkte sich meine Beklemmung mit jedem Schritt. Letztlich sollte ich wahrscheinlich nur irgendwelche Wogen glätten.

Im Grunde vermittelte ich seit Tagen zwischen den arroganten Römern, den verwirrten Ägyptern und den panischen Alexandrinern. Ziemlich zynisch, dass ausgerechnet ein Mann wie ich in meiner alten Heimat plötzlich wieder so hoch im Kurs stand, obwohl ich doch seit Jahren als Persona non grata gehandelt worden war. Schließlich hatte ich nie ein Hehl daraus gemacht, dass ich Kleopatra verabscheute, so wie insgeheim viele meiner alexandrinischen Landsleute.

Die Trümmer der Großen Bibliothek lagen mittlerweile weit hinter uns, und dann schälte sich am Ufer das Grab im Schein zahlreicher Fackeln aus der Dunkelheit.

Die Königin hatte das Bauwerk erst in den letzten Monaten vor unserem Einmarsch aufmauern lassen. Ganz im Gegensatz zu ihrer Vorliebe für Prunk und Pomp war das Gebäude nicht sonderlich groß, kaum vierzig Ellen lang und zwanzig Ellen breit.

Eine vergitterte Fensterreihe öffnete sich im ersten Stock über einem trutzigen Erdgeschoss, dessen fensterlose Mauern sich nur für die mächtige Pforte öffneten, während das hohe Giebeldach mit dem Nachthimmel verschmolz, als wüchse es direkt in die Sterne hinein.

Mit dem rohen Mauerwerk glich die Grabstätte schon beinahe einer Festung, und die verzweifelte Königin hatte sie bei unserer Invasion auch tatsächlich als Zuflucht genutzt und sich hier zusammen mit zwei Hofdamen, ihrem Staatsschatz und Unmengen von Teer und Werg verschanzt. Ein wahrhaft symbolisches Refugium, zumal sie gedroht hatte, den Schatz samt Gebäude anzustecken, um in den Flammen zu sterben, falls Octavian nicht auf Verhandlungen eingehen würde. Doch am Ende waren die drei Frauen und der Schatz den Siegern lebend und unversehrt in die Hände gefallen.

Unser Einmarsch hatte die Bauarbeiten unterbrochen, die Außenwände waren wie das Innere weitgehend schmucklos geblieben. Noch jetzt lagerte überall Baumaterial, das wohl nie mehr Verwendung finden würde. Beinahe sinnbildlich für das gescheiterte Lebenswerk und die politischen Phantasien der Bauherrin. Grenzen hatte eine Kleopatra nie akzeptiert.

Eigentlich unglaublich, aber sie hatte tatsächlich um die Weltherrschaft gespielt, der einsame Kampf einer einsamen Frau, bei dem ihr zwei Männer zum Sieg hatten verhelfen sollen. Erst der göttliche Iulius Caesar und nach seiner Ermordung sein vormaliger Reitergeneral Mark Anton. Und beide Männer waren von ihr geradezu besessen gewesen. Caesar wollte sich sogar zum König krönen lassen, um seiner königlichen Freundin ebenbürtig zu sein, und zahlte für diese Hybris im republikanischen Rom mit seinem Leben. Er wurde von seinen besten Freunden ermordet. Ob Kleopatra einen der beiden wirklich geliebt hatte? Den alternden Caesar vielleicht weniger als den Frauenhelden Antonius, aber wer konnte schon in die Seele einer Frau blicken?

Doch Liebe hin oder her, wie so viele aus der Familie der Ptolemäer hatte auch Kleopatra davon geträumt, das Weltreich Alexanders des Großen aufs Neue zu errichten. Und so hatte sie ihre Kinder, die sie Caesar und Mark Anton geboren hatte, zu Königen Asiens gekrönt. Warum klein anfangen, wenn man die Welt besitzen kann?

Um das Römerreich zu kontrollieren, hatte sie schließlich Mark Anton in einen Bürgerkrieg gegen Octavian und weite

Teile der römischen Oberschicht getrieben, und Octavian war pikanterweise der Adoptivsohn Caesars. Erst die Seeschlacht von Actium brachte im letzten Jahr die entscheidende Wende, bis Mark Anton in aussichtsloser Lage Selbstmord beging und damit Kleopatras letzte Machtoption brach. Sie hatte fürwahr ein königliches Spiel gespielt und zweimal knapp verloren, knapp, aber endgültig.

Was als größenwahnsinniges Ringen um die Weltherrschaft seinen Anfang nahm, endete als Kampf dreier Frauen gegen den Rest der Welt und gegen die Legionen Roms. Am Ende regte sich selbst in Kleopatras eigener Hauptstadt keine Hand zu ihrer Verteidigung. Eine Königin ohne Volk, eine wahrhaft tragische Einzelkämpferin. Weltgeschichte konnte episch sein, vor allem wenn sie von Römern geschrieben wurde.

Als wir das Grabmal erreichten, fanden wir das Areal von Legionären abgeriegelt. Mein Begleiter musste mehrfach Parole geben, um die Wachen zu passieren. Die Legionäre wirkten hochgradig nervös, ich fing betretene Blicke allerorten. Nein, hier ging es nicht um irgendeinen lästigen Zwischenfall, hier ging es um eine Katastrophe.

Der Gedanke war kaum vollendet, als mir Epaphroditos auch schon entgegenstürzte. »Die Frauen sind tot, alle drei!« Seine Stimme versagte vor Aufregung.

»Kleopatra ist tot?«, versicherte ich mich und wusste im ersten Augenblick nicht, ob ich schockiert oder erleichtert reagieren sollte.

»So wie ihre Dienerinnen.« Epaphroditos gestikulierte wild zu dem Bauwerk hinüber. »Sie liegen neben ihrer Herrin, und dabei wollten die drei angeblich nur ein Totenopfer ausrichten. Schöne Ausrede für einen Freitod. Wie ich hörte, warteten die zur Bewachung abgestellten Legionäre stundenlang vor der verschlossenen Pforte, weil sie Weisung hatten, die

Frauen nicht zu stören. Schließlich drangen die Soldaten ein. Kleopatras Hofdame Charmion ordnete gerade sterbend das Haar ihrer toten Herrin. Ein Zenturio schrie Charmion noch an, ob sie diesen Selbstmord richtig fände ...« Wieder hielt er atemlos inne.

»Und?«, drängte ich.

»Sie erwiderte, es sei richtig und würdig für eine Königin, die von so vielen Herrschern abstamme. Die verdammte Hure brachte den Satz gerade noch zu Ende, dann sank sie leblos zu Boden, direkt neben ihrer Herrin.«

Hatte ich es doch geahnt. Die drei Frauen hatten ihren eigenen Ausweg gefunden, und wir Lebenden mussten uns nun arrangieren. »Und wie ist es geschehen? Ich meine, wie konnten sich drei hilflose Frauen unter den Augen ihrer Wächter umbringen? Haben sie sich vergiftet?«

Epaphroditos hob wütend die Hände. »Es wurde alles kontrolliert, was sie in den Grabbau schafften, alle Speisen und Getränke, das schwöre ich bei den Göttern Roms! Ich habe verdammt noch mal keine Ahnung, wie sie das Gift hineingeschmuggelt haben. Was runzelst du die Stirn? Ich weiß selbst, wie übel sich die Sache anhört.«

Übel war eine Untertreibung. Wenn die Nachricht von diesem Desaster in Alexandria die Runde machte, würde so gut wie jeder vermuten, dass sich das übermächtige Rom seiner schlimmsten Feindin einfach entledigt hatte. Schließlich war Kleopatra in den Augen ihrer Gegner nach dem legendären Hannibal die ärgste Feindin, die dem Römerreich je erwachsen war.

Das wäre nicht gerade der beste Start für die goldene Friedensepoche, die nach dem Willen Octavians heraufdämmern sollte. Aber die volltönende Ideologie von einem neuen Weltzeitalter war jetzt meine geringste Sorge.

Das Ende des römischen Bürgerkriegs hatte sich bisher zum Glück nicht in einem verheerenden Straßenkampf zwischen den Legionen und Kleopatras Anhängern entladen. Seit dem römischen Einmarsch befanden sich die Alexandriner in Schockstarre, aber wie lange noch? Zwei Jahrzehnte vorher hatten sie Iulius Caesar hier in der Metropole einen neunmonatigen Kampf auf Leben und Tod geliefert, und der große Caesar hatte diese Belagerung wie durch ein Wunder überlebt, zusammen mit der damals blutjungen Kleopatra. Keine Frage, dass Octavian jetzt die Geschichte des Alexandrinischen Krieges durch den Kopf schoss.

Doch das war bei weitem noch nicht das ganze Problem, denn Alexandria war nicht Ägypten. Die Metropole bildete einen multikulturellen Mikrokosmos, griechisch geprägt und zu beinahe zwei Fünfteln von Juden bewohnt. Die Ägypter, die eigentlichen Herren des Nillandes, spielten hier oftmals eine untergeordnete Rolle, es war die Bevölkerung, die sich so schwer kalkulieren ließ. Zwar war die Königin hier in ihrer Hauptstadt weidlich verhasst gewesen, aber im restlichen Ägypten war das anders, und die Römer verabscheute man hier wie dort.

Wie sich Kleopatras gewaltsames Ende auswirken würde, stand also in den Sternen. Wenn sich die Alexandriner in Gefahr wähnten, etwa angesichts einer drohenden Plünderung, dann versank hier möglicherweise alles im Chaos, dann würde hier mit Kleopatra nicht nur die Dynastie der Ptolemäer ihr Ende finden, dann würde von meiner Heimatstadt wahrscheinlich kein Stein auf dem anderen bleiben. Bei dem Gedanken, dass alles wieder so schlimm kommen würde wie in den Tagen des Alexandrinischen Krieges, wurde mir speiübel.

Die siegreichen Römer waren so verhasst, dass wahrscheinlich niemand an Kleopatras Selbstmord glauben würde. Ich konnte sie schon hören, die unvermeidlichen Verschwörungstheorien, und nicht eine einzige würde Octavian in ein vorteilhaftes Licht rücken, darauf hätte ich jeden Eid geleistet. Andererseits, mein Freund Octavian herrschte nun unangefochten über das Römerreich von Spanien bis Syrien. Was wollte ich eigentlich mehr?

Doch selbst bei mir meldeten sich nagende Zweifel. Sollte Octavian am Ende nicht doch seine Hand im Spiel gehabt haben? Der Verdacht blitzte wie selbstverständlich durch mein Bewusstsein und ließ sich nicht mehr bannen, beinahe wie ein Dämon, dem man versehentlich einen Weg in die Freiheit ebnet. Schließlich war der Tod der Königin das Beste, was Octavian zustoßen konnte.

Der Freitod schien mir sogar für Kleopatra selbst die glücklichste aller Lösungen, denn eigentlich hätte Octavian die Besiegte im Triumphzug durch Rom schleifen müssen, um sie hinterher nach römischer Tradition zu liquidieren. Doch eine Exekution hätte heikel werden können. Denn auch wenn Octavian einen überaus erfolgreichen Propagandakrieg gegen Kleopatra und Mark Anton angezettelt hatte, so konnte die Königin selbst in der römischen Oberschicht immer noch auf Hunderte von Anhängern zählen. Ich musste mich nur daran erinnern, dass beim Ausbruch des Bürgerkrieges ein Drittel des römischen Senats Italien verlassen hatte, um für Antonius und Kleopatra Partei zu ergreifen. Eine lebende Kleopatra wäre für Octavian eine latente Gefahrenquelle gewesen.

Schon sein göttlicher Adoptivvater Caesar hatte höchst unheilvolle Erfahrungen gemacht, als er seinerzeit Kleopatras jüngere Schwester Arsinoe im Triumphzug durch Rom schleppte. Kleopatra und Arsinoe waren eigentlich wie Feuer und Wasser und hassten sich nach Kräften. Schließlich war Kleopatra in Caesars Bett gelandet, während ihre Schwester die Alexandriner zum Kampf gegen Caesar aufgestachelt hatte. Nach dem Triumphzug hätte man Arsinoe nach römischer Tradition exekutieren müssen, doch verhielt sich die junge Frau derart königlich, dass die römischen Massen ihre Freilassung forderten. Für den göttlichen Iulius, der seiner Kleopatra völlig verfallen war, eine höchst peinliche Situation. Arsinoe wurde notgedrungen begnadigt und ins Exil geschickt, wo sie erst Jahre später auf Betreiben ihrer Schwester umgebracht wurde.

Die Erinnerungen zogen vorüber wie Bilder aus einer anderen Welt. Nicht auszudenken, wenn Kleopatra genauso erfolgreich agiert hätte.

All dies schoss mir wie ein wirres Kaleidoskop durch den Sinn, und ich hatte Mühe, mich auf Epaphroditos zu konzentrieren. Ich realisierte erst jetzt, dass er anscheinend die ganze Zeit auf mich eingeredet hatte.

»Wie konnte das im Angesicht all dieser Legionäre geschehen?«, unterbrach ich ihn. Zum Glück war ihm meine Geistesabwesenheit völlig entgangen, denn er stürzte sich umgehend in die nächste Erklärung.

»Keine Ahnung, aber ich werde alle Beteiligten streng verhören. Zunächst lasse ich die Umgebung abriegeln, wir brauchen keine Zeugen ...«

Hypernervös war noch die harmloseste Umschreibung seines Zustands. Kein Wunder, schließlich wusste er so gut wie ich, dass Octavian umgehend nach einem Sündenbock Ausschau halten würde, und auch in dieser Hinsicht war ich beileibe nicht aus dem Schneider.

»Sag endlich was!«, fuhr er mich an. »Rede! Schließlich hast du dich persönlich dafür eingesetzt, dass Kleopatra dieses Totenopfer vornehmen durfte. Da kannst du dich nicht so einfach herausreden.«

Sieh an, sieh an, mein guter Epaphroditos war bereits auf der Suche nach einem Schuldigen. Beinahe hätte ich zynisch aufgelacht, aber im Grunde war mir gar nicht nach Lachen zumute. Höchste Zeit, die Stimmung zu deeskalieren. »Hat außer den Legionären noch jemand das Grab betreten?« Ich fragte so sachlich wie möglich und ohne auf seine Anschuldigung einzugehen.

»Was weiß ich?«, knurrte er. »Ich war nicht vor Ort. Auch die Wachtruppe wurde vor Stunden gewechselt. Die Legionäre wissen nur, dass vor ihrem Dienstantritt ein Bote mit einem Korb voller Feigen für die Königin kam, angeblich ein Freund Kleopatras. Der verantwortliche Zenturio schwört, dass die Feigen in Ordnung gewesen seien. Der Unbekannte kostete die Früchte vor den Augen der Soldaten, und auch die Legionäre aßen davon. Sie waren nicht vergiftet …«

»Und die Legionäre ließen einen Fremden zu den Frauen?«, unterbrach ich entgeistert.

Epaphroditos verdrehte die Augen. »Wir werden das klären, ich … Moment mal, was war das?« Er zuckte herum wie ein Raubtier.

Nun bemerkte auch ich den Schatten, der gerade hinter einem Quaderstapel hervorhuschte. Epaphroditos' Schrei alarmierte auch den saumseligsten Legionär, und im nächsten Moment stürzte eine wahre Meute hinter dem Flüchtigen drein. Er besaß nicht die geringste Chance. Ein kreischendes Aufbrüllen, dann wurde er auch schon niedergeworfen. Wie war es dem Mann gelungen, sich unbemerkt durch den Kreis der Wachen zu schleichen? Und vor allem, weshalb war er hier?

Zeit zum Nachdenken blieb mir nicht, denn die Soldaten schleppten ihre hilflose Beute wie eine Puppe ins Fackellicht. Ein kahlköpfiger Ägypter mittleren Alters in einem recht noblen Gewand, das von den rohen Fäusten stark in Mitleidenschaft gezogen worden war.

»Wie heißt du?«, brüllte Epaphroditos.

»Thanefer, Sohn des Hor«, keuchte der Unglückliche und straffte sich, als müsse sein Name irgendein Echo auslösen, doch selbst mir sagte der Name absolut nichts und Epaphroditos schon gar nicht.

»Ein neugieriger Ägypter«, knurrte Epaphroditos angewidert. »Pech gehabt, mein Bester, hier ist niemand erwünscht.« Dabei machte er die Geste des Halsabschneidens. Der Wink war unmissverständlich, und der erste Legionär griff nach seinem Schwert.

Thanefer schien erst jetzt seine Lage so wirklich zu begreifen. »Die Synode«, ächzte er. »Ich muss ihr berichten …«

Er kam nicht weiter, schnürte ihm doch die Lederschlinge eines Soldaten die Kehle zu, so dass er kaum noch röcheln konnte. Allein der Anblick schickte mir einen Schauder durch die Glieder. Ich hasste so etwas, ich hatte genug davon, hatte in den letzten Jahren einfach zu viel gesehen. Angewidert hob ich die Hand, doch beachtete mich niemand.

»Wen interessiert deine Synode?«, höhnte Epaphroditos und brach erst ab, als ich warnend nach seinem Arm fasste.

»Welche Synode?« Meinte er eine Priesterversammlung? In der Tat konnte der Ägypter mit seinem kahlrasierten Schädel gut als Priester durchgehen. »Lasst den Mann los! Ich will mit ihm reden.« In mir keimte ein vager Verdacht, doch dann überlief es mich siedend heiß. Wieso intervenierte ich für einen Unbekannten? Mein Vorpreschen mochte mich Kopf und Kragen kosten. Doch jetzt gab es kein Zurück mehr. Zum Glück hatte mich Octavian so mit Aufmerksamkeiten überhäuft, dass ich sogar einfachen Legionären ein Begriff war.

Mein Prominentenstatus rettete jetzt das Leben dieses Ägypters, wenn auch vielleicht nur für wenige Augenblicke.

Der Legionär blickte dennoch erst auf Epaphroditos, und als dieser widerwillig nickte, lockerte er endlich seine Schlinge. Danach brachte der Gefangene immer noch kaum einen Laut heraus. »Mich … mich sendet die Synode von Theben«, krächzte er schließlich.

Hatte ich es doch geahnt!

Die Römer musterten uns misstrauisch, als ich den Ägypter zur Seite zog. Er war zwar totenbleich, aber er bemühte sich merklich um Haltung. Offenbar kannte er mich nicht, und ich wusste im ersten Augenblick nicht, ob ich beleidigt sein sollte oder nicht. Eine für einen Philosophen völlig absurde Eitelkeit, die ich leider bei mir nicht zum ersten Mal diagnostizierte. Im Grunde eine amüsante Selbsterkenntnis, wenn auch nicht gerade schmeichelhaft. »Ich bin Areios aus Alexandria«, stellte ich mich vor. »Du findest besser deine Sprache wieder, sonst kannst du dir gleich die Kehle durchschneiden lassen.«

Seine Augen weiteten sich, als ich meinen Namen nannte, doch dann riss er sich gewaltsam zusammen, auch wenn er wieder und wieder zu dem Grabbau hinüberschielte. Weshalb interessierte er sich, ungeachtet seiner bedrohlichen Lage, immer noch für dieses Gemäuer? Er wirkte so fahrig, als brenne ihm die Zeit auf den Nägeln. Wäre ich nicht selbst so aufgewühlt gewesen, sein Verhalten hätte unbedingt meinen Verdacht geweckt, doch jetzt war ich mit meinen Gedanken ganz woanders.

»Areios, der alexandrinische Freund Octavians?«, versicherte er sich ungläubig.

Sein Kehlkopf zuckte, und ich hustete trocken. »Da Octavian mittlerweile zum mächtigsten Mann des Erdkreises aufgestiegen ist, scheint es mir wichtiger, dass er mein Freund ist und nicht etwa umgekehrt.«

Mein Sarkasmus perlte an ihm ab, ja er musterte mich aus schmalen Augen. »Und damit du seiner Freundschaft auch sicher bist, hast du deine ägyptische Heimat den Römern ausgeliefert!«

Nicht schlecht! Der Mann hatte wirklich Nerven, in seiner Lage solch eine Anklage zu wagen. Ich klopfte ihm anerkennend auf die Schulter. »Wirklich unglaublich, dass ich das noch erleben darf. Ein Ägypter akzeptiert einen griechischen Alexandriner als Landsmann. Dabei betont ihr Ägypter doch ständig, dass Alexandria gar nicht in Ägypten, sondern nur in der Nähe von Ägypten liege und dass man von Ägypten aus nach Alexandria reisen müsse wie in ein fremdes Land. Also sag mir nicht, dass wir Griechen nun plötzlich für Ägypten verantwortlich seien.«

Er ignorierte meinen Hohn. »Wenn du tatsächlich Areios bist, habe ich eine Nachricht für Octavian.« Dabei trat er so dicht an mich heran, dass er sogar meinen Mantel fassen konnte. Ein goldener Fingerring blitzte im Fackellicht. Es war verblüffend, wie gefasst der Mann agierte. »Mich sendet die Synode von Theben mit einer Botschaft für Kleopatra. Heute wollte mir die Königin ihre Entscheidung mitteilen.«

»Welche Entscheidung?«, fragte ich ahnungsvoll.

»Die vereinigte Priesterschaft hat sich entschlossen, Kleopatra die Hilfe Ägyptens anzutragen. Ganz Oberägypten wird sich erheben, um gegen die Römer ins Feld zu ziehen, falls die Königin unser Angebot akzeptiert.«

Ich wäre ihm beinahe an die Kehle gesprungen. Das erklärte allerdings, warum er sich hergewagt hatte, und ich verbarg mit Mühe meine Bestürzung. »Kleopatra hat sich gerade das Leben genommen. Vielleicht ist das ihre Antwort?«

Er maß mich mit einem so mörderischen Blick, dass ich um ein Haar einen Schritt zurückgewichen wäre. »Und wer sagt mir, dass sie nicht ermordet wurde?«, fauchte er mit unterdrücktem Grimm. »Lass mich zu ihr, ich muss mich persönlich überzeugen! Ich will herausfinden, was wirklich geschehen ist. Ich traue nur meinen eigenen Augen. Mir reicht weder das Wort eines Römers noch ein Zeugnis von dir, der du deine Heimat seit Jahren hintergehst.«

Ich wusste genau, was ihm jetzt durch den Sinn schoss. Ich kannte ihn nur zu gut, diesen Schimmer von Verachtung in den Augen meiner Landsleute. »Dir ist doch klar«, hielt ich dagegen, »dass ein Aufstand Hunderttausende das Leben kosten würde?«

»Ein Tod für Ägypten ist stets eine Ehre!« Seine Stimme schwankte kein Jota.

Ich seufzte möglichst hörbar. »Und was ist mit den Opfern eurer großartigen Revolte? Doch zum Glück ist dieses Massaker ganz einfach zu verhindern. Ich lasse dir die Kehle durchschneiden. Dann wartet die Synode vergeblich, und niemand wird sich erheben.«

Für einen Moment fixierten wir uns finster, und ich hörte nichts als das Knistern der Fackeln. Daraufhin trat er so dicht an mich heran, dass ich seinen Atem spürte. »Nur zu, Römerfreund, lass mich ermorden. Aber die Folgen verantwortest du ganz allein. Denn kehre ich nicht zurück, sind wir im Krieg. So wurde es abgesprochen, und so wird es ausgeführt. Wenn Alexandria in Flammen steht, dann sage nicht, ich hätte dich nicht gewarnt. Ihr Alexandriner mögt eure Königin gehasst haben, aber wir Ägypter empfinden anders.«

Kein Wunder, schließlich kannte ich alle jene Gerüchte, die Kleopatra zum illegitimen Spross einer ägyptischen Mätresse erkoren. »Die Ptolemäer betrachteten Ägypten stets als unterworfenes Land. Ihr würdet für eine tote Königin ins Feld ziehen, deren Familie nicht einmal Ägyptisch sprach?«

»Kleopatra sprach fließend Ägyptisch!«, protestierte er.

»Aber sie war die erste Ptolemäerin, die je die Landessprache lernte.«

Er winkte unwirsch ab. »Es geht nicht nur um eine tote Königin. Die Dynastie darf nicht enden, Ägypten braucht einen Pharao. Nur so wird unsere Welt Bestand haben.«

»Dann glaubst du tatsächlich, das Schicksal Ägyptens hinge davon ab, ob ein Pharao in den Tempeln seine Opfer vollzieht?«, forschte ich ungläubig.

Er bewegte sich unbehaglich. »Es genügt, dass meine Landsleute so empfinden.«

»Du und deine Priesterkollegen lassen sie das glauben«, korrigierte ich trocken, auch wenn mir immer mulmiger wurde. Falls sich Ägypten tatsächlich erhob, dann bestand zwar kein Zweifel am Sieg der Römer, sie siegten immer, aber der Nil würde sich blutrot verfärben, und ich konnte mir unschwer ausrechnen, auf wen sich der Hass konzentrierte, sobald den Ägyptern erst einmal klar wurde, dass sie den Legionen nicht gewachsen waren. Dann würde man sich auf die Griechen stürzen, deren Familien zum Teil seit den Tagen Alexanders im Nilland lebten. Bis zum Tode Kleopatras konnten wir Griechen uns sicher sein, dass wir der herrschenden Kultur angehörten. Doch jetzt waren Kleopatra und ihre Ptolemäer nur noch Geschichte, jetzt konnten wir Griechen über Nacht zum Freiwild werden. Selbst wenn die Römer die Hauptstadt kontrollierten, die Griechen im Hinterland waren weitgehend schutzlos. Und den Alexandrinern hier in der Stadt würde es auch nicht besser ergehen, denn die Legionäre würden keinen Unterschied machen zwischen griechischen Alexandrinern und aufständischen Ägyptern. Zudem war

Alexandria reich, in der Metropole gab es für Soldaten eine Menge zu holen, und auch ein Octavian würde seine Soldateska im Falle eines Aufstands nicht zurückhalten. Schließlich kannte ich meinen Schüler – wenn er sein Ziel nicht gewaltlos erreichen konnte, dann ging er über Leichen und ...

»Bist du fertig?«, brüllte Epaphroditos. »Ich kann mich nicht die ganze Nacht mit diesem Kerl aufhalten.«

Ich atmete tief durch. »Ist auch nicht nötig, ich muss mit ihm ins Grab. Allein.«

»Bist du von Sinnen?«, staunte er. »Niemand betritt diese Ruine, du nicht und dieser Mensch schon gar nicht. Ich ...«

Ich zog ihn mit Nachdruck zur Seite. Er lauschte mit großen Augen und steigendem Unwillen. »Und du glaubst an diese Synode?«

Ich zuckte vielsagend die Achseln.

Er nagte an seiner Unterlippe. »Nun gut«, murmelte er abrupt. »Und ehe ich es vergesse, da drin wird nichts verändert und nichts hinaus- oder hineingebracht. Außerdem geschieht alles auf deine Verantwortung.«

»Natürlich.« Auch wenn ich versuchte, Zuversicht in meine Stimme zu legen, ich machte mir nichts vor. Octavian wurde den ganzen Tag von Günstlingen umschwärmt. Die meisten hassten mich allein schon ob unserer Freundschaft, die letztlich darauf beruhte, dass ich nie irgendetwas Außergewöhnliches erbeten hatte. Doch falls diese Angelegenheit hier schiefging, würde ich meine Position verlieren und für Epaphroditos einen perfekten Sündenbock abgeben. Er ließ mich nicht in das Grabmal, weil er von der Dringlichkeit überzeugt war. Dieser mit allen Wassern gewaschene Höfling gewährte mir Zutritt, weil er auf meinen Fehltritt hoffte.

Als ich Thanefer näher winkte und durch die eingeschlagene Pforte in das Grabmal trat, hatte ich das widerliche

Gefühl, als spränge ich freiwillig in das Maul eines Raubtiers. Die zerborstenen Türflügel klafften uns entgegen wie die Fänge eines Drachen, der nur darauf wartete, seinen Rachen über uns zu schließen. Dem Ägypter erging es nicht besser, zumindest zog er den Kopf zwischen die Schultern. Ich hatte diesen Ort bisher ganz instinktiv gemieden, und jetzt wusste ich auch, wieso.

Noch ein Schritt, dann standen wir in einem schmucklosen Vorraum, der einem Rohbau glich. Zwei einsame Fackeln in bronzener Halterung warfen loderndes Licht auf flüchtig gekalkte Wände, die gerade ihren ersten Putz empfangen hatten, als Kleopatra das Grab in eine Festung verwandelte. Der schmale Raum hinter der Türe kam mir plötzlich vor wie der Eingang zum Hades.

Dabei hatte sich hinter diesen kargen Mauern Weltgeschichte vollzogen. Die Eingangspforte war ursprünglich so konstruiert worden, dass man die schwere Türe nicht mehr öffnen konnte, sobald sie einmal verriegelt war. Hinter diesem hermetisch verschlossenen Eingang hatte die verzweifelte Königin verhandelt, während die Römer unbemerkt an der rückwärtigen Front durch eines der Fenster im Obergeschoss geklettert waren. Dann waren die Eindringlinge die beiden Treppenhäuser nach unten gestürmt, die sich neben der Türe zum Hauptraum zur Linken wie zur Rechten öffneten.

Als sich Kleopatra umringt sah, richtete sie einen Dolch gegen sich selbst, doch man überwältigte sie und ihre Gefährtinnen und zerrte die drei Frauen nach draußen zurück in eine Welt, die sie schon verlassen zu haben glaubten.

Und als offenbarte sich hinter diesen Mauern tatsächlich eine andere Welt, begrüßte mich das Gebäude mit einer seltsamen Aura. Ein verwirrender Duft von Zimt, Mörtel und frischem Mauerwerk.

Mein Großvater hatte mir einst von einem König berichtet, dessen Reich über seinem Kopf zusammenbrach und der sich mit seinen letzten Getreuen in einen Turm flüchtete. »Werft eure Speere rings um den Turm«, hatte der besiegte König gefordert, »denn so weit unsre Lanzen fliegen, so weit reicht jetzt mein Königreich.«

Als sich Kleopatra hier verbarrikadierte, hatte sie nicht einmal eine Lanze, und nun war der Bau endgültig zu ihrem Grab geworden, ein Mahnmal für eine Dynastie, die vor dreihundert Jahren an der Seite Alexanders ihren Anfang genommen hatte. Damals hatte die griechische Kultur mit Alexanders Armee das ferne Indien, die Steppen Innerasiens und Ägypten durchdrungen. Wir hatten den Orient unterworfen, und der große Alexander hatte hier an der ägyptischen Küste seine berühmteste Stadt gegründet.

Und heute?

Heute duckten wir uns vor römischen Schwertern wie weiland der Orient vor Alexander. Am Ende hatte es nur eine einsame Königin gewagt, sich dieser römischen Flut in den Weg zu werfen. Und als sie sich besiegt in ihrem Grab verschanzte, da versteckten sich ihre griechischen Untertanen in ihren Häusern oder gefielen sich darin, in den Reihen der Sieger über ihr eigenes Volk zu triumphieren. Dabei wäre es unsre Sache gewesen, für jene Epoche zu kämpfen, die uns nach Indien und an den Nil geführt hatte. Stattdessen hatten wir unser Schicksal drei Frauen überlassen, drei Frauen ohne Volk.

Mit einem Mal fühlte ich mich armselig, wie ich da in diesem Vorraum stand, klein und passiv wie die meisten meiner Landsleute, die den Untergang unserer Welt beobachteten wie ein Theaterstück, das mit römischer Feder geschrieben wurde. Wir benahmen uns, als könnten wir jederzeit aufstehen, um nach Hause zurückzukehren. Aber es gab keinen Ausgang für uns Griechen, genauso wenig, wie es vor Jahrhunderten beim Einmarsch Alexanders einen Ausgang für die Ägypter gegeben hatte.

Der Aufstand der oberägyptischen Priester mochte vielleicht verantwortungslos sein, aber irgendwie war er auch heroisch. Als müsste am Ende eines mythischen Frauenlebens mehr stehen als nur diese Ruine.

Ich schrak erst auf, als Thanefer auf Zehenspitzen in den Hauptraum tappte und auf der Türschwelle zurückprallte. Für einen Moment glaubte ich, er würde die Flucht ergreifen oder zu Boden sinken. Er musste sich am Türpfeiler abstützen, um das Gleichgewicht zu wahren. Hätte ich nicht ohnehin gewusst, wie sehr ihn das Drama aufwühlte, jetzt hätte ich es endgültig erkannt.

Als ich nun selbst an Thanefer vorüberwollte, sah ich Kleopatras Ankleidedame Ira reglos hinter der mächtigen Türschwelle liegen, als gelte es, ihre Herrin noch im Tode zu schützen. Im Halbdunkel der Grabkammer wäre ich um ein Haar auf den Leichnam getreten.

Wenn der Vorraum bedrückend wirkte, so durchdrang den Hauptraum eine geradezu mystische Stille. Die Feuer in den bronzenen Kohlenbecken schwelten kaum noch, was die magische Aura weiter verstärkte. Als ich dann mit einer Fackel den Raum betrat und die Flammen die drei Toten zum ersten Mal aus der Dunkelheit rissen, sank Thanefer mit einem Seufzer neben Ira in die Knie.

Die Frauen wirkten in ihren kostbaren Gewändern wie Skulpturen, die Königin im Hintergrund lag ausgestreckt auf einem goldenen Ruhebett und ihre zweite Dienerin Charmion neben ihr auf dem Steinfußboden.

Der Anblick wirkte so beklemmend endgültig, dass ich tief

Atem holte, als ich mich Kleopatra näherte. Schon nach wenigen Schritten empfing mich ihr intensives Parfüm, das seit jeher zu ihr gehörte, schon damals, als sie als Neunzehnjährige das Herz Caesars eroberte. Oder sollte ich sagen, brach? Auf jeden Fall hatte sich der alternde Lebemann für die junge Ptolemäerin seinerzeit in den waghalsigsten aller Kriege gestürzt. Nach dem Sieg unternahm er mit ihr sogar eine monatelange Nilfahrt, als sei ihm jeder Realitätsbezug abhandengekommen.

Selbst als die Königin nun wie ein Marmorbild vor mir lag, glaubte ich ihre hypnotische Stimme zu hören. Ja sie schien geradezu über den Tod zu triumphieren, als erfülle sich erst jetzt ihr Anspruch, eine Göttin zu sein, die nicht sterben, sondern nur entrückt werden könne. Schließlich sahen ihre Anhänger sie stets als lebendiges Abbild der großen Göttin Isis und somit geradezu als Schöpferin und Bewahrerin der Welt.

Nun lag sie wie aufgebahrt und in all dem Prunk, den Ägypten seit jeher von seinen Pharaonen erwartete. Das goldene Untergewand und ihr purpurroter Mantel, in der Tradition Alexanders, verliehen ihr Erhabenheit. Mit ihren geschlossenen Augen wirkte sie so unnahbar wie einst im Leben, vielleicht unnahbarer als je zuvor. Auch der große Caesar hatte von diesen Augen geschwärmt und von der Geschmeidigkeit ihrer Sprache, doch nun waren ihre Lider geschlossen und die Lippen für immer verstummt.

Sie hatte ihre Augen nach ägyptischer Sitte tiefschwarz geschminkt und um die Stirn das Diadem gebunden, das seit Alexander alle Könige trugen. In den gekreuzten Händen hielt sie die mystischen Insignien Ägyptens, Krummstab und Wedel, als besiegle sie im Tode das Ende zweier Kulturen, die Epoche Alexanders und das pharaonische Ägypten. Aufgebahrt wie das letzte Kunstwerk einer Menschheitsepoche.

Selbst im Tode hatten ihre Begleiterinnen nichts an ihrer Erscheinung dem Zufall überlassen, schon gar nicht ihre Frisur mit den scharf gezogenen Scheiteln und straff gedrehten Rippen, die im Nacken in einen kreisförmigen Zopf zusammenliefen. Fraglos war diese Perfektion das Werk von Ira, die sich seit zwei Jahrzehnten um das Haar ihrer königlichen Freundin gekümmert hatte.

Kleopatra hatte seit jeher Sonnenlicht gemieden, um sich ihren hellen Teint zu erhalten, der jetzt mit dem Schwarz des Kajals kontrastierte. Der Tod verstärkte ihre fahle Blässe, als fiele das Licht meiner Fackel allein auf ihre weiße Haut. Sogar die reglosen Hände schimmerten in unwirklichem Weiß, auch wenn so mancher Fingernagel gesplittert war. Hatte es hier am Ende doch einen Kampf gegeben? Ich spürte, wie sich mein Herzschlag beschleunigte. Keine Frage, welche Überlegungen ein Thanefer anstellen würde.

Doch ungeachtet der malträtierten Nägel wirkte die Königin bestürzend entspannt, als könnte sie jede Sekunde die Augen aufschlagen, um sich mit jener so charakteristischen Geschmeidigkeit zu erheben. Ja ich ertappte mich dabei, dass ich sicherheitshalber ihren Puls kontrollierte und erleichtert aufatmete, als ich nichts mehr spürte. Bis zu diesem lähmenden Moment war ich nicht wirklich überzeugt gewesen, dass eine Kleopatra überhaupt sterblich wäre.

Dabei hatte mich ihre physische Erscheinung nie sonderlich begeistert, nicht ihr dunkles Haar, nicht ihre alabasterweiße Haut und schon gar nicht ihre übergroße Nase, ein unschönes Erbteil ihrer königlichen Ahnen. Allein ihre leuchtenden Augen hatten mich gefesselt, zumindest zu jener Zeit, als wir noch miteinander sprachen.

Dennoch, irgendetwas störte mich an diesem majestätischen Bild, aber erst als ich die Flecken am Hals gewahrte und ihre wunden, zum Teil aufgeschlagenen Fingerknöchel, wurde mir klar, dass hier irgendetwas nicht stimmte. Waren das Abwehrverletzungen? Ich ertappte mich dabei, dass ich mich nach Thanefer umsah und dankbar war, als er immer noch wie versteinert neben Ira kniete. Die verletzten Hände beunruhigten mich zunehmend. Was mochte hier vorgefallen sein?

Auch Charmions Hände waren verletzt. Sie lag zusammengesunken neben dem gedrechselten Fuß des Ruhebetts, leblos, aber keineswegs wie ein Häuflein Elend, im Gegenteil. Es konnte gut sein, dass sich die Hofdame noch sterbend um ihre Königin bemüht hatte. Und dennoch …

Charmions Ruf war so dunkel wie ihr kohlrabenschwarzes Haar und ihre Hautfarbe, die allerdings mehr davon herrührte, dass sie sich seit jeher keine Mühe gab, wie Kleopatra oder Ira, Sonnenlicht zu meiden. Sie war auch weit zierlicher als Ira, die sogar ihre königliche Freundin deutlich überragt hatte, so unübersehbar, dass Ira sich bei öffentlichen Anlässen stets einige Schritte im Hintergrund hielt, um den Größenunterschied zu kaschieren.

Doch was Charmion an physischer Statur abging, hatte ihr Charakter mühelos wettgemacht, ja ich war seit jeher der Meinung gewesen, dass die schon etwas ältere Frau in diesem seltsamen Dreigestirn eine tragende Rolle gespielt hatte. Hätte Kleopatra ohne Charmion ihre Allmachtsphantasien entwickelt? Stammte der verwegene Plan, die damals neunzehnjährige Kleopatra in einen Teppich und einen Bettsack gewickelt zu Caesar zu schicken, am Ende doch von ihr, wie mancherorts gemunkelt wurde? Ich würde es niemals erfahren.

Es passte irgendwie zu ihrer Unbeugsamkeit, dass sie die beiden überlebt hatte, sterbend zwar, aber bis zum Ende ungebrochen. Doch wie war sie eigentlich zu Tode gekommen?

Mittlerweile klebte mir das Gewand am Körper, ich war in Schweiß gebadet. Von Thanefer kam immer noch kein Laut. Dies gab mir Zeit, mich etwas genauer umzusehen.

Erst jetzt bemerkte ich hinter der Liege die goldene Urne mit der Asche Mark Antons. Das kostbare Gefäß stand auf einem dreifüßigen Tischchen zwischen den korinthischen Säulen, die alle noch unverputzt und unbemalt waren. Die rohen Säulen rahmten den Raum auf drei Seiten und stützten hoch oben unter dem Fensterkranz eine Empore, während die eigentliche Grabkammer über beide Stockwerke hindurch bis in den Dachstuhl reichte.

Wohin ich auch blickte, überall standen Früchte und Speisen auf kleinen Tischchen, darunter auch jener Korb mit frischen Feigen, den Epaphroditos erwähnt hatte. Der Korb war heruntergefallen und die Feigen zum Teil hinter die Säulen gerollt. Niemand hatte sich die Mühe gemacht, sie aufzuheben. Ich begriff nicht einmal, warum mich das störte.

Sobald ich mich von Kleopatra abwandte, schwand die Wirkung ihres Parfüms, und der süßliche Duft von Weihrauch mischte sich mit dem Geruch von Zimt. Das war beileibe kein Zufall. Das Gewürz galt aufgrund seines immensen Wertes als Teil des Staatsschatzes, und so hatte Kleopatra Zimt und Preziosen in ihre Kammer schaffen lassen. Als sie überwältigt wurde, ließ Octavian den Staatsschatz unter massivem Begleitschutz abtransportieren. Alles, was zurückblieb, war der Duft von Zimt.

Für Alexandria erwies sich der von den Römern erbeutete Ptolemäerschatz als wahrer Segen. Schließlich war Octavian aufgrund seiner immensen Ausgaben für den Ägyptenfeldzug äußerst knapp bei Kasse. Seine Soldaten mussten dringend entlohnt werden. Die Plünderung von Alexandria hätte seine Soldateska zweifellos zufriedengestellt, aber genau diese Apokalypse scheute der gewiefte Politiker. Und wenn ich mir jetzt Thanefers Botschaft vor Augen führte, dann begriff ich auch, wie real Octavians Bedenken waren …

Augenblick mal.

Das war es! Er musste von dem Aufruhr gewusst haben, und zwar bereits vor seinem Einmarsch. Ja, hier lag wahrscheinlich der Grund für seine überraschende Milde. Er wollte der Revolte die Legitimation entziehen oder sie zumindest nicht provozieren. Also hatte nicht etwa seine Freundschaft zu seinem alten Lehrer Alexandria gerettet, so schmeichelhaft es auch gewesen wäre, es war eiskaltes Kalkül. Er wollte einen jahrelangen Abnutzungskrieg vermeiden, wahrscheinlich weil er ihn schlicht nicht finanzieren konnte.

Irgendwie war ich erleichtert, hatte ich doch schon an meiner Menschenkenntnis gezweifelt. Schließlich hatte ich nie einen listigeren Politiker erlebt. Schon ein Caesar hatte die Talente des neunzehnjährigen Octavian erkannt und maßgeblich gefördert. Das alles blitzte mir noch durch den Sinn, als mich Thanefers Wut zurückriss in die Realität.

»Ihr habt sie ermordet!«

Ich fuhr herum. Der Ägypter stürzte mir entgegen, ich konnte nicht mehr ausweichen. Schon packte er meine Oberarme und stieß mich gegen Kleopatras Ruhebett. Für einen Moment wähnte ich den Geruch von Feigen in der Nase, dann verflog die absurde Assoziation.

Am Ende war es nur der Anblick der Königin, der Thanefer zur Vernunft brachte. Zumindest starrte er so bestürzt in ihr marmorweißes Antlitz, als habe sie ihm gerade einen ihrer tadelnden Blicke zugeworfen. Irgendwie charakteristisch für unsere verrückte Welt: Ein Ägypter stritt sich mit einem Griechen, während die Römer draußen über unser Schicksal entschieden. Einfach absurd.

Thanefer ließ zögernd von mir ab, anscheinend ging es ihm nicht anders als mir, er fühlte sich wie ein Frevler.

Sein Schweigen wurde immer lastender, bis ich mich schließlich räusperte. »Sieh her, wie ruhig die Königin liegt. Die Frauen wurden nicht bedroht, sie …«

Er winkte heftig ab. »Du kannst mich nicht täuschen! Ira liegt nicht umsonst dort drüben an der Türschwelle. Ich wette, sie wollte Hilfe holen, aber die Legionäre waren wohl selbst die Mörder.«

»Mörder? Ich vermute, Ira wollte verhindern, dass jemand den Raum betrat«, hielt ich dagegen. »Die Frauen wurden nicht bedroht.«

»Nicht bedroht?«, fuhr er mich an. »Ira wurde misshandelt, geschlagen … Du glaubst mir nicht? Sieh sie an!« Er riss die Fackel an sich und zerrte mich zu Ira hinüber.

Sie lag zusammengekrümmt auf dem Boden. Schmerz und Panik hatten ihr ebenmäßiges Gesicht in eine groteske Maske verwandelt. Das blonde Haar war zerwühlt, und die Hände waren so fest in den Mantel gekrallt, dass die Fingerknöchel selbst jetzt noch weiß hervortraten. Kein Zweifel, sie hatte sich bis zur letzten Sekunde gegen ihr Schicksal gestemmt. Jetzt im hellen Fackellicht bot ihr Leichnam ein Bild der Qual. Ein entsetzlicher Anblick, der meine ganze Selbstbeherrschung forderte. Schließlich hatte ich mich in glücklicheren Tagen recht gut mit ihr verstanden, während ich Charmion stets mit äußerster Vorsicht begegnet war.

Doch jetzt wirkte sie beinahe wie eine Furie, obwohl sie früher die heiterste war. Es hatte mich stets verwundert, dass die römische Gehässigkeit ausgerechnet mit ihrem Namen ein Wortspiel veranstaltet hatte. Ihr griechischer Name Eiras wurde so ähnlich ausgesprochen wie das lateinische Ira, und das hatte ihr den Spitznamen »der Zorn« eingetragen, eine

Charakterisierung, die eigentlich viel eher zu Charmion gepasst hätte.

Thanefer ließ mir kaum Zeit, das Gesehene zu verarbeiten, da kniete er schon neben ihr, um ihr Gewand zu öffnen. Er entblößte ihre Brüste, ehe ich protestieren konnte.

Auch wenn das Flackerlicht diffus war, die Quetschungen an Schultern und Brust waren nicht zu übersehen. Man hatte sie sogar ins Gesicht geschlagen. Und wie bei Kleopatra so entdeckte ich auch hier gesplitterte Fingernägel. Nun wusste ich, warum der Ägypter den Leichnam so penibel untersucht hatte.

»Was starrst du so?«, fuhr er mich an. »Wurde die Königin genauso zugerichtet?«

Als ich nicht antwortete, stürzte er zu Kleopatra zurück und begann ohne Umschweife damit, ihr Gewand zu lösen. Er öffnete die goldenen Fibeln auf den Schultern, die mit ihren Nadeln die kostbaren Kleider hielten. Die gleichen blauen Flecke wie bei Ira und Charmion.

»Was sagst du jetzt, Römerfreund? Die Quetschungen am Hals sind nur gering, sie wurden nicht erwürgt. Auch sind keine größeren Wunden zu erkennen, und das bedeutet, man hat sie vergiftet. Wahrscheinlich hat man das Gift buchstäblich in sie hineingeprügelt …«

»Warte! Warte!«, hielt ich dagegen und versuchte meine Beklemmung zu bemänteln. »Die Königin liegt ganz entspannt. Nur Ira hat wirklich mit dem Tode gerungen. Das spricht für Gift. Es ist denkbar, dass die drei das Gift selbst hereingeschmuggelt haben. Unter Umständen in einer Haarnadel oder in einem Ring.«

Er musterte mich düster, doch dann untersuchte er kommentarlos den reichen Goldschmuck der Frauen. Kleopatra trug überhaupt keine Haarnadel, nur ihre beiden Gefährtinnen. Thanefer zog die langen Goldnadeln heraus, überprüfte sie kurz und hielt sie mir hin. »Nur Parfüm.«

»Und die Fingerringe? Man erzählt sich, dass die Königin stets einen Ring mit einer vergifteten Nadel trüge.« Er musste mir nicht einmal antworten. Sechs Ringe mit prachtvollen Steinen schmückten ihre Finger, aber von einer vergifteten Nadel war beim besten Willen nichts zu entdecken.

»Genügt das?«, zischte Thanefer. »Ich sage dir – ist das etwa Blut?« Er wies mit der Fackel auf einige fleckige Lappen, die am Fußende der Kline unter einem Kohlenbecken lagen. Tatsächlich, getrocknetes Blut und eine schwache Tropfenspur.

Jetzt war der Ägypter nicht mehr zu bremsen. Mit der Besessenheit eines Jagdhunds folgte er der Blutspur hinaus in den Vorraum und dann in eines der Treppenhäuser. Sie führte uns hoch auf die Empore und wurde auf der engen Wendeltreppe deutlicher, je höher wir stiegen.

Ich gebe zu, dass sich auch meine Bestürzung mit jeder Stufe steigerte. Wenn man die Frauen tatsächlich zum Selbstmord gezwungen haben sollte … Ich hatte alle Mühe, meine Gedanken zu ordnen. Dabei musste ich mir zu meiner Schande eingestehen, dass mich vor allem die Frage beschäftigte, was ich nun mit dieser Entdeckung anfangen sollte. Den Mund halten, Epaphroditos ins Vertrauen ziehen oder gleich Octavian informieren? Eine falsche Entscheidung mochte tödlich sein.

Außerdem passte das alles nicht zusammen, und so stellte ich mich Thanefer in den Weg, als er oben auf die Empore hinausdrängte. »Augenblick. Ich verstehe deinen Grimm, aber auch du musst zugeben, dass das Blut unmöglich von den drei Frauen stammen kann.«

»Natürlich nicht!« Er wand sich wütend aus meinem Griff.

»Ich vermute einen Angreifer. Die drei haben sich nach Kräften gewehrt und ihn schwer verletzt. Sieh, die Blutspur wird stärker. Er flüchtete sich hier hinauf, und Ira versuchte ihn zurückzuhalten, doch schaffte sie es nur noch bis zur Türschwelle.«

Damit trat er auch schon auf die Galerie hinaus, während ich auf der letzten Stufe stolperte. Ich konnte mich mit den Händen gerade noch abstützen, und zwar mitten in einem Blutfleck. Er war blass und völlig trocken.

Die rote Spur führte an den hermetisch verriegelten Fenstern entlang. Fenster … das war das Stichwort, und so fasste ich beschwörend in Thanefers Mantel. »Wenn die Römer wirklich involviert wären, dann hätte sich der Verletzte zu den Legionären geflüchtet. Das Blut würde sich unten im Eingangsbereich konzentrieren.«

»Worauf willst du hinaus?« Er machte sich unwillig wieder frei.

»Wer auch immer dieses Blut hinterlassen hat, er hat nichts mit den Soldaten zu tun. Die Legionäre berichteten, dass vor der Wachablösung ein Besucher mit Feigen das Grab betreten habe. Er …«

Doch Thanefer hörte mir kaum noch zu. Der Mensch wirkte wie ein Besessener. Unter diesen Umständen durfte ich kein Risiko eingehen, und so zog ich so leise wie möglich mein Schwert aus der Scheide und verbarg es unter meinem Mantel.

Ich konnte ganz gut mit der Klinge umgehen, und in Alexandria trat ich nie ohne Waffe auf die Straße. Schließlich war ich für die Alexandriner nichts als ein Kollaborateur, und im Grunde hatten sie recht. Als ich Thanefer beobachtete, schossen mir tausend Gedanken durch den Kopf, ich musste mich konzentrieren, konzentrieren …

Die Empore lief als säulengestützter Balkon unter den Fenstern entlang, und wie eine Veranda besaß sie ein Geländer. Auch hier war alles provisorisch, und die Brüstung glich eher einem Bauzaun.

Die Blutspuren wurden immer deutlicher, bis Thanefer auf der Rückseite des Gebäudes jenes ominöse Fenster erreichte, durch das die Römer vor Tagen eingedrungen waren. Und direkt neben dem Fenster stießen wir tatsächlich auf einen gewaltigen Fleck. Genau an der richtigen Stelle!

Ich muss gestehen, mir rollte ein Felsblock von der Seele.

»Siehst du das?«, knurrte der Ägypter. »Der Schuft hat viel Blut verloren. Auch die Fensterbank ist blutig, wahrscheinlich flüchtete er hier hinaus. Er muss …«

»Wann hast du der Königin deine Nachricht zukommen lassen«, unterbrach ich ihn.

Er blickte nicht einmal auf, konzentrierte sich ausschließlich auf das Fenster. »Noch vor ihrer Gefangennahme. Ist das jetzt wichtig?« Er stieß den hölzernen Laden auf, um die Außenmauer zu überprüfen. »Überall Blut.« Seine Stimme schwankte vor Erbitterung.

Als er den Kopf wieder hereinzog, tränten seine Augen. War das nur die rußende Fackel? Nein, ihm standen wahrhaftig Tränen in den Augen. »Diese Welt wird wieder in das Urgewässer zurückkehren, in die Urflut, wie bei ihrem Anbeginn …«, zitierte er düster das ägyptische Totenbuch. »Unsere Götter sterben.«

Wenn ich ihn in diesem Zustand provozierte, würde er sich unter Umständen verraten, und so zwang ich mich zu einem Auflachen. »Vielleicht verehrt ihr Ägypter nur die falschen Götter?«

Jetzt funkelte er mich an. »Griechische Philosophen ziehen alles in den Dreck. Kennt ein Areios etwa keine Götter?«

»Ich bin verheiratet.«

»Glückwunsch«, knurrte er abfällig und wischte sich eine Träne aus dem Augenwinkel.

»Oh«, winkte ich ab. »Es gibt auch böse Götter.«

Seine Lippen zuckten, doch er würdigte mich keines Blickes, starrte nur vor sich hin. »Ich glaube, du bist kein Stoiker, sondern ein Zyniker.«

»Wenn man heiratet, wird man beides.«

»Was schwatzt du an diesem dunklen Ort? Ich …«

»Trauert nicht um mich«, murmelte ich unvermittelt. *»Ich habe alles im Leben erreicht, wovon man träumen kann, und jetzt sterbe ich, nur überwunden von einem Römer.«*

»Gehst du unter die Dichter?«, zischte Thanefer.

»Diese Worte sagen dir nichts?«, versicherte ich mich beiläufig.

Er winkte ärgerlich. »Ist das wichtig?«

»Lass mich die Blutspur sehen.« Noch während ich sprach, zog ich die Fackel aus seiner Hand. »Übrigens, das waren die letzten Worte Mark Antons. Octavians großer Gegner sprach sie hier oben in diesem Grab, und dieses Blut stammt von ihm.«

Er starrte mich an, suchte nach Worten. Im Fackellicht konnte ich erkennen, wie es in seiner Kehle arbeitete, doch ließ ich ihm keine Zeit für eine Ausrede.

»Bemühe dich nicht! Dieses Blut wurde nicht erst heute vergossen. Es ist bereits seit Tagen trocken, aber es bezeugt in der Tat ein episches Drama. Als die Legionen Octavians vor den Toren erschienen, glaubte Mark Anton, dass Kleopatra Selbstmord begangen habe, und so stürzte er sich in sein Schwert. Doch als er sterbend dalag, berichtete man ihm, die Königin sei noch am Leben und habe sich hier verschanzt. Der schwerverletzte Römer ließ sich zum Grab bringen, um seine Geliebte ein letztes Mal zu sehen. Die drei Frauen zerrten den Blutüberströmten durch dieses Fenster, und er starb hier oben in Kleopatras Armen, nachdem er seinen Begleitern diese von mir zitierten Worte zugerufen hatte.«

»Das glaube ich nicht!« Sein Blick zuckte zum Fenster und zu mir zurück.

»Nicht? Um den sterbenden Mark Anton durch die Öffnung ziehen zu können, mussten die drei den Laden und das Gitter aufbrechen. Danach ließ sich das Fenster nicht mehr verriegeln. Die Römer hörten davon und stiegen hier oben ein. Hätte die Königin ihrem Geliebten nicht seinen letzten Wunsch erfüllt, hätten Octavians Männer viel mehr Zeit benötigt, um hier einzudringen. Vielleicht hätte es Kleopatra dann tatsächlich geschafft, ihre Schätze anzuzünden.«

Er biss die Zähne zusammen, und ich nickte ihm zu.

»Jeder in Alexandria weiß vom Ende Mark Antons. Nur dir scheint dieses Drama unbekannt. Deshalb glaubtest du auch, diese Blutspuren hätten etwas mit dem Tode der Königin zu tun, und du hättest mich um ein Haar irregeführt.«

»Es ist doch gleichgültig, ob ich diese Geschichte kenne oder nicht!«, brauste er auf.

»Oh, der Punkt ist sogar zentral«, korrigierte ich kalt. »Du behauptest, du habest Kleopatra bereits vor geraumer Zeit kontaktiert und wartetest nun auf ihre Entscheidung. Aber das ist gelogen. Wahrscheinlich kamst du erst gestern nach Alexandria und hattest keine Zeit mehr, genauere Informationen einzuholen. Du bist jener Mann, der die Feigen brachte. Als du mich unten an die Kline drängtest, da stieg mir der Geruch von Feigen in die Nase. Ich vermochte es im ersten Moment nicht einzuordnen, aber nun will ich wissen, was es mit diesen Früchten auf sich hat.«

Er funkelte mich an wie ein Raubtier. Keine Frage, dass er über einen Angriff nachdachte.

»Vertu dich nicht«, warnte ich kalt und zog mein Schwert aus dem Mantel. »Ich komme zwar aus einer Philosophenfamilie …« Der Satz hing zwischen uns. Dann winkte ich mit der Klinge zum Treppenhaus hinüber. »Reden wir unten weiter.«

Er zögerte einen Moment.

»Ich kann die Römer rufen, wenn dir das lieber sein sollte.«

Man konnte förmlich sehen, wie hektisch sein Kopf arbeitete. Dann überraschte er mich erneut mit seiner Geistesgegenwart. »Wenn diese Spuren tatsächlich von Mark Anton stammen und wenn die Legionäre nicht involviert waren, wie konnte die Königin Selbstmord begehen? Wie gelangte das Gift in ihre Hände?«

Der Mann hatte wirklich Nerven! Er wehrte sich nicht einmal gegen meine Vorwürfe. Doch hatte er so unrecht nicht. Die Frage nach dem Tod der Königin würde in wenigen Stunden in ganz Alexandria gestellt werden und schon bald nicht nur hier in Ägypten. Mir schwirrte der Kopf bei dem Versuch, die widersprüchlichen Informationen zu einem stimmigen Bild zu vereinen.

Dieser Thanefer war nach Alexandria gekommen, in eine von Legionären nur so wimmelnde Stadt, die jeden Augenblick wie ein Vulkan explodieren konnte. Und das alles nur, um der gefangenen Kleopatra Feigen zu überreichen? Das klang absurd! Niemand, absolut niemand würde sich unter solchen Umständen in die Metropole wagen, falls er nicht ein lebenswichtiges Anliegen hatte. Also kam dieser Ägypter womöglich doch von dieser Synode. Und warum hatte er verschwiegen, dass er die Feigen überbracht hatte? War er selbst für das Gift verantwortlich? Nein, das ergab auch keinen Sinn. Seine Erschütterung war einfach viel zu authentisch.

Außerdem, wieso hatte er sich nicht nach dem Tod der Königin abgesetzt, solange die Legionäre noch arglos waren und er sich hätte gefahrlos zurückziehen können? Antwort: Er wollte unbedingt noch einmal in das Grab, obwohl er dabei sein Leben aufs Spiel setzte. Und wie war er überhaupt mit seinen Feigen an den Legionären vorbeigekommen? Irgendjemand musste ihm einen Passierschein ausgestellt haben, und zwar eine sehr hochstehende Persönlichkeit. Am Ende gar …

Dies alles blitzte mir durch den Sinn, während wir die schmale Treppe hinunterstiegen.

In der Grabkammer wollte ich schon zu Kleopatra hinübergehen, als Thanefer wieder zögerte, über Ira hinwegzusteigen. Der gleiche Reflex wie bei unserer Ankunft. Wieso hatte er sich vorhin eigentlich erst auf Ira konzentriert und nicht auf ihre Herrin?

Misstrauisch winkte ich den Ägypter zur Seite und beugte mich über den Leichnam, während Thanefer mich wütend musterte. »Jetzt wirst du gleich behaupten, dass Ira überhaupt nicht geschlagen wurde«, knurrte er provozierend.

»Geschlagen schon, aber dafür war sie selbst verantwortlich«, korrigierte ich. »Ich hätte vorhin daran denken müssen. Du bist zwar Ägypter, aber auch dir müsste klar sein, dass sich griechische Frauen beim Tode ihrer Angehörigen häufig die Haare ausreißen, ihre Kleider zerfetzen und sich gegen Gesicht und Brust schlagen. Außerdem sind diese Flecke und Quetschungen bereits dunkel verfärbt. Ich bin kein Arzt, aber diese Prellungen sind nicht erst heute entstanden.«

Ich suchte seinen Blick, und er sah zur Seite. Ich sagte ihm nichts Neues. Dieser Mensch hatte von Anfang an genau gewusst, was hier gespielt wurde, und dennoch hatte er sich unter Lebensgefahr zurückgewagt. Und als wir eintraten, hatte er Iras Arm untersucht. Iras Arm …

Ich beugte mich tiefer über die Tote, und zum ersten Mal bemerkte ich den goldenen Ring, ganz ähnlich dem Schmuckstück Thanefers. Der Ägypter trat instinktiv einen Schritt näher und stockte erst, als ich vorsichtshalber meine Klinge schwenkte. Doch seine Reaktion genügte mir völlig. Jetzt wusste ich, dass ich auf der richtigen Fährte war. Als ich die bleiche Frauenhaut mit meiner Fackel ableuchtete, war nicht viel zu erkennen, bis ich zwei kleine Punkte am Handgelenk entdeckte – Einstiche. Nun begriff ich, wie die Hofdame gestorben war.

Der Schlangenbiss einer Kobra.

Allein die Erkenntnis genügte, um mich auffahren zu lassen. Schließlich forderten Kobras in Ägypten Jahr für Jahr Hunderte Opfer. Vorsichtig tastete ich den reglosen Körper mit der Schwertklinge ab, ehe ich Thanefer heranwinkte. »Dreh den Leichnam zur Seite.«

Seine Augen flackerten.

»Zieh die Tote zur Seite, oder die Legionäre übernehmen es!«

Er gehorchte zähneknirschend, und ich hielt mich mit dem Schwert bereit – zum Glück keine Kobra.

Dann untersuchte ich Kleopatra, auch hier Einstiche am Unterarm und bei Charmion nicht anders. Schließlich ging ich zu dem umgestürzten Feigenkorb. Als ich ihn genauer in Augenschein nahm, entdeckte ich einen doppelten Boden und kleine Fetzen einer Schlangenhaut. Nun lag der Fall sonnenklar.

»Wie viele Schlangen hast du eingeschmuggelt?«, fragte ich kalt. »Die Römer werden dich ohnehin foltern, falls du nicht redest. Also kannst du jetzt schon mal üben.«

Der Ägypter grub die Zähne in die Unterlippe.

»Du wusstest von Anfang an, dass sich die Königin umbringen wollte, und hast ihr eine Kobra hereingeschmuggelt …«

»Zwei«, murmelte er, ohne mich anzusehen.

»In dem Feigenkorb befanden sich zwei Schlangen? Und warum hast du nach der Ablieferung nicht umgehend das Weite gesucht? Es ging dir gar nicht um die Königin, es ging dir um Ira! Du hast nicht damit gerechnet, dass sie sich ebenfalls umbringen würde. Ich vermute, du kanntest sie schon lange und hast dir für die Zeit nach dem Tod der Königin Hoffnungen gemacht. Widersprich mir nicht, du trägst den gleichen Goldring wie sie! Ihr seid ein Paar. Deshalb nahmst du auch das Risiko auf dich, Kleopatra bei ihrem Selbstmord zu unterstützen.«

Er schwieg noch immer, im Grunde auch eine Antwort.

»Aber deine Ira verfolgte eigene Pläne. Ihr Horizont reichte nicht über Kleopatra hinaus. Nach dem Ende der Königin hatte ihr das Leben nichts mehr zu bieten.«

Er starrte hinunter auf die Tote.

»Tut mir leid«, murmelte ich und fühlte mich seltsam hilflos. Was sagt man in solch einem Moment?

»Ira schickte mich nach Theben, hinter dem Rücken Kleopatras«, erklärte er rau und ohne meinen Blick zu suchen. »Sie bat mich auszuloten, ob die Priesterschaft zu einem Aufstand bereit sei. Es lief besser als erhofft, Ägypten würde in den Krieg ziehen.«

»Tatsächlich? Und wieso hast du dann die Schlangen gebracht?«

»Die Vorbereitungen waren längst getroffen, ich war nur der Bote, und ich musste unbedingt in das Grab. Nachdem ich den selbstmörderischen Plan erst einmal kannte, machte man mir klar, dass es auch für mich um Leben und Tod ging.«

Ich war mir sicher, dass das nur halb der Wahrheit entsprach. Ihm ging es nicht um einen Aufstand oder um die

Rettung Ägyptens, Thanefer wollte nur seine Ira. Eigentlich bizarr, für so viele Menschen mit ganz unterschiedlichen Zielen schien der Tod der Königin die glücklichste Lösung. Octavian sah sich seiner größten Feindin entledigt, und Rom verlor seine erbittertste Gegnerin. Der Königin blieben ein demütigender Triumph und eine Hinrichtung erspart, und Thanefer glaubte, eine geliebte Frau retten zu können.

»Wieso wurdest du von den Legionären nicht aufgehalten?«

Er zuckte vielsagend die Achseln. »Die Königin besitzt viele Freunde, sogar im Umfeld Octavians.«

Er deutete an, was ich ohnehin vermutete. Dieser Selbstmord wäre ohne Duldung Octavians undenkbar gewesen, und seine Motive waren allzu klar. Bürgerkriege tobten seit Jahrzehnten im Römerreich, und mit Kleopatra hatte sogar eine ausländische Macht Partei ergriffen und das Imperium an den Abgrund geführt. Ob die richtige oder die falsche Seite gesiegt hatte, darüber mochten sich in späteren Zeiten Historiker den Kopf zerbrechen. Auf jeden Fall war es höchste Zeit, dieser Selbstzerfleischung ein Ende zu setzen.

»Und die Botschaft der Synode?«, forschte ich. »Was meinte die Königin?«

Seine Augenbrauen zuckten. »Ihr Entschluss war unumkehrbar. Zu viel Blut für nichts. Sie meinte, sie habe mehrfach versucht, den Lauf der Geschichte zu ändern, aber am Ende einsehen müssen, dass die Zukunft den Römern gehöre und ihr und ihrer Familie die Vergangenheit.«

Seine Worte klangen trostlos in dem kahlen Gemäuer, beinahe wie ein Nachruf.

Ich atmete tief durch. »Und dann hast du das Mausoleum verlassen, um draußen auf Ira zu warten?«

Er sah durch mich hindurch in eine unsägliche Zukunft. Die griechische Welt hatte die Königin im Stich gelassen, nur dieser Unglückselige war zurückgekehrt. Wahrlich ein denkwürdiges Ende für eine Menschheitsepoche.

»Gehen wir«, murmelte ich nach einem letzten Rundblick und erschrak selbst ob meines dumpfen Tons. »Wir wissen jetzt beide, was wir wissen wollten. Ich denke, die Schlangen haben das Grab schon längst verlassen. Wer weiß, wie sie hereingekommen sind?«

Sein Blick zuckte hoch. Er versuchte in meiner Miene zu lesen. »Du willst mich nicht …?«

Ich schob mein Schwert in die Scheide. »Wie gesagt, ich sehe jetzt klar, und für Feigen hatte ich noch nie etwas übrig.«

Als wir die Grabstätte verließen, drehte ich mich nicht mehr um. Mir war, als spürte ich die ganze Zeit Kleopatras Blick im Nacken. Ekelhaft.

Draußen graute der Morgen. Die Römer erwarteten uns gespannt, und Epaphroditos konnte seine Ungeduld kaum noch zügeln. Ich berichtete ihm von den Schlangenbissen und verlor kein Wort über Thanefers Rolle.

Epaphroditos' Augenbrauen hoben sich staunend. »Wahrlich ein würdiges Ende«, murmelte er widerwillig. »Würdiger als vieles in Kleopatras Leben.«

Mit diesen Worten zog er mich zur Seite, so dass Thanefer uns nicht mehr hören konnte. »Und was wird mit diesem Ägypter? Wir können ihn nicht gehen lassen.«

»Müssen wir sogar. Wir schicken ihn zurück zu seiner Synode. Die Priester erwarten einen Bericht, und wenn sie keinen erhalten …«

»Droht ein Aufstand?«, schloss er alarmiert.

Ich nickte.

»Und wer garantiert uns, dass der Kerl die Revolte nicht erst auslöst?«

»Die Ägypter werden sich nicht erheben. Die Königin

selbst hat abgelehnt.« Ich wollte, ich wäre mir so sicher gewesen, wie die Festigkeit meiner Stimme suggerierte.

»Bist du dir absolut sicher?«, drängte Epaphroditos misstrauisch. »Nun, die Götter mögen dir gnädig sein.«

Ich hätte es nicht besser formulieren können. Wir schwiegen, während er missmutig seine Hände massierte. Die Fingerknöchel knackten. »Und was sagen wir Octavian?«, fragte er schließlich.

»Wir sagen ihm, dass Thanefer in das Grab wollte, um das Schlangengift aus den Wunden zu saugen, aber zu spät gekommen sei.«

Er spitzte nachdenklich die Lippen, und ich zuckte die Achseln. »Ich glaube, diese Version wird Octavian gefallen.« Mir schwante schon, dass man sich am Ende erzählen würde, Thanefer sei von Octavian eigens gesandt worden, um die Königin zu retten. Beinahe hätte ich aufgelacht und nahm mich gerade noch zusammen. Gefälschte Weltgeschichte, vielleicht wurde ich am Ende noch zu einem passablen Diplomaten.

Wahrscheinlich überlegte Epaphroditos bereits, wie er das ganze Drama gegen mich verwenden könnte. Nun, ich konnte es nicht ändern. Auf jeden Fall war er zu einem Entschluss gekommen. »Die Legionäre sollen drinnen nach den Schlangen suchen, du übernimmst die Außenseite.«

Er eilte zu den Wachen hinüber, während ich den Ägypter heranwinkte. Das Mausoleum stand auf sandigem Grund, und der Boden war von Soldatenstiefeln zerwühlt. Nur unmittelbar am Ufer war der Strand noch unberührt. Als wir uns dem Wasser näherten, entdeckte ich tatsächlich Schlängelspuren, die der See entgegenstrebten, als seien zwei Reptilien direkt ins Meer entkommen.

Thanefer atmete tief durch. »Das glaube ich nicht«, murmelte er. »Keine Kobra geht freiwillig ins Meer.«

»Keine normale Kobra«, ergänzte ich in einem Ton, der ihn aufblicken ließ. »Du solltest jetzt aufbrechen, ehe zu viele Fragen gestellt werden. Berichte in Theben, du hättest zwei Schlangen beobachtet, die nach dem Tod der Königin zurückkrochen in die See, so wie es die Götter Ägyptens im Totenbuch weissagen. Du hast das Buch selbst zitiert: *Diese Welt wird wieder in das Urgewässer zurückkehren, in die Urflut, wie bei ihrem Anbeginn. Nur ich bin es, Atum, der übrigbleibt, zusammen mit Osiris, nachdem wir uns wieder in zwei Schlangen verwandelt haben, die die Menschen nicht kennen und die die Götter nicht sehen.*«

Seine Augen weiteten sich. »Diese Worte beschreiben den Weltuntergang, das Ende Ägyptens!«

Ich blinzelte in die stechende Morgensonne. »Aus jeder Katastrophe erwächst ein neuer Anfang. Ich denke, das ist die letzte Botschaft der Königin, als sie Platz machte für eine neue Zeit. Also sag deinen Priestern, man könne die Vergangenheit studieren, sie vielleicht sogar bewundern, nur in ihr leben, das könne man nicht.«

DER TRAUM VON CANOSSA
Bußgang und Versöhnung der Mathilde von Tuszien

FREDERIK BERGER

Weiß.

Grellweiß wie der letzte Schmerz, der Kopf und Glieder zerspringen lässt. Sanftweiß wie das Vergessen, das all die bunten Lichter des Lebens verschluckt, wie das Leinentuch, das über den leblosen Körper gezogen wird.

Eine im Sonnenlicht gleißende, im Flockenwirbel ins Graue spielende Fläche, in die verschwimmende Ferne gezogen, Schneemassen, die Hügel und Felder bedecken, die Ebene ununterscheidbar machen, dazu eine Kälte, die den großen Fluss zu Eis erstarren lässt, so dass Pferde, Sänftenträger und ganze Heere darauf entlangstapfen können.

In der Ferne sieht sie schwarze Pünktchen, zu Beginn so klein wie Vogelkot, dann fast unmerklich anwachsend – ja, sie bewegen sich, die Pünktchen werden zu schwarzen Flecken, zu einer langen Reihe von Menschen und Tieren.

Er zieht heran, Heinrich, der Vierte seines Namens, der König der Deutschen aus dem Geschlecht der Salier, ihr Vetter, der geliebte Spielgefährte ihrer Kindheit.

Nun kann sie Mensch und Tier unterscheiden. Die Rüstungen bündeln die Strahlen der kalten Sonne und schicken sie wie blitzende Pfeile über das Land. Immer mehr Reiter erkennt sie, müde vom langen Ritt, die Pferde mit hängenden Köpfen, zwischen ihnen die Sänften der lombardischen Bischöfe, die König Heinrich unterstützen, ihn drängen, die Burg von Canossa zu erobern und Papst Gregor, der hier als ihr Schutzbefohlener Zuflucht gefunden hat, gefangen zu nehmen und abzusetzen.

In ängstlicher Erwartung, zugleich mit freudigem Bangen sieht Mathilde, Markgräfin von Tuszien und Canossa, König Heinrich entgegen, den sie immer sehnsüchtig geliebt hat, von dem sie sich jedoch schweren Herzens hatte lossagen müssen. Zu vergeblich schien ihr die Liebe, zu drängend das Bedürfnis, ihr Seelenheil zu retten.

Sie sieht die Formationen seiner zu Heeresstärke angeschwollenen Gefolgsleute. Sie sieht sogar Bertha, die treue Ehefrau und Königin, den dreijährigen Konrad auf dem Arm. Als der Kleine Mathilde zuwinkt, fliegt sie ihm entgegen, sie spürt nicht die Schärfe des Winds und die Kälte der Flocken, fast geblendet vom gleißenden Schnee erreicht sie die königliche Familie und umarmt König und Kind, ja sie nimmt Bertha den Buben aus dem Arm, sie entreißt ihn ihr förmlich. Der Kleine juchzt auf und strahlt. Zu dritt ziehen sie der aufragenden Burg entgegen, Heinrich und sie und der kleine Konrad; Bertha ist nirgendwo mehr zu sehen. Hochrufe und Jubel schallen ihnen entgegen, selbst der Papst hebt seine Hand zum Segen.

Im Aufwachen, bei schmerzenden Gliedern im noch kalten, zugigen Raum, unter feuchten Federn und Laken, erschien Mathilde das Bild, das sich ihr eingebrannt hatte wie kein anderes in ihrem Leben: König Heinrich im Schnee vor Canossa, vor der dritten Umfassungsmauer ihrer uneinnehmbaren Burg, im härenen Gewand – so würde es später heißen, so schickte man die Botschaft in die Welt –, barhäuptig und barfuß lag der Büßer im Schnee, gestand seine Sünden und flehte den Heiligen Vater Gregor VII. um Gnade an, um vom Bannfluch der Exkommunikation erlöst zu werden.

Während Mathilde die Augen öffnete und in das Halbdunkel ihrer Kemenate schaute, ging ihr noch einmal durch den Sinn, was zu diesen im Traum beschworenen Ereignissen vor vielen, vielen Jahren geführt hatte.

Über die Ernennung des Mailänder Bischofs war es zwischen König Heinrich und dem Papst zum Streit gekommen. Bald ging es nicht nur um das Recht der Bischofsinvestitur, sondern darum, wer höher stehe: der weltliche oder der geistliche Herrscher, der Kaiser oder der Papst. König Heinrich beleidigte in jugendlichem Jähzorn den Heiligen Vater, forderte ihn auf, vom Stuhl Petri abzusteigen, und Papst Gregor, nicht minder zornig, antwortete unverzüglich mit der Exkommunikation des Königs. Dieser unerhörte Vorgang ließ die gottgewollte Ordnung wanken, verwirrte die Menschen und stürzte die Großen des Reichs, die Fürsten und Bischöfe, die Herzöge und Grafen, in Zerwürfnisse und Konflikte. Auch Mathilde wusste nicht, auf welche Seite sie sich schlagen sollte.

Heinrichs Gegner unter den Fürsten jedoch nahmen die Bannung zum Anlass, den König absetzen zu wollen. Sie gaben ihm nicht einmal ein Jahr Zeit, den Ausschluss aus der Gemeinschaft der Christen aufheben zu lassen. Andernfalls würden sie den Schwaben Rudolf zum König wählen.

Die Zeitspanne war angesichts des bevorstehenden Winters aussichtslos kurz. Heinrich wagte daraufhin das Unglaubliche, das Unfassbare, das noch nie ein Herrscher vor ihm gewagt hatte: Er zog mit Frau und Kind und wenigen Getreuen im kältesten Winter seit Menschengedenken über die tiefverschneiten Alpen, dem Papst entgegen.

Der gnädige Gott bestätigte sein Königsheil. Er ließ ihn die eisigen Passhöhen des Mont Cenis bezwingen und gesund und sicher das Tal von Susa erreichen. In der Ebene jubelten ihm die lombardischen Bischöfe und Grafen zu. Und bald stand er vor der Burg von Canossa, vor ihrer Burg, versuchte sie jedoch nicht zu stürmen, sondern wählte den friedlichen Weg – er demütigte sich, um in einer scheinbaren Niederlage einen langfristigen Sieg zu erringen.

Markgräfin Mathilde versuchte, sich endgültig aus dem immer wiederkehrenden Traum und ihren bedrängenden Erinnerungsgedanken zu befreien, denn es galt, eine letzte, wichtige Aufgabe zu erfüllen. Man schrieb das Jahr des Herrn 1111, gut 34 Jahre lag Heinrichs Bußgang nun zurück, Mathilde stand in ihrem 65. Lebensjahr. Nach einem gebetsreichen Winter im Kloster von Polirone war sie, geplagt von Gicht und heftigen Rückenschmerzen, nach Canossa zurückgekehrt, um dort den jungen, soeben in Rom zum Kaiser gekrönten Heinrich, den Fünften seines Namens, mit offenen Armen und in großzügiger Gastfreundschaft zu empfangen. Ja, sie sehnte den Tag herbei, an dem sich sein Sohn im Frühlingsgrün ihrer Burg näherte. Der Sohn, den sie sich immer gewünscht hatte. Es würde der Tag ihrer Erlösung werden.

Damit dies geschehen konnte, musste sie sich von der Schuld befreien, die sie ihrem Heinrich und mit ihm dem Reich gegenüber auf sich geladen hatte. Als gehorsame Tochter Papst Gregors hatte sie vor Jahrzehnten ihren Lehensbesitz der eifersüchtig fordernden Kirche vermacht – die Folge waren Reichsacht und zahllose Kriege, die ihr Herrschaftsgebiet verwüsteten. Statt Seelenheil bereits in diesem Leben zu erlangen, war sie mit Kinderlosigkeit, anhaltenden Kämpfen und Einsamkeit bestraft worden.

Jetzt musste Friede sein – und eine Versöhnung mit dem Sohn, die mit dem Vater nicht mehr möglich gewesen war.

Nach dieser Versöhnung wäre sie bereit, dahinzugehen in das Reich Gottes, das sie von den Schmerzen des Körpers erlöste, hinüberzuwechseln in Gefilde, aus denen das Weiß der Totentücher gewichen war. Hinter den Pforten des Paradieses erwarteten sie Engelgesang, blühende Wiesen und der Duft von Thymian und Lavendel. Der warme Schimmer einer golden sich neigenden Sonne. Keine Eiseskälte mehr, keine drohenden Schneewechten, beißenden Sturmwinde, die den Rauch der Kamine wegrissen und durch alle Ritzen drangen. Nein, sie erhoffte buntgetupfte Teppiche, gestreichelt von einer sanften Brise, im Bienensummen, unter dem lobpreisenden Gesang von Lerche und Nachtigall. An ihrer Seite ihr Heinrich.

Beide saßen sie auf einer Bank, zwischen einer Eiche und einer Linde, die ihre ausladenden Äste verschränkten. Heinrich mit wildem Haarwuchs, kräftigen Armen und fröhlichem Schalk in den Augen, ohne die Trauer, die ihn seit dem Tod seines Vaters nie mehr verlassen hatte – und sie in der stolzen Blüte ihrer Jahre, mit gesegnetem Leib … Hatten sie nicht gemeinsam, noch Kinder, vor ihrer Trennung und dem endgültigen Abschied aus Speyer, eine Eiche und eine Linde gepflanzt? Obwohl dies fast zwei Menschenalter zurücklag, sah sie noch die beiden grünenden Pflänzchen vor sich, schmeckte die Tränen, die über ihre Wangen flossen. Mathildes Mutter Beatrix hatte das Anpflanzen der Bäume als Zeichen der Verbundenheit angeregt und noch einmal Heinrichs Vater, Kaiser Heinrich, den Dritten seines Namens, gebeten, ja angefleht, die Verbindung der beiden mächtigen Geschlechter durch ein Verlöbnis endgültig zu besiegeln, ihren eigenen vergeblichen Wunschtraum im Leben der Kinder Wirklichkeit werden zu lassen.

Ja, Mathildes Mutter Beatrix, flachsblond wie alle Frauen des Lothringergeschlechts, hatte den erfolgsverwöhnten Kaiser Heinrich III. geliebt, von früh an bereits. Alles wiederholte sich. Nicht nur die Namen der salischen Kaiser, auch die Liebe, die Enttäuschung, der Verrat.

Während Diener den rußigen Kamin einheizten, um die feuchte Kälte aus der Kemenate der Markgräfin zu vertreiben, konnte sich Mathilde noch immer nicht lösen von den Erinnerungen an die Zeit, in der sie die stürmische Leidenschaft ihres Lebens durchlitten hatte. In der sie ihren Heinrich geliebt hatte, den jungen König und späteren Kaiser, der schließlich seine Heere gegen sie und ihr Land führte, dem sie sogar auf dem Schlachtfeld begegnen musste – in einer letzten Verzweiflungstat …

Auch Heinrich hatte sie geliebt. Dies wusste sie. Während er gegen sie kämpfte, kämpfte er um sie. Ihr ging es nicht anders: Sie hatte sich gegen ihn gewandt, um ihn zu gewinnen. Sie wollte keine Frau sein, die sich einem Mann, nicht einmal einem König oder Kaiser, einfach unterwarf. Sie wollte erobert werden. Oder hatte sie einen Bußgang erwartet?

Heinrich hatte seine ihm bereits als Kind aus väterlichem Herrschaftskalkül angetraute Bertha von Savoyen heiraten müssen und Mathilde ihren lothringischen Stiefbruder, einen Buckligen – die Lehen sollten nicht verlorengehen, die Macht der Familien erhalten bleiben. Der Bucklige war kein schlechter Mann, aber ihr blieb der Erbe versagt; ein einziges Mädchen brachte sie zur Welt, das nur wenige Tage lebte. Dann blieb sie unfruchtbar. Als Frau und Mutter ohne Glück und ohne Wert.

Mit Heinrich hätte sie zahlreiche Söhne in die Welt gesetzt und damit den ihm nachfolgenden Kaiser geboren, den Herrscher jenseits und diesseits der Alpen.

Warum nur war Heinrich bei seiner von ihm keineswegs geliebten Bertha geblieben? Er rührte sie während der ersten Ehejahre nicht an und wollte sich schließlich, als Neunzehnjähriger, von ihr trennen. Doch der römische Papst verweigerte ihm die Erlaubnis, und Heinrich gehorchte. Ja, er, der gesalbte König, gehorchte!

Für sie am schmerzlichsten war, dass auch noch Papst Gregor, dem sie ein Leben lang eine treue, sorgende Tochter war, Heinrichs Trennung von Bertha verhindert hatte. Er war damals noch nicht Papst, gleichwohl der starke Mann in Rom. Er diktierte seinem Vorgänger auf dem Thron Petri die harschen, die herrischen Worte, durch welche die Auflösung einer noch nicht vollzogenen Ehe unmöglich wurde. Heinrich beugte sich, ließ sich demütigen, und der Traum einer Verbindung zwischen zwei Menschen, die sich wirklich liebten, war ausgeträumt. Die Väter hatten ihn verhindert, aus politisch fehlgeleitetem Kalkül, aus Prinzipienreiterei – starr und stur.

Mathilde beobachtete die Rauchkringel, die sich, gepeitscht von hochleckenden Flammen, aus den Holzscheiten wanden. Die Luft wurde so rußig, dass sie husten musste. Sie fühlte sich schwach. Rief nach einer Kammerfrau und verlangte nach einem Becher warmer Milch.

Die Sonne scheine, hörte sie. Draußen sei es an windgeschützten Stellen wärmer als zwischen den Mauern, in denen noch die Kälte des Winters niste.

Mathilde seufzte. Ihr Gliederreißen ließ jede Bewegung zur Qual werden. Aber auch das bewegungslose Liegen linderte die Schmerzen nicht.

»Sollen wir Euch in die Sonne tragen, Herrin?«

Sie antwortete nicht. Die Bilder des Traums umfingen sie erneut. Sie sah ihren einst so sehnsüchtig Geliebten durch die Winterkälte stapfen, sah ihn im tiefen Schnee liegen, in der Haltung des Gekreuzigten – Heinrich, der einsame Büßer, ohne Königsgewand und Insignien der Macht. Frierend, zitternd, blaugefroren. Es war der Januar Anno Domini 1077, dessen Schneemassen aus der Erinnerung der Menschen nicht zu tilgen waren. Überall lagen sie, die von Wölfen angefressenen Toten, die verhungerten Tiere. Vögel fielen vom Himmel.

Mathilde beherbergte und schützte damals Papst Gregor, den *Heiligen Satan*, der beanspruchte, über allen Königen und Kaisern zu stehen. Der sich gleichwohl hinter die Mauern von Canossa geflüchtet hatte, weil er Heinrichs Schwert fürchtete. Als sich dieser ihm indes zu Füßen warf, konnte Papst Gregor nicht anders, als seine hasserfüllte Sturheit aufzugeben. Er durfte nicht mehr der Stellvertreter eines eifernden, er musste der Stellvertreter eines liebenden, verzeihenden, barmherzigen Gottes sein.

Lange allerdings zögerte er, weigerte sich, die Abmachungen, die zwischen den Unterhändlern des Königs und seinen eigenen Verhandlungsführern getroffen worden waren, zu unterzeichnen. Sie selbst, seine getreue Mathilde, und auch Abt Hugo von Cluny, hoch angesehen in der gesamten Christenheit, sowie die Mütter von König und Königin, sie alle bestürmten den Papst, endlich nachzugeben und den zitternden, dem Tode des Erfrierens entgegengehenden König wieder in die Gemeinschaft der Christen aufzunehmen. Mathilde stand kurz davor, dem Heiligen Vater ihre Unterstützung aufzukünden, als Gregor endlich sein lange ersehntes »Ego te absolvo« sprach. Es flossen die Tränen der Erleichterung und des Glücks.

Doch bereits der Versöhnungsgottesdienst und das Versöhnungsmahl zeugten erneut vom unüberbrückbaren Gegensatz zwischen König und Papst. Die Stimmung war frostig. Zuerst der Papst, dann auch der König forderten ein Gottesurteil – Gott aber ließ sich nicht herausfordern und schwieg.

Gleichwohl, alle auf der Burg von Canossa wussten: Der Papst hatte den König zwar gedemütigt, doch der König hatte seine Krone gerettet.

In der folgenden Nacht kam es zu einer herbeigesehnten und zugleich gefürchteten Begegnung zwischen ihr und Heinrich. Es war eine sternenlose, mondlose Nacht, in der die Schwärze des Himmels von blutroten Farbgewändern überweht wurde. In Ferne und Nähe heulten Wölfe, und schwarze Schatten zuckten durch das Licht der flackernden Fackeln. Pferde schlugen dumpf gegen die Stallwände, Schweine quiekten auf, als hielte man bereits das Messer an ihren Hals. Mathilde hatte das Fenster zu ihrer Kemenate geöffnet und schaute trotz der Kälte, die von außen hereinströmte, auf das unheilvolle Himmelszeichen.

Schließlich schlich sie in die Kapelle der Burg und flehte den Heiland an, ihr endgültig das Geschenk seiner Liebe zu gewähren. Heinrichs Liebe. Dass dies Berthas Tod einschloss, versuchte sie zu übergehen. Bertha war krank. Die Anstrengungen der vergangenen Wochen, der Weg über die verschneiten Alpenpässe, die Kälte hatten sie so geschwächt, dass das Fieber ihren Körper ergriffen hatte, und ihre Lungen rasselten wie die rostige Kette einer Falltür.

Als Mathilde gesenkten Hauptes und mit geschlossenen Augen den Gekreuzigten um Liebe und Erlösung anflehte, spürte sie einen leichten Lufthauch, und obwohl sie sich nicht rührte, die Augen geschlossen hielt, wusste sie, dass er es war, der sich ihr näherte.

»Ich danke dir«, hörte sie ihn flüstern, als er seine Hand auf ihre Schulter legte. »Dafür, dass du dich bei Gregor für mich eingesetzt hast.«

Sie öffnete die Augen und wandte sich ihm langsam zu, ergriff seine Hände, deren Kälte sie erschrocken wahrnahm. Er hatte zu lange im Schnee liegen müssen … Sie führte seine Finger zu ihren Lippen und wärmte sie mit ihrem Atem.

»Heinrich …«

Ihr Herz war voll, doch ihre Lippen flossen nicht über. Sie hätten über tausend Dinge sprechen müssen, über Heinrichs Kämpfe der letzten Jahre, ihre enttäuschte Hoffnung auf Ehe und Kind, die Suche nach dem Seelenheil beim Heiligen Vater, und doch schien ihr jedes Wort vor dem alles überwältigenden Gefühl schal und unnötig.

»Ich weiß, was du sagen willst.« Auch er flüsterte.

»Ich … ich …«, stammelte sie. Nun führte sie seine Fingerspitzen so nahe an ihren Mund, dass ihre Lippen sie berührten. Die Kälte sprang wie ein Feuer über, und sie zuckte zurück. Heinrich schaute erstaunt auf, nahm ihre Hände, drückte sie an seine Brust und ließ zu, dass sie ihren Kopf langsam an ihn lehnte.

»Wie können wir weiterleben?« Sie sprach noch leiser.

»Die Abkommen sind unterzeichnet, ich reise so bald wie möglich nach Augsburg, um vor den Fürsten meinen Anspruch als König zu bekräftigen. Wählen sie mich trotz aufgehobener Exkommunikation ab, werde ich meine Herrschaft mit dem Schwert durchsetzen.«

Nicht nur seine Hände, auch seine Stimme war kalt.

»Soll ich dich begleiten … als deine Verbündete?« Ihre Stimme blieb sanft.

»Und Papst Gregor? Du hast dich auf seine Seite geschlagen.«

Mathilde fühlte sich zurückgestoßen. Heinrich hatte nichts begriffen. Oder wollte nichts begreifen. Oder konnte, gequält, wie er war, nichts begreifen.

»Heinrich … wir beide … immer schon … das weißt du … wir gehören zusammen.«

»Immer schon?«

»Seit unserer Kindheit. Damals in Speyer. Erinnerst du dich nicht mehr? Wir beide tollten im Schnee. Versteckten uns im

Wald. Lauschten im Frühjahr der Nachtigall. Waren unzertrennlich. Dein Vater …«

Heinrich entzog sich ihr, warf einen kurzen Blick auf den Gekreuzigten über dem Altar, rieb seine Hände, schlug sie an seinen Körper und führte sie dann an seine Schläfen. »Erinnerst *du* dich noch?«, fragte er.

Er wirkte nun schwach wie ein gehetztes Tier.

Sie wusste nicht, was er meinte, und noch bevor sie nachfragen konnte, fuhr er fort: »Mein Vater – er nahm immer meinen Kopf zwischen seine Hände, wie in einen Schraubstock, und richtete ihn aus. Meist auf das Steingebirge des Doms zu Speyer. Mein großer Vater, der drei Päpste abgesetzt, das Reich geeinigt hat … Die Väter lassen nicht zu, dass wir unseren eigenen Weg gehen können, nicht der Kaiser-Vater, nicht der Papst-Vater und schon gar nicht der Vater im Himmel, der seinen geliebten Sohn ans Kreuz schlagen ließ.«

Heinrich hielt inne, löste seine Hände vom Kopf und faltete sie vor der Brust. Kurz kniff er seine Augen zusammen, wandte sich vom Kruzifix ab und schaute in das Dunkel der Kapelle. »Darin besteht das Schicksal der Söhne«, fuhr er mit brüchiger Stimme fort. »Sie werden ans Kreuz geschlagen. Geopfert. Als ich im Schnee lag, begriff ich endgültig, dass dies mein Schicksal ist: alleingelassen, verraten und gepeinigt zu werden, von den Vätern, von der angeblich liebenden Mutter, den Fürsten und falschen Freunden und, wer weiß, vielleicht auch einmal von den Söhnen.«

Am liebsten hätte Mathilde aufgeschrien. Heinrich hatte nicht nur nichts begriffen, er verhielt sich auch maßlos ungerecht. »Und was ist mit deinem Paten, Abt Hugo? Ohne seinen Einfluss hätte dich der Papst nie vom Bann befreit. Und mit Bischof Benno, der dir ein so kluger Verhandlungsführer war? Und mit mir, die den Papst bedrängt und überredet hat, seine starre Haltung aufzugeben? Mit Bertha, die du damals verstoßen wolltest und die in unverbrüchlicher Treue zu dir steht?« Sie spürte selbst die Schärfe in ihrer Stimme, dabei hatte sie ihm ihre Liebe gestehen wollen. Aber dieses Selbstmitleid …

Heinrich setzte sich auf die Stufe vor dem Altar, wandte dem Gekreuzigten den Rücken zu, und Mathilde erschrak über diese so eindeutige Geste, die einem Sakrileg gleichkam.

Langsam ließ sie sich vor ihm auf den kalten Steinboden nieder, warf einen kurzen, entschuldigenden Blick dem Gekreuzigten zu, der ungerührt auf sie herabschaute.

»Ich habe alles riskiert«, flüsterte Heinrich, »mein Leben, Berthas Leben, sogar das Leben unseres Söhnchens, als ich mitten im Winter über die Berge zog. Alle erklärten mich für verrückt. Ich warf mich vor dem usurpatorischen Papst in den Schnee, weil dies taktisch nötig war, dabei hätte ich ihn am liebsten eigenhändig erwürgt. Und nun bin ich rekommuniziert und werde meine Gegner in Deutschland besiegen. Wenn mich Papst Gregor nicht anschließend zum Kaiser krönt, werde ich ihn aus seinem Palast in Rom werfen, absetzen – und niemand kann mich daran hindern. Nicht einmal du.«

Heinrich hatte sie nur kurz angeschaut. Sein Blick war trotz der starken Worte müde und leer.

»Aber ich will dich doch gar nicht daran hindern«, rief sie aus.

In diesem Moment erblickten sie Papst Gregor.

Er hatte sich lautlos in die Kapelle geschlichen, ohne jegliche Begleitung, eingehüllt in ein schwarzes Mönchsgewand. Ein kalter Hauch umgab ihn. Es war, als würde der Tod zu ihnen treten. Dieser herrschsüchtige Mann mit der strengen Falte zwischen den Augenbrauen und den gewaltigen Furchen, die sich wie tiefe Narben längs über beide Wangen zogen, dieser Mann Gottes mit dem stechenden Blick, der immer wieder unter heftigen Hüftschmerzen litt und dabei seine Schmerzen verbissen zu bekämpfen versuchte – wie lange schon hatte er im Dunklen ihren Worten gelauscht?

»Ich wollte beten, den Heiland um Hilfe ersuchen«, sagte er mit der krächzenden Stimme eines alten Mannes und versuchte, einen Hustenanfall zu unterdrücken.

Heinrich war aufgestanden und hatte sich abgewandt.

»Mein Sohn …«, sagte der Papst, nachdem er wieder klar sprechen konnte. Die Kapuze fiel tief in seine Stirn.

Heinrichs Arm zuckte heftig nach oben, als wollte er eine Annäherung abwehren.

»Ich bin nicht dein Sohn«, stieß er brüsk aus, »mein Vater starb, als ich sechs war. Und nach dem Tod meines Vaters spielte sich ein anderer Mann als Vater auf, ein Pfaffe wie du: Anno, der Erzbischof von Köln. Er ließ mich entführen und sperrte mich drei Jahre ein – ich habe von Vätern genug! Schon gar von Pfaffen, die sich eine Vaterrolle anmaßen und mir, dem König und zukünftigen Kaiser, vorschreiben wollen, was ich zu tun habe. Der Bußgang ist zu Ende, Papst Gregor …«

»Warten wir ab, was in Augsburg geschieht«, fiel ihm Gregor barsch ins Wort.

»Lasst uns den Streit vergessen«, versuchte Mathilde zu schlichten. »Dazu haben wir uns verpflichtet.«

»Ich wollte nur betonen, dass ich dein geistlicher Vater bin«, sagte Gregor nach einer Pause, nun in erstaunlich mildem Ton. Als Heinrich nicht antwortete, fuhr er fort: »Es fiel mir leicht, dich wieder in die Gemeinschaft der Gläubigen aufzunehmen, denn ich bin ein barmherziger Mensch – zudem habe ich nichts gegen dich persönlich, nur gegen deinen Machtanspruch in Bereichen, die zu den ureigensten Aufgaben der Kurie gehören. *Imperium* und *sacerdotium* sind nach der Zweischwerterlehre der Heiligen Schrift zwei Bereiche, die ...«

»Ihr Pfaffen legt die Bibel aus, wie es euch passt. Ich versorge die Bischöfe mit Einnahmen und Aufgaben, daher muss ich sie auch ernennen können ...«

»Dies ist doch alles bereits verhandelt und ausdiskutiert!«, warf Mathilde ein, nahe daran, die Kapelle zu verlassen. Die beiden Männer waren nicht in der Lage, ernsthaft die Argumente des anderen zu bedenken und einen Kompromiss zu finden. Sie hatten sich ineinander wie tollwütige Hunde verbissen, und alle Versöhnungsgesten waren nichts als aufgesetztes Getue – jederzeit, so wurde Mathilde endgültig klar, konnten die beiden Opponenten wieder übereinander herfallen, der eine mit einer erneuten Exkommunikation, der andere mit einem Heerzug und blanker Gewalt.

Und nun, Jahrzehnte später, an diesem kühlen Frühlingstag des Jahres 1111, konnte sie nur den Kopf schütteln darüber, wie richtig damals ihre Einschätzung gewesen war. Papst Gregor zückte bald nach den Ereignissen von Canossa seine kirchliche Waffe erneut, die schärfste, die ihm zur Verfügung stand, die Exkommunikation, aber beim zweiten Mal war sie stumpf geworden. Heinrich kümmerte sich nicht mehr um die Bannung, sondern führte Krieg, zuerst gegen den Rivalen Rudolf, seinen zweifachen Schwager, der besiegt wurde, weil man ihm die Schwurhand im Kampf abschlug; dann gegen Rom und insbesondere gegen sie, die Markgräfin von Tuszien und Canossa, seine Cousine, seine Kindheitsgefährtin, gegen die Frau, die nie aufgehört hatte, ihn zu lieben.

Aufstöhnend rief Mathilde erneut nach ihrer Kammerfrau und bat um Wasser. Das Kaminfeuer hatte ihre Kemenate erwärmt, aber auch ihren Hals trocken werden lassen. Als sie den Kopf hob, um zu trinken, schienen sich tausend Nadeln in ihren Nacken zu bohren. Vorsichtig ließ sie sich umbetten.

»Warum umarmt ihr euch nicht und versöhnt euch wirklich?«, hatte sie damals in der Kapelle von Canossa die beiden Männer gedrängt. »Bei ein wenig gutem Willen kann man einen Ausgleich finden!«

Heinrich schwieg.

Auch Papst Gregor schwieg eine Weile, bis er leise antwortete. »Du hast recht, meine Tochter, man kann eindeutig in der Sache sein, doch im Persönlichen ... Immer schon war ich Heinrich zugetan, seit damals, seit seiner Kindheit und dem mir von seinem Vater aufgezwungenen Exil in Köln. Ich bedauerte, dass ihm nicht mehr Liebe zuteil wurde.«

Heinrich brach in helles Gelächter aus. »Mein Vater war streng, aber ich war sein einziger Sohn, und er liebte mich. Du dagegen bist besessen von deinen Machtansprüchen und weißt gar nicht, was Liebe zu Kindern bedeutet. Nie hast du welche besessen. Du kennst nur Prinzipien, wie Anno, der mich schlug, weil er an seine Prinzipien glaubte und an das Bibelwort: Wer seinen Sohn liebhat, der züchtigt ihn beizeiten.«

»Man kann Prinzipien haben und dennoch lieben. Gerade weil mir ein Sohn verwehrt bleiben musste, wäre ich dir gerne ein Vater gewesen, hätte ich dir den Vater ersetzt, nachdem dein leiblicher gestorben war, viel zu früh, wie ich noch heute bedauere ...«

»Lüge, nichts als Lüge, der Pfaffe lügt, wenn er das Maul öffnet – warum habe ich nur nicht auf meine lombardischen Bischöfe gehört und dich bis in den letzten Höllenschlund gejagt.«

»Die Mauern von Canossa sind unüberwindlich, wie auch Roms Mauern allen Angriffen trotzen können.« Papst Gregors Stimme war nun kalt und abweisend.

Mathilde stand dabei, während die beiden sich stritten, hilflos, den Tränen nah.

»Wärst du ein wenig bescheidener und hättest mir mehr Respekt gezollt, hätte ich dir deine beleidigenden Worte verziehen, hätte ich dir deine jugendliche Anmaßung nachgesehen«, fügte Gregor an, »doch nach diesen Worten ...« Er zog sich die Kapuze über den Mund, so dass allein seine dunklen Augen in der Düsternis der Kapelle glühten, und verschwand genauso lautlos, wie er gekommen war. Mathilde konnte gerade noch erkennen, dass er barfuß über den kalten Steinboden humpelte und hinaustrat in den Innenhof, tief hinein in den Schnee.

Mathilde rief ihre Kammerfrau. Draußen wärmte die Sonne den klaren Frühlingstag. Die dumpfe, rauchige Luft in ihrer Kemenate erschwerte ihr das Atmen. Und nun hörte sie die Nachtigallen singen. Sie flöteten, trillerten und schluchzten nicht nur des Nachts, sondern auch am frühen Morgen und tagsüber.

Unter Schmerzen ließ sie sich ankleiden und hinausführen unter die Eiche, deren frisch ausgetriebene Blätter den Burghof beschatteten. In der Tat war es hier wärmer als zwischen den feuchten Mauern. Sie setzte sich auf eine Bank, so dass sie über die Zinnen in die Ferne schauen konnte, über die Hügel des Apennin, die sich in verblauender Ferne verloren. Von dort musste bald der jüngst gekrönte Kaiser Heinrich V., sein jüngster Sohn, heranziehen. Mathilde betete, dass diese Begegnung dem Reich endlich ein Ende des Streits und ihr selbst die Erfüllung ihres tiefsten Wunsches bringen werde. Die Heilung der schmerzhaftesten Wunde.

Mathilde sprach flüsternd ihr Gebet, doch ihre Gedanken glitten wieder zurück zu den Tagen nach Heinrichs Bußfall.

Heinrich war längst nach Augsburg aufgebrochen, Papst Gregor jedoch blieb auf Canossa.

Nach Wochen sprach ihn Mathilde zum ersten Mal an. »Heiliger Vater, habt Ihr eine Botschaft nach Deutschland geschickt?« Am Ende eines gemeinsamen Mahls funkelte vor ihnen noch der Rotwein in den Gläsern.

Er schüttelte den Kopf.

»Wollt Ihr, wenn es wieder taut, die Bischöfe zusammenrufen?«

Die Furche zwischen den Augenbrauen vertiefte sich.

»Oder habt Ihr Heinrich doch verziehen?«

Erst nach langer Pause räusperte sich Papst Gregor, nahm einen Schluck Rotwein, legte die Hände wie zum Gebet aneinander und beugte seinen Kopf.

»Er hätte mir ein Sohn sein können«, sagte er schließlich mit leiser Stimme. »Ich weiß, wie es ist, ohne Vater aufzuwachsen. Bis heute kenne ich meine Eltern nicht. Vielleicht bin ich der Bastard eines Papstes, vielleicht der Bastard einer Gräfin – ich war ein Schandfleck, als Kind ins Kloster abgeschoben. Bis heute hat mir niemand die Namen meiner Eltern verraten. Und selbst eine Familie gründen durfte ich auch nicht. Du warst mir eine Tochter …«

Er sah Mathilde mit traurigen Augen an. »Verstehst du mich?«

Mathilde nickte, schüttelte dann den Kopf. »Ich weiß es nicht.«

Gregor senkte den Blick. »Ich musste Heinrich bannen, nachdem er mich beleidigt und zum Abdanken aufgefordert hatte. Als er die Autorität des Papstes angriff, musste ich mich wehren. Aber ich hätte, als er noch jung war, bewirken sollen, dass die Kirche ihm die Trennung von Bertha erlaubte … Damals siegten die Prinzipien über die Menschlichkeit … Natürlich, Bertha wäre tiefer Schmerz zugefügt worden … einem sechzehnjährigen Mädchen. Aber sie hätte einen neuen Mann gefunden.«

»Und ich hätte Heinrich heiraten können. Ihm Söhne geschenkt. Ihr hättet ihn zum Kaiser gekrönt, und über die Bischofsinvestitur hättet Ihr Euch geeinigt: *Imperator* und *Sacerdos* hätten sich in Frieden die Hände gereicht.« Als Gregor schwieg, fügte sie mit Nachdruck an: »Es ist jetzt noch möglich.«

Mathilde saß lange mit Papst Gregor zusammen, ohne dass ein weiteres Wort fiel. Als es dunkel war und allein die Glut im Kamin einen schwachen Schimmer aussandte, ließ sie Kerzen bringen und die Fackeln in den Halterungen entzünden.

Schließlich erhob sich der Papst. »Ich muss beten«, sagte er.

»Brecht Ihr *deswegen* nicht nach Deutschland auf, Heiliger Vater?«, fragte sie.

»Deutschland ist ein dunkles Land, ist Heinrichs und seiner Väter Land. Für mich ist es ein Ort der Verschleppung und des Exils. Ich überlasse Heinrich Gottes Ratschluss.«

Bis in den Frühling hinein blieb Papst Gregor auf der Burg von Canossa. Er gab seinen Gesandten keine klare Auskunft darüber, welche Stellung sie nun in der deutschen Königsfrage einnehmen sollten. Schließlich zog er wieder nach Rom.

Mathilde lag unter der Eiche und schaute in die frisch ergrünten Blätter, die leise im Wind zitterten. Die Nachtigall war nun still, dafür schmetterten andere Vögel ihre Lieder in den Himmel. Die Schmerzen schienen weichen zu wollen. Sie sehnte sich nach einem friedlichen Übergang in ein anderes Reich.

Aber erst einmal musste sie ihre Schuld beichten. Musste sie Heinrichs Sohn in die Arme schließen.

Als man ihr etwas zu essen brachte, nahm sie nur ein wenig

Brot und trank einen Schluck Wein. Dann rief sie Pater Bernardo, ihren Beichtvater, um ihr Bekenntnis abzulegen. Als er seine lateinischen Sprüche aufsagte, unterbrach sie ihn.

»Ich habe Königin Bertha den Tod gewünscht, damals im Januar eintausendsiebenundsiebzig, um König Heinrich heiraten zu können ...«

»Dies ist lange her, vermutlich längst gebeichtet und verziehen«, fiel ihr Pater Bernardo ins Wort.

»Unterbrich mich nicht!«, herrschte sie ihn an.

Entschuldigend neigte er seinen Kopf.

»Ich habe zweimal meinen Besitz der Kirche vermacht und damit den König, dem er zustand, betrogen.«

Pater Bernardo sah erstaunt auf, schwieg aber.

»Auf diese Weise zwang ich Heinrich, die Reichsacht über mich zu verhängen und sich auch militärisch gegen mich zu wenden. Er verwüstete mein Land, konnte Canossa indes nicht erobern. Im Gegenzug heiratete ich, eine zweiundvierzigjährige Frau, den siebzehnjährigen Welf, um seinen Vater, den Herzog von Bayern, gegen den König aufzuwiegeln. Vater und Sohn hofften auf mein Erbe, ich hoffte auf einen Erben – doch der fette Welf konnte die Ehe fleischlich nicht vollziehen ... Es war eine sinnlose und erniedrigende Verbindung, für beide. Nicht einmal als Heerführer war Welf eine entscheidende Hilfe. Als er begriff, dass mein Besitz längst der Kirche vermacht war, verließ er mich, sein Vater und er versöhnten sich wieder mit Heinrich ... Du sagst ja nichts?«

Pater Bernardo schaute sie lächelnd an. »Ich wollte Euch nicht wieder unterbrechen, außerdem erkenne ich keine Sünden, und wenn es welche gab, dann sind sie längst vergeben.«

»Ich sei eine geschlechtlich unersättliche Frau, hat man mir unterstellt, sogar Papst Gregor hätte ich verführt und den Welfenjüngling ins Bett gezogen, Heinrichs Sohn Konrad gegen seinen Vater aufgehetzt und später, als er mir nicht mehr nützlich war, ermorden lassen – ich muss ein Monster gewesen sein, ein Unheil für die Menschen, und all das aus rachsüchtiger Enttäuschung darüber, dass ich Heinrich nicht hatte heiraten können und nicht Kaiserin geworden war. Gott hat mich mit Unfruchtbarkeit und Gicht bestraft, dem Fegefeuer der Schmerzen noch in diesem Leben. Glaubst du das?«

Als Pater Bernardo nicht antwortete, wurde sie drängender: »Warum schweigst du?«

»Gott ist barmherzig. Sein Sohn starb für uns und unsere Sünden am Kreuz. Ich kann Euch freisprechen.«

»Bin ich das rachsüchtige Ungeheuer, das sich sein Seelenheil durch kirchliche Wohltaten erkaufen will?«

Pater Bernardo antwortete nicht.

»Warum darf ich nicht sterben?«

Der Beichtvater räusperte sich nun entschieden. »Die Stunde des Todes liegt nicht in unserem Ermessen.«

»Ja, ja«, sagte sie, zog die Augenbrauen hoch, seufzte. »Wäre ich doch durch *seine* Hand gestorben!«

»Gott schenkt uns das Leben und nimmt es wieder, nach seinem unerforschlichen Ratschluss.«

Mathilde hörte nicht mehr hin. Sie sah wieder die letzte Begegnung mit Heinrich vor sich und versuchte, sich genauer an die Umstände zu erinnern, an das Vorher und Nachher. Es war die Zeit mit Welf, ihrem damals zwanzigjährigen Gatten. Heinrich war zu seinem dritten Italienfeldzug aufgebrochen, eroberte Mantua. Welf hatte als ihr Feldherr die Eroberung vergeblich zu verhindern versucht. Sie stieß nach seiner Niederlage zu ihm und den Resten des Heers, versuchte, die Moral der Truppe zu stärken. Dann klügelten sie einen Weg aus, den Krieg auf ihre Weise zu entscheiden. Sie stellten Heinrich beim Passieren über den Etsch eine Falle und wollten ihn gefangen nehmen. Sie hoffte, ihn durch die anschließende Freilassung wieder für sich zu gewinnen, ihn gar zu verführen – waren Männer in Fesseln nicht empfänglich für weibliche Reize?

Einer ihrer Hauptleute jedoch verriet den Plan, und in der Folge attackierte Heinrich sie voller Wut und fügte ihrem Heer eine weitere entscheidende Niederlage zu. Welf floh nach Mailand, und sie musste sich auf ihre Apenninburgen zurückziehen, während Heinrich ihre Ländereien ausplünderte und brandschatzte. Im Herbst gehörten ihr nur noch ein paar Burgen um Canossa, und nun galt es, den letzten ehrenvollen Kampf zu führen.

Mathilde starrte in die Eiche über ihr. Das Grün verschwamm. Pater Bernardo kaute an seinen Fingernägeln. Sie hörte keinen Vogel mehr, sie hörte nur noch den Waffenlärm, das Wiehern der Pferde, die Rufe der Männer, das Donnern der Hufe, als die Reiterei des Königs und ihre eigene aufeinander zu galoppierten. Sie hatte sich im Hintergrund gehalten, wollte die Bewegungen ihrer Soldaten lenken, doch das Getöse der vorwärts stürmenden Reiter ließ ihr Pferd hochsteigen, es riss sie mit. Sie trug einen leichten Kettenpanzer, sogar ein Schwert an der Seite und einen Schild zum Schutz, einen Helm – und gab ihrem Pferd die Sporen. Noch nie hatte sie dies getan. Sie war die Herrin eines großen Landes, eine Frau, aber keine Amazone. Doch diesmal ... Es gab nichts mehr zu verlieren – Sieg oder ehrenvoller Tod. Mit fliegenden Hufen galoppierte ihr Pferd dem Feind entgegen, der sie bereits einzukreisen begann. Sie waren bei weitem in der Minderzahl. Als die ersten ihrer Männer fliehen wollten, peitschte sie sie an. Nur der erbärmlichste Feigling hätte die Herrin allein gegen den übermächtigen Feind reiten lassen. Die Mähne ihres Pferdes flog im Wind.

Und plötzlich erkannte sie ihn: Heinrich. Am Helmbusch oder am Wappen seines Schilds oder an einem Wimpel oder einfach an seiner Erscheinung? Sie wusste es nicht mehr. Sie schrie, sie juchzte regelrecht auf. Sie ritten aufeinander zu wie in Kindertagen auf ihren Ponys, mit Holzschwertern und Schilden. Damals ließ sie ihn meist siegen, weil sie die Ältere war, er knapp sechs, sie zehn. Doch diesmal, diesmal würde sie ihn mit ihrem Schwert durchbohren.

Als die ersten Reiter aufeinanderstießen, herrschten klirrender Lärm, Wut- und Schmerzensschreie, wildes Wiehern der Pferde, Anfeuerungsrufe, Befehle. Dichter Staub umgab sie. Schon war sie umzingelt; doch niemand griff sie an.

Als der gröbste Staub sich gelegt hatte, stand Heinrich auf seinem Rappen vor ihr. Das Pferd tänzelte unruhig, Heinrich hielt den Schild vor die Brust, sein Visier war offen, das Schwert in der Rechten hatte er sinken lassen. Sie ließ ihm keine Zeit, sich zu erklären, sich zu wappnen, sie jagte ihr Pferd auf ihn zu, riss ihr Schwert hoch, 45 Jahre war sie damals alt, müde zwar, aber noch kräftig genug … Heinrich parierte ihren Schlag mit dem Schild, wich geschickt zur Seite, ließ sie ins Leere galoppieren.

»Heinrich!«, schrie sie. »Stell dich dem Kampf!«

Er bewegte seinen Mund, an seinen Lippenbewegungen erahnte sie seine Worte: »Ich töte keine Frau.« Jetzt entnahm sie seinen Lippen: »Mathilde!« Nein, sie hörte seine Stimme, er rief ihren Namen, bittend, beschwörend, und wieder ließ sie ihr Pferd auf ihn zu galoppieren. Diesmal zuckte sein Arm hoch, und seine Klinge schlug ihr das Schwert aus der Hand. Im hohen Bogen flog es in den Sand. Höhnisches Aufjubeln begleitete ihre Niederlage. Jetzt wollte sie mit dem Schild zuschlagen, doch Heinrich schüttelte nur den Kopf.

Er hob die Hand, als wollte er ihr Frieden anbieten.

Dann winkte er seinen Männern, ihm zu folgen, und plötzlich hörte man keine menschliche Stimme mehr. Nur die Pferde wieherten, sanft trappelten ihre Hufe auf dem weichen Boden und warfen kleine Erdklümpchen auf.

Sie stand inmitten ihrer eigenen Reiterei – allein. Einer ihrer Hauptleute schwang sich vom Sattel und reichte ihr das Schwert.

»Wir haben gesiegt«, sagte sie mit ersterbender Stimme. Als keiner ihrer Männer antworten wollte, stieg sie vom Pferd, kniete sich auf den Boden, beugte ihr Haupt und küsste den Staub. Während sie sich aufrichtete, fuhr ein heftiger Schmerz mitten hinein in ihre Lendenwirbel, als hätte ein Pfeil sie getroffen. Aufstöhnend erstarrte sie und war nicht mehr in der Lage, sich zu bewegen. Während ihre Männer sie umringten, presste sie heraus: »Er hat sich gerächt.«

Nur mit Mühen gelang es den Männern, sie auf ihr Pferd zu setzen. Ohne dass sie sich aufrichten konnte, erklärte sie: »Wir haben dennoch gesiegt. Daher weihe ich diesen Ort der Madonna und nenne ihn *Madonna di Battaglia*.«

Dann zog man ab. Mathildes Pferd musste geführt werden. Abends auf Canossa ging es ruhig zu. Kein Festgelage, kein Siegesschmaus. Mathilde lag gekrümmt im Bett.

Bald darauf hörte sie, dass ein Teil der lombardischen Städte dabei war, sich von Heinrich abzuwenden, und er sich nach Verona zurückgezogen hatte.

Sie war gerettet. Tuszien und Canossa blieben in ihrer Hand. Heinrich griff sie nicht mehr an. Nie mehr. Und nie mehr sah sie ihn wieder.

Ihre Rückenschmerzen wurden besser, doch im Verlauf der Zeit verstärkte sich die Gicht.

Die Erinnerung an ihren schmachvollen Sieg brannte sich

in ihr Herz und ließ es böse und rachsüchtig werden. So sah sie es heute. Heinrich hatte sie gedemütigt, und daher griff sie ihn dort an, wo sie ihn am verwundbarsten wähnte. Sie entfremdete ihm seinen Sohn Konrad, so dass er dem Vater die Gefolgschaft aufkündigte und sich in Mailand zum König von Italien krönen ließ. Ein Triumph ohnegleichen: Sie hatte dem Vater den Sohn, der ihr eigener hätte sein sollen und können, genommen. Kurz darauf brachte sie sogar Heinrichs zweite Frau, die russische Großfürstentochter Praxedis, dazu, Heinrich zu entfliehen und ihn anschließend vor dem Papst ausschweifender Verbrechen zu bezichtigen. Dabei war es Praxedis, die anderen Männern schöne Augen machte.

»Ich schäme mich für meine Sünden, für all das, was ich Heinrich angetan habe«, sagte sie laut. Der Beichtvater war eingenickt, schreckte hoch und murmelte:

»Ego te absolvo.«

»Ich tat, was kein Mann getan hätte. Wie eine Schlange spritzte ich tödliches Gift in sein Leben. Ich fügte ihm Schmerzen ohne Ende zu.«

Der Beichtvater sah sie bedauernd an. »Ihr habt genug gelitten, der Herr ist gnädig«, sagte er.

»Ja, der Herr ist gnädig. Er macht aus liebenden Frauen Ungeheuer.«

Einen Augenblick lang wollte sich Mathilde erheben, doch die Schmerzen in ihren Gelenken und Gliedern ließen sie unverzüglich erstarren.

Während der Abend hereinbrach, schickte sie den Beichtvater fort; sie jedoch blieb unter der Eiche sitzen und lauschte der Nachtigall.

Am nächsten Morgen wurde es heiß und schwül; mittags fast dunkel, die Wolken nahmen eine rötliche Färbung an, bis schließlich ein heftiges Gewitter niederging und ein Blutregen das Land überschwemmte.

»Krieg und Untergang, Feuersbrünste und Hungersnöte erwarten uns«, stöhnten die Menschen.

Mathilde schüttelte den Kopf. Diesmal würde der Kaiser nicht als Feind, sondern als Gast vor Canossas Toren stehen, nicht als Büßender, sondern als Triumphator. Sein Sohn.

Und so geschah es.

Sie hatte sich ihr kostbarstes Gewand umlegen lassen und ließ sich von ihren Kammerfrauen, Pater Bernardo und ihrem treuesten, alt und grau gewordenen Heerführer dem Kaiser entgegenbringen. Im Tor des dritten Mauerrings blieb sie stehen, schwach vor Schmerzen und Erschöpfung, als Kaiser Heinrich V. mit großem Gefolge heranzog. Seine Wimpel und Banner flatterten im Wind, der den Staub, den die zahllosen Hufe aufgewirbelt hatten, rasch verwehte.

Der Kaiser, ein junger Mann, der seinem Vater in dessen schönsten Jahren zum Verwechseln ähnelte, hob die Hand zum cäsarischen Gruß und glitt dann aus dem Sattel, um vor ihr niederzuknien. Die Tränen schossen ihr in die Augen, und sie brachte kein Wort heraus.

»Gegrüßt seist du, Mutter«, rief er und griff nach ihrer Hand, um sie mit Küssen zu bedecken.

Auch sie nahm seine Hand und führte sie an ihre Lippen, ließ dann langsam und unter Schmerzen ihren Kopf an seine Brust gleiten. Er legte die Arme um ihren Rücken und drückte sie vorsichtig an sich.

Drei Tage blieb er Gast, drei Tage wurde sein Gefolge auf Canossa und allen Burgen im Umkreis fürstlich bewirtet, der Wein floss, bis die Keller leer waren und in den Wäldern kaum noch Wild zu erlegen war.

Pater Bernardo sprach in einer heiligen Messe von der

Rückkehr des verlorenen Sohnes und von der Versöhnung zwischen Gott und den Menschen.

Am letzten Abend zogen sich Mathilde und Heinrich unter die Eiche im Burghof zurück und befahlen, allein gelassen zu werden. Lange lauschten sie der Nachtigall, die über ihnen im Geäst saß und unermüdlich ihre schluchzenden Melodien anstimmte.

»Ich habe in dir endlich den Sohn gefunden, den ich vermissen musste«, sagte sie, »und kann mich mit deinem Vater aussöhnen.« Wieder kämpfte sie gegen die Tränen.

»Ihr müsst euch geliebt haben«, antwortete Heinrich, bedächtig ein Wort vor das andere setzend, »obwohl ...«

»Obwohl?«

»Du schenktest deinen gesamten Besitz der Kirche, obwohl er das Lehen meines Vaters war, Reichsgut. Du schlugst dich auf die Seite des Papstes. Mein Vater hat dies immer als Verrat empfunden. Und als dann mein älterer Bruder Konrad von ihm abfiel, als die Hure Praxedis ihn verleumdete ... Er hat es kaum verwinden können.«

Mathilde schwieg, weil sie selbst nicht mehr wusste, warum sie all dies getan hatte.

»Meine Mutter und mein Stiefvater zwangen mich, den falschen Mann zu heiraten. Ich hatte keine Söhne«, sagte sie schließlich. »Dein Vater musste die falsche Frau heiraten und bei ihr bleiben.« Sie unterbrach sich, als sie merkte, wie über Heinrichs Gesicht ein Schatten fiel. »Entschuldige, deine Mutter war eine edle Frau, treu bis in den Tod, es gibt keine bessere, sie blieb rein und ohne Sünden, im Gegensatz zu mir«, sagte sie hastig und ergriff seine Hand.

Mit in sich gekehrtem Blick begann er zu sprechen: »Ich habe keine Erinnerungen an meine Mutter, sie starb, als ich noch sehr klein war. Mein Vater ... Eigentlich war

Bischof Konrad mein Vater. Er erzog mich. Ihm verdanke ich alles.«

»Du hast deinen Vater kurz vor seinem Tod entmachtet und abgesetzt.«

»Ja, ich war der Letzte in der langen Reihe von Menschen, die ihn verrieten oder durch die er sich verraten fühlte.«

»Warum tatest du das? Du warst der zweite Sohn nach Konrad, der sich von ihm abwandte.«

»Ich setzte ihn sogar gefangen und zwang ihn, mir die Reichsinsignien auszuhändigen. Er konnte allerdings fliehen und rüstete ein Heer gegen mich. Bevor es zur Schlacht kam, starb er – an gebrochenem Herzen. Er hatte mir vorher noch verziehen … Ich hätte warten können.«

Mathilde sah ihm in die Augen, aber er wich ihrem Blick aus.

»Warum hast du dich von ihm abgewandt?« Mathilde fühlte, dass sie nicht das Recht hatte, Heinrich diese Frage zu stellen, bevor sie nicht dieselbe Frage, die sie auch sich hätte stellen müssen, beantwortet hatte.

Heinrich richtete sich auf, seine jungen Gesichtszüge wurden hart. »Weil er in seinen Urteilen ungerecht wurde, weil er auf die falschen Männer setzte, weil ich seine Ziele mit mehr Nachdruck verfolgen wollte« – ein kurzes triumphales Leuchten huschte über sein Gesicht – »und es ist mir gelungen: Der Papst hat nachgeben müssen, ich setzte ihn, wie mein Großvater, gefangen – der ganze Streit von Canossa war sinnlos, Verträge hin oder her, keiner will sich an sie halten, ich werde die Bischöfe wieder einsetzen und alle zukünftigen Päpste in die Schranken weisen. Und außerdem …«

Kaum merklich kniff er die Augen zusammen. »Ach nichts«, sagte er noch, doch Mathilde wusste genau, worauf er hinauswollte. Auf seinem Italienzug plante er nicht nur, sich zum Kaiser krönen zu lassen und ein Ende des Investiturstreits zu erreichen, ihm ging es auch um ihren Besitz. Musste es gehen.

»Für mich bist du die Mutter, die mir geblieben ist«, wechselte er mit weicher Stimme das Thema, »meine nächste Verwandte. Du hast keinen Sohn, du hast meinen Vater geliebt, das weiß ich, er sprach in seinen letzten Tagen oft von dir. Enttäuscht, aber voller Liebe in der Stimme. Meine Mutter war ihm treu ergeben, geliebt hat er jedoch nur dich ... Eigentlich bin ich wirklich dein Sohn.«

»Aber warum ...«, fiel ihm Mathilde ins Wort, unterbrach sich sofort. Niemand würde die Frage nach dem Warum mehr beantworten können. Gott allein wusste, warum Er den Menschen ein so widersinniges Schicksal auferlegte.

»Ich werde dich nach dreißig Jahren von der Reichsacht lossprechen«, erklärte Heinrich unvermittelt.

Mathilde schaute ihn erstaunt, dann erwartungsvoll an. Lächelnd schwieg er.

Nein, er knüpfte keine Bedingung an die Aufhebung der Reichsacht.

Nach einer Weile brach sie das beidseitige Schweigen. »Du wirst meine Besitzungen erhalten – als mein Neffe und Sohn.«

Er lächelte noch immer. »Ich wusste, dass du im Herzen eine wahre Mutter bist.«

»Ich suchte stets nach dem Seelenheil, Heinrich. Mein Vater starb durch einen Meuchelmord, mein buckliger Ehemann ebenfalls, auf scheußliche Weise, mein Mädchen starb, meine Geschwister starben, viel zu früh ... und der Mann, den ich liebte, blieb mir verwehrt. Ich suchte Hilfe und Erlösung bei dem Falschen, bei Papst Gregor, später dann meine Rache ... Welf, Konrad, Praxedis, alles hilflose Versuche ... Ich werde ewig im Fegefeuer schmoren. Nur daher stifte ich ein Kloster nach dem anderen.« Sie hatte leise gesprochen, doch nun brach es aus ihr heraus: »Warum konnte mir Gott denn nicht wenigstens einen Sohn schenken!«

Heinrich schaute sie lange an, nahm sie dann in die Arme und drückte sie an sich. Als sie vor Schmerzen aufschrie, ließ er sie erschrocken los.

»Meine Gicht!«, stammelte sie. »Ich bin eine alte Frau, die sich nach dem Tod sehnt, weil sie die Qualen nicht mehr aushält.« Nun ergriff sie Heinrichs Hand, zog ihn vorsichtig an ihre Brust und küsste ihn auf die Stirn. »Ich habe endlich meinen Sohn gefunden und kann in Frieden sterben.«

Wieder stürmten, als das Jahr sich neigte, Flockenwirbel über die Zinnen der Burg und bedeckten wie ein weißes Totentuch das Land. Mathilde zog sich immer mehr aus der Welt zurück. Monatelang konnte sie sich nicht mehr aus dem Bett erheben. Gelegentlich ließ sie sich an das Fenster tragen, um über die Hügel zu schauen, dorthin, wo Heinrich aus dem blendenden Weiß des Januartags 1077 aufgetaucht war. Wohin aber auch sein Sohn, ihr Sohn, lange winkend, abgezogen war.

Kurz vor ihrem endgültigen Abschied von Canossa träumte sie wieder den Traum der weißen Todeslandschaft. Sie wachte mit Tränen in den Augen auf. Trotz ihrer Schmerzen ließ sie sich ankleiden und zu dem mittlerweile halb zerfallenen dritten Mauerring tragen: Hier hatte Heinrich in der Haltung des Gekreuzigten gelegen. Bald würde sie ihm begegnen, im Himmel, auf der Blumenwiese ihrer Kindheit, sie würden miteinander spielen und lachen, weinen und tollen, und niemand würde sie jemals wieder trennen können.

CAGLIOSTRO
oder Die Erforschung der Lüge

ERIC WALZ

Dort ist er, sehen Sie ihn sich an: Ein Mann von kleinem Wuchs, knapp über fünfzig Jahre alt, runder Kopf, fliehende Stirn, platte Nase, ehrliche Augen. Früher war er korpulent. Seit vier Jahren sitzt er in diesem Kerker, dem Kerker von San Leo. Man hat ihn eingemauert. Ja, buchstäblich. Er ist umgeben von Wänden. In drei oder vier Metern Höhe gibt es ein winziges vergittertes Fenster, und in der gegenüberliegenden Wand befindet sich knapp über dem Boden eine Durchreiche. Das ist alles. Keine Tür führt zu ihm, dem sich einst alle Türen öffneten, der vom Adel Europas angehimmelt und von den einfachen Leuten gefeiert wurde und von dem man vermutete, er wäre im Besitz uralten Wissens, im Besitz der Geheimnisse der Welt.

Darf ich vorstellen: Alessandro Graf von Cagliostro, Wunderheiler, Hellseher, Geisterbeschwörer, Alchimist, Großkophta des ägyptischen Ordens der Freimaurer und größter Lügner des Jahrhunderts. Im Moment sitzt er leider in seiner Scheiße.

Möchten Sie näher treten? Gut, bleiben wir auf Abstand und beobachten, was passiert.

22. August 1795. Noch vier Tage.

»Wer bist du?«

»Als ob du das nicht wüsstest, Cagliostro.«

»Wie bist du hier hereingekommen?«

»Ich bin nicht hereingekommen. Da du hier drin bist, bin ich ebenfalls hier drin.«

»Warum erscheinst du gerade jetzt?«

»Du merkst hoffentlich, dass sich unsere Unterhaltung bis jetzt auf niedrigem Niveau bewegt. Wer, wie, warum. Ich fühle mich weder unterhalten noch herausgefordert. Das bessert sich, will ich hoffen.«

Der Unbekannte geht im Kreis um Cagliostro herum. Er trägt Schwarz, in dem finsteren Loch verschmilzt er fast mit der Dunkelheit. Cagliostro hat früher selbst gerne Schwarz getragen, vor allem bei Geisterbeschwörungen, und er hat sich auch der Mode weit entfernter Länder bedient, um Eindruck zu machen, doch Kleidung wie diese hat er noch nicht gesehen: ein Beinkleid fast bis zum Schuh, schmuckloses Hemd, schmucklose Weste, ein Gebinde um den Hals, nirgendwo ein Hut. Seltsam, sehr seltsam. Der Unbekannte scheint von weit her zu kommen, und doch wirkt er nicht fremd auf Cagliostro.

»Was läufst du um mich herum«, ruft Cagliostro. »Sag, was du zu sagen hast, und dann weg mit dir.«

»Nein, so macht das keinen Spaß. Ich bin doch kein Brief! Außerdem ist mein Erscheinen längst überfällig. Betrachte mich als interessanten Gast.«

»Ha! Mein Gast, ja? Warum eigentlich nicht? Die Gäste gehen ja ein und aus bei mir, in einem Kerkerloch kann man sich ja so fein verwöhnen lassen. Möchtest du einen Tee? Bevorzugst du chinesisches oder sächsisches Porzellan? Ein Fußbänkchen gefällig? Ein Stück Torte vom besten Konditor der Stadt? Verschwinde, sag ich! Auf Gäste bin ich nicht vorbereitet.«

»Machen wir es uns gemütlich, Cagliostro. Bleib doch nicht abseits. Komm her. Iss.«

Cagliostro traut seinen Augen nicht. Plötzlich sind da Speisen über Speisen: köstliche Pariser Pasteten, englischer Lammbraten, Fasan – aber auch die Leibspeise aus den Jahren seiner Kindheit im armen Sizilien, Pasta mit Sardinen. All das ist angerichtet auf einer schön bestickten Damastdecke, die in der Mitte der Kerkerzelle auf dem Boden ausgebreitet liegt.

Vorsichtig, noch ein wenig skeptisch, nähert er sich und setzt sich neben den Unbekannten auf die Decke.

»Greif zu, Cagliostro. Zier dich nicht.«

Cagliostro greift zu, ziert sich nicht. Er isst, was er allzu lange entbehren musste. Nach einer Weile hält er plötzlich inne und sagt: »Ich habe mir dich anders vorgestellt.«

»Wie denn?«

»Ich weiß nicht. Irgendwie … aggressiver.«

Der Unbekannte nickt wie zu einer abgedroschenen Geschichte. »Diese Vorstellung haben viele Menschen von mir. Das liegt daran, dass ihr euch gerne ein einfaches Bild von den Dingen macht. Immer alles hübsch ordentlich. Oh, du bist doch nicht etwa enttäuscht, mein Lieber?«

»Im Gegenteil, ich bin angenehm verwundert, dass das Leben noch immer Korrekturen zu bieten hat.«

»Gut gesagt. Das Niveau der Konversation entwickelt sich. Und du hast ein Stichwort geliefert: Korrekturen. Im Grunde bin ich deswegen erschienen. Ich möchte von dir wissen, ob du dein Leben – stünde es in deiner Macht – korrigieren würdest.«

Cagliostro seufzt. »Die letzten Jahre waren erbärmlich. Einen einzigen Fehler habe ich gemacht, für den ich viel zu hart und lange büße.«

»Handwerkliche Details interessieren mich nicht. Meine Frage zielte auf die Schuld ab, die auf dir lastet.«

»Schuld gibt es nur dort, wo Reue ist, und ich bereue nichts.«

Der Unbekannte applaudiert wie ein kleines Kind oder ein Narr. »Bravo, Cagliostro, wunderbar! Nun näherst du dich dem Höhepunkt deiner Redekunst. Zehntausend Betrogene in aller Herren Länder, dazu Schulden wie ein König, und von Reue keine Spur. Ich beglückwünsche dich. Kaum hast du einen vollen Bauch, bist du wieder ganz der Alte.«

Ganz der Alte – das Lob tut Cagliostro gut, und er spürt ein Gefühl, das er mindestens genauso wie das delikate Essen vermisst hat: das Kribbeln auf der Haut wie bei einer Jagd, der leichte Rausch wie nach zwei, drei Gläsern besten Weines, die Schübe von Kraft und Entschlossenheit wie in einer Liebesnacht, alles zusammengenommen eine gewaltige Euphorie. Cagliostro kommt es vor, als schwebe er, so wie damals, als er diese Euphorie zum ersten Mal spürte. Mit dem Unbekannten ist die vergangene Welt, die Welt da draußen, nach hier drinnen gekommen. Da ist sie, Cagliostros Jugend, so nah, als könne er die Hand nach ihr ausstrecken.

»Sizilien«, flüstert er. »Palermo. Ein Viertel. Schmutzig.«

»Sprich bitte in ganzen Sätzen und nicht wie ein Papagei, dem man ein paar Wörter beigebracht hat.«

Cagliostro sieht den Unbekannten nur kurz an, dann entschwebt er wieder in seine Jugend.

»Giuseppe Balsamo – diesen Namen habe ich eine Ewigkeit lang nicht mehr ausgesprochen. Es war mein Name. Wir lebten in einem Armenviertel. Die Häuser waren schlecht gebaut und dünnwandig. Im Sommer hat es überall erbärmlich gestunken, ob draußen, ob drinnen, und der Sommer dauerte neun Monate des Jahres. Schlimm, ja, aber das Schlimmste an der Armut ist nicht, dass man in einem schlechten Quartier lebt, sondern dass die Freude erstickt wird. An nichts fanden die Leute in meinem Viertel Gefallen, noch nicht einmal an der Liebeslust, die sie eher absolvierten als auskosteten. Die prächtige sizilianische Sonne stand im erschreckenden Kontrast zum Grau in Grau der menschlichen Existenz. Es war mir widerlich. Eigentlich hätte es allen, die dort lebten, widerlich sein müssen, doch aus einem mir unverständlichen Grund fügten die anderen sich mit empörender Nachgiebigkeit in ihr Dasein, auch meine Eltern. Nun gut, manche Leute stahlen oder beschäftigten sich mit Blutrache, aber sie blieben Untertanen der Armut, und wenn sie sich mit kleinen Diebereien abgaben, so dachten auch sie in eng beschränkten Grenzen.

Ich war anders. Alles in mir begehrte auf gegen das Elend, und wäre mir politischer Kampfgeist gegeben, so wäre ich vielleicht ein großer Aufrührer geworden. Doch danach stand mir nicht der Sinn, ich taugte lediglich zum inneren Emigranten und ließ meine Wut in den Schänken aus. Kaum eine Schlägerei, in die ich nicht verwickelt war, kaum ein Monat, in dem ich nicht ein Degenduell ausfocht. Ich war ohne Freunde, einen einsameren Jungen als mich gab es in ganz Palermo nicht. Jede Nacht vor dem Einschlafen sagte ich mir, dass Gott ein Fehler unterlaufen sein müsse und ich nicht ins Armenviertel von Palermo gehöre, und morgens beim Aufstehen war das mein erster Gedanke.

Als meine schöne Schwester von einem wohlhabenden, hässlichen Mann den Hof gemacht bekam, schlug meine erste große Stunde. Sie interessierte sich nicht im Mindesten für diesen Verehrer. Jeder andere Bruder hätte sie zu überreden versucht, den Reichen zu heiraten, um sich dadurch Vorteile zu verschaffen. Was aber tat ich? Ich überbrachte diesem Mann heimliche Liebesbriefe, die ich als die meiner Schwester ausgab, und der Verehrer übergab mir seine Briefe an die Angebetete – die sie selbstverständlich nie zu Gesicht bekam.«

Cagliostro lacht. Es ist kein gemeines Lachen, aber ein sehr lautes. Seine Augen leuchten und tränen zugleich.

»Wenn sich die beiden begegneten, verhielt meine Schwester sich äußerst kühl, wohingegen sie in ›ihren‹ Briefen brodelte wie der Ätna. Ich erzählte dem verwirrten Verehrer, dass meine Schwester ihre Liebe noch geheim halten müsse, weil meine Eltern starke Vorbehalte gegen ihn hätten und erst noch überzeugt werden müssten. Nach und nach erbat ›sie‹ sich von ihm Liebesbeweise in Gestalt von Schmuckstücken, und was soll ich sagen, der Idiot gab mir alles, was ›meine Schwester‹ haben wollte: eine Brosche, ein Armband, einen Ring, ein Collier, schließlich ein Diadem. Man stelle sich das vor! Wir lebten in einem armseligen Häuschen, und meine zerlumpte Schwester erbat sich ein Diadem als Liebesbeweis. Was um alles in der Welt sollte sie mit einem Diadem anfangen? Der Idiot jedoch schöpfte keinen Verdacht. Köstlich, einfach köstlich.«

Cagliostro kugelt sich vor Lachen. Diese Geschichte – die erste Geschichte seines Lebens – hält ihn minutenlang im Griff.

Nach einer Weile fragt der Unbekannte, der völlig ernst geblieben ist: »Du hast demnach die Liebe eines Menschen ausgenutzt, um an ein paar Schmuckstücke zu kommen?«

»Dreimal falsch«, antwortet Cagliostro und wischt sich die Tränen von den Wangen, wobei er noch mehrmals auflachen muss. »Erstens hat der Mann meine Schwester nicht geliebt, sondern begehrt, und zweitens habe ich seine Begierde nicht ausgenutzt, sondern mit ihr gearbeitet.«

»Spitzfindigkeiten, lieber Cagliostro.«

»Keineswegs. Die Begierde ist ein in sich egoistisches, schlechtes, zerstörerisches Gefühl – das Wort Gier steckt darin.«

»Zugegeben. Na und?«

»Etwas Schlechtes wird nicht *ausgenutzt*, das ist eine ganz und gar unmögliche Formulierung.«

»Und drittens?«

»Drittens habe ich die Briefe nicht wegen der Schmuckstücke geschrieben – nicht ausschließlich jedenfalls.«

»Nun mach aber einen Punkt!«

»Aber wenn ich es doch sage.«

»Du hattest vom ersten Brief an den Plan, Geld herauszuschlagen.«

»Natürlich. Und doch bleibe ich dabei: Ich tat es nicht allein des Geldes wegen. Wie kann ich es dir nur begreiflich machen …« Cagliostro denkt nach, und dann kommt ihm ein Einfall, und er redet schnell und immer schneller. »Wetten die Leute auf den Pferderennbahnen, um fünf Pfund zu gewinnen? Nein, sie wetten, weil es ein Spiel ist. Würde man ihnen fünf Pfund schenken, wäre es nicht dasselbe, als wenn sie es sich durch Kenntnis und Glück verdienten. Als der Verehrer meiner Schwester mir das erste Schmuckstück übergab und als ich mit dieser Brosche in der Tasche durch die Gassen spazierte, da durchströmte mich ein irrer Stolz. Zum ersten Mal bemerkte ich, dass ich Verstand besaß, noch dazu einen sehr beweglichen und präzisen. Schläue, Raffinesse, Geschick – Eigenschaften, die über Nacht auf mich zutrafen. Die erste große Lüge meines Lebens war wie ein Kuss, der mich aufgeweckt hatte. Endlich verstand ich, wer ich war, was ich sein würde: ein großer Lügner. In eines jeden Menschen Jugend gibt es einen Moment, in dem ein Tor aufgestoßen und der Blick in die eigene Berufung möglich wird, daran glaube ich fest. Viele verpassen diesen Moment, sie übersehen ihn, vergessen ihn. Ich vergaß ihn nie. Hätte ich die Brosche auf der Straße gefunden, hätte ich sie selbstverständlich eingesteckt und zu Geld gemacht, doch ich hätte gewusst, dass mir ein solches Glück nie wieder gegeben würde. Zu wissen, dass ich mein Glück selbstbestimmt wiederholen konnte, war die größte Kraft in meinem Leben. Ein Lügner war ich, zum Lügner war ich geboren, so wie andere liebestoll geboren werden.«

Der Unbekannte nickte. »Die Lüge ist dein Spiel.«

»Genau das: ein wahnsinniges, verzweifeltes Glück, ein Abgrund, den ich an einem Seidenfaden hängend überfliege, mein Opium. Die Sache mit meiner Schwester, ihrem Verehrer und den gefälschten Briefen flog irgendwann auf, und ich musste Palermo überstürzt verlassen, doch darauf kam es mir nicht an.«

»Was wurde aus deiner Familie?«

»Ich sah sie nicht wieder. In meinem ganzen Leben habe ich nur an zwei Menschen gehangen.«

»Der erste war Althotas, nicht wahr?«

So wie Alessandro Graf von Cagliostro seinen Jugendnamen Giuseppe schon lange nicht mehr gehört hat, so hört er auch den Namen seines einstigen Meisters mit großer Fremdheit und Verwunderung, wie etwas, das vor langer Zeit vergangen ist.

»Ich lernte Althotas in Messina kennen, oder besser gesagt, wir fanden uns dort. Meine Entdeckerjahre begannen. Althotas war im vorgeschrittenen Alter, er konnte meine Hilfe gut gebrauchen. Und ich, ich habe viel von ihm gelernt.«

In seiner Stimme klingt etwas Träumerisches und Zartes, so als spreche er über die eigenen Kinder: »Chemie, Alchimie, Schauspielerei, Falschspielerei, Erfindungsgeist … Mein Gesellenstück war die Entwicklung eines billigen Stoffs aus Flachs und Hanf, der jedoch kostbar wirkte. Als Flachshanf hätte ihn kein Mensch gekauft, aber weil wir ihn als Seide anboten, machten wir ein kleines Vermögen. Wir bereisten Malta, Alexandria und die griechischen Inseln und verbrachten eine schöne Zeit.«

Cagliostros Stimme verändert sich erneut. Die gute alte Euphorie beherrscht ihn wieder, durchwoben mit ein wenig Kälte. »Aber Althotas spürte, dass ich zu Höherem geboren war, als am Rande Europas mit Taschenspielerkniffen und falscher Seide zu glänzen. Er prophezeite mir eine große Zukunft und beneidete mich um meine ebenso große Jugend. Ich blieb ihm loyal, aber als er starb, brannte ich darauf, das, was ich gelernt hatte, zu perfektionieren und weiterzuentwickeln. Ich wollte besser werden als Althotas, wollte mehr werden als ein Meister. Ich wollte, dass mich die Leute für meine Lügen liebten, dass sie mich anbettelten, sie anzulügen. Zum Priester wollte ich werden.«

Plötzlich, von einem Atemzug zum anderen, ist die Erinnerung weg, und auch der Unbekannte und die Decke und das Essen sind verschwunden.

»Und welche Stadt eignet sich besser dazu als Rom?«, sagt er, ohne zu wissen, warum er es sagt, worüber er gerade spricht. Er zieht sich in eine Ecke zurück.

Nacht. Mit der Finsternis ist zwar die Kerkerkälte gekommen, zugleich brechen jedoch die schönsten Stunden jedes Tages an. Denn die Zeit hat für Cagliostro etwas Erstickendes, Betäubendes, und da sie fast immer gegenwärtig ist, lebt er in ständigem Wechsel zwischen Angst und Apathie. Nur im Schlaf findet er Rettung.

Am nächsten Morgen öffnet sich die Klappe der Durchreiche, und die Hand schiebt die Schale in das überirdische Grab. Es ist immer dieselbe Hand, dieselbe Schale. Gleichmütig isst er die Hafergrütze. Er erinnert sich der Delikatessen des vorangegangenen Tages, dann erinnert er sich des Unbekannten, und schließlich überkommt ihn sogar eine Ahnung der Euphorie, die er gestern gefühlt hatte. Doch es ist, als betrachte er ein Gemälde, auf dem Fröhlichkeit herrscht, ohne dass er selbst fröhlich ist.

Er kauert sich in seine Lieblingsecke und blickt in die Mitte der Zelle, seines Grabes. Dort erscheint an jedem sonnigen Tag für kurze Zeit eine Lichtbahn, die ein Mal auf den Boden wirft, das die Form des Fensters in sich trägt. Die Zeit vergeht nur im Warten auf diesen vergitterten Lichtfleck.

Aber plötzlich …

23. August 1795. Noch drei Tage.

»Da bist du ja endlich«, ruft Cagliostro.

»Hast du mich vermisst? Ich bin gerührt.« Der Unbekannte umarmt ihn.

Sofort wird Cagliostro übel, und er erbricht eine seltsame Masse, wie er sie noch nie gesehen hat: sie ist grau und bröselig wie Dreck.

»Entschuldigung«, murmelt er. »Das tut mir entsetzlich leid.«

»Nicht doch, mein Lieber, keine Entschuldigungen. In einem Kerker besteht nun wirklich kein Anlass, höflich zu sein. Außerdem bin ich für deine Übelkeit verantwortlich, ich habe leider diese Wirkung, wenn ich den Menschen zu nah komme.«

»Dann stimmt es also?«

»Was?«

»Du bist der Teufel.«

»O bitte, nicht schon wieder diese Grundsatzdebatte.

Meiner Erfahrung nach sind gewöhnliche Menschen einfach nicht in der Lage, mit solchen Begriffen umzugehen.«

»Aber ich bin kein gewöhnlicher Mensch.«

»Um das zu prüfen, bin ich hier.«

Zum ersten Mal, seit sie sich begegnet sind, schweigen sie eine gewisse Zeit miteinander – Cagliostro, weil er sich wie ein Prüfling fühlt, und der Unbekannte, weil sein Vorrat an Zeit unerschöpflich ist.

»Ich werde dir beweisen«, sagt Cagliostro, »dass ich einer der größten – nein, der größte Lügner und Blender des Jahrhunderts bin.«

»Bescheidenheit war wohl noch nie deine herausragende Schwäche. Nun, das gefällt mir. Wir waren bei deiner Ankunft in Rom stehengeblieben. Möchtest du, bevor du deinen Bericht fortsetzt, etwas essen?«

»Danke, aber dein Essen bekommt mir nicht. Womöglich bin ich Köstlichkeiten nicht mehr gewöhnt.« Cagliostro holt tief Luft.

»Gleich nach meiner Ankunft in Rom geschah etwas Unvorhergesehenes und absolut Unwahrscheinliches: Ich verliebte mich. Lorenza war die Tochter gutsituierter Handschuhmacher, die den Adel und die Geistlichkeit belieferten. Sie war bezaubernd wie eine Spieluhr, und wer ihre Grazie und Schönheit betrachtete, wäre nie auf den Gedanken gekommen, dass sie im tiefsten Innern von einer kalten Apparatur angetrieben wurde. In keine andere Frau auf der ganzen Welt hätte ich mich verlieben können als in sie, die scheinbar puppenhaft war, tatsächlich aber die Seele einer ruchlosen Abenteurerin und Täuscherin besaß. Auf Anhieb erkannten wir, was wir aneinander hatten, und heirateten.

Lorenzas Mitgift und meine Ersparnisse waren rasch aufgebraucht, da wir uns einen exquisiten Lebensstil zulegten.

Während ich eine Verjüngungssalbe an reiche Witwen verkaufte, verkaufte Lorenza ihren Körper an reiche Witwer. Sie fand Gefallen daran und gab eine prächtige Edelhure ab.«

»Warst du denn nicht eifersüchtig, Cagliostro?«, fragt der Unbekannte.

»Lorenza konnte nicht ohne andere Männer sein, und sie konnte nicht ohne mich sein. Wäre sie mir treu geblieben, hätte sie sich nach Liebesnächten mit Fremden gesehnt, und mir war es lieber, sie kehrte danach sehnsüchtig zu mir zurück.

Wir verließen Rom und bereisten viele Länder. Mancherorts betätigte ich mich im Dienste von Fürsten oder Prälaten als Alchimist, ließ mich hoch im Voraus bezahlen und trat eines Nachts die Flucht an. Andernorts stellte ich gefälschte Wechsel aus – und trat ebenfalls die Flucht an. Die Situation stimmte uns dennoch nicht zufrieden. Unsere Einnahmen waren viel zu gering, und ich kam mir wie ein Krämer vor, wenn ich mal hier eine Salbe verkaufte und dort einen falschen Wechsel ausstellte. Verglichen mit den Plänen, höchste Gipfel zu erklimmen, befand ich mich, sinnbildlich ausgedrückt, auf einem Maulwurfshügel.«

»Dem stimme ich zu«, sagt der Unbekannte. »Solche kleinen Betrügereien werden jeden Tag irgendwo begangen. Sollte ich mich geirrt haben, als ich in dir einen großen Mann vermutete?«

»Keineswegs.« Cagliostro grinst, sicher, den Teufel von sich zu überzeugen. »Meine Jugend im Armenviertel und die Reisen mit Althotas durch das östliche Mittelmeer hatten mich darum gebracht, die bessere Gesellschaft in den Zentren Europas beobachten zu können. Ich musste also noch lernen, wie sie funktionierte, wonach sie sich sehnte, wovon sie sich beindrucken ließ. In welcher Epoche lebte ich eigentlich? Was zeichnete mein Zeitalter aus? Welche Errungenschaften gab es, und wie hatten diese auf die Menschen gewirkt? Die Monate des Reisens nutzte ich, um mein Jahrhundert zu studieren. Und was ich dabei entdeckte, ließ einen Plan in mir reifen.

Die Wissenschaftler entblätterten unbarmherzig und in atemberaubender Geschwindigkeit die Geheimnisse der Natur. Beinahe monatlich überholten sie die alten Gesetze, und auch der Glaube an die jenseitigen Tröstungen des Himmels verlor an Kraft. Der Herbst der Religion war angebrochen. Zugleich sorgten die zahlreichen, schnell aufeinanderfolgenden Entdeckungen dafür, dass die Menschen plötzlich alles für möglich hielten – wie mir auch meine Erfahrung mit der Verjüngungssalbe gezeigt hatte. Viele der Damen hatten tatsächlich günstige Wirkungen zu bemerken gemeint.

Alle Menschen wollen, nein müssen glauben. Das bewahrt sie vor der Bedrohung durch die Wirklichkeit. Wenn die Allmacht des einen Glaubens schwindet, so suchen sie nach der Allmacht eines anderen Glaubens.«

»Das ist mir nur zu gut bekannt«, wirft der Unbekannte lächelnd ein. »Was glaubst du, wer den Menschen das Geld gegeben hat?«

»Welches Geld?«

»Das Geld an sich.«

»Oh. Du warst das?«

»Meine bislang beste Idee. Seit Jahrtausenden trägt sie Früchte. Mit dem Geld behalte ich die Menschen im Griff, es ist das perfekte Unterdrückungsinstrument, zudem ein Selbstläufer, da die Unterdrückten sich daran berauschen, so wie die Liebhaber des Schmerzes sich an der Peitsche erfreuen.« Der Unbekannte tupft sich die Augen und schluchzt: »Ich werde regelrecht sentimental, wenn ich daran zurückdenke … Genug davon. Wenn ich richtig vermute, wirst du mir gleich erzählen, dass du die seelische Leere deiner Zeitgenossen mit einem neuen Glauben ausgefüllt hast.«

»Sagen wir besser, mit einer neuen Hoffnung. Die Philosophen versuchten, das Augenmerk auf politische Visionen zu lenken, doch noch waren diese Botschaften nicht angekommen, und der besseren Gesellschaft grauste ohnehin davor. Der Adel, die Geistlichkeit und das gehobene Bürgertum hatten es aufgegeben, nach irgendetwas zu streben, noch nicht einmal Macht bedeutete ihnen etwas, da sie sie ja bereits besaßen. Ihnen stand alles zur Verfügung, was sie sich wünschten, und so ergingen sie sich darin, ihren Lebensstil mehr und mehr zu verfeinern. Darunter verstanden sie größtmöglichen Luxus und exzessives Vergnügen. Die Erotik wurde zu ihrer seligsten Zerstreuung und Medizin und Casanova zum fleischgewordenen Sinnbild ihrer Sehnsüchte. Ich gebe es zu: Er war mein Vorbild, ein Meister der Verführung. Was er in der Liebe geschafft hatte, wollte ich auf meinem Gebiet erreichen, und darum musste ich den gesättigten Menschen eine Verheißung geben, die einzige Verheißung, die sich für sie noch nicht erfüllt hatte.

Die Inspiration schenkte mir eine grandiose Idee und einen neuen Namen. Giuseppe Balsamo war tot. Mit unserem letzten Geld ließen Lorenza und ich uns prächtige, phantastische, ein wenig morgenländisch anmutende Gewänder schneidern, kauften eine schwarze Kutsche und malten ein kunstvolles goldenes Monogramm darauf: ACC. Ich wurde zu Alessandro Conte di Cagliostro und Lorenza zu Serafina Contessa di Cagliostro.

Doch in welchem Land, fragte meine Contessa, sollen wir den gefährlichen Versuch wagen?

Ich antwortete: Im aufgeklärtesten und fortschrittlichsten der Welt. In England.«

Cagliostro genießt die Erinnerung. Mit ironischer Heiterkeit denkt er an die Schar von Jüngern und Gläubigen in ganz Europa, die ihn nach den Anfängen in London fast fünfzehn Jahre lang verehrt hat und ständig gewachsen ist. Fast ist es wie ein Traum: von großer Unwahrscheinlichkeit.

Cagliostro ist in ein langes, lächelndes Schweigen gefallen, ohne es zu bemerken. Als er wieder in die Gegenwart findet, ist der Lichtfleck quadratisch, und Cagliostro setzt sich darauf. Die Sonne scheint nun auf sein Haupt.

In der dunkelsten Ecke – wie sich das gehört – hockt der Teufel, die Arme vor der Brust verschränkt. »Geht es endlich weiter mit der Geschichte?«, fragt er.

»Ich habe gar nicht gemerkt ... Ich war wohl zu ergriffen.«

»Von dir selbst, nehme ich an.«

»Dazu habe ich allen Grund. Das Geschick, mit dem ich mein Eintreffen in England vorbereitet habe, erscheint mir fehlerfrei. Lorenza – beziehungsweise Serafina – und ich bezahlten Handlanger, die eine Woche vor unsrer Ankunft das Gerücht in die Welt setzten, ein großer Gelehrter befinde sich auf dem Weg nach London. Die einen sprachen von einem Arzt, der auf dem Kontinent mit zahlreichen Wunderheilungen aufgefallen sei, die anderen meinten, es handle sich um einen Spiritisten, der mit dem Jenseits in Verbindung treten könne. Das Interesse war geweckt, wie es nicht anders zu erwarten gewesen war von einer Gesellschaft, die nicht wusste, was sie mit ihrer Zeit anfangen sollte und deren Nerven von all der Zerstreuung überreizt waren.

Gleich nach unserer Ankunft konnten wir uns vor Einladungen kaum retten. Unsere Kleidung und der gesamte Habitus, den Serafina und ich uns zulegten, umhüllten uns mit einem mystischen Schein, und mehrfach deuteten wir an, auf unseren Forschungsreisen durch China, Indien, Babylonien und Ägypten auf ein vor langer, langer Zeit verschüttetes Geheimnis gestoßen zu sein. Doch wir vermieden, allzu deutlich zu werden, was die Neugier der Gastgeber noch weiter anstachelte. Einige simple chemische Demonstrationen, die jedoch äußerst effektvoll waren, sowie eine spiritistische Sitzung, die ich mit größter Sorgfalt und unter Anwendung all meiner erworbenen Kenntnisse der Schauspielerei abhielt, erstaunten die Leute und festigten meinen Ruf als – tja, als was eigentlich? Die Antwort muss lauten: Als alles Mögliche. Man traute mir schon bald alles zu, obwohl ich noch fast nichts gezeigt hatte.

Während eines Abends mit handverlesenen Gästen enthüllte ich schließlich mein Geheimnis. Was ich versprach, klang unglaublich, und gerade deshalb glaubte man mir. Wenn Watt eine Dampfmaschine erfand, Dufay die Elektrizität entdeckte, wieso sollte dann Cagliostro nicht die Unsterblichkeit entdeckt haben?«

Cagliostro steht auf und schreitet reichlich theatralisch in der Zelle, seinem Grab, umher. Er hört: vibrierende Stille, dann das Aufseufzen, das Raunen, den Applaus. Er sieht: offene Münder, zitternde Hände auf den Dekolletés, verlangende Blicke. Er fühlt: Bewunderung, Aufmerksamkeit. Dutzende Würdenträger, Herzöge, mit Juwelen bestückte Damen, schöne junge Frauen hängen an seinen Lippen, den Lippen des kleinen Sizilianers aus dem stinkenden Armenviertel von Palermo. Sie beten ihn an, denn er kann ihnen das ewige Leben verkaufen.

Der Teufel sagt: »Du hast also das Zeitalter der Aufklärung pervertiert.«

»Jemand wie ich ist in der Lage, jedes Zeitalter zu pervertieren«, erwidert Cagliostro stolz. »Man nehme großartige Versprechen, bezeichne sie als neueste Errungenschaft zum Wohle der Menschheit, umgebe sich mit der Aura des Wissenden – und schon verwandelt sich das Nichts in Gold.«

»Aber, mein lieber Cagliostro, du musst doch irgendetwas gehabt haben, das du vorzeigen konntest. Keiner kauft Nichts.«

»Der Tag wird kommen, an dem es so weit sein wird. Vorläufig hast du allerdings recht. Ich benötigte eine Verpackung für die Unsterblichkeit, eine Kartonage für das Nichts. Hierbei ließ ich mich von der römischen Kirche inspirieren, die es seit mehr als einem Jahrtausend schafft, das Nichts zu verkörpern: Ich kreierte einen Wein und einen Ritus. Der Wein – ich nannte ihn ägyptischen Wein – enthielt neben rotem Wein allerlei pulverisierte Gewürze und Kräuter. Besagter Trank, der die Kunden kleine Vermögen kostete, hatte eine abführende Wirkung und sorgte dafür, dass die übersättigten Edlen sich schon nach kurzer Zeit besser fühlten und darin die ersten Wirkungen der Unsterblichkeit erkannten.

Den Ritus gab ich ebenfalls als einen des Nillandes aus und behauptete, ich sei Großkophta des ägyptischen Freimaurerordens – den ich selbstverständlich erfunden hatte. Im Verlaufe der Riten, die ich leitete, ließ ich einen von mir bezahlten Waisenknaben in einen schlafähnlichen Zustand fallen, woraufhin der Knabe mit dem Jenseits in Verbindung trat und unsinniges Zeug redete, das ich nach eigenem Gusto interpretierte. Nahm ein Gast – oder besser gesagt, Kunde – an mehreren dieser teuren Sitzungen teil, war die Unsterblichkeit für die nächsten fünfzig Jahre gesichert. Der sensationelle Erfolg in London bestärkte Serafina und mich, die Welt zu erobern.

Ich begab mich auf eine Reise quer durch Europa: Paris, Brüssel, Dresden, Turin, Warschau … Überall ließ ich mich durch Gerüchte ankündigen, verteilte nach meinem Eintreffen Salben und Pulver kostenlos an die Armen, ließ mich als

Wohltäter feiern, lud die Edlen zu Gast, beeindruckte sie mit chemischer Zauberei und Geisterbeschwörung und verkaufte ihnen schließlich die Unsterblichkeit. Sogar Geizkragen, die normalerweise jedes Goldstück auspressten, bis es schrie, gewann ich als großzügige Kunden. Der Erfolg überstieg meine kühnsten Erwartungen. Ich hatte mit meinen mysteriösen Riten und Beschwörungen und Unsterblichkeitspillen intuitiv etwas erfunden, das für jeden etwas bot: Abenteuer ohne Risiko, Abwechslung ohne Anstrengung, das Gefühl, von nun an zu den Eingeweihten zu gehören, die Befriedigung der Gier – und das alles in höchst eleganter Verpackung und mit größtem Charme.

Womit ich nicht gerechnet hatte, was mir jedoch sehr gelegen kam, war, dass die europäischen Freimaurer mich zu ihrer Galionsfigur machten und mir viel Geld bezahlten, damit ich ihre jeweiligen Ortsgruppen ›ägyptisch reformierte‹. Im kurländischen Mitau hätte man beinahe den Großherzog gestürzt, um mich an seine Stelle zu setzen – was ich demütig zurückwies. Die Büste jedoch, die man in Straßburg von mir aufstellte, betrachtete ich voller Wohlwollen. Sie trug die Aufschrift: Der göttliche Cagliostro.

Göttlich – das war ich. Bin ich. Göttlich. Hast du gehört?«

Er wendet sich um. Der Unbekannte ist fort, ohne eine Spur seiner Existenz hinterlassen zu haben.

24. August 1795. Noch zwei Tage.

Kurz vor Morgengrauen kehrt der Unbekannte zurück. Cagliostro hat ihn bereits ungeduldig erwartet.

»Was fällt dir eigentlich ein, einfach so zu verschwinden!«, ruft er wütend. »So kannst du mit mir nicht umspringen.

Solange ich am Erzählen bin, hast du mir zuzuhören. So funktioniert nämlich mein System: Ich rede und rede, bis die Leute vor lauter Faszination in einen Zustand verfallen, der in seiner Wirkung einer Trance nahekommt.«

»Auch ich habe die Wirkung deiner Worte gespürt, gerade deswegen musste ich mich ihrer entziehen. Ich habe vor, ein objektives Urteil zu fällen.«

»So? Nun, meinetwegen. Aber du könntest dich künftig wenigstens verabschieden.«

»Ich verspreche es.«

Cagliostro murrt. Die Euphorie des vorgestrigen und die ironische Heiterkeit des gestrigen Tages sind dahin, seine Laune bleibt trotz der Beschwichtigung des Unbekannten schlecht.

Der Unbekannte sagt: »Heute möchte ich über deine Skeptiker, Kritiker und Gegner sprechen, die es zweifellos gab.«

»Diese Hunde!«

»Wer waren sie?«

»In jeder Stadt hatte ich zunächst die Ärzte gegen mich, denen die Patienten davonliefen. Sie griffen mich öffentlich an, nannten mich einen Quacksalber … Sie hassten mich, und ich hasste sie, so wie ich alle vernünftig denkenden Menschen zu hassen hatte. Der Magier, der Beschwörer kann nur unter den Gläubigen wirken. Wo der Geist und das Faktum herrschen, verfliegen seine Kräfte.«

»Wie hast du dich gegen die Vernunft verteidigt?«

»Mit dem einzigen Mittel, das dagegen wirkt: der Unklarheit. Wurde mir von diesen elenden Gelehrten vorgeworfen, meine Behauptungen seien nach allen Regeln ärztlicher Kunst unhaltbar, entgegnete ich, dass ich an Stelle der Ärzte genauso darüber denken würde, wäre ich nicht auf meinen Reisen durch Arabien und so weiter auf das überlieferte Wissen uralter Kulturen gestoßen. Alle meine Erwiderungen waren von großer Höflichkeit und Verschwommenheit. Ich war alles, nur nicht präzise, und ließ die Spötter dumm aussehen, indem ich mit einem von mir kreierten und demzufolge den Ärzten nicht bekannten mystischen Vokabular um mich warf. Das gab den Ausschlag, dass die Leute eher mir als den alteingesessenen Medizinern glaubten. Meine Wörter waren zu schön und verlockend, als dass man sich hätte ihrer erwehren können.«

»Recht klug.«

»Recht klug?«, schreit Cagliostro und wiederholt: »Recht klug? Das ist eine an Unverschämtheit grenzende Untertreibung. Was ich tat, war genial. Ich präsentierte mich als das Neue, als die Vorwegnahme des nächsten Jahrhunderts und somit als das Gute. Die Ärzte mit ihren gestrigen Rezepten galten als überholt. Die Leute lachten sie aus oder schüttelten den Kopf über so viel Engstirnigkeit.«

»Trotzdem musstest du nicht selten eine Stadt überstürzt verlassen.«

»Weil die Neider mich bei den Behörden anzeigten und die Behörden anfingen, in meinem Leben herumzuschnüffeln. Nichts war mir mehr zuwider, als wenn man versuchte, Licht in das Diffuse meiner Existenz zu bringen. Das Halbdunkel war der Raum, den ich zum Atmen benötigte, das Rätsel war mein Gewand. Daher stellte die Neugier des Staates meinen Todfeind dar, den einzigen Feind, gegen den meine Waffen versagten.«

Cagliostro beginnt, im Kreis zu laufen, die Hände zu Fäusten geballt.

»Doch das war nicht der alleinige, war nur der profane Grund für meine Reisen von Stadt zu Stadt, von Land zu Land. Es gab noch einen anderen: Das Erreichte langweilte mich. Ich wollte mehr Menschen für mich gewinnen, neue

Menschen, Menschenmassen, ich wollte Europa erobern, die Grenzen meiner Möglichkeiten erweitern. Nie gab ich mich zufrieden mit dem, was ich schon beherrschte. Mir ging es darum, die Welt zu manipulieren, zu pervertieren, in ein gigantisches Theater des Cagliostro zu verwandeln, in dem sich alles nur noch um mich und die Unsterblichkeit drehte. Man sollte Gott und Teufel vergessen, Vernunft und Moral, kurz: man sollte vergessen, Mensch zu sein. Das waren mein Ziel, meine Religion, meine Erotik. Als die ersten Königshöfe ihr Interesse an mich herantrugen, schlug mir das Herz in der Kehle, und ich keuchte, und ich lag nackt auf dem Bett, und ich schrie vor Glück, und das süße Gefühl war der Balsam, nach dem ich mich danach immer sehnte.

Ich hatte es geschafft. Die Welt war ad absurdum geführt – und hat es noch nicht einmal gemerkt. Ich, Giuseppe Balsamo, war Herr über Leben und Tod.«

Cagliostro lacht, doch es ist ein wahnsinniges, boshaftes Lachen. Er läuft schneller und immer schneller im Kreis, in dessen Mitte – wie ein Pferdedresseur – der Unbekannte steht.

»Sogar Lorenza-Serafina, meine Komplizin im Geiste, fragte mich: Wie machst du das nur? Wieso bist du besser als alle anderen Lügner? Ich verriet es ihr, ohne dass sie mich verstand, denn sie war mehr Handwerkerin der Lüge als Künstlerin der Lüge. Das Geheimnis jeder großen Kunst besteht darin, dass man sie verinnerlicht, sie im Blut und sämtlichen Fasern mit sich herumträgt, mehr noch, sich ihr unterwirft. Jeder kann lügen. So mancher kann gut lügen. Meisterhaft zu lügen bedeutet, zur Lüge selbst zu werden und an die Berechtigung der eigenen Existenz zu glauben. Ich sagte mir: Du hast alles erfunden, fast jeder hat es dir geglaubt, und deshalb ist es wahr.«

»Du behauptest, ein Künstler zu sein?«

»Ich bin ein Künstler«, schreit Cagliostro. »Lessing, Defoe, Voltaire – haben sie anderes gemacht als ich? Aus dem Nichts schufen sie etwas, das zunächst nicht existierte, und ließen es in den Köpfen der Menschen zur Wirklichkeit und Wahrheit werden.«

»Dichter schaden niemandem. Du hast die Leute um ihr Geld betrogen.«

»Pah. Ich habe niemanden gezwungen, die Unsterblichkeit zu kaufen. Die Leute rissen sie mir förmlich aus den Händen. Ihre Gier kannte kein Halten. Nicht genug, zehn Jahre länger zu leben, nein, sie verlangten gleich die Ewigkeit.«

»Dennoch gaben sie dir viel Geld, um eine Gegenleistung zu erhalten.«

»Sehr richtig. Und ich habe alles ausgegeben. Was nur beweist, dass ich ein größerer Künstler als Voltaire und die anderen Dichter bin. Zuerst machte ich aus Nichts Etwas, und dann machte ich aus Etwas Nichts. Das soll mir erst mal einer nachmachen.«

Cagliostro lacht, und dann schreit er: »Siehst du, das ist meine Magie. Dagegen verblasst sogar deine Kunst, Teufel. Und jetzt verschwinde. Ich habe genug von dir. Weg!«

Der Unbekannte tut, wie ihm befohlen.

25. August 1795. Noch ein Tag.

Nacht. Cagliostro wacht auf, weil er Atemgeräusche hört, so als hechle ein großes Tier in der Zelle, dem Grab, seinem Zuhause. Er hat Angst. Da es kein Licht gibt, bleibt ihm nichts anderes übrig, als sich still zu verhalten und zu hoffen, dass das Tier, falls es eines ist, sich entfernt. Darüber schläft er ein. Bis er erneut erwacht.

Wieder stürzt er in die Angst hinein. Die Worte, die er dem Teufel an den Kopf geworfen hat, hallen in ihm nach. So spricht man nicht mit dem Herrn der Finsternis. Dass er ihn rüde weggeschickt hat, bereitet Cagliostro dabei weniger Sorgen, als dass er sich und seine Magie über ihn gestellt hat. Außerdem hat er ihm gestanden, dass er damals, als er noch der göttliche Cagliostro war, den Teufel hat abschaffen wollen und sich als Herr über Leben und Tod wähnte.

»Ich bin nicht größer als du«, flüstert er bang in die Dunkelheit hinein. »Ich bin nur ein Schmied, der aus dem Metall, das er vorfand, eine Karnevalsmaske fertigte.«

»Gut, dass du das einsiehst.«

Cagliostro hört den Teufel, doch er kann ihn nicht sehen. Er steht auf, streckt seine Arme aus und tastet sich wie ein Schlafwandler voran.

»Sprich mit mir«, bittet er. »Wenn ich dich nicht sehen kann, muss ich dich wenigstens hören können. Ich flehe dich an, sag etwas. Irgendetwas. Sag mir, was … was … was wird wohl Gott von meinem Leben halten.«

»Woher soll ich das wissen?«

»Du kennst ihn besser.«

»Kennt denn die gespaltene Persönlichkeit ihr zweites Ich?«

»Was soll das bedeuten?«

»Cagliostro, du fängst schon wieder an, mich zu langweilen. Wenn du Angst hast, taugst du nicht viel. Du bist dann weder amüsant noch faszinierend, sondern sehr profan in deiner Durchschnittlichkeit. Das fing in Paris an, nicht wahr?«

Cagliostro schweigt.

»Bitte, wenn du nicht darüber reden willst, dann gehe ich wieder.«

»Nein, bitte, geh nicht!«, ruft Cagliostro und bleibt inmitten der Dunkelheit stehen. Er umarmt sich selbst. »Ich ertrage es nicht länger, allein zu sein.«

»Also gut, ich bleibe. Doch erzähl mir von deinem Untergang, so wie du mir von Aufstieg und Größe erzählt hast.«

Cagliostros Stimme zittert: »Ich … ich wurde in Paris verhaftet. Kardinal Rohan, einer meiner idiotischen Anhänger, sollte mich am Hof von Versailles einführen, doch stattdessen verwickelte er mich in eine Staatsaffäre, die als Halsbandaffäre bekannt wurde. Er glaubte, der Königin Marie Antoinette einen Gefallen zu tun, wenn er für sie ein unsagbar kostbares Halsband erstände. Ich hatte im Grunde nichts mit der Sache zu tun, außer dass Rohan mir davon erzählte. Es stellte sich heraus, dass Rohan einer Betrügerin aufgesessen war, doch die Juweliere wollten ihr Geld, Rohan gab der Königin die Schuld, der König ließ Rohan verhaften und alle seine Freunde gleich mit. Grausamer Schicksalsstreich: Ich saß in der Bastille wegen eines Vergehens, das ich nicht begangen hatte, obwohl es tausend Vergehen gab, für die man mich zu Recht hätte einsperren können. Schlimmer noch: Letztendlich war ich, der göttliche Cagliostro, König der Lüge, von einer gewöhnlichen Schwindlerin hinter Schloss und Riegel gebracht worden.

Nach acht Monaten in der Bastille wurde ich freigesprochen, aber meine Freude war getrübt. Zum einen steckte mir die Haft in den Knochen. Zum anderen war während des Prozesses jenes Licht auf mich geworfen worden, das ich so fürchtete: das Licht der polizeilichen Ermittlung. Man hatte unter anderem herausgefunden, dass ich mir den Grafentitel nur angemaßt hatte – es war, als reiße man mir die Kleider vom Leib. Der König verwies mich nach meiner Entlassung des Landes, und wenngleich eine Volksmenge mich vor diesem Beschluss des verhassten Monarchen schützen wollte, war mir nichts lieber, als Frankreich zu verlassen.

Ich floh mit Lorenza-Serafina nach London. Doch kaum dort angekommen, erreichten mich Meldungen, wonach ein französischer Journalist dabei sei, mein gesamtes Leben zu durchforschen und die Ergebnisse zu veröffentlichen. Brandzeichen auf Brandzeichen presste sich in mein Fleisch. Die Zahl meiner Anhänger schwand, wohingegen die Zahl meiner Gegner wuchs. Die bitterste Zeit brach an.

Auch früher hatte ich Städte verlassen müssen, doch ich konnte sicher sein, dass mich in der nächsten eine begeisterte Klientel erwartete. Nun kam ich als Gezeichneter an, und die Skepsis überwog die Neugier der Menschen. Wenn Serafina und ich in der Kutsche reisten, saß immer auch ein Drittes bei uns: die Angst. Schon bald verloren wir die Lust am Reisen. Um Gras über alles wachsen zu lassen, ließen wir uns, entgegen unserer sonstigen Art, still und heimlich in Basel nieder.

Als wir glaubten, dass genug Zeit verstrichen sei, fuhren wir nach Rom, um dort einen Neuanfang zu machen – was für ein Fehler! Ich war eine Bedrohung für die Kirche, denn den Handel mit der Unsterblichkeit betrachtete sie als ihr Monopol, und die Inquisition, die an Macht eingebüßt hatte, wollte an mir ein Exempel statuieren. Ich wurde erneut verhaftet. Das Glück hatte mich verlassen.

Es gibt keine von Menschen gemachte Einrichtung, die mehr aufdeckt als die Inquisition. Sie wurde der Ermittlungen nicht müde, und an den Schwellen ihrer Gefängnisse hat die Menschlichkeit ein Ende. Serafina gestand ihren Peinigern letztendlich alles, was es für uns zu gestehen gab.«

»Die Lügen?«

»Die Lügen.«

»Die Kniffe?«

»Jeden einzelnen.«

»Die Anmaßungen?«

»Die Anmaßungen, die Täuschungen, einfach alles.«

»Wurdest du auch befragt?«

»Ja. Sie malträtierten meinen Körper, aber ich stand zu meinen Taten wie ein Gott zu den seinen. Die Peiniger rächten sich an meiner Standhaftigkeit, indem sie mir die Hände auf den Rücken banden, während ich mit anhören musste, wie Serafina ihr Geständnis wiederholte. Es dauerte einen halben Vormittag. Dass der einzige Mensch, den ich liebte, mein Leben durch den Dreck zog, war die schlimmste Strafe, gegen die die Verurteilung zu lebenslanger Haft verblasste. Selbstverständlich vergab ich ihr.

Werde ich meine Frau je wiedersehen, fragte ich den Richter. Er antwortete: Nein, sie wird bis ans Ende ihres Lebens in einem Kloster leben. Und da bekam ich wirklich Angst.«

»Vor der Einsamkeit.«

»Ja.«

Der Teufel schweigt. Schweigt.

»Bist du noch da?«

Es bleibt still.

»Du bist noch da, oder? Sag doch.«

Der Morgen graut, der Tag vergeht, doch Cagliostro bleibt allein.

26. August 1795. Der letzte Tag.

Nacht. Vier Tage lang hat Cagliostro das Leben von zwei scheinbar völlig unterschiedlichen Menschen gelebt. Als umjubelter Entdecker der Unsterblichkeit, Mittler zum Jenseits, Händler des Jungbrunnens und König der Lüge. Und als harmloser, alternder Mann, eingesperrt in sein Scheitern, fernab von Gut und Böse, ein König des Wahnsinns.

Ist da noch ein dritter? So ein schwarz gekleideter Mann?

Eine Art Richter? Manchmal kommt es ihm so vor, zum Beispiel jetzt. Dann glaubt Cagliostro, den Wahnsinn zu erkennen – bevor ihm die Erkenntnis wieder verlorengeht.

Vielleicht lassen sich diese zwei – oder drei? – Männer in einem zusammenfassen, ja vielleicht ist Balsamo-Cagliostro nur das eine: Tragöde und Komödiant eines tragikomischen Stücks.

Er wacht erst auf, als es Abend wird, und wie immer, wenn das passiert, überkommt ihn Traurigkeit. Heute ist sie stärker als sonst. Er weint die ganzen Tränen seines Lebens innerhalb einer Stunde. Der Unbekannte, der Teufel, ist anwesend, doch sie schweigen für sehr lange Zeit.

Irgendwann fängt Cagliostro zu sprechen an, er weiß nicht mehr, ob noch Nacht oder schon Tag ist.

»Ich bin müde.«

»Dein Zeitalter ist müde, daher auch du. Sieh, Cagliostro, du gehst den Weg deines Jahrhunderts, von der Stunde deiner Geburt an. Das Schillern, der Schein, die erbitterte Armut, der überquellende Reichtum, das zunehmende Verständnis von der Funktionsweise der Natur bei gleichzeitig zunehmender Dummheit – all das hast du dir zunutze gemacht, und du hast es verkörpert. Du bist dieses Jahrhundert.«

»Und jetzt?«

»Das Zeitalter stirbt. Oder sagen wir besser, es legt sich schlafen. Worauf wartest du noch?«

»Auf ein Wunder.«

Der Unbekannte lacht. »Auf eins von deinen vielleicht? Du kommst nicht mehr hier heraus, Cagliostro, aus deinem Grab. Du bist bereits tot, ein lebender Toter, ein urinverschmiertes Gespenst.«

Cagliostro steht auf. »Wird man mich vergessen?«

»Wieso interessiert dich das?«

»Vergessen zu werden, ist entsetzlich.«

»Keine Sorge, die Menschen sind fasziniert von Verbrechern, sie werden Stücke über dich schreiben … eine Oper vielleicht … ein Buch … Cagliostro verkauft die Unsterblichkeit, das ist es wert, erzählt zu werden, eine Sternstunde.«

Cagliostro glaubt, Applaus zu hören, den Beifall einer fernen Vergangenheit – oder einer fernen Zukunft?

Gelächter brandet an.

Ihm wird schlecht. Diese Übelkeit hängt mit dem Widerwillen vor der Endgültigkeit zusammen.

»Ich frage mich, was sie mit ihr angefangen hätten«, sagt er.

»Wer hätte womit etwas angefangen?«

»Die Leute, was hätten sie mit der Ewigkeit gemacht? Sie waren ihrer fünfzig, sechzig Jahre bereits überdrüssig, langweilten sich, zerstreuten ihre Zeit … Sie wären nicht glücklicher geworden, und ich bin mir sicher, sie waren sich dessen bewusst. Trotzdem bekamen sie den Hals nicht voll.«

Der Teufel, der Richter, der unbekannte dritte Mann antwortet lächelnd: »Nicht nur du verstehst dein Handwerk, Cagliostro.«

Cagliostro nimmt den Strick.

Der Kerkermeister sagt: »Siehst du auch, was ich sehe?«

Sein neuer, junger Gehilfe kniet und blickt durch die kleine Durchreiche. »Erhängt. An einem Strick. Wie ist das möglich?«

»Ich habe ihm vor ein paar Tagen den Strick, einen stabilen Haken und einen Hammer in die Zelle geworfen.«

»Damit er ausbrechen kann?«

»Damit er das tut, was er getan hat, du Esel. Man hat dem Gefängnis die ohnehin knappen Zuteilungen um die Hälfte gekürzt, und da habe ich mir etwas einfallen lassen. Mach nicht so ein Gesicht, ich zwinge ja niemanden dazu, sich aufzuhängen. Für den da drin war es eine Gnade. Es wurde immer schlimmer mit ihm. Vor vier Tagen hat er Dreck gefressen, als wären es Delikatessen, ich hab's gesehen. Völlig verrückt geworden. Und geredet hat der …«

»Mit wem?«

»Sie reden fast alle. Die einen mit ihrer Mutter, die andern mit der Ehefrau, manche mit Gott oder dem Teufel. Alles ein und dasselbe. Im Grunde reden sie ja doch nur mit sich selbst. Komm, brechen wir die Mauer auf und werfen den Toten in sein Loch.«

Sehr geehrte Damen und Herren, es wird Zeit, ihn zu verlassen, den Schwindler und Scharlatan, den Götzen eines aufgeklärten und doch leichtgläubigen, bitterarmen und doch verschwenderischen, apathischen und doch gierigen Zeitalters, das wie kein anderes – wie kein anderes? Nun ja, lassen wir das, das führt zu weit, das heißt zu nah.

Cagliostro ist vorerst tot, er hat sich selbst gerichtet. Hier gibt es nichts mehr zu sehen. Kommen Sie, folgen Sie mir hinaus aus der Sterbezelle, aus dem Kerker an die frische Luft. So, und nun gehen Sie. Machen Sie schon, gehen Sie nach Hause. Und halten Sie die Augen offen. Suchen Sie nach einem Cagliostro, es sind ihrer viele. Schreiben Sie mir bitte, wenn Sie einen gefunden haben.

EIN SCHIFF FÜR DIE EWIGKEIT
Von der Geburtsstunde Englands

CHARLOTTE LYNE

»Dieses Leben des Menschen also erscheint für nicht mehr als einen Augenblick. Was ihm folgt oder was ihm vorangeht, wissen wir nicht.«

Beda Venerabilis, Kirchenhistoriker des 8. Jh.

Suffolk, am Ufer des Deben, Juni 1939

Glastig, im Mantel der Morgennebel schon glühend, erwacht der Tag. Der Boden ist hart gebrannt und das Gras verdorrt, als sei August, nicht Juni, als erstreckten die hügligen Wiesen sich nicht im Mündungstal eines englischen Flusses, sondern im südlichsten Binnenland. Es mag sechs Wochen her sein, dass die Erde zum letzten Mal Regen gespürt und sich daran satt getrunken hat.

Basil Brown zieht sich den Schirm der Kappe tiefer ins Gesicht. Durch flugs sich lichtende Schwaden macht er die Gestalten zweier Männer aus, die beim Werkzeug stehen, bei Schaufeln, Hacken und Eimern, am Fuß des vordersten Hügels. Hier haben sie vor Tagen zu graben begonnen, eine Furche in den Hügel zu schlagen wie die Siedler vergangener Zeitalter. In der schweißtreibenden Hitze leistet die Erde beinharten Widerstand. Schon jetzt, kurz nach Sonnenaufgang, wischt Basil sich die Stirn. Zeitungen prophezeien den heißesten Sommer des Jahrhunderts.

Basil hat die Weizenfelder des väterlichen Hofs gegen die Grabungsfelder der Archäologen getauscht, weil die Neugier nach Wurzeln in ihm keine Ruhe kennt. Er will, was er hier begonnen hat, zu Ende bringen, und die Angst, es könnte ihm misslingen, lässt ihn nicht schlafen. Gestern hat er Guy Maynard, den Kurator des Museums in Ipswich, bei dem er angestellt ist, gebeten, ihm Studenten zur Unterstützung zu schicken. Junge Leute melden sich gern nach Sutton Hoo zum Graben – letzten Sommer sind in drei der Hügel Aschereste und Beigaben entdeckt worden, die darauf schließen lassen, dass auf Edith Prettys Anwesen Feuerbestattungen stattgefunden haben. Wikinger, vermutet Maynard. Angelsachsen, hofft Basil im Stillen. Da Grabräuber die Kammern aufs gründlichste geplündert haben, ist Genaueres nicht zu sagen.

Basil geht schneller. Vorerst wird keine Hilfe eintreffen, sie sind wie bisher auf sich allein gestellt: William, Edith Prettys Wildhüter, und John, ihr Gärtner, dazu er selbst. Ihn hat Edith vom Museum angefordert, um die Erhebungen auf ihrem Land zu prüfen.

Sie ist eine bemerkenswerte Frau, diese Edith Pretty – gesalzen und böig wie die Nordsee vor Suffolks Küste, Witwe eines Majors und Mutter eines Neunjährigen, den sie im Großmutteralter in die Welt gesetzt hat. Nicht weit von den Männern entfernt wartet sie mit dem Sohn auf einer Bank und springt winkend auf, als sie Basil kommen sieht. Sie sollte andere Sorgen haben als verbrannte Tote eines begrabenen Jahrtausends, durchfährt es Basil, und seine Gedanken entfliehen in eine Richtung, die er nicht mag. Alle Mütter im Land haben dieser Tage andere Sorgen. Im März ist Hitler in Prag einmarschiert. Seit April besteht ein Plan zur Evakuierung Londoner Kinder, der Bau von Luftschutzkellern hat begonnen, und just hat das Unterhaus der Einführung der Wehrpflicht zugestimmt. Dieses Letzte ist das Schlimmste. In Großbritannien hat es keine

Wehrpflicht gegeben, solange eine Nation dieses Namens existiert.

Was es bedeutet, wenn ein Volk mit seinen Traditionen bricht, lässt sich leicht denken, obgleich Basils Landsleute den glutheißen Sommer zu genießen scheinen, als werde ihm nie ein Herbst folgen. Krieg steht bevor, und zwar einer, wie ihn sich selbst Männer wie er, denen der Schrecken des Weltkriegs im Mark sitzt, nicht ausmalen können. Basil ist Archäologe aus Leidenschaft, seine Arbeit beglückt ihn. In diesen Tagen aber, sooft er den Spaten in staubenden Boden sticht, überfällt ihn die Frage: Wird all das im nächsten Jahr noch hier sein? Die Asche unserer Ahnen, die sich die Insel zu eigen machten – darf sie weiter hier ruhen?

Er zwingt sich, die Gedanken abzuschütteln und den Gruß zu erwidern. Der kleine Robert lacht und stürmt ihm entgegen, seine Mutter stolpernd im Schlepptau. »Basil, Sie Kauz! Was ziehen Sie denn an solcher Gottesgabe von Tag für ein Gesicht?«

Eine Antwort erübrigt sich, denn sogleich fällt der Sohn ihr ins Wort: »Werden wir es heute finden, Mr. Brown?«

»Was willst du denn finden?«

»Das Wikingergrab!« Der blasse Junge strahlt. Ihm fehlt der Vater. Sooft er Zeit in Gesellschaft von Männern verbringt, blüht er auf. Wie vielen Jungen mag der Vater fehlen, ehe das Jahr zu Ende geht? Wieder schüttelt sich Basil, hebt eine Schaufel vom Boden und reicht sie Robert, der für Grabungsarbeiten in Sommerhitze entschieden zu warm gekleidet ist.

»Wenn wir nicht anfangen, finden wir jedenfalls nichts.« Er winkt John und William. Sie haben gestern noch den Bereich abgesteckt, den sie heute bewältigen wollen, an der Hinterseite, wo sie die obersten Schichten des Hügels schon abgetragen haben. Bald sind sie allesamt schweigend bei der Arbeit, und man hört nichts mehr als ihr Ächzen, das Schaben der Spaten und entfernten Vogelsang.

Edith sieht ihnen zu. Sie war es, die auf der Grabung im Hügel eins bestanden hat. Basil und sein Kurator hätten lieber die anderen Hügel weiter durchsucht, denn trotz der Grabräuber hoffen sie, noch etwas zu entdecken, das bei der Zuordnung der bereits freigelegten Funde hilft. Die Herrin des Hauses aber, Edith mit dem Nordseesalz im Blut, bleibt unbeirrbar. Seit dem Tod ihres Mannes besucht sie irgendwelche spiritistischen Sitzungen, und jetzt ist sie auf einmal überzeugt, sie habe am Hügel eins eine Tote wandeln sehen. »Eine Frau im Leinenkleid, mit rauchgrauem Haar. Sie müssen mir glauben, Basil. Sie rief mich beim Namen, und als ich mich umdrehte, sah sie mich mit ihrem grünen Auge an.«

»Mit nur einem Auge?«

»Natürlich nicht. Aber das andere war braun.«

Und diese Geisterfrau mit den Zweifarbenaugen hat ihr gesagt, sie solle um jeden Preis am Hügel eins graben lassen, gerade jetzt, wo jeder Tag teuer ist. Basil schlägt die Schaufel mit Wucht in den Grund. Er arbeitet sich voran, stößt nach Kräften zu, wirft Klumpen Erde und Gras beiseite. Eine Weile lang lässt er sich von der Anstrengung und dem gleichförmigen Rhythmus einlullen und denkt nahezu an nichts. Dann schreit der Junge.

Wer je auf einer Grabungsstätte gearbeitet hat, erkennt den Schrei sofort. Basil hat ihn etliche Male gehört, von Laien wie von Kollegen, auf schwer erklärliche Weise weiß jeder, wann er auf Gold gestoßen ist. Auf einen Fund, der die Tür aufwirft und die Vergangenheit einlässt. Im Nu sind sie alle bei ihm, seine Mutter, John und William, zuletzt Basil, drängen sich um die Grube und starren hinab. »Was ist das?«, stammelt

William. Der Wildhüter besitzt einiges an Erfahrung, jetzt aber wirkt er völlig ahnungslos.

Die Frage ist berechtigt. Rostverkrustete Eisennieten stecken im freigelegten Sandboden, als hätte sie jemand mit Bedacht so angeordnet. Der Sand aber ist es, der Basils Blick fesselt. Ein Relief ist hineingeprägt wie ein Fossil in Stein, hochgewölbte Spanten und längs verlaufende Planken. »Ein Schiff«, platzt Roberts Antwort in die Stille. »Ein Wikingerschiff!«

Basil schüttelt den Kopf, er weiß selbst nicht, warum er seiner Sache so sicher ist. Behutsam nimmt er dem Jungen die Schaufel ab, geht in die Knie und legt eine weitere Handbreit des Reliefs frei. »Wenn das hier tatsächlich ein Schiffsabdruck ist, dann der eines angelsächsischen Schiffes.«

Beim Klang des Wortes hört er sein Herz schlagen und spürt, wie ihm die Hände zittern. So war es schon, als er in Roberts Alter war: Den Angelsachsen gehört seine Sehnsucht, vielleicht weil das Land, auf dem er geboren ist, East Anglia heißt und Rendlesham, die Burg der großen angelsächsischen Könige, hier gestanden hat, vielleicht weil angelsächsisches Blut in seinen Adern fließt.

»Ich möchte meinen Kurator hinzuziehen«, sagt er, und auf einmal packt ihn die Angst. Es wird Krieg geben. Das Gelände ist zum Training für Panzer und Truppentransporter wie gemacht, und welche Chance hätte eine in Sand gepresste Ahnung, solchen Sturm zu überstehen? Wie ließe sich erklären, dass diesem Schatz Schonung gebührt, dass wir, wenn wir die Vergangenheit nicht loslassen, uns zugleich die Zukunft bewahren?

Jemand beugt sich nieder und berührt seine Schulter. Edith. Als lese die Nordsee Gedanken. »Ich schicke John zum Telefon, um Mr. Maynard zu verständigen. Wir werden es hüten, Basil. Dazu sind wir hier.«

Basil dreht sich um, doch er sagt nichts. Seine Hand schwebt noch über dem Spant aus Sand, er kann sich nicht davon trennen.

»Mr. Brown«, ruft Robert, vor Erregung stammelnd, »wie kommt das Schiff denn hier aufs Land und in die Erde?«

Niemand gibt ihm Antwort. Basil glaubt zu fühlen, wie die Gedanken der Übrigen kreisen. Für keinen anderen hörbar, wispert Edith zu ihm hinunter: »Es ist ihr Grab, nicht wahr?«

»Wessen Grab?« Wie kommt sie darauf? Schiffsgräber gehören nach Skandinavien, nicht nach East Anglia.

»Das von der Frau mit den Zweifarbenaugen.«

Er will ihr sagen, dass er von ihren Sitzungen nichts halte, dass er an wandelnde Tote nicht glaube, dass der Krieg sie zurück in die Realität zwingen werde und dass sie andere Sorgen haben sollte. »Wir müssen den Schiffsrumpf freilegen«, sagt er stattdessen, »meiner Schätzung nach bald dreißig Meter, und sehen, ob wir auf eine Grabkammer stoßen. Ein so großes Schiff vom Fluss hier heraufzuziehen, kostet beträchtliche Mühe. Demnach müsste Ihre Zweifarbenäugige eine Frau in höchster Stellung gewesen sein.«

»Sie halten es also für möglich?«

Sie sehen einander an, Ediths Blick ein bisschen schäumend, wie Nordseegischt. »Ja«, sagt Basil. Und steht auf.

Suffolk, am Ufer des Deben, Oktober 626

Der König blickte auf, als er das Geräusch vernahm. In seiner Halle lagerten dreißig Bewaffnete, denn die Bedrohung im Reich war gewachsen. Doch von denen kam kein so zarter Ton.

Verschwommen, ihm gegenüber, sah er drei Jungfern sitzen, die ließen ihre Spinnwirteln kreisen, dass die Luft sirrte. Er hatte diesen steten, feinen Laut immer gern gemocht, so wie das Zischen, mit dem die Frauen des Hofstaats ihre Kochsteine in die Glut des großen Feuers schoben. Das große Feuer in der Mitte der Halle hielt die Gerstengrütze warm. Wenn man aufmerksam lauschte, durch das Netz gedämpfter Stimmen, vernahm man das Platzen und Schmatzen, mit dem das Gargut vor sich hin köchelte. Ist das Heimat?, fragte sich Raedwald. Ein vertrauter Teppich aus Geräuschen, der uns einhüllt, wenn die Augen uns im Stich lassen? Ein vertrauter Teppich, der Wärme speichert wie die Behänge an den Wänden. Alle Wärme eines Lebens.

Derweil Raedwald dem Sirren der Spinnwirteln und dem Köcheln der Gerste lauschte, sah er seine Mutter und seine Schwester vor sich, die schon so lange tot waren, und vernahm ihr Lachen, als wären sie noch hier. Seine Mutter, die streitbare Königswitwe, mit der zu zanken es solche Lust bereitet hatte, und Annis, ihre süße, sachte Tochter, waren vor zwei Jahrzehnten bei einem britischen Überfall ums Leben gekommen und hatten Raedwald taub vor Schmerz zurückgelassen. Aber es war auch jener Überfall gewesen, der ihn gelehrt hatte, dass er nicht länger jung sein und in den nebelweichen Tag von Rendlesham hineinleben durfte.

Er hatte ein Totenfeuer errichten, ihre Leichen verbrennen und die Asche vergraben lassen. Nicht hier, sondern den Fluss hinauf in Sutton Hoo. »Warum dort?«, hatte ihn Ethelbert gefragt, der König von Kent, der ihm in jenen schwarzen Tagen ein Freund geworden war. »Weil es ein heiliger Ort ist«, hatte Raedwald erwidert. »Weil dort die Wiesen fett sind und die Nebel dicht und der Wald so dunkel ist, wie das Haar meiner Mutter war.«

Es war jener Überfall gewesen, der ihm gezeigt hatte, dass

die Völker, die übers Meer gekommen waren, auf der Insel nicht sesshaft werden würden, solange sie sich gegenseitig bekriegten und in immer kleinere Reiche aufsplitterten, sondern dass sie vertrieben werden würden, die neue Heimat verloren und von der alten nur Fetzen der Erinnerung übrig.

Warum dachte er an all das ausgerechnet jetzt? König Raedwald schmiegte sich tiefer in die Pelze, setzte das Horn an und trank. Das Ale, das die Frauen seines Hofes nach Eydyds Rezept brauten, schmeckte ihm noch immer köstlich, auch wenn ihm beim Trinken die Kehle schmerzte und ihm neuerlich schwarz vor Augen wurde.

Eydyd, Eydyd. Um sie zu sehen, hatte er sich in die Halle tragen lassen, hatte dem Diener vorgelogen, es gehe ihm besser. Es ging ihm nicht besser, ihm wurde schwindlig, sobald er sich bewegte, das gute Ale ließ ihn würgen, und die Augen spielten ihm böse Streiche, so dass er Eydyd nicht sah. Eydyd, Eydyd. Raedwald fühlte sich lächeln. Er sah sie trotzdem, selbst wenn dieses Übel, das ihn befallen hatte, ihn blind machte. Er würde sie immer sehen.

Sie stand dort, wo Annis gestanden hatte, am großen Feuer, und teilte Grütze an Hofstaat und Gäste aus. Hatte für jeden ein Wort, einen Scherz, eine Mahnung, ein Rätsel. Eines wie dieses:

Ein Geselle mit haarigem Schopf bin ich.
Und ich beglücke die Frauen,
Bin mithin ein Segen für das Land.
In meinem Bett wachse ich sehr groß,
Und von Zeit zu Zeit
Wagt eine schöne Bauerntochter,
Mich in Händen zu halten.
Die glatte Haut zieht sie mir ab
Und steckt meinen Kopf in ihren Kessel.

Ich treibe ihr das Wasser in die Augen,
Auf dass sie meiner gedenke.

Raedwald musste lachen. Damals, als sie ihm dieses Rätsel gestellt hatte, war er in brüllendes Gelächter ausgebrochen und hatte durch die Halle ihres Bruders gegrölt: »Ganz trefflich, Prinzessin. Euer haariger Frauenbeglücker ist ein Männerschwanz.«

Sie hatte ihn angesehen, als wolle sie ihm die Augen auskratzen. »Ich wünsche, dass Ihr Euch zurückzieht«, hatte sie ihn verwiesen, und er hatte ihr gehorcht und sich getrollt, aber er war immer wieder gekommen. Zuletzt nach dem Überfall, als er gelernt hatte, dass sein Reich Ordnung und Erben brauchte, um nicht unterzugehen. »Eydyd, Prinzessin von Bernicia«, hatte er gesagt, »bring mir bei, wie man mit Anstand Rätsel löst, wie man mit Anstand sein Land regiert, und heirate mich.«

Noch einmal, so viele Jahre später, lachte er darüber, bis er Schritte vernahm. Gleich wusste er, dass es nicht Eydyds Schritte waren, und zwang sich, die Augen zu öffnen. Durch Schleier sah er Ricbert. Seinen Milchbruder, der dem Bardenstand angehörte, jedoch nicht singen konnte und mithin an seinem Hof das Amt eines Altknechts versah. Einen andern hätte Raedwald womöglich mit den kranken Augen nicht erkannt, aber Ricbert war unverkennbar. Kein Haar wuchs auf ihm. Kein Bart, keine Wimper, kein Flaum an den Armen. Eine Nacktschnecke in Kleidern war der Mann, der sich zu ihm beugte, um zu fragen: »Noch Ale, mein König?«

»Ricbert.« Er langte nach dem blanken Gesicht, erwischte ein Ohr und zog ihn näher, so dass kein anderer hörte, was nur für ihn bestimmt war. »Unter uns, ich bin noch immer nicht recht auf der Höhe, ich kann das Trinkhorn nicht halten. Sei ein Kumpan, und bring mir einen Becher.« Das Horn war dazu gemacht, dass sein Trinker es nicht absetzte, und ein Trinker, der ein volles Horn absetzte, war Raedwald nie gewesen. Jetzt aber bebte ihm die Hand vor Schwäche. »Lass es Eydyd nicht wissen. Ich mag nicht, dass sie sich sorgt.«

»Wir sorgen uns alle«, brummte der Nacktgesichtige. »Gäbe es auf dieser Burg noch einen unbefleckten Altar, so ordnete ich ein Opfer für deine Genesung an.«

Wieder hätte Raedwald gern gelacht. Ricbert brachte ihn oft zum Lachen, weil der grämliche Kerl sich in nichts fügte, sondern sich betrug wie ein Pflugochse, der sich gegen bald zwanzig Jahre alte Ketten stemmte. Nach dem Überfall hatte Raedwald begriffen, dass die angelsächsischen Völker eine Klammer brauchten, die sie zusammenhielt, eine noch stärkere als die Sprache, Englisc, zu der ihre Heimatsprachen verschmolzen waren. Die alten Götter taugten nicht länger, sie waren in der Fremde kraftlos geworden. Also hatte Raedwald dem Drängen seines Freundes Ethelbert nachgegeben und sich in dessen Sitz Canterbury taufen lassen. Die neue Religion war ihm süß und sacht erschienen wie seine Schwester Annis, die alles vergaß und vergab, und die Aussicht auf helles Leben nach dem Tod war verlockend, wenn auch der Tod so weit weg wie die Dämonen der Legenden schien.

Im Luftholen bemerkte Raedwald, wie eng ihm die Brust war. Er wollte über Ricbert lachen, der noch immer hoffte, die Zeit umkehren und die Römerchristen von der Insel jagen zu können, aber der Raum unter seinen Rippen war zu klein dazu. Auch sprechen konnte er nicht. So schweigsam hatte er nie zuvor gelebt.

»Du solltest kein Ale mehr trinken«, hörte er Ricberts gequetschte Stimme. »Es hilft dir nicht. Ich werde dir wieder von der Milch weißer Stuten bringen, das ist das Beste, was ich für dich tun kann.« Der Haarlose ging und kehrte mit einem Becher zurück, ging neben Raedwald in die Hocke und flößte ihm den warmen Milchschaum ein. Tapfer schluckte Raedwald, auch wenn seine Kehle wie zugeschwollen war und in seinem Schädel Funken sprühten. Endlich ließ Ricbert von ihm ab, wischte ihm den Bart und ging.

Sein Magen ballte sich. Sobald die Schritte sich entfernten, spuckte er wie schon an den Tagen zuvor den Rest Milch auf den Boden. Er wollte Ricbert, der ihn so rührend päppelte, nicht kränken. Er liebt mich, erinnerte er sich. Wer Ricbert zu kennen glaubte, war überzeugt, er sei zur Liebe nicht fähig, Raedwald aber wusste es besser. Eni, mein eigener Bruder, liebt mich nicht mehr als dieser, der erhoben wurde, weil seine Mutter ihre Brustwarze in den Gierschlund des königlichen Wickelkindes stopfte. Während sie aufwuchsen, hatte Ricbert kein freundliches Wort zu ihm gesprochen, aber er hätte den Milchbruder, der zum König erkoren war, gegen jeden verteidigt, auch gegen Raedwald selbst.

Warum diese Gedanken? Warum die Bilder meines Lebens, die durch mich hindurchjagen? Erging es so jedem, der ein paar Tage lang krank und tatenlos lag? Raedwald besaß keine Erfahrung mit Krankheit, schon gar nicht mit Tatenlosigkeit, jäh wollte er sich aufrichten und noch einmal nach Eydyd sehen, aber alles, was seine Augen ihm gönnten, waren die drei Frauen mit den Wirteln, die die Luft zum Sirren brachten.

Erschöpfung warf ihn zurück. Als wäre er meilenweit geritten oder hätte sein Schiff gesegelt. Sogleich sah er wieder Bilder vor sich, diesmal Ricberts Gesicht von dem Tag, als er von der Taufe in Canterbury kam. Das Gesicht war wahrhaftig nackt gewesen, ohne ein Haar, das die Wucht des Zorns hätte verhüllen können. »Verräter. Bestie. Regt sich in dir kein Gewissen, wenn du uns aus der Erde reißt?«

»Aber nicht doch. Ich verankere uns fester.«

Ricbert hatte keine Worte mehr gefunden. Sein ganzer Kopf, das Gesicht wie der kahle Schädel, war blaurot angelaufen, und er hatte Raedwald die Silberlöffel, Ethelberts Taufgeschenk, aus der Hand gerissen und ins Feuer geworfen. Dann war er gegangen, unfähig, den Geliebten länger anzusehen. Von da an hatte er sich Raegenhere zugewandt, dem Thronerben, an den Raedwald noch immer nicht zu denken vermochte, und hatte ihn unter seinen Einfluss gebracht.

»Treib keinen Keil zwischen euch«, hatte Eydyd gesagt. »Es wäre ein Keil, den du durch dein Volk treibst.« Sie hatte die Löffel aus dem Feuer geholt und hielt sie ihm mit rußschwarzen Händen entgegen. *Saulos* stand in den Stiel des einen graviert und *Paulos* in den des anderen, als Zeichen seiner Wandlung. Eydyd legte beide aufeinander, ehe sie sie ihm gab. »Trenn sie nicht. Nimm deinem Volk nicht das Alte, ehe es im Neuen zu Hause ist.«

Raedwald sah die Brandblasen auf den Kuppen ihrer Finger und tat, was sie ihm geraten hatte. In seinem Tempel riss er den Altar, auf dem der Erdgöttin Nerthus und Woden, dem Gott von Sonne und Weisheit, geopfert wurde, nicht nieder, sondern stellte ihm den Altar des neuen Gottes an die Seite. Anfangs gab es Aufruhr und Verstörung, aber schon bald fügten sich die Menschen, wie es ihre Art war, ins Gegebene und nannten Raedwalds Gotteshaus den Tempel der zwei Altäre. Die meisten Menschen. Nur die nicht, die Ricbert für sich gewann.

Was wird sein, durchfuhr es Raedwald, wenn ich über die Schwelle des Lebens muss? Wird mich der Himmel des einen Gottes wie der Regenbogen der anderen empfangen, weil ich beiden huldigte? Oder verdammt mich der eine wie die anderen, wie es Menschen tun, wenn man sich für keinen von ihnen entscheidet?

Er wünschte, er hätte sich mehr Ale bringen lassen oder den funkelnden Wein, den Eydyd aus Holunder braute. Über sein Leben nachzusinnen war ihm fremd genug, doch auf einmal den Tod zu fürchten wie einen Feind vor seinem Tor war zu viel. Er wollte seine Frau sehen, wollte aufstehen und aus der Halle ins Freie treten, über sein Land blicken, die flüchtenden Nebel, die gelben Blätter, die auf dem Schwarz des Flusses trieben. Es war der Mondkreis des Jägers, eine Zeit, die er immer gemocht und in der er frisch erlegtes Wild und jung vergorenen Apfelmost genossen hatte. Sobald es ihm besser ging, würde er Ricbert zur Jagd einladen. Der Haarlose war ein erbärmlicher Jäger, aber es mochte ihnen guttun, miteinander allein und in den Wäldern zu sein. Sie waren nicht mehr jung, sie hatten jeden Tag ihres halben Jahrhunderts Leben geteilt, sie konnten am Verbindenden Trost finden und Trennendes begraben.

Auch Raegenheres Tod. In Raedwalds Herzen zuckte es, als werde es zur Seite gerissen, wie stets, wenn ihn trotz aller Vorsicht die Erinnerung streifte. Dieses Mal jedoch fehlte ihm die Kraft, sich zu wehren, das Zucken hörte nicht auf, und die Erinnerung schaffte sich Raum. Raegenhere. Sein erstgeborenes Kind. Eydyds Geschenk, mit dem sie eingestanden hatte, dass sie, obgleich er ein grober Klotz war, der ihre Rätsel in den Schmutz zog, gern mit ihm lebte. Raegenhere, zwei Hände voll Leben, zwei Hände voll Eydyd und Raedwald, voll Zukunft und Heimat, mit ihm hatte ihr Glück begonnen, war es mit ihm zu Ende gegangen? Wieder rang er darum, sich aufzurichten, und diesmal gelang es. Er setzte sich, lehnte den Rücken an die Wand und bekam Eydyd zu sehen, mit der Kette um die Mitte, an der die Schlüssel seiner Burg baumelten. Eydyd, Eydyd. Ihr Haar, das die Farbe dunklen Honigs gehabt hatte, war jetzt grau wie Rauch, und er liebte sie so sehr, dass er an ihrem Schmerz schwerer trug als an seinem.

Sie hatten in den Krieg ziehen müssen, an die Ufer des Idle, wo sich das Schicksal ihres Volkes entschied. Hätten sie die Schlacht gegen Northumbrias König nicht geschlagen, so wäre das vereinte Engerland, über das er seither als Bretwalda – Hochkönig – herrschte, ein Traum geblieben, ein Schatten in Nebeln. Dass sie kämpfen mussten, hatten sie beide gewusst, aber ihr Sohn hätte nicht kämpfen müssen, Raegenhere, *ihr Kind*, das erst elf Jahre alt gewesen war. Der Wunsch des Jungen, seinen Vater zu begleiten, sein heimlicher Aufbruch und sein so rascher, lautloser Tod waren Ricberts Werk. *Und warum?*, schrie es in Raedwald. *Warum?*

Weil er noch immer mich liebte, nicht Raegenhere. Weil ihm mehr daran lag, mich zu strafen, mich von vermeintlichen Irrwegen abzubringen, als das Kind zu bewahren, das zärtlich an ihm hing. Raedwald, vor dessen Augen sich Schleier lösten, sah seine Frau, die seinem zweiten Sohn, Eorpwald, den Napf voll Grütze schöpfte, die mit Gästen Worte wechselte und dennoch allein schien, und das Zucken um sein Herz beruhigte sich. Er holte Atem, und in seiner Brust war wieder Platz. Die Krankheit zog sich zurück, ob nun Ricberts Milch sie besiegt hatte oder Raedwalds Lebenskraft, und sobald er genesen wäre, würde er mit Eydyd reden. Sie waren beide toll vor Schmerz gewesen, sie hatten, um einander zu schonen, einen Deckel über ihrem toten Kind geschlossen wie über einer Truhe mit ungebrauchtem Gut.

Ethelbert, Raedwalds Halt in Nöten, lebte schon lange nicht mehr, von den getauften Königen lebte nur noch er allein, und wenn er nicht endlich Kraft aufbrachte und die Zügel wieder aufnahm, war alles umsonst gewesen, auch

Raegenheres Opfer. Vor Verzweiflung hatte er die Zukunft vergessen, als schere ihn nicht länger, ob sein Engerland nach seinem Tod zerfiele.

Das würde sich ändern. In seiner Trauer um den einen Sohn hatte er die Nähe des andern nicht ertragen, und vom Vater unbemerkt war Eorpwald zum Mann geworden. Die vergeudeten Jahre taten weh, er würde sich keinen Tag mehr nehmen lassen. Wer den Tod am Tor gehört hatte, besann sich aufs Leben, und er wollte seinen Sohn lehren, was es erforderte, das Reich zusammenzuhalten. Die neue Religion brauchst du, wollte er ihm sagen, denn den Fluss, der voranstrebt, hält niemand auf. Sei kühn wie dein Vater, nimm das Neue an. Sei aber auch klug wie deine Mutter, gib den Menschen Zeit. Schlag Wurzeln, und lass Bäume wachsen.

Ein Laut, ein winziges Tschilpen, verriet, dass sich ein Vogel in die Halle verirrt hatte. Der Sperling flog längs durch den Raum, von einem Ende zum andern, und alle Köpfe reckten sich und sahen ihm zu. Raedwald fühlte, wie sein Leib sich am Atem stärkte. Bald würde er kräftig genug sein, sich zu erheben und zu seinen Leuten zu sprechen. Den Bewaffneten würde er sagen: Wir müssen der Kriegsgefahr ein Ende setzen, denn um Städte zu bauen, bedarf es des Friedens. Den spinnenden Frauen würde er sagen: Regt euch, bringt die Luft zum Sirren, spinnt uns an eurem Faden fest. Seinem Sohn würde er sagen: Schreib deinen Namen in die Erde, damit noch in tausend Jahren lesbar ist: *Dies ist unser Land*, und seiner Frau wollte er auch etwas sagen, nur fiel es ihm im Augenblick nicht ein.

Und Ricbert? Ricbert? Der Nacktgesichtige stand am Ende der Halle und ließ Blicke wandern. Über seinem Kopf, in den Dachbalken, in denen Schinken zum Räuchern hingen, tschilpte der Sperling ein letztes Mal, dann verschwand er durch einen Spalt und ward von keinem mehr gesehen. Das können wir nicht wissen, dachte Raedwald, ob so ein Vogel im Freien wieder auftaucht oder ob er verschwunden bleibt, wir glauben nur, dass wir es wüssten. Auch das war seltsam gedacht. So seltsam wie die Trübung seiner Augen, der Schleier, der sich jäh von Neuem senkte, so dass das Bild von Ricbert zerfloss. Nur sein Gesicht sah er noch, seinen Blick, der diesen und jenen traf, Gäste, von denen Raedwald auffiel, dass er ihre Namen nicht kannte, dass er sie wohl gesehen, aber nie gesprochen hatte. Dann sah er nichts mehr. Sein Magen rebellierte. An der Wand, an die er sich gelehnt hatte, rutschte er hinunter, umklammerte seine Knie und rollte sich zu einem Ball zusammen.

Ein Schrei drang zu ihm. Alles andere, das Sirren der Luft und das Zischen der Steine, das Köcheln der Gerste und die Stimme von Ricbert, verrauschte. Raedwald begriff jetzt schnell, trotz der Schmerzen: Es war wie bei Eydyds Rätseln, der erste Schluss war immer falsch. Erst wenn man lange den Worten lauschte, enthüllte sich, was sich dahinter verbarg. *Ich werde dir wieder von der Milch weißer Stuten bringen*, hörte er Ricbert sagen, *das ist das Beste, was ich für dich tun kann*. Der Milchbruder hatte ihn immer geliebt, er liebte ihn noch, und dass er, Raedwald, ins Gedächtnis als der Hochkönig eingehen würde, der den Römerchristen die Insel wieder zugespielt hatte, durfte der Liebende nicht dulden. *Ich war deine Hoffnung, nicht wahr? Dass ich sie selbst zerstörte – wie hättest du das zulassen können?* Der Tod war nicht länger der Gast an Raedwalds Tor, er war die Hand an seiner Kehle. Keine Zeit mehr. Keine Kraft. Keinen Griffel, um seinen Namen dem Boden einzuzwingen.

Wieder schrie jemand auf, dann plumpste neben ihm ein Mensch auf die Knie. Konnte man an ihrer Art zu knien, die,

die man liebte, erkennen? Auch Ricbert sank bei ihm nieder, doch dem knackten dabei die Knochen. Die, die vor seinem Gesicht kniete, die ihre Hand um seine Wange wölbte, war Eydyd.

Einmal noch versuchte Raedwald, sich den Blick freizublinzeln, dann gab er es auf und hätte gern geweint, weil er von Eydyds Augen keines mehr sah. *Wenn ich eins wählen könnte, um es noch einmal zu sehen, nähme ich das braune oder das grüne? Ich weiß es nicht, mein Liebstes. So wie ich nicht weiß, ob mich hinter der Schwelle das Licht des neuen Gottes empfängt oder das Dunkel der Eisnebel, mit dem die alten mich strafen. Ob ich meine Mutter wiedersehe und Annis und unsern Raegenhere oder ob ich gar nichts mehr sehe. Meine Kehle wird mir so eng, und vor nichts ist mir so bange wie davor, ausgelöscht zu sein ohne einen, der noch weiß, dass es mich gab.*

Ricbert sagte etwas zu Eydyd, aber Eydyd sagte nichts zu Ricbert, sondern nannte ihn beim Namen. »Raedwald.« Das tat wohl. Es linderte weder Schmerz noch Angst, aber es bewirkte, dass er noch ein, zwei Atemzüge lang nicht allein war. Andere eilten herbei, ihre Füße brachten den Boden zum Beben, aber den Ort, an dem Eydyd und Raedwald sich umfassten, erreichten sie nicht. Solange du lebst, meine Zweifarbenäugige, weiß ein Mensch, wer ich war. Ihm fiel ein, was er ihr vorhin hatte sagen wollen, und er konnte kaum glauben, dass es etwas so Albernes war. Hätte er ihr nicht viel eher sagen müssen, dass sie vor Ricbert auf der Hut sein sollte, dass Ricbert ihn vergiftet habe, dass sie Engerland bewahren und Eorpwald unterweisen sollte, dass er sie liebe und schon jetzt vermisse? Da aber all das zu gewichtig und er ohne Kraft war, sagte er ihr das andere, das leichte: »Die Zwiebel, mein Liebstes. Dein haariger Frauenbeglücker ist die Zwiebel.«

Ob sie ihn hörte, wusste er nicht, denn seine Stimme war schon auf dem Weg.

Auf dem Schwarz des Deben trieben gelbe Blätter.

Eydyd von East Anglia, die ihr Haar nach Witwenart zerrauft trug, sprang über die Bordwand des Schiffs ins herbstkalte Wasser. Unbeirrt schritt sie voran, derweil die Flusswellen ihr um die Hüften spülten. Sie hatte es von Rendlesham herrudern lassen, ein dreißig Schritt langes Gefährt zu vierzig Riemen und einem Rahsegel. Ihres Mannes Schiff.

Der Himmel war farblos, die Luft schwer und feucht, und über die Uferböschung trieb der Wind die Nebelschwaden. Auf dem Kamm tauchten die Männer auf, die auf Karren vorangefahren waren, um die Grube auszuheben, Gerüstete, die sonst in der Königshalle auf Wache lagen. Sie hatten Bohlen und Tragriemen auf die Schultern geladen. »Zieht die Kettenhemden aus«, befahl Eydyd. Diese Hemden waren so schwer, dass sie, eine kräftige Frau, sie nicht heben konnte, und die Männer würden anderes zu schleppen bekommen.

Sie taten, wie ihnen geheißen, dann stürmten sie die Böschung hinunter und strömten ins Wasser, dem Schiff entgegen, das sie aufs Land holen würden, samt seiner unschätzbaren Fracht. Eydyd blieb im Uferschlamm stehen und ließ die Kälte sich in ihre Waden graben, fühlte, wie ihr vereistes Blut langsam floss. Ach Raedwald, flüsterte sie in sich hinein, weißt du, dass alles verkehrt ist, seit du fort bist? Ich sehe die Sonne nicht mehr, aber meine Trauer macht die Nacht taghell. Ein letztes Mal gestattete sie sich, mit ihrem Mann allein zu sein. Dann war keine Zeit mehr dafür, und das, was ihr Leben war, verlangte Raum. Eydyd drehte sich um.

Die Trauernden, die sich am Bug des Schiffes drängten, warteten auf ihr Zeichen. Eydyd gab es ihnen, und einer nach dem andern kletterte von Bord. Der junge Kronprinz Eorpwald voran, dahinter Sigheberht, des Königs Ziehsohn, und Eni, sein gramgebeugter Bruder. Als letzter Ricbert, der sie mit wimpernlosen Augen ansah. Vielleicht sah er sie auch nicht an, sondern starrte durch sie hindurch. Eydyd wich ihm nicht aus.

Gewiss hätte sie verlautbaren können, was sie wusste: Ricbert hat mir den Mann, hat euch den König gemordet, aber wusste sie es wirklich? Wusste sie, dass die Gestalten, die sich in Winkeln der Halle zusammenrotteten, Feinde waren, die Ricbert gerufen hatte, um jede Spur des verhassten Christengottes, jede Spur von Raedwald auszulöschen? Und wenn sie es wusste, war es ihre Aufgabe, es in die Welt zu schreien, darauf zu hoffen, dass man ihr glauben und dass mehr Männer sich auf ihre als auf Ricberts Seite schlagen würden? Eydyd hatte eine Nacht auf ihres Mannes Schiff verbracht und nachgedacht, dann hatte sie sich die Antwort gegeben. Sein Volk zu einen, nicht zu teilen, war Raedwalds Bestreben gewesen, weil ein zersplittertes Volk auf so umkämpftem Land nicht überlebte und weil sie sich beide danach sehnten, in dem umkämpften Land heimisch zu sein. Hier wollten sie ihre Geschichte beginnen, keine Episode, die vergessen werden würde wie ein Sperling, der durch die Halle schwirrte und verschwand.

Meine Aufgabe ist, dich zu bestatten. Und denen, die nach uns kommen, zu sagen, dass es uns gab. Ich habe kein Trauergewand angelegt, sondern mein grünes Kleid, das du so mochtest. Über mein grünes Kleid hast du gesagt, das Leinen knistere so, dass du die Frauen, die Flachsbrechen schwingen, in dem Knistern hören könnest. Du hast das Leben geliebt. Das Leben lieben heißt nicht, Glück haben und ungeschoren bleiben. Es heißt, auf die kleinen Geräusche, die das Leben macht, achten.

Die Männer, die vom Ufer kamen, und die Trauernden, die von Bord gestiegen waren, verteilten sich über die Länge des Schiffes und schlangen ihre Seile durch die Schleppringe. Wie Zugtiere legten sie sich in die Schlaufen, zerrten, dass die Wellen des Flusses auseinanderstoben, und zogen das Schiff ihres Königs zum Auflanden in den Uferschlick. Das Schiff war flachbödig und stark im Kiel, es eignete sich gut zum Auflanden, aber die Böschung war steil, schon ein Mann ohne Last rutschte leicht ab. Der arme Eni hatte Sorge geäußert: »Warum denn das Schiff, Eydyd? Der Brauch ist so alt, kaum einer besinnt sich auf ihn.«

»Ich mache ihn neu«, hatte Eydyd erwidert. »Ich setze ein Zeichen, das weithin sichtbar ist und verkündet: Wir sind keine Streuner, die eines Tages weiterwandern. Wir sind das Volk der Angelsachsen. Dies ist unser Land.«

»Aber Raedwald ...«

»Was ist mit Raedwald?«

»Raedwald hing dem neuen Glauben an«, presste Eni heraus. »Er hätte wohl nach dessen Ritus bestattet werden wollen.«

»Vom neuen Glauben weiß ich nicht viel. Und vom alten auch nicht, vom Glauben weiß keiner viel, sonst müsste er nicht glauben. Ich gebe Raedwald eine Bestattung, die eines Königs würdig ist. Auf seinem Schiff kann er vor jeden Gott treten.«

Der wackere Eni hatte schon immer die Größe einer Tat unter einer Unzahl kleinlicher Bedenken begraben, darüber hatte Eydyd mit Raedwald oft gelacht. »Warum denn aber nicht hier?«, rief er und verschränkte die Hände auf dem Kopf. »An der Furt ist kaum Steigung, da bekommen wir das Schiff gut aufs Land.«

»Nein, nicht hier«, verwies Eydyd ihn knapp. »In Sutton

Hoo, am heiligen Ort. Dort sind die Wiesen fett und die Nebel dicht und der Wald so dunkel, wie das Haar meines Mannes es war.«

Darauf hatte Eni nichts mehr gesagt, und jetzt zerrte er mit den Übrigen das Schiff seines Bruders ans Ufer. Die ersten sprangen den Hang hinauf und bauten aus Bohlen eine Rampe, auf der sie das Schiff in die Höhe hieven würden. Ihnen voran stieg Eydyd, um nach der Arbeit der Frauen zu sehen. Dünner Regen fiel, und es hatte zu dämmern begonnen, das Land hatte das graue Kleid angelegt, in dem nichts seine Form behielt und alle Grenzen verwischten. Auch die zwischen Leben und Tod.

Kaum erreichte sie den Kamm, sah sie in einiger Entfernung die Grube. So hatte sie es gewollt. Den Hügel, wenn er erst aufgeschüttet war, würde man vom Fluss aus sehen. Am Rand der Grube hatten die Frauen Tische aufgestellt, darauf steckten sie jetzt die Lichter an. Käsiger Geruch nach brennendem Talg schlug Eydyd entgegen, und je näher sie kam, desto stärker mischte sich der Duft frischen Brotes hinein, das in kleinen Laiben auf den Tischen bereitlag. Es würde köstlich schmecken, das Brot, nach Fleischsaft und Kräutern, denn sie hatten Schmortöpfe mit dem Teig gesiegelt, damit er ausbuk, während das Fleisch garte. Eydyd war es zufrieden. In meinem Haus, hatte Raedwald gesagt, will ich selbst vom einfachsten Gericht noch Genuss.

Den Frauen hatte sie befohlen, ihr malzigstes Ale zu brauen und an Honig einzuquirlen, was die Zeidler zu bieten hatten. »Aber das ist ein Hochzeitsbrauch«, war Osdryd, Eorpwalds Braut, aufgefahren, als hätte Eydyd davon nichts gewusst. Als hätte sie vergessen, wie sie mit Raedwald nach ihrer Vermählung einen Mondkreis lang Ale mit Honig getrunken hatte, als Zeichen der Süße, von der sie von nun Tag und

Nacht kosten durften. In ihrem Honigmond hatte sie sein Kind empfangen, wie hätte sie das vergessen können? Aber die Jungen glaubten ja immer, sie hätten die Segel des Lebens als Erste gehisst, und dass sie das taten, war richtig, den Alten oblag es, für den Anker zu sorgen.

»Dieses ist eine Hochzeit«, hatte sie Osdryd erklärt, ob die es begriff oder nicht. *Ich heirate dich noch einmal, mein Liebster. Dich und unser Land.*

Sie wandte den Kopf und sah den Zug der Männer kommen, geleitet von Fackelträgern, durch das Blaugrau beginnender Dunkelheit. Ihr Ächzen war über die Ebene hinweg zu hören. Sie schafften das Schiff auf jene Weise über das Land, die aus der alten Heimat überliefert war, hatten die Tragriemen an der Bordwand befestigt und sich die Enden so fest um die Leiber geschlungen, dass keiner schlappmachen und stürzen durfte, wenn er sich nicht selbst in den Sielen erhängen wollte. Vor dem Schiffsleib breiteten sie ihre Bohlen aus und rieben sie mit dem Tran von Fischhäuten ein, damit das schwere Gefährt darauf glitt, und dann zogen sie an, dass jeder Muskel, jede Sehne hervortrat. War das Schiff über die hinteren Bohlen vorwärts gerutscht, so lief ein Teil der Männer zurück, schleppte sie nach vorn und legte vorn wieder eine vor die andere.

Unter denen, die am Bug in den Riemen hingen, entdeckte sie Ricbert, sah im flackernden Lichtschein, wie er die Lippen zusammenpresste. Sie hätte ihn hassen wollen oder wenigstens fürchten, ihn und seine Rotte, die sich weigerten, zu begreifen, was zählte. Stattdessen empfand sie nichts, höchstens einen müden Rest von Mitleid. Ricbert hatte das Bild, das er sich von Raedwald gemacht hatte, von klein auf geliebt und hätte alles getan, um den Milchbruder hineinzuzwängen. Letzten Endes hatte er ihn verloren, weil er begreifen musste, dass er ihn kaum gekannt hatte. Von Raedwald blieb etwas, an dem er keinen Anteil hatte. Es regnete noch immer, aber nicht stark genug, um Fackeln und Talglichter zu löschen.

Die Männer kamen jetzt so nahe, dass Eydyd den Schweiß und den Gestank des Fischtrans roch und Menschenatem an ihrem Hals spürte. »Fackeln in den Boden!« Während die Schlepper die Last auf den aufgeschütteten Wall hievten, rammten die Fackelträger ihre Scheite in zerwühlte Erde. Die Flammen warfen zuckende Zungen aus Licht auf den Schiffsrumpf, dem der Mast schon abgehauen worden war. Sein Segler würde ihn nie mehr benötigen.

Wieder legten flinke Läufer die Bohlen aus, diesmal hinab in die Grube. Seile und Tragriemen, an denen das Schiff hing, wurden um Pflöcke und dann wieder um die Leiber der Träger geschlungen, die unter gezählten Kommandos ihre Last in die Tiefe entließen. Der Aufprall, mit dem des Königs Schiff seinen letzten Bestimmungsort erreichte, drang verblüffend sacht an Eydyds Ohr.

»Gebt den Männern Ale.« Die Träger lösten sich aus ihren Fesseln, keuchten und taumelten und ließen sich, wo sie gingen oder standen, zu Boden fallen. Dankbar reckten sie die Hände nach den Hörnern, die die Frauen ihnen reichten. Gesprochen wurde kein Wort. Eydyd riss eine der Fackeln aus dem Grund und trat vor den Rand der Grube, um das Schiff zu sehen. Männer wie Frauen wichen ihr aus.

Mittschiffs, rund um das Mastloch, waren Planken aus dem Deck gebrochen worden, so dass eine Luke den Blick in die um den Mastschuh gezimmerte Kammer freigab. Ein Mann war dort hinuntergeklettert und hielt mit einer Fackel Wache. Ricbert. Wie sie es angeordnet hatte. Im gelben Licht wirkte der Raum geradezu behaglich. Er hätte ihr Schlafquartier sein können, das kleine Haus mit dem königlichen Lager, das sie mit Raedwald geteilt hatte. Ihr Blick wanderte über die Gegenstände, die um die aufgehäuften Felle ausgebreitet lagen. Sie hatte jeden mit Sorgfalt gewählt: Raedwalds Waffen, Speere und Schilde, seinen kostbaren Bronzehelm und auch sein Schwert, obgleich Eorpwald erwartet hatte, die mit solcher Mühe gefertigte Waffe zu erben. Viel Goldschmuck, mit Edelsteinen besetzte Broschen und einen Schatz von Münzen, doch ebenso sein Spielbrett, das ihm die langen Winterabende kurz gemacht hatte, Silbergeschirr, um Gäste zu bewirten, und die Leier, wiewohl sein Musizieren schaurig war.

Sein steinernes Zepter mit dem Hirsch, das einem Nachfolger zugestanden hätte. Den abgewetzten Beutel aus Biberhaut, in dem er seit der Schlacht am Idle seinen Proviant getragen hatte. Ob Raedwald all diese Dinge zupasskommen würden, wenn er über die Schwelle trat, hatte sich Eydyd nicht gefragt. Sie wollte, dass er sie bei sich hatte, dass, wer immer ihn fand, erkannte, wer er gewesen war. Ein alter Gott oder ein neuer, ein Räuber oder ein Ackermann, der in tausend Jahren seinen Pflug durch die Erde trieb, er sollte sehen, dass in diesem Grab ein großer König ruhte. Ein Mann, der seinem Volk eine Heimat gegeben hatte, der für die Seinen Kriege geführt und schauderhaft Leier gespielt, der gern getrunken und gegessen und einen kleinen Beutel geliebt hatte, weil der ein Geschenk seines Kindes gewesen war. Eines fehlte noch. Ihr Blick wagte sich in die Mitte des Raumes. »Ich will dort hinunter.«

Die Männer, die bisher geschwiegen hatten, berieten sich im Flüsterton. Eni trat zu ihr. »Soll einer von uns dich begleiten?«

»Nein.«

Die Männer, die ihre Königin kannten, versuchten nicht, sie umzustimmen, sondern säumten ihr den Weg zu Ricberts

Leiter. Eydyd nahm einem das Horn ab, füllte sich den Mund mit Honig-Ale und stieg Sprosse um Sprosse hinab zu ihrem Mann.

Sie sah Ricbert nicht an. Nur Raedwald. Er lag auf einem Berg aus Fellen, wie er in den kalten Mondkreisen gern geruht, geliebt und hernach wie ein schnarchender Stein geschlafen hatte. Sie küsste ihn nicht. Sie hatten ihre Küsse gehabt. Stattdessen zog sie aus den Falten ihres Kleides zwei Löffel und legte sie ihm zur Seite.

»Das darfst du nicht.« In Ricberts Stimme, die immer klang, als hätte ihm einer die Kehle verpfropft, schwang viel mehr Verzweiflung als Zorn. »Du bist eine Ungetaufte, Eydyd, eine Frau des alten Glaubens, dafür musst du kämpfen. Ich habe dich für Raedwald ausgesucht, damit er keiner Christin anheimfällt, wie der Leutefänger Ethelbert es wollte …«

Eydyd wiegte den Kopf und legte einen Finger auf die Lippen. »Wir gehen jetzt, Ricbert. An dem, was Raedwald war, änderst du nichts. Ob du siegst, ob er siegt oder ob ihr beide verliert, entscheiden nicht wir, sondern die, die nach uns kommen.« Sie ging ihm voran, betrat die Leiter und drehte sich nicht mehr um, um zu sehen, ob er die Löffel bei Raedwald liegen ließ. Ethelberts Taufgeschenk. Zwei Zeichen für den Weg, den sie gekommen waren, und für den, den sie zu gehen hatten. Sie stieg die Sprossen hinauf, hörte ihre Leute singen und ging an ihnen vorbei in Richtung Fluss, auf dessen Schwärze gelbe Blätter trieben.

In ihr herrschte Ruhe. Sie hatte getan, was ihre Aufgabe war, hatte ihren Mann bestattet und seinen Namen in die Erde gegraben. Was jetzt geschah, lag nicht in ihrer Hand, sie durfte alt sein und es andern überlassen. Als sie den Kopf wandte, sah sie die Scharen von Männern, die begonnen hatten, über dem Schiff einen Hügel aufzuschütten. Wenn sie fertig waren, wenn auf dem Hügel Gras wuchs, würde er vom Fluss aus sichtbar sein.

Suffolk, am Ufer des Deben, September 1939

Das verdorrte Gras ist braun geworden und von vielen Füßen platt getrampelt. Basil Brown hat aufgehört, die Wochen seit dem letzten Regen zu zählen. Er hat mit so vielem aufgehört in diesem Sommer, kauft auch keine Zeitung mehr und versucht die, die andere herumliegen lassen, nicht zu lesen. Tag für Tag ist er früher aufgestanden, um seine Arbeit zu beenden, ehe der Vorhang fällt.

Der Vorhang ist gefallen. Seit sechs Tagen steht England im Krieg. Edith Prettys Land ist beschlagnahmt, wird als Übungsfeld für Panzer genutzt werden, die Dokumente sind schon unterzeichnet und ein Corps von Offizieren im Herrenhaus einquartiert. Aber das Schiff im Sand haben sie freigelegt. John, der Gärtner, und William, der Wildhüter, der Junge Robert und Guy Maynard, der Kurator vom Museum Ipswich. Und Basil Brown, der von den Angelsachsen träumt, weil es gut ist zu wissen, woher man kommt. Vor allem, wenn man nicht weiß, wohin man geht.

Er hat die Studenten, die beim Graben helfen sollten, wieder abbestellt. Um solch eine Zerbrechlichkeit, ein in Sand gegrabenes Relief, freizulegen, bedarf es keiner aufgeregten Horde mit Spaten, sondern der Kleinarbeit geduldiger Hände. Außerdem hat Basil den Fund für sich behalten, ihn vor Reportern und Schaulustigen schützen wollen, bis er, allein, dem begegnet ist, was in der Stille auf ihn wartet. Den Tag, an dem sich vor seinen Augen die Grabkammer aufgetan hat, wird er nie vergessen.

Obwohl das Holz verrottet und von den Planken nur der Abdruck geblieben ist, lässt sich erkennen, dass der Druck des Sandes mit der Zeit das Dach der Kammer zum Einsturz gebracht hat. Das mag die Schätze bewahrt haben, denn bis hierher ist kein Grabräuber vorgedrungen. Was sich ihnen enthüllt, schlägt die Entdecker stumm. Selbst jetzt noch, nach Wochen, verfallen sie ins Stottern, wenn sie zueinander von den Funden sprechen wollen.

Allein sechs Speere sind dem Grab beigegeben. Durch die Augenlöcher des Bronzehelms scheint der Verstorbene sie anzusehen, sein Blick verfolgt Basil im Schlaf. Selbst ein Schwert enthält die Kammer, das für gewöhnlich ein Vater an den Sohn weitergab, da es so viel Aufwand kostete, ein neues zu schmieden. Den eigentümlichen langen Stein mit dem Ring, den ein Hirsch schmückt, hält Basil für ein Zepter. Er zweifelt nicht: Der Mann, der in dem Schiff bestattet worden ist, war mehr als König von East Anglia. Bretwalda war er. Hochkönig über die angelsächsischen Reiche.

»Ihr Mann«, sagt Edith.

»Wessen Mann?«

»Der von meiner Grauhaarigen mit den zweifarbigen Augen.«

Diese Nordseeverrückte ist nicht kleinzukriegen. Sogar zu einem Medium hat sie ihn geschleppt, einer dünnhalsigen Irin, die Basil beschwor, die Zweifarbenäugige vertraue ihm, er solle weitergraben. Als hätte er sich davon abhalten lassen! Am nächsten Tag, gleich nach Sonnenaufgang, sind sie auf die Grabkammer gestoßen.

Helm und Zepter sind von unschätzbarem Wert, doch am meisten berühren ihn die kleinen Dinge, die Überreste eines Lebens. Verstreute Spielsteine, Würfel, Saiten eines Zupfinstruments. Verrottete Lederfetzen, die zu einem Beutel gehört haben mochten, und zwei silberne Löffel mit hauchdünner Inschrift. Alles, was in dem Grab fehlt, ist der Tote, weshalb Maynard annimmt, das Schiff sei lediglich sein Denkmal. Basil jedoch ist überzeugt, dass er hier begraben lag und noch immer da ist, dass nur der saure Boden von Sutton Hoo Fleisch und Knochen zersetzt hat. Er kann seine Gegenwart spüren, und dazu braucht er nicht einmal ein Medium wie Edith, er braucht auch nicht an wandelnde Leichen zu glauben, sondern nur mit dem Finger an einen der Löffel zu tippen, der vor bald anderthalb Jahrtausenden in eines Mannes Hand gelegen hat.

Nach dem Fund der Grabkammer hat Edith beschlossen, Fachleute hinzuzuziehen, und recht hat sie, die Eifersucht, die Basil zwickt, ist lächerlich. Charles Phillips von der Universität in Cambridge ist so hingerissen wie er und lobt seine Arbeit: »Sie sind Autodidakt, Mr. Brown? Alle Achtung, an dem Fingerspitzengefühl, mit dem ein ehemaliger Bauer hier vorgegangen ist, kann sich manch Gelehrter ein Beispiel nehmen.«

Phillips hat sein eigenes Team erfahrener Archäologen, mit dem er die Schätze aus der Grabkammer birgt. Die Zeit drängt, vor der Tür steht ein Krieg, und die Hitze ist gnadenlos, aber am Ende ist das Werk vollbracht. Die Besitztümer, mit denen der angelsächsische König im 7. Jahrhundert begraben wurde, sind der Oberfläche zurückgegeben.

Und jetzt sind sie hier, in der Village Hall von Sutton, wo Experten des British Museum sie einem Gericht vorführen. Das hat darüber zu befinden, wem sie gehören und was mit ihnen zu tun ist. Basil, der frühere Bauer, und John und William, Gärtner und Wildhüter, müssen in einem fensterlosen Wartesaal ausharren, bis die Anhörung vorüber ist.

Mir gehören sie!, will Basil ihnen sagen. In den Händen zerdrückt er seine Kappe, Charles Phillips nimmt an, dass man die Funde nach Kanada schicken wird, um sie dort aufzubewahren, Guy Maynard hingegen befürchtet, man werde gar nichts damit tun, immerhin sei Krieg und die Welt habe andere Sorgen. Basil Brown aber will, dass sie hierbleiben und beschützt werden, auf der Insel, als hätte das Schiff des Bretwalda noch einmal die Kraft, sein Engerland in eine neue Zeit zu retten. Irgendwann öffnet sich die Tür einen Spalt, und still setzt sich Robert zu ihnen. Er sollte in der Obhut einer Tante bleiben, aber hat es dort wohl nicht ausgehalten. Basil verdenkt es ihm nicht. Er hält bald selbst nichts mehr aus.

Und dann schwingt die Tür weit auf, und herein schwillt eine Woge von Menschen, Charles Phillips, Guy Maynard, die Leute vom Museum und vorneweg die Schaumkrone, Edith Pretty. »Sie gehören *mir*«, ruft diese putzige Meerjungfrau und schwenkt ein Papier. »Können Sie das glauben, Basil, sie gehören mir.« Die nächsten Augenblicke sind Auflösung, Chaos und Lärm, der in seinen Ohren dröhnt. Nur so viel versteht er: Das Gericht hat befunden, dass die Gegenstände, die auf dem Land der Witwe Pretty entdeckt wurden, rechtmäßig ihr Eigentum sind und dass die Entscheidung über deren Verbleib ihr obliegt.

Geradezu fürsorglich führt Edith ihn aus dem stickigen Gebäude ins Freie. Wortlos schlagen sie zusammen den Weg ein, der sie aus der Ortschaft hinausführt, zurück nach Sutton Hoo, zurück zu ihrem Schiff. »Ich habe ihnen die Funde geschenkt«, sagt Edith. »Was soll eine alte Frau damit?«

»Wem haben Sie sie geschenkt?«

»England«, antwortet Edith fröhlich. »Dem Staat Großbritannien.«

»Sie werden also nach Kanada verschickt?« Es mag vernünftig sein, aber es tut weh. Als werde sein Herz zur Seite gezerrt.

Edith schüttelt den Kopf. »Das British Museum schickt Wagen, um sie abzuholen. Sie haben sich bei mir bedankt wie mein Robert beim Weihnachtsmann und mir versichert, sie würden gehütet wie Augäpfel. Man verbirgt sie in den Schächten der Untergrundbahn. Sie könnten in Abrahams Schoß nicht sicherer sein.«

Basil weiß, er müsste jetzt etwas sagen, sich im Namen aller Briten bedanken für ihre unglaubliche Großzügigkeit, aber das ist zu gewichtig und er vor Erleichterung ohne Kraft. Also sagt er ihr etwas anderes. Etwas Leichtes. »An Ihre wandelnde Tote glaube ich trotzdem nicht. Und wie Raedwalds Königin hieß, weiß kein Mensch.«

»Das macht ja nichts. Meine wandelnde Tote glaubt an Sie.«

»Was wird mit dem Schiff?« Sie sind jetzt fast da. Auf dem Schwarz des Deben treiben gelbe Blätter, und wenn sie über die Ebene sehen, können sie ihren Graben schon erkennen.

»Die Leute vom Museum decken es ab«, erklärt ihm Edith. »Mit Farn und Rasensoden, und dann markieren sie die Stelle, damit kein Holzkopf darüberfährt. Tja, mein Lieber. Nach dem Krieg werden Sie sich wohl die ganze Arbeit noch einmal machen und unser Schiff wieder ausgraben müssen.«

»Wenn nicht ich, dann ein anderer.« Basil ist es zufrieden. Sie gehen noch ein paar Schritte miteinander.

»Hier muss ich Sie verlassen«, sagt Edith dann. »Gewiss wollen Sie warten, bis die Wagen aus London da sind, aber für mich heißt es packen, ich reise morgen früh mit Robert zu meiner Schwester nach Yorkshire. Basil, Sie Kauz.« Sie gibt ihm die Hand. »Gott behüte Sie, bis wir uns wiedersehen.«

»Sehen wir uns wieder?«

Sie lächelt. Zuckt eine Schulter und weist nach dem Graben. »Irgendwann bestimmt.« Dann hebt sie einen Finger in den leichten Wind, und Basil tut es ihr nach und glaubt kaum, was er spürt. Ganz sacht und dünn hat es zu regnen begonnen, hat sich der strahlende Himmel verhüllt. Die Erde kann trinken.

DER GOLDENE FINK
Aus den Rosenkriegen in England

BERNHARD WALTER KEMPFF

I.

28. März 1461, der Tag vor Palmsonntag. Der Heerbann war eine wimmelnde, flutende Masse von Rot und Gold, Milchweiß und Blau, von allen Farben, die Tuchwirker auf Stoff bannen konnten, und dabei gesprenkelt mit dem kalten Glanz von Stahl. Den Habichten, die oben am eisblassen Himmel ihre Kreise zogen, musste diese Masse aus Männern wie ein ungeheures Reptil mit glitzernden Schuppen erscheinen, das sich träge über die Heide schob. Nur der kleine Trupp, der mit einigem Abstand hinter dem Heerbann ritt und zur Bedeckung der schwerfälligen Fouragewagen abgestellt war, hob sich kaum von den wintergrauen Hügeln ab.

An der Spitze der Nachhut von knapp zwei Dutzend Bogenschützen ritten zwei Männer, die unterschiedlicher nicht hätten sein können. Der eine war so groß und schwer, dass selbst der schwarz glänzende Percheron-Hengst Mühe hatte, ihn zu tragen. Der Reiter hatte sein erdbraunes Halstuch gelockert. Aus dem gepolsterten Wams wucherte ein schwarzer Brustpelz, lief, ohne haltzumachen, über den Hals, über Kinn, Wangen und Oberlippe und kam erst kurz unterhalb der Schläfen zum Stehen. Über den Augenbrauen, die von grauen Fäden durchsponnen waren, wölbte sich eine ungeheure Glatze, die schöner glänzte als manch nachlässig polierte Stahlhaube.

»Das alte England, Junker Nick, ist jetzt mit zwei Königen

gesegnet«, sagte der riesenhafte Bogenschütze mit einer hohen, heiseren Kinderstimme und wickelte sich dabei das Tuch um den Schädel. »Nicht viele Länder der Christenheit können das von sich sagen. Ich für meinen Teil bin gerne dabei, wenn reiner Tisch gemacht wird zwischen der alten Betschwester Harry Lancaster und unserem König Edward!«

Der Angesprochene war ein junger Mann von vielleicht sechzehn Jahren, mit hellen grünen Augen und kupferfarbenem Haar, das in einigen Strähnen unter einer Kappe aus weichem, blaugrauem Wollstoff hervorlugte. Er trug einen Koller aus gekochtem Leder und hatte als einziger der Reiter eine stählerne Armbrust auf den Rücken geschnallt.

»Dabei ist Euch, Master Toby, der Krieg bislang besser bekommen als uns auf Finchden Manor. Wie viele Eisenhütten habt Ihr mittlerweile auf dem Hochwald«?

»Vier«, quäkte der Schwarzbart. »Und wenn mir John Capper, der alte Halunke, meine Geschäfte nicht anständig besorgt, dann schiebe ich ihm ein Fuder rotglühende Kohlen in den …«

»Das kann ich mir lebhaft vorstellen«, unterbrach ihn der Junge lachend.

Hinter ihnen waren das Mahlen, Poltern und Knarren der Wagen zu hören, die sich durch die vereisten Spurrinnen quälten. Einer der Kutscher brüllte einen gotteslästerlichen Fluch.

»Ich habe nichts gegen Harry Lancaster«, fuhr der Schwarzbart fort. »Er hätte einen guten Hans Pfaff abgegeben. Aber mit Psalmodieren ist noch kein Reich regiert worden!« Er gab seinem Percheron gutgelaunt einen Klaps auf den Hals.

Nicholas nickte stumm. Der Junge war auffallend klein und schmächtig; ein Fink, der aus dem Nest gefallen ist, wie Toby einmal im Hinblick auf das Wappentier von Finchden Manor gesagt hatte. Überhaupt nannte ihn Toby, der Schmied, Plattner und Eisengießer aus dem kentischen Hochwald, gerne »mein kleiner Fink«.

»Sag das nie wieder«, pflegte Nicholas zu erwidern. »Nie wieder! Hörst du, Tobias Schwarzarsch Blackheath? Oder ich senge dir den Pelz an deiner eigenen Eisenschmelze ab wie einem stinkenden Eber.« Worauf der Riese stets in gutmütiges Lachen ausbrach, in das Nicholas früher oder später einfiel.

Der linke Arm des Jungen sah aus wie ein geknickter Flügel und stand in einem seltsamen Winkel vom Körper ab; für den Langbogen aus Eibenholz war der Arm zu schwach, aber gut genug, die Armbrust zu führen. Aufrecht und energisch saß er im Sattel, wohl um seine wenig stattliche Erscheinung wettzumachen. Das Pferd, das ihn trug, stach aus der Menge der grauen, braunen und schwarzen Pferdeleiber heraus wie ein Hermelin unter Mäusen: Es war ein großer Schimmel, weiß wie Schnee, mit einem zarten Gesprengsel von Hellgrau auf der Hinterhand, und so geschmeidig und königlich wie ein Schwan im Wasser.

»Gebt dem Jungen das beste Pferd mit, das Ihr im Stall habt, und wenn es Euer eigenes ist«, hatte Hauptmann Horne zu Nicks Vater gesagt, der sich nur mühsam von seinem Krankenlager erheben konnte.

»Lord Fauconberg wünscht ein Kontingent berittener Bogenschützen, und mit Eurem Bevis wäre Nicholas unter den Besten in meiner Truppe. Schnelle Pferde und schnelle Pfeile! Diese Mannschaft wird eine Hornisse am Hals des Feindes sein. Ihr wisst ja besser als ich, dass unser Junker mit dem Bolzen jede Krähe auf zweihundert Schritt an den Kirchturm nagelt.«

Horne hatte dem Jungen direkt in die Augen geblickt und den Kopf schief gelegt: »Auch wenn er selbst kaum größer ist als ein Sperling.« Dabei hatte er Nicholas, der wegen des »Sperlings« rote Wut in sich aufsteigen fühlte, den Arm um die Schultern gelegt und den Widerstrebenden mit einem herzlichen Lachen an sich gezogen.

Nicholas kannte Robert Horne von Jugend an; auf seinem Sattelbogen hatte er die Angst vor den Pferden verloren. Überhaupt fühlte er sich bei dem fröhlichen Sir Robert wohler als in Gegenwart seines düsteren, grüblerischen Vaters. Die stählerne Armbrust hatte ihm Hauptmann Horne zu seinem fünfzehnten Geburtstag geschenkt – eine Beute aus den französischen Kriegen und, wie Sir Robert mit dem Zeigefinger über den Lippen zu erzählen pflegte, von einer echten Hexe aus Honfleur besprochen.

Geoffrey Sharpe war totenbleich gewesen und abgezehrt vom Fieber. »Ich wünschte, Sir, ich könnte selbst auf den Schimmel steigen und Eurem Banner folgen, so, wie ich es immer getan habe«, sagte er leise und versuchte noch einmal mühsam, sich aufzurichten.

»Lasst es gut sein, und kommt schnell wieder zu Kräften, Sir Geoffrey. Ich werde ein Auge auf den Jungen haben, das verspreche ich Euch in die Hand.«

II.

Sie hatten Peterborough, Stamford, Grantham und Nottingham lange hinter sich gelassen und waren dem frisch gekrönten König Edward und seinem Heer nach Norden gefolgt.

»Noch ein paar Tage, dann sehen wir das Münster von York, wenn auch mit Gerüsten und Hebekränen«, sagte der Schmied am späten Nachmittag und zeigte mit dem Daumen auf die Wagenkolonne. »Natürlich nur«, hierbei zwinkerte er

Nicholas zu, »wenn wir mit diesen gottverdammten Maultieren Schritt halten können.«

»Sagt mir, Master Blackheath«, rief einer der jungen Bogenschützen, der wie die meisten in der Rotte zum ersten Mal aus seinem Weiler herausgekommen war. »Wie kann es sein, dass wir für York reiten, die Stadt York aber voll ist von gottverdammten Lancasterschen?«

»Nun«, erwiderte der Riese, »wir reiten für das *Haus* York. Das Herrscherhaus York«, fügte er hinzu, als er merkte, dass der Schütze noch nicht ganz begriffen hatte. »Das Haus York stützt sich auf London und den Süden, also die Gegend, aus der wir kommen, mein Junge.«

»Und Lancaster?«, kam es von hinten.

»Die Lancasterschen sind stark im Norden – Gott weiß, warum – und eben in der Stadt York, wo sie nicht einmal eine Kirche bauen können, bei der der Turm stehen bleibt.«

»Bei uns in Canterbury steht er fest, nicht wahr, Master Toby?«, lachte Nicholas.

»Wie ein Fels!«, grölten die Bogenschützen.

»Zwischen uns und der schönen Stadt York liegt nun – wie man sagt – der Herzog von Somerset mit einer Armee von Lancasterschen, wie sie dieses Königreich noch nicht gesehen hat«, rief der alte John Chapman, der rechts von Tobias Blackheath ritt. »Das Land südlich von York ist schwarz von ihnen, und sie sitzen gleich neben ihren Fleischtöpfen. Es heißt, beim Übergang über die Aire wird bereits gekämpft.«

»Neben ihren Fleischtöpfen sitzen sie, John?«, lachte Blackheath. »Und wer sind wir? Wir sind die Männer aus Kent, die ein Schwein töten, ausnehmen und abschrappen können, ohne aus dem Glied zu treten. Sie sollen sich vor uns in Acht nehmen!«

Wie auf dieses Stichwort hin sahen sie einen Boten in gestrecktem Galopp auf sich zukommen. Der Mann trug eine leichte Reiterrüstung; sein Wappenrock zeigte ein weißes Andreaskreuz auf rotem Grund, mit einem ebenso roten Stern in der Mitte.

»Folgt mir zum Banner Lord Fauconbergs!«, rief er den Bogenschützen zu. »Eure Hauptleute sind schon dort. Nein, schert Euch nicht um die Wagen, es droht ihnen hier keine Gefahr. Sie sollen nachkommen, so schnell es geht.«

Kaum hatte der Mann die Order gerufen, drehte er sein Pferd und jagte wieder nach Norden. Die Bogenschützen hatten ihre liebe Not, ihm zu folgen. Als der schwarze Percheron des Schmieds mit flatterndem Hufbehang in Galopp fiel, setzte ein Donnern ein, als würde eine ganze Schwadron anreiten. Alleine Nicholas musste Bevis immer wieder zügeln, damit er nicht an dem Boten vorbeizog. Linker Hand tauchten im Dunst die Türme von Pontefract Castle als Schemen auf und versanken bald darauf wieder hinter einem kahlen Hügel. Wenig später erreichten sie das Lager Lord Fauconbergs.

»Mehr als tausend unserer Leute sind tot.« Robert Horne schüttelte grimmig den Kopf. »Wir kommen hier keinen Schritt weiter. Lord Clifford, der blutige Hund, und eine Vorausabteilung der Lancasterschen haben die Brücke hier im eisernen Griff. Wir werden versuchen, weiter westlich über die Aire zu kommen. Dann können wir Clifford und seine Gesellen in der Flanke angehen. Und wenn es die Heiligen gut mit uns meinen, ist dieser Übergang nicht verteidigt. Auf, Männer! Wir haben keine Zeit zu verlieren.«

Die Männer von Finchden folgten den anderen Abteilungen unter den Hauptleuten Walter Blount und Robert Horne in gestrecktem Galopp nach Nordosten. Nicholas war noch nie in einer so großen Formation geritten; es mussten Hunderte von Reitern sein, überwiegend berittene Bogenschützen. Die Geschwindigkeit, mit der das Gras in grauen und braunen Streifen unter ihm hinwegglitt, das ohrenbetäubende Trommeln der Hufe auf dem winterharten Boden, das Knirschen des Sattelzeugs, das Schnauben und Wiehern der Pferde und das Bewusstsein, ein Teil dieses Hornissenschwarms zu sein, stiegen wie ein Rausch in den Kopf des Jungen.

Nach etwa zwei Meilen überquerten sie an einer Furt die Aire, die stark über ihre Ufer getreten war. Gurgelnd schossen die Fluten zwischen die Reiter, torfbraun an den Rändern und nachtschwarz in der Mitte des Flusses, mit schnell drehenden Strudeln. Nicholas spürte das gleitende Stampfen des Schimmels, als das Pferd zögernd und widerstrebend bis zum Bauch in die Strömung eingetaucht war. Als sie auf der anderen Seite nach zähem Morast wieder trockenen Boden erreichten, waren Pferde und Männer schlammbespritzt.

Fauconberg nutzte die Zeit bis zur Rückkehr der Späher, um die Reihen der Männer abzureiten. Als er sein Pferd vor Nicholas zügelte, traute der Junge seinen Augen nicht. Der Lord war nur wenig größer als er selbst. Fauconberg hatte den Helm abgenommen: Sein Gesicht wurde beherrscht von einer scharf vorspringenden Nase und den bernsteinfarbenen Augen, die goldgerändert schienen wie die eines Habichts. An Stirn und Wangen hatte der Helm rote Male hinterlassen. Das dichte, dachsgraue Haar Fauconbergs richtete sich langsam auf.

»Ihr müsst der junge Sharpe sein, den Sir Robert mitgebracht hat«, sagte der Lord mit unerwartet kräftiger und voller Stimme. »Er sagt, Ihr habt ein gutes Auge, dazu eine ruhige Hand und einen scharfen Bolzen.«

Fauconbergs Schlachtross wieherte und fing an zu tänzeln.

»Ich kannte Euren Bruder, Nicholas. Es ist ein Jammer, dass er auf der Heide von Blore geblieben ist. Aber vorher hat er eine Menge von Audleys Reitern aus dem Sattel gehoben. Ein großer und starker Kerl war das, Euer Bruder!«

»Sehr wohl ... ja ... Mylord, das war er«, presste sich Nick ab, dem trotz der Kälte der Schweiß ausgebrochen war.

»Nun, nicht so förmlich, Herr Bleichgesicht!«, lachte Fauconberg und blies dabei kleine Atemwölkchen in die Luft. »Wir sind hier im Feld unter uns Soldaten, und ich bin nur ein sehr kleiner Lord.« Fauconberg beugte sich im Sattel nach vorne und legte Nicholas die Hand mit dem schweren Panzerhandschuh auf die Schulter.

»Habt Ihr schon gekämpft, Junge?«

»Nein, Mylord. Es ist mir eine große Ehre, dass ich die Feuertaufe unter Eurem Kommando empfange. Um die Wahrheit zu sagen«, fuhr Nick fort und verbeugte sich, soweit es das steife Lederkoller zuließ, »alles, was ich bisher geschossen habe, hatte entweder Fell oder Federn.«

»Dann seid unbesorgt, Junker Nicholas Sharpe. Die Ziele, die Euch hier vor den Bolzen laufen, sind lange nicht so flink und dabei ein Gutteil bunter als ein Frischling.«

Fauconberg ließ sein kohlschwarzes Pferd ein paar Schritte rückwärts gehen.

»Ich bin immer erfreut, jemanden zu treffen, der weder größer noch breiter ist als ich«, sagte er mit einer eleganten Handbewegung. »Gebt auf Euch acht, und haltet mir das stählerne Ding auf Eurem Rücken immer gespannt.«

Mit diesen Worten trabte er weiter die Reihen der Männer entlang.

Wenig später trafen auf schaumbedeckten Pferden die Kundschafter ein: Cliffords Truppe war nicht entgangen, dass ein stählerner Stachel ihre rechte Flanke bedrohte. Nachdem offenbar aus dem Lager der Lancasterschen, das nur sechs Meilen nördlich von Ferrybridge lag, keine Unterstützung zu erwarten war, hatte Clifford den Befehl zum Rückzug gegeben.

»Wir rücken auf der Straße vor, die schon das römische Kriegsvolk angelegt hat«, befahl Fauconberg. »Sie führt schnurgerade nach Norden. Die Sache ist nicht ungefährlich, Gentlemen«, fuhr er an Horne und Blount gewandt fort. »Dort, wo wir hinwollen, steht auf fünf Meilen im Umkreis kein Yorkscher Soldat. Aber bis zum Heerlager der Lancasterschen ist es von Saxton kaum weiter, als ein guter Bogenschütze schießen kann. Wir werden von dort das Lager summen hören wie einen Bienenstock. Und der blutige Clifford ist ein Hund mit scharfen Zähnen, auch wenn er auf der Flucht ist. Er wird Somerset verfluchen, dass er ihn so im Stich lässt, aber er wird jedem an die Gurgel fahren, der ihn hindern will, das Lancastersche Lager zu erreichen.«

Fauconberg richtete sich im Sattel auf und rief: »Es gilt, Leute! Der König wird es gut aufnehmen, wenn wir dieses Pack vom Erdboden fegen. Lasst uns jetzt *Cliffords* Kopf holen und auf eine Mistforke spießen!«

Jeder der Männer wusste, dass es Clifford war, der dem Vater und dem jüngeren Bruder des Königs den Kopf abgeschlagen und auf das Micklegate-Tor von York gesteckt hatte.

Er sagt von sich: Ich bin nur ein sehr kleiner Lord, dachte Nicholas und musste lächeln. Er ist der Onkel des Königs und Lord Warwicks, und er hat mir die Hand auf die Schulter gelegt. Morgen wird er eine der drei Heeresabteilungen anführen, das ist gewiss. Nicholas würde diesem Mann bis an die Pforte der Hölle folgen. Er wusste nicht, dass dieses Tor schon weit offen stand.

III.

Schnell ritten sie auf der alten Heerstraße nach Norden und bogen kurz vor dem Flüsschen Cock Beck scharf nach Osten ab. Gleich hinter dem Weiler Saxton, der frei war von feindlicher Bedeckung, öffnete sich ihnen eine Senke mit dichtem Buschwerk und vereinzelten kahlen Bäumen. Fauconberg und seine Hauptleute wollten hier den Riegel legen, der die Lancasterschen von der Sicherheit ihres eigenen Lagers abschnitt. Die Bogenschützen saßen ab und ließen die Pferde in der Obhut weniger Männer zurück.

»Ich bitte Euch«, sagte Nicholas zu einem der Burschen, einem sommersprossigen Rotschopf, der es übel aufgenommen hatte, dass er bei dem Scharmützel nicht dabei sein sollte, »habt mir ein Auge auf den Schimmel. Er lässt sich gut am Backenriemen führen und wird Euch keine Scherereien machen; nur schreit ihn nicht an. Ein Stallknecht auf Finchden kann heute noch nicht wieder …«

»Eilt Euch«, schnitt ihm der Rote das Wort ab. »Da vorne läuft Euer Trupp, und sie stolpern über ihre eigenen Langbögen! Ich hoffe nur, dass Ihr das nächste Mal *mein* Pferd halten müsst, dann zeig ich Euch, wo der Hafersack hängt.«

Die letzten Worte des Mannes hörte Nicholas nicht mehr; im Laufschritt war er den anderen Bogenschützen in die zugewiesenen Stellungen gefolgt. »Lasst es schnell gehen«, hatte Robert Horne seinen Männern gesagt. »Wenn Somerset ihnen Hilfe schickt, dann ziehen sie uns hier das Fell ab. Wir müssen so rasch über sie kommen wie eine Sturmflut im Winter.«

Sie mussten nicht lange warten. Huftrappeln und helles Klirren, dazu ein paar halblaut gerufene Befehle waren zu hören. Dann kamen sie in Sicht: ein Trupp Reiter ohne erkennbare Formation, mit einzelnen Rittern an der Spitze, denen dichte Trauben von Bewaffneten folgten. Und plötzlich, von einem Augenblick auf den anderen, nach einem schrillen Trompetensignal, ging eine Wolke von Pfeilen mit scharfem Zischen auf die Lancasterschen nieder, und Nicholas hatte zum ersten Mal in seinem Leben auf einen Menschen geschossen. Er beobachtete, wie der Bolzen auf dem Harnisch eines Ritters aufschlug. Es gab ein hässliches Knirschen. Der Mann wurde im Sattel zurückgeworfen, als hätte ihn eine eiserne Faust getroffen; aber der Bolzen blieb nicht stecken, sondern schrammte nur über die gepanzerte Schulter. Der Ritter, in der einen Hand die Standarte, riss sein Pferd herum. Das blau und gelb gewürfelte Wappen mit dem hellroten Querband tauchte in die Schatten.

Nicholas rollte sich zurück in den Schutz des Ginsterbusches, der ihm Deckung geboten hatte, und legte die Kurbelwinde an die Armbrust. Mit einem hellen *Klack, Klack, Klack* zog der Spanner das verdrillte Hanfseil nach hinten auf die Nuss. Kaum hatte Nicholas den nächsten Bolzen eingelegt, sah er, wie der Ritter, der dem Standartenträger am nächsten gewesen war, sein Pferd hochsteigen ließ. Das Tier machte ein paar Schritte auf der Hinterhand, dann gab ihm der Reiter mit roher Gewalt die Sporen. Das Pferd fiel sofort in einen wilden Galopp und stürmte Richtung Norden.

Nicholas sah, dass der Ritter zwar einen Helm, aber keinen Nackenschutz trug. Die Hand des Jungen zitterte, aber er zwang sich, langsam auszuatmen; der Abzugsbügel der Armbrust lag kalt in seinen Fingern. Er hatte oft genug den Vorhalt geprobt bei Wildschweinen, die im Zickzack durch den Wald rannten; Nicholas zielte, die Armbrust immer nachführend, ein gutes Stück über die Ohren des Pferdes und drei Daumen breit vor den Helm des Ritters, atmete ganz aus und drückte den Abzug gegen den Schaft.

Dem Reiter wurde der Kopf auf die Seite gerissen, das Schwert fiel zu Boden, und Blut spritzte auf den weißen Wappenrock, den er über dem Harnisch trug. Er blieb im Sattel, sackte aber über dem Hals des Pferdes zusammen. Nicholas griff sich den nächsten Bolzen; das Ratschen der Winde ging im Brüllen der Schlacht unter. Pferde wieherten in Todesangst, das Zischen der Pfeile war überall, Stahl schlug auf Stahl, die Männer beider Seiten schrien wie Besessene. Als Nicholas die Kurbel gerade einmal gedreht hatte, spürte er, wie sein Kehlkopf mit einem Schlag nach oben drückte. Er hatte getötet! Er hatte einem lebenden Menschen einen Bolzen in den Hals geschossen. Sein Magen zog sich zusammen. Er konnte nicht verhindern, dass ein Schwall von Halbverdautem in weitem Bogen aus seinem Mund schoss und seinen rechten Ärmel besudelte.

In diesem Augenblick sah er, wie ein Reiter in gestrecktem Galopp auf ihn zugestürmt kam, das blanke Schwert zum Schlag erhoben. Das geschlossene Visier mit der abgeplatteten Schnauze machte ihn zu einem stahlgepanzerten Eber, dem nichts Menschliches mehr anhaftete. Nicholas ließ sich fallen und rollte zur Seite. Die Hufe des Schlachtrosses und die Klinge verfehlten ihn um eine knappe Handbreit. Irgendetwas schlug hart gegen seine Schulter; die halbgespannte Armbrust fiel ihm aus der Hand. Der Reiter wendete sein Pferd und erhob erneut die Hand mit dem Schwert. Diesmal kam er langsam, beinahe bedächtig auf den Jungen zu. Der Schild, der an der Oberkante stark zerhackt war, zeigte einen goldenen Greifen auf blauem Grund.

Wenn ich aufspringe, schlägt er mir den Kopf von den

Schultern, raste es in Nicks Kopf. Wenn ich liegen bleibe, zertritt mich das Ross.

Als der Ritter antrabte, wirbelten kleine Schneeflocken vom Himmel, und dann geschah alles sehr schnell. Von links kam ein gepanzerter Reiter in vollem Galopp angestürmt; die Erde um Nicholas herum bebte, als die Pferde aufeinanderprallten. Ein Streitkolben fuhr auf den Schwertarm des Ritters nieder, ein zweiter Schlag brach ein weiteres Stück aus dem Schild mit dem goldenen Greifen. Der nächste Schlag klang wie eine dumpfe Glocke, als der Streitkolben das Visier zerschmetterte. Der Lancastersche wankte im Sattel wie ein Hirsch, den ein Schuss ins Blatt getroffen hat. Krachend stürzte er neben Nicholas auf die Erde. Hellrotes Blut spritzte aus den gestanzten Nüstern des Eberhelmes.

»Seid Ihr wohlauf, Junker Nick?«, hörte der Junge eine wohlbekannte Stimme von oben. »Ja? Dann nehmt Eure Waffe und zeigt diesen Herren, dass die Männer aus dem kentischen Hochwald grimmige Burschen sind. Dieses kleine Geplänkel wird als das Gefecht von Dinting Dale in die Geschichte eingehen, und es sieht so aus, als hättet Ihr vorhin Lord Clifford höchstselbst in die Hölle geschickt.«

Gleichzeitig mit der Stimme erkannte Nicholas die Farben von Robert Horne auf der Brust des Ritters. Der Hauptmann lenkte sein Pferd zurück in den Strom der Reiter, die aus ihrer Deckung hervorgebrochen waren und das Banner Fauconbergs hineintrugen in die Reste der Lancasterschen Reiterei. Als Nicholas wieder auf den Füßen stand, konnte er sehen, wie die Standarte Cliffords mit dem gewürfelten Wappen zur Erde sank.

IV.

Den Männern aus Kent stand, wie dem ganzen Yorkschen Heer, eine klirrend kalte Nacht auf hartem Boden bevor. Die Fouragewagen waren bei Ferrybridge stecken geblieben, dem blutig erkämpften Übergang über die Aire; die Feldschlangen lagen sogar drei Tagesmärsche zurück.

»Was ist eigentlich mit Cliffords Leichnam geschehen, Junker Nick?«, fragte der Schmied, der am anderen Ende von Dintingdale mit Langbogen und Keule gekämpft hatte. »Haben sie dem König seinen Kopf gebracht?«

Der Junge war totenblass und tat sich offensichtlich schwer, über den Kampf zu sprechen.

»Sie haben Clifford so in Stücke gehackt, dass nichts übrig war, das man dem König hätte bringen können. Sir Robert wollte noch dazwischengehen, aber es war zu spät.«

»Wie die alte Mutter Capper zu sagen pflegte: Wenn einer am Boden liegt, gibt es mit einem Schlag viele Helden«, quäkte Blackheath mit seiner hellen, heiseren Kinderstimme.

Vor ihnen war in der Dunkelheit plötzlich das Knirschen und Rumpeln von Wagenrädern zu hören, und kurz darauf tauchte ein kleiner, mit einer Plane bespannter Wagen vor ihrem Lager auf. Im Licht des spärlichen Feuers wurde ein Wappen sichtbar, das übergroß auf die Plane aufgenäht war: Drei blassgelbe Hirschköpfe auf Lincolngrün. Dem Wagen, der offenbar auf der Suche nach einem Platz für die Nacht war, folgte ein halbes Dutzend Bewaffneter, mit einem Ritter an der Spitze. Der Mann trug weder Helm noch Kapuze; die blonden Haare waren an den Schläfen und im Nacken so geschoren, dass der Schopf als runde, gold glänzende Kappe auf dem Schädel saß.

»Meine Güte, wohin hat es uns denn jetzt verschlagen!«,

rief der Ritter mit schleppender, näselnder Stimme. Er schwankte leicht im Sattel und schien einige Mühe mit dem Sprechen zu haben.

»Sagt mir«, fuhr er mit trübem Blick auf die Lagernden fort, »welche Truppen sind das hier?«

»Bogenschützen aus Kent, unter dem Befehl von Sir Robert Horne«, krächzte der alte John Chapman.

»Könnt Ihr nicht aufstehen, Kerl, wenn Ihr mit einem Ritter sprecht?«

Der Alte richtete sich mühsam auf und lüftete wortlos seine speckige Lederkappe.

»Aus Kent!«, lachte der Ritter. Er sprach Kent wie *Cunt* aus; es war ein hässliches Wort, und es war ein hässliches Lachen. Die Bewaffneten fielen in das Lachen ein, und darunter mischte sich ein seltsames helles Klingeln.

Der Ritter trug einen polierten Harnisch, so blank, als käme er frisch aus der Plattnerwerkstatt. Die einzelnen Teile der Rüstung waren mit karmesinroten Lederriemen in Messingschnallen zusammengezurrt, und am unteren Rand der Bauchreifen baumelten winzige Glöckchen, ebenfalls aus poliertem Messing.

»Beim heiligen Georg, wie muss es um das Haus York stehen, wenn man solch abgerissene Gesellen zu den Waffen ruft!«

Der Ritter hatte sich im Sattel aufgeplustert und blickte sich zu seinen Männern um, die wieder ein dünnes Lachen hören ließen. Tobias Blackheath hatte sich langsam und umständlich erhoben, aber als er stand, wich das Streitross mitsamt seinem Reiter ein paar Schritte zurück.

»Mit Verlaub, Mylord«, sagte der Schmied, »diese abgerissenen Gesellen haben heute gekämpft, und nicht wenige haben ihr Blut vergossen, damit Ihr trockenen Fußes und mit Eurer rollenden Bettstatt über die Aire setzen konntet.«

»Hüte deine Zunge, du Waldmensch, oder du wirst die Peitsche schmecken!«, bellte der Ritter.

Der Schmied zuckte mit keiner Wimper und blickte seinem Gegenüber unbewegt in die Augen, während ein Klirren aus den Reihen der Bewaffneten verriet, dass die ersten Dolche aus der Scheide waren.

»Lasst uns weiterreiten, Männer!«, rief der Blonde. »Ich fürchte, wir haben noch ein Stück Weges vor uns. Wer will schon im Dunst eines Schweinekobens die Nacht verbringen!«

Mit diesen Worten trabte er an. Nach ein paar Schritten zügelte er sein Pferd wieder. Sein Blick war auf Bevis gefallen. Nicholas hatte den Schimmel mit einer Decke gegen die Kälte geschützt, aber sogar unter diesen Lumpen war das Tier eine königliche Erscheinung.

»Beim Kreuz«, entfuhr es dem Ritter, und er wirkte mit einem Schlag stocknüchtern. »Was für ein Ross!« Er drehte sich langsam zu den Bogenschützen um. »Wem habt Ihr das Tier gestohlen? Erzählt mir nicht, es gehöre einem von Euch nach Recht und Gesetz.«

»O doch, Sir!« Nicholas sprach leise, und es war nicht zu übersehen, dass er erschöpft war, als er ebenfalls aufstand.

»Der Schimmel gehört meinem Vater, Sir Geoffrey Sharpe, Herr auf Finchden Manor.«

Wieder war das hässliche Lachen zu hören. Im Feuer zerplatzte ein Ast in zwei Teile; hoch stoben die Funken auf, und ihr Widerschein sprenkelte den Brustpanzer des Ritters mit wirbelnden, rotgoldenen Sternen.

»Ein Fliegenschiss wie Ihr auf einem Pferd wie diesem?« Seine Haarkappe schlug Fransen, als er heftig den Kopf schüttelte.

»Hört mir gut zu, Junge. Ihr macht Euch zum Gespött,

glaubt mir das! Dinge müssen zueinander passen. Wir alle gehen morgen in die Schlacht, also lasst es uns kurz machen: nehmt diesen Beutel, dazu ein gutes Pferd aus meinem Tross, und der Schimmel bekommt den Platz, den er verdient.«

Dabei richtete er seine kalten, blauen Augen auf Nicholas. Der Junge hatte das Gefühl, eine blanke Klinge hätte sich an seinen Hals gelegt.

»Verzeiht, Sir, aber es steht mir nicht zu, das Pferd zu verkaufen, um keinen Preis der Welt. Der Schimmel ist das Leibpferd meines Vaters, und es würde ihm das Herz brechen, käme das Tier nicht zurück.«

Zu seinen Männern gewandt, rief der Ritter: »Man mag es kaum glauben! Diese Kerle kommen aus dem dunkelsten Wald in diesem Königreich, aber sie wissen recht gut, wie man feilscht. Gebt ihnen zwei Pferde dazu, die Fuchsstute und den Wallach, und nehmt den Schimmel mit!«

Aber sein Gefolge stand wie angewurzelt. Ein Dutzend Pfeile und der Sauspieß des alten John Chapman starrten ihnen entgegen. Der Blonde spuckte aus und sagte sehr leise:

»Morgen nach der Schlacht werden wir uns wieder begegnen, meine *cuntischen* Freunde. Und dann werdet ihr feststellen, dass ein Sir Humphrey Markham immer das bekommt, was er will.«

Da tönte aus den Reihen der Pferde ein kräftiger Furz, und diesmal waren es die Männer aus Finchden, die laut und herzhaft lachten. Wenige Augenblicke später war Markhams Trupp mitsamt seinem Wagen in der Dunkelheit verschwunden.

»Sir Humphrey Markham!«, knurrte Toby und hielt sich dabei die Nase zu, um das Näseln des Ritters nachzuäffen. »Am Arsch! Die Aussätzigen müssen klingeln, damit kein Christenmensch auf sie trifft. Aber dieser wohlgeborene Herr, so scheint's mir, hat das Klingeln noch viel nötiger.«

Nick hatte einen Stein im Magen. »Habt Dank für Eure Hilfe«, sagte er, als die Bogenschützen die Pfeile wieder in den Köcher steckten.

V.

Der Schimmel jagte über die Salzmarschen, schneller als die Möwen und Brachvögel, die über den violetten Gewitterhimmel segelten. Erdklumpen flogen auf, Schwärme von Sperlingen stoben aus den Haselbüschen, und ein Blitz zuckte auf, grell und weiß. Der Schimmel wurde zu einem Geschöpf aus weißem Licht, das auf die rollende Brandung zustürmte. Mähne und Schweif so weiß wie die Gischt und die Kämme der Wogen. Nick konnte Bevis nicht mehr sehen in dem Auf und Ab der Dünung; da wusste er, dass er den Schimmel verloren hatte.

»Nicholas!«, hörte er die Brachvögel über dem Donner der Brandung rufen, aber aus den klagenden Lauten wurde schnell eine heisere, hohe Stimme. »Junker Nick! Hört auf zu schreien, und kommt zu Euch. Den hohen Herren wird es heute gefallen, sich gegenseitig und vielleicht auch uns die Hälse durchzuschneiden!«

Nicholas rappelte sich auf, blickte wild um sich und sah zuerst nur einen Wust schwarzer Barthaare vor sich.

»Wo ist Bevis?«, keuchte er.

»Bevis steht bei den anderen Pferden«, erwiderte der Schmied ruhig. »Er hat niemanden gebissen oder getreten, und gefressen hat er auch. Aber nun schnürt Eure Decken zusammen, und wärmt Euch am Feuer.«

»Seht Euch diesen Bach an, Junker Nick«, raunte der Schmied. »Sie sagen, er heißt Cock Beck. Er schiebt solche

Fluten vor sich her, als wollte er sich einen Namen als Fluss machen. Und er läuft hierhin und dorthin wie ein Huhn ohne Kopf.«

»Oder wie Ihr nach einem Humpen Apfelwein«, meckerte der alte John Chapman aus der zweiten Reihe. »Immerhin brauchen sich die Lancasterschen um ihre rechte Flanke keine Sorgen machen. Genauso gut könnten dort die Mauern von Jericho stehen.«

Nick hatte die Schultern hochgezogen, trat von einem Fuß auf den anderen und blickte unbehaglich nach Norden auf die ungeheure, wimmelnde Masse des Lancaster-Heeres. Es war bitterkalt, und die Luft stach in den Nasenlöchern. *Es wird kein Pardon gegeben, auf beiden Seiten.* Das hatten die Hauptleute gesagt, ging es dem Jungen durch den Kopf. Einzelne Schneeflocken taumelten über den Köpfen der Bogenschützen, und es schien, als wollten sie nicht zu Boden sinken, sondern wieder nach oben steigen.

Es stank immer, wenn Männer in großen Haufen zusammenstanden, aber jetzt stach Nicholas ein beißender Bocksgeruch in die Nase. »Warum stinkt es hier wie … wie in einem … Ziegenstall, Master Toby?«, fragte Nicholas leise.

»Wir schwitzen die Angst aus«, erwiderte der Schmied. »Jeder Einzelne von uns.«

Die Heere standen sich in jeweils drei großen Blöcken gegenüber. Der Wind rüttelte und zerrte an Bannern und Standarten, wirbelte immer mehr Schneeflocken durch die Luft und blies von Westen scharf in die Reihen. Plötzlich sah Nicholas, dass das Banner Lord Fauconbergs nicht mehr im Wind knatterte, sondern ein paar Mal ruckartig hin und her flappte und sich dann in Richtung der Lancasterschen stellte, als wollte es selbst den Befehl zum Angriff geben. Wenig später hatten die

Bogenschützen des rechten Flügels Order, auf Schussweite vorzurücken; Lord Fauconberg hatte den Vorteil sofort erfasst und keinen Wimpernschlag lang gezögert.

Der Schnee kam jetzt in weißen Wirbeln von hinten; Nick spürte, wie der Wind ihn nach vorne schob und seinen Hinterkopf und die Schultern mit Schnee bestäubte. Das Heer der Lancasterschen versank hinter einer Wand aus treibenden Flocken; Nick konnte neben sich Tobias Blackheath und Walter Saye ausmachen. Auch das Yorksche Heer hinter ihnen war in einem Wirbel von Weiß verschwunden. Durch das Schneetreiben hörte Nick, wie sich beide Seiten Drohungen und wüste Verwünschungen zubrüllten; die Stimmen der Männer vereinigten sich zu einem auf und ab schwellenden furchtbaren Summen.

Sir Robert rief von irgendwoher aus dem Schneetreiben: »England und York!«

»England und York!«, kam es als gewaltiges Echo zurück. Die Langbogen knarzten, als würde der Sturm die Bäume eines ganzen Waldes biegen, dann verging ein Moment, und eine erste Salve fuhr zischend in den Himmel. Ein paar Herzschläge später verriet ihnen eine Kaskade von Schreien und Flüchen, dass der größte Teil der Pfeile ihr Ziel gefunden hatte. Nick griff sich einen Bolzen nach dem anderen aus seinem schweinsledernen Köcher, spannte die Armbrust wieder und wieder und schoss blind in den schneeigen Wirbel. Der Wind trieb die Pfeile in die Reihen der Lancasterschen, ohne dass ein einziges Geschoss zurückkam.

Als der Schneesturm nachließ, schickte Fauconberg seine Schützen vor und ließ sie unter den Augen des Feindes die gegnerischen Pfeile aufsammeln, die gegen den Wind sämtlich zu kurz gefallen waren. Der Schmied nestelte umständlich an seinem Hosenbund und drehte schließlich seine gewaltigen behaarten Hinterbacken in Richtung der Lancasterschen. Fünf, sechs Pfeile kamen geflogen. Blackheath lachte laut auf.

»Versucht es noch einmal, Ihr Herren! Ich kann Euch gerne noch einen Wind dazugeben.«

Der mörderische Beschuss, der nun mit den eigenen Pfeilen auf sie niederging, brachte die Lancasterschen dazu, ihre Stellung auf leicht erhöhtem Gelände aufzugeben und mit ganzer Macht gegen die Yorkschen anzustürmen. Die Bogenschützen wurden durch die Lücken zwischen den gepanzerten Blöcken in die hinterste Linie geschickt. Nick hörte das Aufeinanderprallen der Schlachtreihen; es klang wie das Auflaufen einer ungeheuren Flutwelle auf ein Kliff, Stahl schlug gegen Stahl, Männer brüllten mit tausend Stimmen, alle Geräusche der Schlacht flossen zu einem Dröhnen zusammen, das direkt aus der Hölle zu kommen schien.

VI.

Nicholas fand Tobys riesenhaften Körper unter einer Erle am Cock Beck. Die Stahlkappe, die Blackheath selber im roten Widerschein seiner Esse geschmiedet hatte, war eingedrückt wie eine Eierschale, und Blut war in den schwarzen Bart gesickert. Nick rüttelte an der Schulter des Schmieds; verzweifelt versuchte er den schweren Leib aufzurichten.

»Bei allen Heiligen und bei der Lieben Frau von Walsingham, Toby Blackheath, was ist mit Euch? Bitte, sagt doch etwas …« Bei diesen Worten tropften seine Tränen auf das bleiche Gesicht des Riesen. »Und wenn es der krause Unsinn ist, den Ihr so gerne redet.«

Aber der Schmied rührte sich nicht.

Nicholas rüttelte noch einmal mit aller Kraft und aller Verzweiflung.

Da schlug Toby die Augen auf, mühsam und schwerfällig.

»Sieh an. Sieh an!«, lallte er leise und kaum verständlich. »Mein kleiner Fink hat die Schlacht ohne eine Schramme überlebt, und ich liege hier und weiß nicht, in wie viele Teile mein Schädel gespalten ist.« Er griff sich mit der Pranke an den Helm. »Ist der Tag unser? Sagt es mir, und dann wollen wir nachsehen, was sich an Schmissen und Beulen unter diesem Blechnapf verbirgt.«

»Harry Lancasters Armee ist in Stücke gehauen«, rief der Junge und warf sich an die Brust des Schmieds.

»Narrenkerl!«, quäkte der Riese. »Bei Sankt Georg, Ihr brecht mir ja die Rippen! Nun spannt mich nicht auf die Folter und erzählt!«

»Unsere Reihen waren schon am Brechen, da kam der Herzog von Norfolk mit frischen Männern den Lancasterschen in die Flanke. Um ihr Leben sind sie gerannt, den steilen, glitschigen Abhang hinunter zur Brücke über den Cock Beck, aber die Unseren sind ihnen nach und haben sie niedergemacht, zu Tausenden und Abertausenden. Der Bach ist rot von Blut, und er stockt an den Leibern der Toten.« Nicholas atmete tief aus und stöhnte. »Von einem Ende des Feldes zum anderen könnt Ihr gehen, Tobias Blackheath, ohne den Fuß auf die Erde zu setzen. Die Toten liegen dicht an dicht und kreuz und quer zu Haufen übereinandergeworfen. Schon während des Kampfes mussten die Gefallenen weggeschafft werden, damit die Schlacht weitergehen konnte.«

Der Schmied hatte sich aufgesetzt und nestelte an seinem Kinnriemen.

»Denkt an die Wandbilder in der Kirche von Barfrestone, Toby«, fuhr Nicholas fort. »An die Teufel, pechschwarz mit roten Augen, wie sie die Sünder ausweiden und in Stücke reißen. Glaubt mir, was hier geschehen ist und eine Meile von hier immer noch geschieht, ist furchtbarer als das. Sie schlachten jeden Lancasterschen ab, auf beiden Seiten des Baches, bis nach Tadcaster hinein und auf der Straße nach York.«

VII.

»Wo ist der Schimmel, Bursche! Beim Kreuz, gebt mir schnell Antwort, sonst breche ich Euch alle Knochen.« Blackheath hatte sich drohend vor dem Knappen aufgebaut, der die zwei Dutzend Pferde der kentischen Schützen bewacht hatte. Tobys Percheron-Hengst stand schwarz glänzend und mächtig unter den anderen Pferden, aber Bevis war verschwunden. Nicholas fühlte, wie ihm kalt der Schweiß aus allen Poren brach.

»Ein Ritter kam angeritten, mitten in der Schlacht«, wimmerte der Bursche. »Er war hinter einem anderen aufgesessen, sprang ab und schrie, sie hätten ihm das Pferd unter dem Leib weggeschossen. Bevor ich es verhindern konnte, hatten sie den Schimmel mitgenommen. Er hat gebockt und ausgekeilt, aber es hat nichts geholfen.«

Blackheath warf dem Knappen einen vernichtenden Blick zu und berührte mit der Pranke vorsichtig den blutgetränkten Verband auf seinem Schädel.

»Dieser … *Ritter* …«, sagte Toby und spuckte herzhaft aus, »hatte drei gelbe Hirschköpfe auf seinem Wappenrock?«

»Ich weiß es nicht«, stammelte der Bursche. »Ich weiß es wirklich nicht! Es ging alles so schnell.«

»Spricht er durch die Nase?«, brüllte Blackheath so laut, wie man mit einer hohen Kinderstimme brüllen kann. »So wie ein Weib, das den ganzen Tag nichts anderes tut, als Teppiche mit hüpfenden Einhörnern zu besticken?«

Der Bursche nickte heftig mit dem Kopf. »Das tut er, ganz gewiss, genau das tut er!«

VIII.

Der schwarze Percheron brachte sie im Trab zurück auf das Schlachtfeld. Nicholas war hinter Toby Blackheath aufgesessen, was den Hengst nicht weiter zu stören schien. Sie ritten nach Norden, in Sichtweite des Cock Beck. Der Schmied hatte Mühe, das widerstrebende Tier über die Toten zu treiben. Viele von ihnen lagen zu grausigen Bergen getürmt, und die wenigen Lebenden, auf die sie trafen, waren dabei, die Gefallenen bis auf den nackten Leib auszuplündern. Der Gestank war unerträglich, und über allem lag der Eisengeruch von Blut. Am Himmel hatte sich eine schwarze Wolke aus Krähen zusammengeballt; sie wogte hin und her, und an den Rändern zerfaserte sie in einzelne Vögel, die wie Rußflocken zur Erde segelten, wo nicht mehr gekämpft wurde.

Nicholas sah ihn zuerst; er schrie auf und klopfte dem Schmied auf den Arm. Mit Blut und Schlamm bespritzt, dampfend und seltsam steif stand Bevis vor einer Gruppe kniender Männer, und auf seinem Rücken saß Sir Humphrey Markham. Einer seiner Männer stand mit erhobenem Schwert bereit, und die näselnde Stimme bellte: »Ich will diese Herren jetzt hurtig sterben sehen, einen nach dem anderen.«

Hell klingelten die Messingglöckchen, als er sich den Gefangenen zuwandte.

»Leert zuerst Eure Beutel, Gentlemen, und kommt mir

nicht mit irgendwelchem Gewinsel, sonst lasse ich meinen walisischen Knecht hier den Streich führen. Jeder Schweinemetzger hat einen besseren Streich als dieser Tölpel; und seine Klinge hat den Wetzstein lange nicht gespürt.« Dabei deutete er auf einen der Bewaffneten, der sich auf einen Zweihänder stützte.

»Sir Humphrey, mit Verlaub! Verzeiht, dass ich Euch bei wichtigen Geschäften störe.«

Nicholas' Stimme zitterte. Seine Brust war wie zugeschnürt, und er hatte das Gefühl, flüssiges Blei würde um seine Nieren spülen.

»Unser junger Freund aus *Cunt*, von den siegreichen Bogenschützen!«, rief der Ritter, stieg mit erstaunlicher Behändigkeit ab und warf seinem Knappen die Zügel zu. Er schenkte Nicholas ein strahlendes Lächeln und sagte: »Euer Schimmel hat mir in der Schlacht gute Dienste geleistet. Habt vielen Dank!«

»In der Schlacht hat diesen tapferen Herrn keiner gesehen«, kam eine Stimme aus dem Häufchen Lancasterscher Gefangener. »Erst als es ans Metzeln ging, war er in der ersten ...« Ein dumpfer Schlag, und die Stimme erstarb. Nicholas sah mit Entsetzen die Sporen an Markhams Füßen; sie waren schwarz von Blut.

»Die Pest über Euch, Mylord Gascoigne. Ihr seid der Erste, dem der Kopf vor die Füße gelegt wird. Kommt nur recht bald wieder zu Euch, damit Ihr auch etwas davon habt«, höhnte Markham und wandte sich wieder an Nicholas.

»Nun, Junker ... Sharpe war der Name, nicht wahr? Nachdem ich jetzt recht vertraut bin mit Eurem Pferd, möchte ich es nicht mehr missen. Obwohl es mir immer noch nicht so gehorcht, wie ich es mir wünsche.«

»Ich habe es Euch gestern gesagt, mit allem Respekt vor

Eurer Ritterwürde, und ich sage es heute noch einmal, Sir Humphrey. Es steht mir nicht zu, das Pferd zu verkaufen, und mein Vater würde es mir nie verzeihen. Ich bitte Euch von Herzen, gebt mir den Schimmel zurück.«

»Verkaufen? Habe ich gestern von Geld gesprochen?«, gab Markham zurück, und die goldene Kappe aus gestutztem Haar teilte sich an der Stirn, als er heftig nickte. »O ja, ich habe Euch einen Beutel angeboten. Nun, ich bin ein Edelmann, und Ihr sollt so viel Geld für das Tier bekommen, dass Ihr Eurem Vater ein Dutzend Rösser kaufen könnt.«

Mit diesen Worten griff er sich zwei der Beutel, die seine Männer den Gefangenen abgepresst hatten, und warf sie Nicholas vor die Füße. »Nicht, dass Ihr noch Klage gegen mich führt bei Fauconberg oder gar beim König. Meine Männer werden bezeugen, dass Ihr dem Handel zugestimmt habt.« Damit drehte er sich um und ging auf Bevis zu.

»Behaltet Euer Blutgeld, Sir!«, rief Nicholas verzweifelt.

Dann geschahen in rascher Folge drei Dinge. Markham war mit hastigen Schritten auf den Schimmel zugetreten. Bevis hatte den Kopf gesenkt, die Ohren zurückgelegt und schien leicht auf der Stelle zu traben. Sein weißer Schweif schlug hin und her, als würde ein Fliegenschwarm das Tier peinigen. Der Ritter schrie:

»Jetzt packt Euch fort, Junker, mitsamt diesem haarigen Waldmenschen, und lasst mich …«

Einen Herzschlag später war Bevis ein einziger auskeilender, schrill wiehernder Wirbel aus Hufen, fliegender Mähne und weit aufgerissenen Augen. Nicholas und der Schmied sahen, wie Markhams Schädel mit der goldenen Haarkappe in einem Regen aus Blut und Knochensplittern zerbarst. Bevis hatte sich losgerissen und war mit einigen Sätzen davongaloppiert. Der Ritter lag auf dem Rücken, und sein ganzer Leib zuckte und zitterte heftig, aber dann erstarb das dünne Geläute der Messingglöckchen.

Markhams Männer standen wie versteinert. Dann stürzten drei von ihnen mit erhobenen Waffen auf Toby und den Jungen zu. Doch aus den Händen des Schmieds war ein Holzprügel mit gewaltigen rostigen Stacheln gewachsen. Toby Blackheath ließ die Keule einmal kreisen und zerschmetterte dem ersten Angreifer mit solcher Wucht den Schädel, wie es die Hufe des Schimmels bei seinem Herrn getan hatten. Die beiden anderen sahen, dass Nicholas die gespannte Armbrust auf sie anlegte. An der Haltung des Jungen konnten sie erkennen, dass er abdrücken würde, und so stob Markhams Truppe in alle Richtungen auseinander.

Die Lancasterschen Gefangenen hatten sich zögernd erhoben.

»Was geschieht nun?«, fragte ein großer alter Ritter, dem die Haare schweißnass auf dem Kopf klebten; sein rechter Arm hing in einer Schlinge aus blutigem Tuch. »Werdet Ihr uns mit Eurer Keule erschlagen, so wie uns dieser noble Herr die Köpfe abschlagen wollte?«

Von Norden, aus Richtung der Tadcaster-Brücke, brandete noch einmal das unheimliche Dröhnen des Gemetzels auf. Es schien direkt aus der Unterwelt zu kommen. Der Schmied schüttelte den Kopf.

»Wir haben auf diesem Feld gegen Lancaster gekämpft, Sir, aber wir sind keine Henker.«

Nicholas verbeugte sich knapp.

»Es braucht ein tapferes Herz, um im Angesicht einer blanken Klinge die Wahrheit auszusprechen«, sagte er. »Geht, und nehmt Eure Börsen mit. Ihr werdet sie brauchen, wenn Ihr in Schottland oder Frankreich seid.«

Der alte Ritter ergriff die Hände des Jungen: »Habt Dank,

junger Freund, und auch Ihr, Herr Schwarzbart mit der Keule. Wir werden Euch nicht vergessen, ich und diese Männer, die hier mit mir gekniet haben. Wie ist Euer Name, und woher kommt Ihr?«

»Tobias Blackheath, ein Schmied und Eisengießer, und Junker Nicholas Sharpe aus Kent, von dort, wo der Hochwald auf die Salzmarschen trifft.«

»Aus Kent«, lächelte der alte Ritter, »dort, wo die Eichen dichter wachsen als andernorts das Gras?«

»Von eben dort«, sagte Toby und half den Rittern, den Mann aufzurichten, den Markhams Schlächter niedergeschlagen hatte.

Da tauchte zwischen den Baumschatten ein Pferd auf; es war weiß wie der Schnee, der während der Schlacht gefallen war, und wie dieser Schnee war es mit Blut und Schlamm besudelt. Es stand dort mit hocherhobenem Kopf, wie versteinert, und schnaubte leise; nur die Ohren bewegten sich. Dann kam Bevis langsam, in einem schwebenden Trab, auf Nicholas zu.

IX.

Der alte John Chapman hatte den leblosen Körper neben einem Berg Erschlagener gefunden, dort, wo sich die beiden Heere bei Beginn der Schlacht ineinander verbissen hatten wie wilde Tiere. Der Leib war von Wunden übersät, Harnisch und Schulterplatten aufgebrochen. Aber die rechte Hand hielt immer noch den Streitkolben umklammert; die drei blauen Einhörner auf seinem Wappenrock waren schwarz von Blut. Schweigend und mit gesenkten Köpfen brachten die Bogenschützen den Leichnam ihres Hauptmanns zum Cock Beck. Dort lösten sie den Kinnriemen, nahmen Helm und Brustpanzer ab und wuschen den zerschundenen Körper. Nicholas führte Bevis ein paar Schritte in das seichte, von Torf bernsteinfarbene Wasser, presste sein Gesicht an den schweißnassen Hals des Pferdes und zwang sich, nicht laut aufzustöhnen. Dann tupfte er dem Schimmel Schlamm und Blut ab; behutsam wusch er das Tier und reinigte die blutverkrusteten Wunden, die Markhams Sporen geschlagen hatten.

»Seht Ihr den Hügel dort, dem dieser Bach so eilfertig aus dem Weg geht?«, rief Tobias Blackheath. »Dort werden wir unserem Hauptmann ein ehrenvolles Grab geben, und wenn ich die Erde mit den Fingernägeln herauskratzen muss.«

»Ja, Master Blackheath«, nickte der alte Chapman und wischte sich die blutigen Hände an seinem Wams ab. »Ich will verdammt sein, wenn ich zulasse, dass sie Sir Robert in einer Grube verscharren, mit Hunderten nackter Leiber.«

Walter Saye führte seine Fuchsstute heran, und sie machten sich daran, den Leichnam aufzuheben.

»Nein«, sagte Nicholas leise.

X.

So kam es, dass Bevis den Leichnam des Hauptmanns Robert Horne in die Ewigkeit trug, den steilen Hügel von Castle Hill Wood hinauf, wo der Wind in den Eichen rauschte. Es war ein Bild wie aus den alten, heidnischen Zeiten, in denen die Krieger ihre Toten zum rauen Klang von Hörnern unter Hügel betteten, in voller Rüstung und im Glanz ihrer Waffen.

Die vor Kälte erstarrte Erde leistete so viel Widerstand, als hätte sie im Angesicht des Gemetzels Partei für Lancaster ergriffen; sie hackten mit Klingen und den Dornen von Streitäxten auf den Boden ein. Walter Saye kratzte die Erdklumpen mit einem Helm zusammen.

Als sie das Grab zur Hälfte ausgehoben hatten, hallte Hufschlag durch den Wald. Ein Trupp von zwei Dutzend Rittern stürmte den Hügel herauf und zügelte die Pferde kurz vor der Grube. Der Anführer stieg trotz seiner schweren Rüstung ohne Hilfe aus dem Sattel, während die anderen Reiter wie auf ein lautloses Kommando hin die Hügelkuppe sicherten. Der Mann war barhäuptig und hatte ein lebhaftes, jugendliches Gesicht, das von Erschöpfung gezeichnet war.

»Ihr seid Lord Fauconbergs Männer aus Kent?«, fragte er.

Die Bogenschützen fielen auf die Knie; im Licht der Dämmerung hatten sie die drei roten Löwen auf dem Wappenrock entdeckt.

»Jawohl, das sind wir, Sire«, erwiderte der Schmied.

Der König ist größer als alle Menschen, die ich jemals gesehen habe, dachte Nicholas. Er ist größer als Toby Blackheath. Dabei kann er nur ein paar Jahre älter sein als ich.

Der König ließ sich auf sein rechtes Knie nieder und zog die Decke, die den Leichnam des Hauptmanns verbarg, ein Stück zurück. Er berührte die Stirn des Toten und sagte leise, fast unhörbar:

»Sir Robert Horne … was für ein Verlust!«

Kein Laut war zu hören, nur das Schnauben und Scharren eines Pferdes und das stete Rauschen in den dunklen Baumkronen.

»Zu Hause in Kent hätten im Frühling die Apfelbäume ihre weißen Blüten auf Euer Grab gestreut. Hier wird es immer nur der Schnee sein. Lebt wohl, guter Freund.«

Mit diesen Worten stand der König auf. »Ihr habt tapfer gekämpft, Männer. Wenn ihr die Lancasterschen nicht so mit

Pfeilen gespickt hättet, wären sie nie aus ihrer Stellung herausgekommen.«

Und dann war die ganze Schar so schnell zwischen den Bäumen verschwunden, wie sie gekommen war.

Sie hatten Sir Roberts Leichnam in die mühsam ausgehobene Grube gebettet. Nicholas trat zu Bevis, zog einen kurzen Dolch aus dem Gürtel und brach mit einer schnellen Drehung der Klinge ein Stück Metall aus dem Stirnriemen. Es war ein poliertes Stück Silberblech und zeigte einen kleinen Vogel, nicht viel größer als ein Daumen; ein Goldstreif aus Messing lief am Rand des Flügels entlang. Nicholas kniete sich auf die kalte Erde und legte Sir Robert den Goldfinken auf die Brust. Dann stand er auf und trat in das dämmrige Dunkel des Waldes.

DIE MESSIANERIN
Flora Tristan und die Geburt der Arbeiterbewegung

EVE RUDSCHIES

August 1843, Paris

»Was wollen Sie denn von den französischen Sozialisten, Monsieur?«

Flora springt wie ein Raubtier aus ihrem Sessel. Der junge Deutsche versucht vergeblich, vor seiner Gastgeberin zurückzuweichen. Der kleine Salon ist voller laut debattierender Menschen. Flora stellt sich ganz nah vor den Mann, der jetzt gegen den Sessel seiner Frau stößt.

»Was erhoffen Sie sich von denen, Monsieur Marx?«

Flora Tristan ist keine imposante Erscheinung. Sie ist zierlich, fast zerbrechlich, trägt ein einfaches weißes Baumwollkleid mit kleinem Kragen wie bei einem Männerhemd, eine Weste und unauffällige Manschetten aus schwarzem Samt an den luftigen Ballonärmeln. Und doch greift Jenny Marx halb erschrocken, halb schützend nach der feuchten Hand ihres Mannes. Die Dame, obwohl schon vierzig, hat ja kein Korsett!

Marx zögert. Welche Antwort kann er wagen? Erwartet Flora Tristan überhaupt eine? Diese Frau ist schön, aber sie ist auch mehr: überraschend, verwirrend, dunkel glitzernd wie die Spätsommernacht in der französischen Hauptstadt. Ihre üppigen schwarzen Haare – ein hochgesteckter Zopf im Nacken, weiche Locken um die glatten Wangen – schimmern bläulich, die riesigen hellbraunen Augen funkeln fragend. Ein Gesicht zum Träumen, aber das erlaubt der ernsthaft-ungeduldige Mund nicht.

»Soll ich Ihre Frau Gemahlin fragen? Oder ist sie mit diesen Angelegenheiten nicht vertraut?«

»Doch, doch, Madame Tristan, das bin ich. Aber … Karl, sprich endlich! Madame Tristan kann dir bestimmt helfen.«

Endlich fasst sich Marx ein Herz.

»Madame, ich befinde mich gerade in einer äußerst schwierigen Lage. Ich habe in Berlin Geschichte und Philosophie studiert und in Jena promoviert. Die Universität Bonn wollte mir eine Professur antragen. Sie durfte es nicht. Weil ich mich weigere zu behaupten, unsere Gesellschaft sei die bestmögliche für alle Menschen. Denn Armut, Not und Elend sind überall.«

»Und wachsen schneller, als Sie sich das vorstellen können, junger Mann.«

»Dann habe ich mit großem Erfolg eine liberale Zeitung in Köln geleitet. Die preußische Zensur hat sie geschlossen. Jetzt bin ich hier und brenne darauf weiterzukämpfen.«

»Brennen ist gut, Monsieur, das ist bitter nötig. Sind Sie bereit zu verbrennen?«

Jenny schlägt die rechte Hand vor ihren Mund, unterdrückt einen Aufschrei. Flora Tristan sieht sie belustigt an.

»Falls Sie es ernst meinen mit Ihrer Empörung über Elend und Ungerechtigkeit, so führt kein Weg daran vorbei.«

Schweißperlen erscheinen auf Marx' Stirn. »Madame Tristan, ich will nützlich sein. Ich will mit den französischen Sozialisten zusammenarbeiten, schreiben, jenseits von Grenzen und Sprachen. Nur … sie tun sich schwer mit mir. Sie sind treue Katholiken, aber ich kann an keinen Gott glauben. Madame Tristan, bürgen Sie für mich!«

Floras Blick bohrt sich in die Augen des Deutschen, dunkel-funkelnd. Ihre lange, gebogene Nase und ihre dünnen, doch anmutigen Lippen sind unerbittlich.

»Sie haben keine Ahnung. Schreiben! Das ist völlig nutzlos. Lassen Sie es!«

»Nutzlos?« Karl und Jenny empören sich gleichzeitig.

»Vollkommen nutzlos, Kinder. Aus diesen schönen Schreibereien wird kein Stück Brot auf dem Tisch eines Hungrigen, bevor er verendet. Öffnen Sie die Augen, Monsieur! Gehen Sie nach England! Schauen Sie sich die Menschenfresserei dort an, bevor Sie nur eine weitere Zeile schreiben! Die Hungrigen sterben jetzt.«

Marx vergisst seine bittende Höflichkeit.

»Stattdessen, was tun? Über Ihr neues Buch der Arbeiterunion redet ganz Paris, Madame Tristan. Sie scheuen keine Mühe, um es zu verbreiten. Und ich soll nichts mehr schreiben? Vielen Dank!«

Flora setzt sich wieder in ihren Sessel und betrachtet einen Moment lang den wütenden Deutschen und seine zitternde Frau. Dann spricht sie. Im Raum ist es still geworden.

»Sie, mein Herr Sozialistenfreund, hätten vielleicht einmal mein Buch aufschlagen sollen. Darin steht alles, was die ausgebeuteten Arbeiter hier und heute für sich selbst tun können und tun müssen. Alles andere ist Phantasterei, käme zu spät oder von oben, folglich ein nutzloses Almosen. Es steht alles in meinem Buch. Ich selbst werde keine Zeile mehr darüber schreiben.«

Marx lacht schallend.

»Wunderbar, selbst soll das Volk sein und sich aus der Sklaverei befreien. Schön, dass Ihr Buch ihm den Weg zeigt. Doch, Madame, die Arbeiter können nicht lesen. Und die, die lesen können, haben keine Zeit dafür. Die Arbeiter brauchen Anwälte, Madame. Sie, mich, alle, die dazu in der Lage sind.«

Flora ist wie unter Peitschenhieben zusammengezuckt. Sie

hält das Gesicht hinter ihren kleinen, anmutigen Händen versteckt. Es dauert lange, bis sie wieder reden kann.

»Sie haben recht, Monsieur Marx.« Ihre Stimme stockt. »Was mache ich bloß hier in Paris? Ich muss den Arbeitern mein Buch in die schwarzen Hände stecken, es ihnen in die Mütze werfen. Wenn sie nicht lesen können, dann erzähle ich es ihnen.«

»Was ist mit meiner Empfehlung?«

»Brauchen Sie nicht. Leben Sie wohl.«

12. April 1844, Paris-Auxerre

In der Morgendämmerung betritt Flora endlich das kleine Dampfschiff, mit dem sie ihre Reise durch Frankreich beginnt. Paris lärmt noch nicht; ein leichter Nebel schwebt über dem trägen, graugrünen Fluss. Kein Ruf, kein Abschied, keine Träne. Paris hat ihr erst alles verweigert, dann alles gegeben. Es reicht. Das leichte Schaukeln des Schiffes lässt Flora den Trubel der letzten Monate vergessen, das Bangen um die ersten Verbände der Arbeiterunion, die Jagd nach Kontakten in den Städten, die sie aufsuchen will.

Proteste, Warnungen, Sorgen. Eine Frau? Ganz allein? In allen Fabriken, in allen Deckslöchern des Landes? Öffentliche Reden, obwohl die Regierung seiner Majestät Louis-Philippe jede politische Versammlung verboten hat? Ihre angegriffene Gesundheit? Ihre Tochter Aline? Kann sie nicht Getreue auf diesen Kreuzzug schicken? Oder wenigstens mitnehmen? Nein, alles oder nichts! Genau wie damals, als sie allein – ohne Mutter, Tochter oder den verhassten Ehemann – nach Peru aufbrach, um das Erbe ihres Vaters einzufordern.

Das hier ist genauso richtig, genauso befreiend. Sie muss

nicht nur die Arbeiterunion auf die Beine stellen. Sie muss auch berichten über all das, was die Satten ignorieren wollen. Satt sind der Schiffer und seine Gehilfen bestimmt nicht. Auf der zwölfstündigen Reise teilen sie sich etwas Brot, einige Radieschen, hart gekochte Eier und ein Stück Käse. Sie teilen.

Flora bemerkt den duftenden Frühling in den Flussauen nicht.

12. April 1844, 7 Uhr abends, Auxerre

Die provinzielle Kleinstadt gähnt Flora dumpf ins Gesicht. Mit dem Sonnenuntergang erlischt das letzte Licht. Im Hôtel de Paris nimmt sie den Kampf auf.

»Ein Zimmer für zwei Nächte.«

Hilfloser, ungläubiger Blick des schweratmenden Wirts.

»Kommt der Herr Gatte nach? Oder reist Madame etwa alleine?«

»Sehr wohl, Herr Wirt. Das ist ja nicht verboten.«

Dem Wirt bricht der Schweiß aus. »Gewiss, Madame, aber Sie verstehen schon, falls Sie, wie kann ich es ausdrücken, ohne das Einverständnis Ihres Herrn Gatten unterwegs wären, könnte der Herr Gatte den Herrn Polizeikommissar benachrichtigen, der wiederum mein Hotel aufsuchen könnte und …«

Der Schweiß läuft ihm von den Schläfen bis in die dicken Halsfalten.

»… und mich hier festnehmen könnte«, ergänzt Flora eisig. O Gott! Wann wird sie den ehelichen Schatten endlich abschütteln? Wird Chazal sie bis zum Tod wie eine Krähe umkreisen? »Ich bin alleinstehend und bekomme keinen Besuch. Sind Sie zufrieden?«

»Sehr wohl, sehr wohl, Madame! Sie verstehen schon, ein Hotel lebt von seinem guten Ruf.«

Diesem guten Ruf schaden aber weder Kakerlaken noch schmutzige Betttücher, weder üble Gerüche noch eine schmierige Waschschüssel oder gar das ranzige Essen, von dem sie nicht einmal die Hälfte verzehrt, aber alles zahlt. Sie schläft kaum, überall krabbelt Ungeziefer herum. Ein Alptraum jagt den anderen. Morgen muss sie an die Front. Ob sie die Feuertaufe besteht?

13. April 1844, Auxerre

Ihre Kontaktpersonen, zwei respektvolle, aber stumme Männer des Gesellenvereins, führen Flora von einer Werkstatt zur nächsten. Sie lernt ein anderes Elend als das in London kennen. Lärmend, brennend, knarrend, zischend füllen Maschinen und Werkzeuge Keller und Speicher in den verschachtelten, stinkenden, baufälligen Häusern. So raumgreifend, so ohrenbetäubend die Holz- und Metallungeheuer, so stumm, so schattenhaft ihre menschlichen Diener. Verschlossene Männer, feindselige Frauen ohne erkennbares Alter, magere, zerlumpte Kinder. Nichts als stumpfe Blicke und mechanische Bewegungen.

Flora rafft ihre Röcke zusammen, schleppt ihre Büchlein hundertmal durch enge Treppen rauf und runter und redet, redet, redet ohne Unterlass. Ob sie zuhören? Das will sie gar nicht wissen, zu groß wäre die Gefahr, auf der Stelle alles aufzugeben. Also redet sie.

»Die neue Industrie, diese englische Krake, lebt vom Fleisch und vom Blut der an die Maschinen geketteten Menschen. Ihr habt nur das Recht zu schuften, bis ihr nicht mehr könnt, und dann zu sterben. Euren Weibern bleibt nichts übrig, als die eigenen Kinder, so früh es geht, den Maschinen zum Fraß vorzuwerfen. Nennt ihr das ›leben‹? Wie lange noch macht ihr das mit? Worauf wartet ihr? Von nichts und niemandem könnt ihr etwas erwarten. Von der Kirche? Vom Staat? Von mildtätigen Stiftungen? Den barmherzigen Damen? Ihre lächerlichen Almosen vertiefen nur das Elend. Es ginge aber anders, wenn ihr, die Arbeiter, es so wollt. Wie? Schließt euch zusammen! Jenseits einzelner Fabriken, einzelner Gewerbe und einzelner Länder. Zahlt jeder jedes Jahr etwas Geld in eine gemeinsame Kasse! Zwei Francs sind doch nicht die Welt. Damit erobert ihr euer Recht auf Leben, euer Recht auf Arbeit. Damit bezahlt ihr eure eigenen Leute, die nur für euch vor dem ganzen Land stehen und für euch reden. Damit schafft ihr Orte für eure Kranken, eure Verletzten und Alten und Schulen für eure Kinder. Das ist sehr einfach. Es ist nicht verboten. Es stellt die Welt nicht auf den Kopf. Niemand kann dagegen klagen. Selbst schuld, wenn ihr nichts tut!«

Flora erschrickt vor ihrer Härte und bewundert gleichzeitig ihre Kühnheit. Sie, das zarte, aber unbändige Persönchen, die Tochter des edlen Don Mariano Tristan y Moscoso, Oberst Seiner Majestät, des Königs von Spanien, die Nichte des mächtigsten Mannes in Peru, die Pariser Schriftstellerin redet mit diesen ungebildeten, hämischen, unzugänglichen Männern. Es ist ein harter Beruf, der Menschheit zu dienen. Sie schläft und isst kaum, redet und läuft weiter. Die Männer bleiben stumm.

Kurz vor ihrer Abreise fragt ein unbeholfener Haufen im Hotel nach ihr. Der Wirt fängt gleich an zu schwitzen. Kein Besuch! Von wegen! Diese Kreaturen bekommen doch immer Besuch! Die Männer zeigen ihr aber nur ein großes Blatt Papier. Ob Madame Tristan die Gründungsurkunde des ersten

Verbands der Arbeiterunion in Auxerre unterschreiben möchte? Flora presst mit aller Kraft die Hände gegen ihre Brust. Ihr Herz könnte zerspringen, glaubt sie. So fühlt es sich also an, wenn die Wut, die Zweifel und die Machtlosigkeit erlöschen.

Die Männer führen sie zum Gesellenhaus. Die Gesellenmutter, eine früh ergraute Frau, stellt schließlich eine Frage.

»Warum haben Sie in Auxerre angefangen? Warum sind Sie nicht nach Lyon gegangen, wo es mehr von uns gibt?«

»Ich bin auf einer Wanderschaft wie die Gesellen. Ich lasse keine Stadt aus.«

»Dann bekommen Sie von uns den Gesellenabschied.«

Von sieben Arbeitern wird Flora am nächsten Tag zum Dampfschiff eskortiert. Dort reichen sie ihr Zuckerwasser in einem silbernen Becken. Es schmeckt wie Nektar. Erst jetzt merkt sie, dass sie seit zwei Tagen nichts mehr gegessen hat.

16. April 1844, Avallon

Flora tigert in ihrem modrigen Hotelzimmer hin und her.

Was mache ich hier nur? Lieber im Kerker krepieren als in so einem Provinzloch.

In Avallon gibt es nur wenige Arbeiter, die aber alle misstrauisch, alle abweisend: Was will dieses feine Ding von uns? Regen und Nebel verdunkeln die Stadt, verwischen Floras Gedanken.

So regnete es in Islay, dem kleinen Hafen vor der Wüste, als sie in Peru ankam auf Einladung der Familie ihres Vaters. Zum ersten Mal wartete jemand auf sie. Sie wollte so sehr zu ihnen finden. Das Versprechen ihrer armen Mutter, »Eines Tages geben sie dir alles zurück«, schien der Erfüllung so nah. Nur ein

Streifen Wüste und ein paar Berge zwischen ihr und ihnen, auf dem Familiensitz Arequipa. Damals schlug sie alle Warnungen in den Wind der Pampa. Wie jetzt. Packte ihren Koffer – ein Paar Leinenstiefel, einen Morgenrock, eine Seidenschürze mit einem Messer und einem Taschentuch, gegen die Kälte einen kleinen blauen Hut, einen Mantel und zwei Schals –, fand zwei Maultiere, machte sich auf den Weg durch die Anden. Mitten im Winter. Heute weiß sie immer noch nicht, wie sie diesen Wahnsinn überlebte – brennende Tage, eisige Nächte, Qualen beim Aufstieg, schwindelerregende Abgründe beim Abstieg. Die Stille, die kargen Berge, keine Vögel, keine Pflanzen. Im Schatten der Felsen lagen die Knochen verhungerter Tiere. Bald bemerkte Flora sie nicht mehr. Migräne und Tränen in der dünnen Bergluft ließen sie fast erblinden. Zwei peruanische Reiter fanden sie schließlich, wickelten sie in Ponchos und trugen sie nach Arequipa.

Flora spürt dasselbe grenzenlose Verlangen wie damals, denselben Mut. Doch wo sind die unerschrockenen Maultiere? Die rettenden Reiter? Wird sie je wieder so gefeiert werden wie bei ihrer wundersamen Ankunft in Arequipa? Die Straßen von Avallon sind so viel trostloser als die einzige Straße von Islay, wo man bei jedem Schritt bis zum Knie in schwarzem Sand versank. Der schwarze Sand von Islay, die schwarzen Hände der Arbeiter … nein, so schnell gibt sie sich nicht geschlagen. Sie läuft nach unten zum Wirt.

»Wo sind die Arbeiter der Stadt um diese Zeit?«

Der Wirt öffnet stumm-dumm einen weiten Mund voller braun-grauer Zahnstummel.

»Nun?«

»Nun ja, Madame … die meisten wohl in den Kneipen.«

»Wo sind ihre Kneipen?«

»Sie denken doch nicht daran …«

»Und ob!«

»Aber … Madame … das Abendessen …«

»Später.«

Wie schon in Islay stapft sie in jedes schwarze Loch hinein. Sie ignoriert die Avancen, die Beleidigungen. Sie bellt die Männer an, bevor sie rücksichtslos redet. Hart gibt sie sich, damit sie sie nicht in eine Ecke zerren. Und sie sollen nicht meinen, Flora würde sie ausbeuten. Die Arbeiter saufen stumpfsinnig weiter, die halbnackten Weiber an ihrer Seite knurren Flora feindselig an.

»›Sie hat zu den Taubstummen geredet‹, das soll meine Grabinschrift sein«, murmelt sie, als sie sich an diesem Abend auf ihr Bett wirft und gleich einschläft.

17. April 1844, Semur-en-Auxois

Einige Männer sind handgreiflich geworden. Sie flüchtet in einer Postkutsche nach Dijon.

18. April 1844, Dijon

In der Hauptstadt der Herzöge von Burgund bleiben die Arbeiter stumm und die Beitritte zur Arbeiterunion spärlich. Dafür ergeht sich die lokale Presse in Hasstiraden: Schlimm genug, wenn Träumer, Neider und Aufrührer aller Art das einfache Volk gegen Gott, die Regierung Seiner Majestät und die allgemeine Ordnung aufhetzen. Lächerlich und ekelhaft aber wird es, wenn eine Weibsperson Pflicht und Anstand vergisst und sich öffentlich produziert. Warum schreitet die Polizei nicht ein? Schläft der Herr Staatsanwalt?

Flora verteidigt sich dagegen nicht, sie geht sofort zum Angriff über. Höchstpersönlich und unangemeldet sucht sie die Journalisten auf (»Raupen« nennt sie diese Spezies), donnert und speit Feuer in den Redaktionen. Die Attackierten kuschen – zunächst. Denn etliche Freimaurer, menschenliebende Freidenker und respektable Bürger der Stadt empfangen Flora Tristan in Ehren. Die Journalisten halten weitere skandalöse Enthüllungen zurück. Zum Beispiel, wie dieses weibliche Ungeheuer die ehrwürdigen Stifterinnen des Armenkrankenhauses abkanzelt.

»Sie beleidigen die Armen und Kranken, die Sie scheinheilig pflegen«, eröffnet sie ihnen. »Sie, Mesdames, pflegen nur Ihr schlechtes Gewissen. Diese Menschen kommen erst zu Ihnen, wenn nichts mehr zu retten ist. Ihre Almosen entwürdigen sie endgültig. Lesen Sie doch mein Buch, bevor wir weiterreden.«

Zurück im Hotel, krümmt Flora sich vor Schmerzen. Ihr Unterleib brennt. Sie ist völlig ausgetrocknet. Nur sechs Tage lang ließ ihr Körper sie in Ruhe.

21. April 1844, Mâcon

Drei Tage lang kann sie weder sprechen noch schreiben. Sie verlässt das Bett nicht. Sie verzweifelt. Eine sehr alte Verzweiflung aus der ersten Zeit ihrer unseligen Ehe. Damals entdeckte sie, dass es ihr niemals reichen würde, der bitteren Armut entkommen zu sein. Die Zeit des Eingesperrtseins im kleinbürgerlichen Leben; die Zeit, in der sie sich nicht zutraute, ein Café alleine zu betreten, geschweige denn ein Lächeln im Jardin du Luxembourg zu erwidern; die Zeit des Ehebetts, der ungewollten Schwangerschaften, des Unwissens; die Zeit der erzwungenen Dankbarkeit für diesen Mann Chazal, der sie fürs Leben zu besitzen glaubte, nachdem er ihre Schönheit gekauft hatte.

Wieder bringen Flora die Erinnerungen nach Peru zurück. Als der Bürgerkrieg Arequipa bedrohte, flohen alle Frauen der Familie Tristan ins Kloster der Karmeliternonnen. Flora erzittert in ihrem Bett, dasselbe Zittern, das sie erfasste, als die Klostermauern auf einmal den Blick zu den Vulkankegeln um Arequipa versperrten. So viele gescheiterte, geopferte, weggeworfene Leben! »Gräber« nannten die Nonnen ihre engen Schlafplätze. Neun Tage ist es her, seit sie Paris verlassen hat. Schon liegt sie im Grab ihres Körpers. Das kann doch nicht wahr sein! Muss sie jetzt sterben, da sie genau weiß, wofür sie leben will? Gott hat sie schon so oft gerettet – vor dem Hunger, der ihren Bruder hingerafft hat, vor den mörderischen Bergen, vor dem Erdbeben in Arequipa, vor den Schüssen Chazals. Für was denn? Um sie jetzt grausam aufzuhalten? Hat sie die Zeichen richtig gedeutet? In London vor fünf Jahren schien alles so klar.

Die freiwillige Wiederbegegnung mit dem Elend, sein unvorstellbares Ausmaß, ihre endgültige Gewissheit: Sie musste nicht nur darüber berichten, sondern es auch mit aller Kraft bekämpfen.

Schließlich der Mann in Bedlam, dem größten Irrenhaus Europas, das sie als gewissenhafte Journalistin besuchte.

»Er ist Franzose«, sagte ihr Führer, »und hält sich für Gott.«

»Nun ja«, antwortete Flora trocken, »welches Krankenhaus wäre groß genug, um alle seinesgleichen zu beherbergen?«

Der Kranke überraschte sie. Ruhig kam er ihr entgegen, begrüßte sie, plauderte charmant. Am Ende ihrer Visite in dem riesigen Haus besuchte sie ihn ein zweites Mal. Sie fand ihn äußerst aufgeregt vor.

»Hören Sie mir zu, Schwester! Ich bin der Stellvertreter Ihres Gottes, der Messias, von Jesus Christus angekündigt. Ich komme, sein Werk zu vollenden. Ich komme, um jedwede Knechtschaft zu beenden: die der Frau, die der Armen. Ich komme, um die Seelen vom Joch der Sünde zu befreien.«

Das hätten Jesus und auch viele respektable Menschen nach ihm gesagt, fand Flora. Ist es deshalb Wahnsinn? Mit einem gellenden Schrei öffnete der Mann seine Jacke. Die Wärter, die Besucher und ihr Führer sprangen zurück, nur Flora nicht. Er streckte ihr ein großes Kreuz aus dem Heu seines Bettes und der Wolle seiner Decke entgegen. Eine unbedrohliche Waffe. Danach zog er noch ein Dutzend kleinerer Kreuze aus seiner Kleidung, auch sie aus Heu, das er straff in rote und schwarze Bändlein gewickelt hatte. Er ergriff ihre Hand, gab ihr ein kleines Kreuz, kniete vor ihr nieder.

»Empfange dieses kleine Kreuz, meine Schwester, stecke es an deine Brust und wandle durch die Welt, das neue Gesetz zu verkünden«, sagte er erregt.

Die Wärter wollten ihn vertreiben. Flora hielt sie zurück. Dieser Mann würde ihr nichts tun. Ganz ruhig bat sie ihn, ihre Hand loszulassen. Er ließ sie gehen, weinend, auf den Knien. Ein klares Zeichen für ihren weiteren Weg.

Als die reichen Republikaner von Mâcon sie feierlich in ihrem Hotel abholen und in eleganten Kutschen durch die Gegend fahren, wachsen Floras Zweifel. Sie trifft auf keinen einzigen Arbeiter. Die Herren sind Republikaner, wie ihre Väter Jäger waren – um die Zeit totzuschlagen, denkt sie bei sich. Doch Zeit hat Flora nicht. Sie verlässt die Stadt.

28. April 1844, Chalon-Sur-Saône

Die letzte Etappe vor Lyon. Floras Ängste wachsen. Erst dort, in der großen Industriestadt, wird sie erkennen, ob alles einen Sinn hat, ob sie es schaffen kann. Seit Auxerre hat sie nichts mehr erreicht, was sie zufriedenstellt. Hier in Chalon wird es noch schlimmer.

Von der Postkutsche holt sie eine Gruppe gutgekleideter junger Männer ab, Mitglieder in der Freimaurerloge der »Vollkommenen Gleichheit«. In deren Festsaal warten mindestens zweihundert Menschen auf die berühmte Madame Tristan. Flora traut ihren Augen nicht.

»Messieurs, wo sind die Arbeiter?«

»Dort, ganz hinten, Madame.«

In der Tat stehen hinter den Tischen der Satten ein paar Männer mit schwarzen Händen in Arbeitskitteln.

»Und wer, bitte schön, sind all die anderen?«

»Werkstattbesitzer und Fabrikanten, Madame. Die interessieren sich doch für die neuen sozialen Ideen. Das verstehen Sie, nicht wahr?«

Flora fühlt ihr Herz bersten.

»Ich bin nicht für Fabrikanten gekommen.«

»Aber warum denn nicht, Madame?«

Flora weiß nicht, wie ihr geschieht. Sie schweigt, lehnt den Ehrensitz ab, redet dann doch voller Energie und Überzeugungskraft über die selbstfinanzierten »Arbeiterpaläste«. Die satten Herren sind begeistert und treten feierlich der Arbeiterunion bei.

Flora versteht die Welt nicht mehr.

1. Mai 1844, Lyon

In Lyon werden ihre schlimmsten Befürchtungen Wirklichkeit. Weit größer, weit grauer, als sie es sich vorstellte, weckt die Stadt in Flora schwärzeste Erinnerungen an London. Ein Ameisenvolk in engen, feuchten, ja schlammigen Gassen, in Kasernenhäusern so hoch, so dicht aneinandergepresst, dass man den Kopf verdrehen muss, um ein Stückchen Himmel zu erhaschen. Kein Grün, nicht einmal auf dem flachen Gelände des Zusammentreffens der trüben Flüsse Rhône und Saône. Dort nur ein einziges Labyrinth aus baufälligen, ständig überfluteten Gässlein, Werkstätten und Bretterverschlägen. Auf den Hügeln Fourvière und Croix-Rousse, wo die Textilarbeiter leben und schuften, verläuft Flora sich hoffnungslos in den »traboules«, den endlosen, verschachtelten Treppentürmen, die als Passagen zwischen Häusern und Straßen dienen. Das Rathaus und die Präfektur gleichen Festungen, die das hungernde Volk gewaltsam im Zaum halten.

Flora wird, genau wie in London, von der eigenen Machtlosigkeit erwürgt. Die Seidenweber, »canuts« genannt, die für die Großen dieser Welt den edelsten aller Stoffe herstellen, erscheinen ihr wie Leichen. Sie tragen lange, schwarze, völlig abgescheuerte Jacken. Fassungslos fragt sie sich, was sie diesen Halbtoten sagen soll. Sie sind fast so klein wie sie selbst, völlig ausgemergelt. Ihre Haare sind schütter, ihr Blick leer, ihre Haut bleich, ihr Mund faulig. Die Webstühle haben ihnen den Rücken verbogen, die Finger gelähmt und den Brustkorb eingedrückt. Was soll sie da nur ausrichten? Wohin hat der verrückte Franzose in Bedlam sie geführt? Auch zum Wahnsinn?

Flora schleppt ihren erschöpften Körper zum Haus der Gesellenunion. Sie ist sich nicht sicher, ob sie auf Hilfe hofft oder offenen Hohn erwarten soll. Zu ihrer grenzenlosen Überraschung kennt Joseph Reynier, der Anführer der Gesellen in Lyon, ihr Buch und ihr Projekt. Der lebhafte Mann ist erstaunt.

»Das gibt es nicht! Sie sind tatsächlich eine Frau!«

»Aber sicher doch! Für wen hielten Sie mich?«

»Nun, Madame Tristan, Ihretwegen habe ich eine Runde Bier verloren.« Reynier lacht schallend und schlägt sich auf die Schenkel.

»Aber warum denn?«

»Wir von Croix-Rousse dachten, nur ein Mann könne sich das alles ausdenken. Auf Fourvière und im Terreauxviertel hielten sie den Autor für eine Frau. Aber nicht für eine so hübsche, wenn Sie erlauben. Nein, eher glaubten sie an einen alten Drachen, Sie verstehen schon. Aber egal, ich freue mich, die Wette verloren zu haben. Es hat sich gelohnt.«

»Kennen also viele das Buch?«

»Wir Seidenweber sind immer für eine Überraschung gut, nicht wahr? Die da oben sollten nicht zu gut schlafen. Viele? Weiß ich nicht, Madame. Aber manche von uns lesen. Sogar beim Weben. Achtzehn Stunden am Tag, die muss man irgendwie durchstehen. Wie dem auch sei, für die Wette waren wir genug. Was kann ich für Sie tun?«

Reynier hört sich alles ernsthaft an – die Besuche, die Berichterstattung, die Werbung für die Arbeiterunion, die Abendversammlungen – und nickt danach entschlossen.

»Gut, Madame, gutes Programm. Lyon ist groß, das haben Sie gesehen. Sie brauchen jemanden, der Sie führt und begleitet. Ich selbst würde mich gern mit Ihnen zeigen, bin aber mit meiner Werkstatt verheiratet. Ich habe jemanden für Sie. Keinen Mann, ich muss nicht auch noch eifersüchtig werden. Nein, die Tochter eines Steindruckers. Er hat mit mir gegen die von Fourvière gewettet. Eléonore arbeitet mit ihrem Vater. Er wird sie eine Zeitlang entbehren.«

Einmal an Eléonores Seite, spürt Flora ihren schmerzenden Körper nicht mehr. Das ernste Gesicht, die schwarzen Augen der jungen Frau verfolgen Flora mit solcher Intensität, dass sie sich in den folgenden Tagen wie getragen fühlt, die unzähligen Treppen und Stiegen hinauf. Jeden Morgen holt Eléonore sie in ihrem Hotel an der Place des Terreaux ab. Beide beginnen ihre Runde. Flora läuft hinter ihr her, rafft ihre Röcke zusammen, um sich in die dunklen Treppentürme des Croix-Rousse zu zwängen. Eléonores Augen leuchten heller als ihre kleine Laterne, sind eine frisch sprudelnde Quelle. Flora braucht so eine Quelle. Mitten in diesem blühenden Sommer erstickt sie in den überhitzten Werkstätten.

Es stinkt nach Schimmel, Schmutz, Schweiß und Armut. Das höllische Klappern der monströsen Webstühle füllt alle Räume und saugt das Leben aus den Menschen. Hier arbeiten ein Mann, seine Frau und drei zerlumpte Kinder. Fünf weitere Geschwister hat das Elend schon umgebracht. Achtzehn Stunden am Tag ackern sie und haben doch nur dunkles Brot zu essen, oft nicht einmal das. Dort siecht ein Greis. Sein ganzes Leben hat er den Webstühlen hingegeben, eine ganze Familie hat er ernährt. Nun ist er erschöpft, hat nichts mehr. In einer anderen Behausung eine weitere Familie: nur ein Raum, der gleichzeitig als Werkstatt, Schlafzimmer und Küche dient. Der Mann versteckt sich hinter dem Bett, als Flora und Eléonore die Tür öffnen. Flora beruhigt ihn. Er kommt hervor mit Tränen der Scham in den Augen, sein Oberkörper ist nackt. Er war beim Fabrikanten gewesen, hatte das Seidentuch abgeliefert, ist zu schnell zurückgelaufen. Sein vollgeschwitztes Hemd muss nun trocknen. Flora beißt sich die

Lippen blutig, um nicht zu schluchzen. Dann schildert sie dem Unglücklichen und seiner Frau die mögliche Rettung durch die Arbeiterunion.

»Madame«, seufzt die Frau, »wird es lange dauern, die Arbeiterunion zu gründen?«

»Nein, bestimmt nicht. Sechs Monate vielleicht, nicht länger als ein Jahr.«

Die Frau sackt in sich zusammen.

»Ein Jahr? Ob wir dann noch leben?«

Als sie diesen Ort verlassen, fallen sich Flora und Eléonore in die Arme, weinen hemmungslos, halten sich lange fest umschlungen. Flora beruhigt sich allmählich, doch Eléonore zittert weiter am ganzen Körper.

»Was ist los mit dir?«, fragt Flora. »Bist du krank?«

»Nein.« Ernst wie immer schüttelt Eléonore den Kopf. »Ich habe nicht mehr geweint, seit ich sechs geworden bin.«

»Gelacht aber auch nicht, oder?«

»Nein, auch nicht gelacht.«

»Komm, wir ruhen uns ein wenig aus.«

Flora ist schnell entschlossen. Ein paar Häuser weiter nehmen sie auf den Stufen eines kleinen Brunnens Platz. Nervös wischt sich Eléonore die kräftigen, trockenen Hände an ihrer Schürze. Ihre Augen sind voller Fragen. Die mag Flora nicht, aber Eléonore verdient Antworten.

»Nun, was willst du wissen?«

»Warum machst du das? Du bist so fein, du bist so schön, du weißt so viel. Warum tust du dir das an?«

»Schön? Ja, das war ich immer. Fein und gebildet? Das hat gedauert. Mein Vater war reich, aber er hat meine Mutter nicht geheiratet. Er ist früh gestorben, danach hatten wir nichts mehr. Wir wohnten in Paris, Place Maubert. Das war weit schlimmer als hier. So gut wie keine Arbeit, dafür Diebe, Schläger, Huren,

Bettler, Trinker. Meine Mutter versprach mir Tag und Nacht das Erbe meines Vaters. Ich hatte nichts anderes als meine Schönheit. Also war ich Freiwild. Ich weiß, wie Elend schmeckt. Wie es riecht. Ich hasse das. Nichts durfte ich lernen. Kein Geld. Ein wenig Lesen, ein wenig Zeichnen. Mit siebzehn Jahren habe ich in der Werkstatt des Graveurs Chazal angefangen. Er wollte mich heiraten. Meine Mutter wollte es auch. Ich habe ihn geheiratet. Der schlimmste Fehler meines Lebens. Das Unglück beinah jeder Frau, wenn keine Scheidung möglich ist. Heirat oder seinen Körper zu verkaufen! Eine schöne Wahl, nicht wahr? Vier lange Jahre habe ich es ausgehalten. Dann bin ich gegangen, mit zwei Kindern und einem dritten im Bauch. Er hat mich verfolgt. Er hatte das Recht auf seiner Seite, bis er auf mich geschossen hat. Nur deswegen sind meine Tochter und ich jetzt frei. Ist es das, was du wissen wolltest?«

Eléonore weint wieder: »Auch ich bin verheiratet.«

»Du?« Flora wiegt den traurigen Kopf der jungen Frau in ihrem Schoß, streichelt die streng in einem Zopf nach hinten gekämmten Haare. »Es kommt nichts von allein. Man muss es sich selbst holen, Liebste. Jede Frau muss das einsehen. Aber dann, dann ist man reicher als die Reichsten, so reich, dass es unmöglich wird, es für sich zu behalten. Ich hasste die Armut, ich ekelte mich vor den Armen, ich verachtete sie. Jetzt kann ich auf ihrer Seite sein.«

Eléonore presst ihren Kopf gegen Floras mageren Bauch. »Der Ekel ist aber nicht vorüber, oder?«

Flora zuckt so stark zusammen, dass Eléonore denkt, sie wolle sie schlagen. Doch die kleinen, harten Hände streicheln weiter ihren Kopf.

»Nein, er ist nicht vorüber.« Floras Stimme ist fast unhörbar. »Oft frage ich mich, wie ich die so sehr lieben kann, an denen ich so sehr leide.«

Bald kommen jeden Abend Hunderte zu den Versammlungen in Croix-Rousse. Stundenlang redet Flora, stundenlang fragen und diskutieren die Arbeiter. Anfang Juni bringen sie ihr 1500 Francs für eine dritte Auflage ihres Buches. Flora, obwohl zu Tränen gerührt, lehnt ab. Doch Joseph Reynier lässt das nicht gelten.

»Hier in Lyon ist ein Anfang gemacht. Sie brauchen mehr Bücher für andere Städte. Es ist unser Geschenk an die Arbeiter von Roanne, Saint-Étienne, Nîmes und Marseille. Sie werden es sehen: Die Arbeiter dort brauchen es noch mehr als wir.«

Roanne–Saint-Étienne, Mitte Juni 1844

Mit der Eisenbahn fahren Flora und Eléonore nach Roanne. An Steigungen werden Ochsen und Pferde vor die Lokomotive gespannt und ziehen mit. Die Gefälle rauschen die Wagen mit schier unkontrollierbarer Geschwindigkeit hinunter. Flora scheint es, als würden sie in die Hölle auf Erden geworfen.

In Roanne ist es die Baumwolle, die das Menschenfleisch verschlingt. In Kellern eingesperrt, schuften bis zu achtzig Arbeiter, Blut und Wasser schwitzend, an den ohrenbetäubend lauten mechanischen Webstühlen. Die Färberei gleicht dem siebten Kreis der Hölle. Ein Mann muss auf dem Rand eines riesigen, kochenden Farbbades sitzen. Beim Umrühren droht er jederzeit hineinzufallen. Hundertzwanzig andere Verdammte rennen um den glühenden Kessel herum.

Die zwei Frauen wohnen bei einem Arzt, dem Doktor Goin, einem gütigen Menschen. Umsonst behandelt er die Bedürftigen, manchmal bezahlt er ihnen eine Kur. Nach kurzer Zeit erträgt Flora die Ruhe, das Familienglück und das freundlich-besorgte Angebot, sich Erholung zu gönnen, nicht mehr. Eléonore ist Zeugin und Ziel ihrer Explosion.

»Wenn du wüsstest, wie viele Männer mir solche Erholung angeboten haben. Trotz meiner Kinder, trotz Chazal im Nacken! Heute noch könnte ich ... o nein, nein, nein! Ich muss allein sein, um das Leben aller zu leben. Die Liebe zu allen Brüdern und Schwestern, das ist die einzig würdige Liebe.«

»Du bist ja nicht allein, Flora. Für mich gibt es auch kein Zurück mehr.«

Eléonore lächelt sie ernsthaft an. Flora beruhigt sich und drückt sie an sich. Eléonore weiß nicht, ob sie weinen oder jauchzen soll.

»Das weiß ich, liebstes Kind. Du bist eine ganz neue Liebe für mich, größer, erhabener als alle bisher. Nichts kann sie beschmutzen. Wir lieben uns Seele zu Seele, Herz zu Herz, Gedanke zu Gedanke. Jetzt aber hinaus hier. Diese Familie macht mich krank, diese rührselige Mutter, diese verhätschelten Kinder. Erholung? Das würde mich nur verrückt machen.«

»Doktor Goin sagt aber, du musst unbedingt wieder zu Kräften kommen.«

»Keinen einzigen Tag will ich ruhen, Eléonore, bis meine Wanderschaft zu Ende ist.«

Die Posamenten- und Schleifenfabriken in Saint-Étienne entfachen neue Wutausbrüche in Flora. Winters wie sommers schlottern dort die Arbeiter vor Kälte in abgedunkelten Kellern, denn Licht und Hitze könnten die feinen Stickmuster ja beschädigen. Also verbringen die Menschen achtzehn Stunden pro Tag am Webstuhl im kargen Licht von Öllampen. Diese ehemaligen landlosen Bauern siechen dahin: bleich, schwindsüchtig, von Geschwüren und Tumoren übersät.

Flora läuft durch die Straßen. Dieser Kannibalismus zerfrisst sie. Als sie an den Häusern der reichen Fabrikanten vorbeigehen, schüttelt sie schmerzvoller Horror.

»Hörst du das, Liebste? Unter jedem Stein schreien ein Kind, eine Frau, ein Mann. Ihre Glieder sind zerquetscht. O Gott, wie sie jammern, wie sie klagen! Der Luxus dieser Häuser ist gemacht aus ihren Tränen, ihrem Fleisch und ihrem Blut.«

Abend für Abend schleppen sich die Sterbenden von Saint-Étienne zu Floras Versammlungen. Nie hat sie besser, nie hat sie länger geredet. Reynier hat recht: Hier muss etwas geschehen, sofort. Hier sind die Sterbenden bereit, es zu vernehmen.

Lyon, Juli 1844

Die ganze Region redet von der Arbeiterunion – nun endlich rührt sich die Ordnungsmacht. Fünf Polizisten mit Durchsuchungsbefehl stehen vor Floras Tür. Flure und Treppen werden von weiteren Uniformierten bewacht. Das ganze Hotel wartet auf die Festnahme eines gefährlichen Verbrechers. Doch festgenommen werden nur zwei Koffer voller Papiere: Floras Bücher, Manuskripte, Tagebücher. Wütend stürmt sie in die Räume der Staatsanwaltschaft und verlangt die sofortige Rückgabe.

»Sobald Sie Lyon verlassen, Madame.«

»In diesem Land hält sich jeder Bürger auf, wo es ihm gefällt, Monsieur, verurteilte Kriminelle ausgenommen. Bin ich kriminell?«

»Sie halten politische Versammlungen ab, Madame. Das ist gegen die Septembergesetze.«

»Das, Monsieur, könnten Sie genauso gut vom Gottesdienst in Notre-Dame de Fourvière sagen. Ich mache keine Politik, ich betreibe Menschenliebe.«

Flora verlässt die Staatsanwaltschaft mit ihren Papieren. Reynier und Eléonore tragen sie in das Hotel zurück. Flora frohlockt.

»Habt ihr das gesehen? Das hat mir gutgetan. Ich fühle mich besser. Danke, Herr Staatsanwalt. Ich freue mich auf die nächsten Versammlungen. Die Regierung ist ein Idiot.«

Ihre zwei Begleiter sehen sich besorgt an. Warum betont sie so, dass sie sich besser fühlt? Sie sieht erschöpft aus. Sie läuft den ganzen Tag herum und nimmt kaum etwas zu sich. Der Hals schmerzt, sie fühlt ein Stechen in der Brust.

Flora geht in die Oper. Statt an ihrem Ehrenplatz zu bleiben, läuft sie ganz nach oben zum »Paradies«. Sie will sehen, ob dort Arbeiter sind. Ja, einige wenige genießen stehend die Musik in vollen Zügen. Sie bleibt bei ihnen. Nach der Vorstellung regnet es in Strömen. Doch sie geht zu Fuß zum Hotel, kriegt Schüttelfrost und Durchfall. Trotzdem nimmt sie das Treffen mit den Schneidern am nächsten Tag wahr.

Eléonore, Reynier und die Gesellenmutter drängen sie dazu, wenigstens einen Tag lang auszuruhen. Flora stimmt widerwillig zu. An einem wunderschönen Sommerabend sitzen sie im kleinen Obstgarten des Gesellenhauses in der Nähe der Flusswiesen. Die Luft duftet nach Lindenblüten und feuchtem Gras.

»Florita, fühlst du dich wohl?«, fragt Eléonore bangend.

Sanft presst Flora ihre zitternde Hand.

»Ja, Liebste. Es riecht hier wie im Garten meines Vaters in Vaugirard, einem großen Garten mit sicheren Mauern. Wir hatten alles: Geflügel, Salat, Erbsen, Erdbeeren, Kirschen. Nie wieder habe ich schönere Früchte gesehen. Die Birnen schmeckten wie Honig.«

Flora unterbricht sich, ihr Gesicht verzerrt. Eléonore schüttelt sie erschrocken.

»Was hast du, Florita? Erzähl weiter! Was ist mit dir?«

»Weißt du noch«, fährt Flora abwesend fort, »diese jungen Mädchen, diese kleinen Prostituierten, die wir in La Guillotière gesehen haben? Manche spielten und aßen Kirschen, als ob nichts wäre. Von denen habe ich so viele in London gesehen. Das Spiel der Satten hieß: Wer macht sie am schnellsten kaputt? In deinem Alter, Eléonore, sind sie schon tot. Was fällt dir bloß ein zu denken, ich müsse ruhen? Ich habe dir doch in Roanne gesagt, dass es mich verrückt macht.«

Wütend erhebt sich Eléonore.

»Wem nützt es, wenn du dich zugrunde richtest? Nur den Satten, nur ihnen. Hörst du?«

»Ob und wann ich zugrunde gehe, das ist nicht deine Entscheidung. Und meine schon gar nicht. Jemand wird wohl wissen, warum ich leben muss.«

Ein paar Tage später verlässt Flora Lyon. Die Gesellenmutter reicht ihr das Zuckerwasser in dem silbernen Becher mit dem silbernen Löffel. Dieses Mal auf einem silbernen Tablett. Die Gesellen geben ihr festliches Geleit bis zum Schiff. In ihrer besten Kleidung tragen sie ihre Fahnen, singen und hämmern rhythmisch mit ihren von Schleifen verzierten Gehstöcken. Beim Abschied von Eléonore kann Flora ihre Tränen nicht zurückhalten. Schluchzend halten sich beide in den Armen. Flora will Eléonores Tränen wegwischen.

»Lass das! Nimm sie mir nicht. Du kannst mich jederzeit rufen, wenn du mich brauchst.«

»Ja, das tue ich. Doch jetzt arbeitest du hier weiter für die Arbeiterunion, als sei ich noch da.«

Avignon, 20. Juli 1844

Die Hitze der Provence raubt Flora die Luft zum Atmen. Die Steine brennen. Faulige Ausdünstungen entweichen dem riesigen Palast der Päpste, wo Soldaten auf schimmligem Heu schlafen. Die Bewohner reden von Cholera. Flora bekommt einen quälenden Durchfall, den sie nicht behandelt. Ein ehemaliger Landarbeiter namens Thomas lässt in dieser kleinen, uralten Stadt seine Arbeiter 24 Stunden am Tag schuften. Wie soll sich Flora da Zeit nehmen für Pillen und Kastanienmehl?

Marseille, 25. Juli 1844

Die Hitze verbrennt sie, der Mistral bohrt sich in Floras Kopf. Frankreichs Süden gibt sich gnadenlos. Die wunderschönen Früchte auf dem Markt kann sie kaum anfassen. Sie verursachen bei ihr die gleiche nervöse Übelkeit, die gleichen Krämpfe im Bauch wie die windigen Herren Republikaner, die in dieser Region so zahlreich auftreten. Die haben gut reden in ihren Cafés und Salons. Noch lauter, noch eloquenter werden sie abends am Hafen oder beim Spaziergang nach dem Boulespiel. Schöne Männer mit kokett gepflegtem Bart und rot bestickten Westen. Was tun sie gegen die italienischen Händler, die ihre Hafenarbeiter mit einem Hungerlohn abspeisen? Nichts! Was tun sie gegen die Lastträger, die die schwersten Sachen von ihren »weißen Sklavinnen« schleppen lassen? Nichts! Flora sieht eine dieser Frauen, hochschwanger, die für das Tragen eines riesigen Koffers nicht einmal 25 Centimes erhält.

Bisher musste Flora noch nie so viel laufen wie nun in Marseille. Bisher hat sie noch nie so viele Versammlungen abgehalten wie hier. Der Erfolg ist sogar noch größer als in Lyon.

Abend für Abend eilen Hunderte zu ihr, quetschen sich stundenlang in die stickigsten Ecken. In einem völlig überfüllten Boulespielsaal erscheint ein Kommissar der Polizei.

»Madame, haben Sie eine Erlaubnis für so eine große Versammlung?«

»Nein, Monsieur.«

»Aber, Madame, wie kann ich das zulassen? Das Gesetz verbietet ausdrücklich größere Versammlungen. Sie haben hier über sechshundert Arbeiter. Sie bringen mich in eine schwierige Lage, äußerst schwierig ...«

»Monsieur, in allen Städten halte ich solche Versammlungen ab. Ich bitte nie um Erlaubnis. In Lyon und selbst in Paris hat die Polizei niemals eingegriffen.«

»In Lyon und selbst in Paris nicht? Wie seltsam. Was soll ich nur tun?«

Flora lächelt ihn charmant an.

»Beruhigen Sie sich, Monsieur! Morgen suche ich den Herrn Präfekten auf und regle das mit ihm.«

Minutenlang klatschen die Arbeiter. Flora verbeugt sich vor ihnen.

»Lasst uns weitermachen, liebe Freunde! Nur keine Politik. Es ist wie immer und überall. Diese Regierung ist ein Idiot.«

Aber der Sieg über die Marseiller Polizei heilt ihren Körper nicht. Kopf- und Gliederschmerzen beuteln sie. Die Bauchkrämpfe und der Durchfall lassen sie nicht mehr los. Die Arbeiter bringen ihr die Unterschriften für die Arbeiterunion ins Hotel, verkaufen siebenhundert Exemplare ihres Buches in neun Tagen. Am Tag ihrer Abfahrt blickt Flora in einen Spiegel und erschrickt. Ihre großen, samtigen Augen sind rot, trocken und liegen so tief wie nach mehrmonatiger Krankheit. Die Abwesenheit Eléonores schmerzt sie am ganzen Körper.

Nîmes, August 1844

Wie sie diese Stadt hasst! Man sollte sie auslöschen, von der Erdoberfläche tilgen. Eine ganze Woche lang hört Flora auf ihrem Bettlager unaufhörliches Hämmern und Klopfen. Sieben Tage, Tag und Nacht. Eine ganze Woche Fieber, Schmerzen und Schlaflosigkeit. Ohne zu wissen, ob dieser Höllenlärm nur in ihrem pochenden Kopf wütet. Jetzt sieht sie es, am Fenster des Hôtel du Gard in der ersten Reihe. Nîmes besitzt nur einen einzigen, sehr langen und sehr engen öffentlichen Waschplatz. Die Wäscherinnen und die Färber benutzen ihn gleichzeitig. Anderswo knien die Wäscherinnen am Rand. Hart genug. In Nîmes stehen sie bis zu den Oberschenkeln im Wasser und schrubben und klopfen die Wäsche auf dem Rand. Sie stehen ein kurzes Leben lang in einem giftigen Gebräu aus Laugen, Säuren, Salzen, Fetten und Farbstoffen. Dieses Wasser, das keines mehr ist, lässt ihre Glieder anschwellen, verbiegt ihre Gelenke, frisst sich in ihre Haut, verseucht ihre gequälten, oft schwangeren Leiber. Obwohl in Floras Alter, sind diese Frauen Greisinnen. Ihre Mütter verfaulten schon in dieser Brühe, ihren Töchtern neben ihnen wird es bald ähnlich ergehen. Viele waschen die ganze Nacht, wenn die Färber schlafen. Deswegen hört das Hämmern und Klopfen nie auf.

In Nîmes redet Flora vor mehreren Hundert Republikanern. Bärtig, breit grinsend, bereit, sie anzuspucken. Kein Arbeiter, keine Frau unter ihnen. Die Wut darüber macht Flora unerbittlich. Das Grinsen soll den Herren vergehen!

»Messieurs! Hier fehlt die Hälfte der menschlichen Spezies. Jammerschade! Denn die Arbeiterunion, die Sie unterstützen wollen, hat ohne diese andere Hälfte keine Chance. Warum? Sehr einfach, Sie werden mir zustimmen. Die Frauen stellen nicht nur die Hälfte der menschlichen Spezies, sie sind auch die Bedingung ihres Fortkommens. Ihres Fortschrittes. Weil sie das Zentrum der Familie sind. Das sage nicht ich, sondern die Regierung, die katholische Kirche und auch die Republikaner. Die Frauen gebären die Kinder. Sie ziehen sie auf. Doch leider sind die Frauen die letzten Sklaven dieser Gesellschaft. Von Kindheit an, schon in ihrer eigenen Familie, erfährt die Frau nur Erniedrigung, Benachteiligung, Ausbeutung. Sie bleibt ohne Wissen, ohne Bildung. Was kommt dann? Ein Ehemann, der sie verachtet, weil das Gesetz ihm alle Rechte gibt, weil immer er mehr verdient als sie.«

Einige protestieren. Flora lässt sich nicht beirren.

»Und dann kommt Schwangerschaft auf Schwangerschaft. Schließlich Armut, Krankheit, zu viele hungrige Kinder, Gewalt, wenn der Mann sein Geld versäuft. Sollen diese Kreaturen es besser machen mit ihren Kindern? Mit ihren Töchtern? Das frage ich Sie, meine Herren. Wie denn, nicht wahr? Das Unglück der Frauen gebiert das Unglück der Erwachsenen von morgen. Von uns allen, Männern wie Frauen. Ich sage Ihnen: Keine Gesellschaft, keine Nation kann ohne die Frauen irgendeinen Fortschritt erreichen.«

Das Grinsen ist den Herren vergangen. Fortschritt! Davon reden die Republikaner Tag und Nacht. Madame Tristan hat sie an der richtigen Stelle gepackt. Unruhe ergreift die Versammlung. Endlich steht einer der Bärtigen auf.

»Was fordern Sie, Madame? Wie soll das gehen?«

»Ich fordere, meine Herren, Rechte für die Frau.«

Es wird nochmals laut im Saal.

»Ich fordere Rechte für die Frau, ob reich, ob arm, weil das ganze Unglück dieser Welt von diesem Vergessen kommt.

Ihrem Vergessen, meine Herren. Ich fordere Rechte für die Frau, weil das die einzige Möglichkeit ist, ihr Bildung zu verschaffen. Von der Bildung der Frau hängt die Bildung des Mannes ab ...«, wieder Zwischenrufe, »... vor allem im einfachen Volk. Ich fordere Rechte für die Frau, weil es die einzige Möglichkeit ist, ihre Anerkennung in der ganzen Gesellschaft zu erreichen. Diese Anerkennung der Frau ist die Bedingung der Anerkennung der Arbeiter und damit jedes freien Bürgers der freien Nation. Ihre Forderung, meine Herren!«

Es ist nun ganz still im Saal. Einige winden sich noch.

»Sie sagen selbst, Madame, die Frauen sind das Zentrum der Familie. Wo kommen wir hin, wenn die Frauen diese Pflicht nicht mehr erfüllen?«

»Sklaven, Monsieur, erfüllen ihre Pflichten nicht besonders gut. Sie werden mir nicht widersprechen. Fühlen Sie sich besonders glücklich mit der armen Hure, die Sie gerade gekauft haben? Freiwilligkeit wäre Ihnen lieber, oder? Nein, meine Herren, ich fordere Rechte für die Frau in Ihrem ureigensten, männlichen Interesse. Im Interesse aller, für den Fortschritt aller Menschen. So ist es und nicht anders.«

Erschütterung. Im Saal weinen inzwischen die meisten wie der Verrückte von Bedlam. Sie geben sich gegenseitig hochheilige Versprechen. Einer findet vor dem Saal ein paar Rosen, mehrere flechten daraus ungeschickt einen kleinen Kranz. Flora nimmt ihn und geht ohne Dank.

Montpellier, Ende August 1844

Verzweifelte Briefe ihrer Tochter Aline und von Eléonore erwarten sie dort. Sie möge sich bitte, bitte, bitte etwas Ruhe gönnen und einen Arzt aufsuchen.

Zunächst gehorcht Flora. Vier Tage lang hält sie keine Versammlungen ab und nimmt gegen den ständigen Durchfall Schwefel und Arsenpillen. Die Bauchkrämpfe verschwinden, kommen wieder, lassen nach und treten erneut auf. Die Pillen setzt Flora ab, die Besuche und Versammlungen nimmt sie wieder auf. Alines Klagen weist sie brüsk zurück. »Es tut mir leid, ich kann dieses widerspenstige Pferd nicht zähmen«, so schreibt sie ihrer Tochter. »Ich ruhe nicht mehr, ich leide zu sehr. Die schlimmste Erschöpfung ist mir lieber als diese Ungewissheit.« Für Eléonore versucht sie, sich verständlicher zu machen: »Siehst Du, Liebste, ich bin so ehrgeizig, so anspruchsvoll, so hungrig und so genießerisch zugleich, dass nichts von dem, was man mir schenkt, mir genügen kann. Mein Herz steht am Abgrund. Alles, was dort hineinfällt, wird zerquetscht, zermalmt und vernichtet.«

September, 1844

Als wäre der Teufel hinter ihr her, hetzt Flora Tristan durch die kleinen Städte des französischen Südwestens: Béziers, Carcassonne, Toulouse, Agen. Die wildesten Gerüchte warten schon überall auf sie.

»Sie hat ihren Mann verlassen, Sie wissen schon, er hat auf sie geschossen, er ist hinter ihr her ...« – »Sie hat Liebhaber. Kein Wunder, eine Sozialistin ...« – »In Wirklichkeit ist sie eine Agentin der Regierung. Sie verstehen, Paris will wissen, wer anbeißt ...« – »Sie erzählt, sie wäre Jesus' Schwester. Sie geht in den Kirchen herum und isst Brot während der Kommunion. Was macht bloß die Polizei?«

Die Polizei ist Flora mittlerweile dicht auf den Fersen. Die Arbeiter, die sich mit ihr zusammenschließen könnten, werden bedroht. In Agen beginnt die Versammlung in gespannter Atmosphäre. Bei jedem Geräusch blicken die Menschen zur Tür. Nach einer halben Stunde wird die Tür tatsächlich mit gewaltigem Krach aufgetreten. Ein Kommissar platzt rein, mit ihm zwanzig Polizisten und dreißig Soldaten. Die meisten Arbeiter verschwinden. Nur eine Handvoll stellt sich um Flora, die sie vielleicht mehr fürchten als die Regierung – eine immer rücksichtslosere Flora.

In ihren fiebergeschüttelten Nächten träumt sie von Arbeiterarmeen: weiße Horden, schwarze Horden, durch Frankreich, durch London, durch ganz Europa. Die Schwarzen fackeln die Städte der Satten ab, die Weißen bauen dort die Arbeiterpaläste. Flora dient ihnen. Mit Vorliebe den Schwarzen.

Bordeaux, Herbst 1844

Wie sehr hat sie sich nach Bordeaux gesehnt! Dort bestieg sie einst das Schiff nach Peru. Sie kennt die Stadt, die Stadt kennt sie. Sofort heftet sich die Presse an ihre Fersen. Ein Journalist folgt ihr zum Konzert im Grand Théâtre am Abend des 24. September. Er bewundert Madame Tristan, die Gründerin der Arbeiterunion, diese herrliche Brünette, ihren königlichen Gang, ihre rabenschwarze Haarpracht, den feurigen Blick ihrer samtigen Augen.

Nach dem Konzert bricht Flora Tristan bei ihren Gastgebern, dem Anwalt Charles Lemonnier und seiner Frau, zusammen. Drei Tage im Delirium, geschüttelt von Fieber und Bauchkrämpfen. Der Typhus frisst ihren ausgemergelten Körper. Anfang Oktober verlangt sie nach Eléonore. Wenige Tage später steht sie an ihrem Bett. Beißt sich in die geballte Faust, als sie ihre Florita sieht. Das Licht in Floras Augen flackert schwach, sie kann kaum sprechen. Ihre Glieder sind schwer wie Blei. Sie schenkt Eléonore ein Testament.

»Folgt konsequent euren Worten! Handelt hier und jetzt! Träumt nicht!«, wiederholt sie mehrmals. »Ich glaube an den ewigen, unaufhörlichen Fortschritt, der die Welt regiert.«

Dann schickt sie Eléonore weg, verspricht ihr noch, bald wieder nach Lyon zu kommen.

Am 8. November erbricht Flora Galle, drei Tage später geben die Ärzte sie auf. Flora kämpft weiter gegen das widerspenstige Pferd. Sie redet, ist so unruhig, dass mehrere Pfleger sie kaum auf ihrem Bett halten können. Sie will aufstehen. Wofür? Wohin? Sie bekommt Opium, liegt nun endlich still mit brennenden Händen.

Am 14. November schreibt Frau Lemonnier an Eléonore: »Ich habe mit Ihrer Florita ihren letzten Tag verbracht. Ich habe sie ruhig und schön gesehen in schmerzlosem Todeskampf. Zwei Freunde hielten ihre Hände. Gegen halb neun Uhr abends hat sie eine Weile geseufzt und geweint, dann hat sie ganz ruhig aufgehört zu atmen. Ich habe ihr schönes Haar abgeschnitten, die Hälfte ist für Aline, die andere Hälfte für Sie. Ein Arbeiter hat ihre Totenmaske abgenommen. Als er fragte, wer sie war, wurde ihm geantwortet: Die Mutter der Gesellen. Wie Sie sehen, ist sie schon eine Legende.«

DAS GASTMAHL DES TYRANNEN
Platons zweite Sizilienreise

IRIS KAMMERER

Als gleißende Scheibe erhob die Sonne sich aus dem Meer, das ihr Licht in flüssiges Gold zu verwandeln schien. An die Brüstung des Dachgartens gelehnt, beobachtete Platon das Schauspiel zwischen Himmel und Meer, bis seine geblendeten Augen nur noch dunkle Schemen wahrnahmen. Monate waren vergangen, seit das Schiff, das er im Hafen von Athenai bestiegen hatte, im Hafen von Syrakusai gelandet war. Daheim war er ein wohlhabender und geachteter Mann, dem, obwohl er ein zurückgezogenes Leben fernab der Agora führte, die besten Bürger in weitem Umkreis und im Herzen der Peloponnesos, ja sogar jenseits des Ionischen Meeres ihre Söhne anvertrauten, damit er sie zu guten, tüchtigen Männern erzog. Doch diese Sicherheit hatte er im vergangenen Frühling aufgegeben.

Niemals hätte er der Einladung folgen dürfen, die aus Syrakusai ergangen war. Den Brief des jungen Herrschers Dionysios, in das purpurfarbene Wachs goldgefasster Tafeln geritzt, hätte er erst gar nicht lesen sollen, obwohl das Begleitschreiben von der Hand seines Freundes Dion dringlich darum bat; seinen Plan eines gerechten Staates werde er verwirklichen können, denn während der verstorbene Tyrann ein Despot gewesen sei, der seine Stadt mit harter Hand regiert habe, neige der Sohn der Philosophie zu. Schließlich sei er nicht von Sophisten erzogen worden, sondern im Palast lange Zeit sich selbst überlassen gewesen, und was zunächst als Nachteil erschienen sei – die mangelnde Bildung des jungen Mannes, der sich lieber mit handwerklichen Tätigkeiten beschäftigte als mit der Kunst der Staatslenkung –, habe sich als ungewöhnlicher Vorzug erwiesen. Denn nun, da er als ältester Sohn die Machtvollkommenheit des Vaters übernommen habe, benötige er Ratgeber, ihm zu helfen, diese Macht auszuüben.

Langsam kehrte Platon in die Kammer zurück, in der ein Tablett mit Brot und eingelegtem Gemüse auf ihn wartete, dazu Krug und Becher. Der junge Sklave, der das Frühstück gebracht hatte, verschmolz beinahe mit der Wand. Platon winkte ihn hinaus, ehe er sich selbst etwas von dem stark verdünnten Wein einschenkte und wieder hinaustrat auf die Dachterrasse. Alles war nach seinen Wünschen, kein überflüssiger Aufwand, einfache Speisen und Getränke, Sauberkeit und Ruhe; man gab ihm nicht das Gefühl, ein Gefangener zu sein, obwohl es ihm unmöglich war, die Burg unbemerkt zu verlassen.

Lange hatte Platon über die Einladung nachgedacht. Zwanzig Jahre zuvor hatte er Syrakusai schon einmal aufgesucht; damals hatte er Dion als stolzen und eifrigen Jüngling aus höchstem Adel kennengelernt. Die Möglichkeit, die Dion ihm nun verhieß, ein Gemeinwesen mitzugestalten, in dem sich Gerechtigkeit verkörpern könnte, klang verlockend, aber die Gefahr zu scheitern schreckte Platon. Für die Sophisten, seine Gegner in Athenai, die den Menschen weismachten, es sei einerlei, mit welchen Mitteln man Macht und Ansehen erlange, solange man sie nur erlange, war es ohnehin ein gefundenes Fressen, wenn er sich einem Tyrannen andiente, obwohl er die Tyrannis stets als abscheulich verurteilt hatte. Kehrte er als Gescheiterter zurück, könnte ihn das leicht seinen Ruf als Lehrer kosten. Doch Dions eindringliche Bitten hatten ihn schließlich überzeugt, die beschwerliche Reise trotz seines fortgeschrittenen Alters zum zweiten Male anzutreten.

Platon nippte an dem Becher. Erinnerungen an die glänzende Begrüßung in Syrakusai stellten sich ein: Scharen von Menschen hatten sich am Hafen eingefunden, gewunken und Willkommensgrüße in ihrer hellen dorischen Mundart gerufen. Rosenblütenblätter bedeckten den Weg, den er nehmen sollte, ein Tragstuhl erwartete ihn, und er sah sich genötigt, diesen zu benutzen, so nachdrücklich schob ihn der Haushofmeister des Tyrannen hinein.

Abends, er hatte kaum baden und ruhen können, wurde ihm ein Empfang bereitet. Dion, der sonst stets auf seine Würde bedacht war, hieß ihn fröhlich willkommen und führte ihn an den Tisch des Herrschers, zu dessen Familie – Geschwister, Eheleute und Schwäger, zusammengeschmiedet durch den Willen des alten Tyrannen, der im Frühjahr dieses Jahres verstorben war. Man ehrte den Gast, indem man ihn in dieser Runde speisen hieß.

Platon fuhr sich mit beiden Händen durch das Haar, als könnte er so die Erinnerungen wegwischen, die sich ihm jetzt, Monate nach diesem Abend, aufdrängten: Dion zwischen dem munteren jungen Herrscher und dessen Schwester, seiner Gattin, und neben dem Herrscher dessen Halbschwester und Gemahlin; besonders die Frauen begrüßten den Philosophen aus Athenai herzlich. Doch die Schatten unter den Augen der Frau des Dionysios und der bittere Zug um Nase und Mund waren ihm nicht verborgen geblieben.

Schon in den ersten Tagen nach diesem Fest offenbarten sich die Umtriebe im Palast; neben Dion beriet ein anderer, weit leutseligerer Mann den Herrscher, Philistos, der schon dem alten Tyrannen gedient hatte. Dieser Mann führte ein üppiges Leben, was ihn jedoch keineswegs in seiner Urteilskraft beeinträchtigte – im Gegenteil. Er wusste den Dionysios zu nehmen wie einen Schützling, bereit, ihn in allen Dingen zu unterrichten, die ein Herrscher wissen musste. Niemals versagte dieser Mann Dion als dem ersten Verwandten des Herrschers die Hochachtung, und dennoch war deutlich zu spüren, wie Philistos Dions Ansinnen hintertrieb, indem er Dionysios für ein angenehmes Leben zu gewinnen suchte.

Die Sonne war ein Stück emporgestiegen auf ihrer Bahn, so dass ihre Strahlen nur noch funkelnd auf den Wellen tanzten. Weil das Licht Platon blendete, zog er sich in die Kammer zurück. Seit Beginn des Jahres, der Sommermitte, bewohnte er einen Teil des Obergeschosses eines der zur Burg gehörigen Häuser. Er war nicht freiwillig hier, sondern wäre lieber in der Stadt geblieben, wo er nach seiner Begrüßung im Palast Unterkunft bezogen hatte. Die Bucht und den Hafen konnte er nicht sehen, wohl aber die weite Fläche des Meeres, dessen Farbe sich im Verlauf eines jeden Tages verwandelte von Gold über klares Blau zu mattem Silber mit einem sanften Veilchenton am Abend.

Dionysios hatte sich anfangs gerne unterrichten lassen; trotz seiner Machtvollkommenheit unterwarf er sich Platons Urteil, blickte nachgerade zu ihm auf und schien jedes Wort aufzusaugen wie ein Schwamm. Doch ebenso schnell tropfte das Gehörte wieder von ihm ab, und am Vortag Erlerntes hinterfragte er mit Worten, die nur Philistos ihm eingegeben haben konnte. Bald zeigte sich, dass Philistos' Absichten denen Dions entgegenstanden, dass Philistos die Herrschaft des alten Tyrannen verlängert sehen wollte. Unermüdlich betonte er, das Volk müsse mit scharfem Zaum gebändigt werden, alles Gerede von Zuneigung und Vertrauen, die Platon als Grundlage von Herrschaft sah, sei dummes Zeug. Das erfuhren sie, als Dionysios sie wieder einmal in seine Werkstatt befahl, dorthin, wo er sich am liebsten aufhielt, wohin er sich bei jeder sich bietenden Gelegenheit zurückzog, um zu tischlern und zu drechseln, dass sich Tischchen und Stühlchen, Schränkchen und Kästchen türmten.

Platon ließ sich auf der Kline nieder und ließ den Blick über die angerichteten Speisen schweifen, brach dann einen Brotfladen entzwei und pickte einige Oliven aus einem Schälchen. Während er ohne Appetit aß, tasteten seine Finger nach den Buchrollen, die ungeordnet auf den Decken lagen. Die Oberfläche des Papyros schmeichelte seinen Fingerspitzen, verleitete ihn, die andere Hand an einem bereitliegenden Tuch abzuwischen, die Rolle aufzunehmen. Doch kaum berührte er sie, scharrte es vor der Tür und ein Sklave schlüpfte herein.

»Philistos von Syrakusai wünscht, dich zu sprechen, Platon von Athenai«, sagte er nach tiefer Verneigung.

Verdutzt blieb Platon eine Antwort schuldig, nickte nur einmal. In dieser Stadt musste man offenbar nur an jemanden denken, um ihn herbeizurufen. Der Sklave entfernte sich lautlos, bald darauf verrieten feste Schritte, dass sich ein Mann näherte. Rasch legte Platon sich auf die Seite, zog die Schriftrolle an sich und starrte mit aufgestütztem Arm die tanzenden Buchstaben an.

»Freue dich, Platon«, sagte der Mann in der Tür, trotz seines Alters schlank und hochaufgerichtet wie eine Lanze. Der Mund verschwand fast hinter dem dichten, silbergrauen Vollbart, der sorgsam geschnitten war.

Platon neigte den Kopf – mehr Höflichkeit vermochte er sich gegenüber dem Verursacher seiner Gefangenschaft nicht abzuringen – und wies auf die zweite Liege, auf der Philistos sich ohne Umschweife niederließ.

»Ich habe dir eine Abschrift meines Geschichtswerkes mitgebracht«, begann der ungebetene Besucher.

Der Sklave trat vor Platons Liege und bot ihm ein ledernes Etui an, das offenbar mehrere Papyrosrollen enthielt.

»Die ersten sieben Bücher behandeln die Geschichte von Sikelia bis zur Eroberung der Stadt Akragas durch die Karthager«, fuhr Philistos fort.

Platon fasste seinen Besucher scharf ins Auge, schwieg aber. Vielleicht konnte er ihn auf diese Weise loswerden. Doch das Lächeln wich nicht aus dessen Gesicht, stattdessen machte er es sich mit der Hilfe des Sklaven, der Kissen und Polster aufschüttelte und die Decken zurechtzog und glattstrich, bequem.

»Ich habe einige deiner Schriften gelesen«, setzte Philistos nach. »Es sind kluge Schriften, wohlgesetzte Gespräche. Man folgt ihnen gern, und alles erscheint gut und schön und wahr.« Er seufzte vernehmlich. »Ich hätte mich beinahe einlullen lassen von deinen schönen Reden, mit denen du das Geringere zum Größeren machst, Platon von Athenai.«

Es kostete Platon trotz seines gesetzten Alters Mühe, nicht sofort zu widersprechen, als er sich denselben Vorwurf anhören musste, den er den Sophisten immer machte, die da meinten, es käme nur darauf an, wie einer den Volkshaufen mitreißen könne, um seine Macht und sein Ansehen zu mehren, und nicht darauf, welch ein Mensch überhaupt gut und geeignet sei, das Volk zu führen.

»Wie leicht sind deine schönen Gedanken zu zerschmettern, Platon, wenn man nur in Frage stellt, dass der Mensch nach Gutem strebe. Was ist, wenn er eigentlich nur Lust sucht und alles, was uns höher erscheint, nur eine Verfeinerung der Lust ist? Was ist, wenn er eigentlich alles nur für sich selbst will und Teilen nur aus der Notwendigkeit entsteht, jeder in Wirklichkeit aber nur nach der Gelegenheit sucht, diejenigen, mit denen er soeben noch geteilt hat, zu berauben, um alles an sich zu reißen? Und was ist, wenn diese Welt eben keine innere Ordnung hat und nicht von einem Geist durchdrungen und geordnet ist, sondern aus zufälligen Zusammenballungen beweglicher Teilchen besteht?«

»Du lebst in einer jämmerlichen Welt«, entgegnete Platon, härter als beabsichtigt.

»Das mag sein«, erwiderte dieser, »aber ich genieße den Vorzug, dass mich nichts mehr erschüttern kann.«

»Weil du schon jenseits der Verzweiflung bist.«

»Nein, weil ich mein Denken und Hoffen nicht an Gespinste hänge, sondern bei dem bleibe, was ich mit meinen Mitteln erreichen kann.«

»Mittel, über die du durch den Zufall deiner Geburt verfügst.«

»Du sagst es!« Philistos nahm den Henkelbecher aus der Hand des Sklaven und trank Platon zu. »Durch einen glücklichen Zufall, das gebe ich gern zu.« Seine Hand beschrieb einen Kreis. »Missverstehe mich nicht, Platon von Athenai, ich bin ein großer Bewunderer deiner Schriften, ich liebe deinen eleganten und zugleich unaufdringlichen Stil, aber deine Argumente überzeugen mich nicht. Wie, um ein Beispiel herauszunehmen, kommst du darauf zu behaupten, die Götter seien für uns Menschen, was die Hirten für die Herden sind? Wenn ich es mir recht überlege, ist Vollkommenheit eine göttliche Eigenschaft, und Vollkommenheit, das schreibst du selbst, genügt sich selbst. Warum also sollten sich die Götter um uns kümmern?«

»Warum nimmst du an Opferfeiern teil? Ich habe dich dort gesehen«, entgegnete Platon scharf.

»Selbstverständlich bin ich dort. Es sind Feiern der Menschen, ob es die Götter interessiert, ist dabei einerlei.«

»Wozu dann noch die Opfer für die Götter? Reicht es nicht, die Menschen zu feiern?« Platon lächelte, um seine Absichten zu verhehlen.

»Du hast recht, soweit es die Demokratie betrifft.« Seufzend hob Philistos den Becher, den er mitgebracht hatte. »Wenn alle Bürger vor dem Gesetz frei und gleich sind, dann muss man keine Götter verehren lassen, damit die Furcht die Leute im Zaum hält. Denn dann hält die Menschen das Gesetz im Zaum. Aber in Syrakusai herrscht nicht das Volk, sondern dem Tyrannen wurde die Macht über alle und alles gegeben, weil die Bürger keinen Frieden halten können und die Karthager uns zusätzlich bedrohen.«

»Die Götter müssen also herhalten, um die Tyrannis zu stützen, damit alle einig sind gegen den Feind?«

»Es wäre schön, wenn man auf die Einsicht der Menschen bauen könnte, aber da ein jeder nach Lust und Macht strebt ...«

»Ein jeder?«

»Nicht jeder strebt nach der gleichen Form von Lust oder Macht. Du erfreust dich an deiner Weisheit und suchst Macht über Dionysios' Geist und Herz.«

»Das ist wahr und doch wieder unwahr«, entgegnete Platon kühl.

»Es klingt nur unwahr in deinen Ohren. Macht über den Tyrannen zu haben, schützt dich vor seiner Willkür.« Philistos breitete die Arme aus, als wollte er sich entschuldigen. »Ich stimme dir zu, dass die Machtvollkommenheit des Tyrannen zu viel für einen Menschen ist. Deshalb braucht der Tyrann Ratgeber. Und wer allein durch Geburt zu dieser Machtvollkommenheit gelangt, braucht sie umso mehr!«

»Und was, denkst du, befähigt dich zu dieser großen Aufgabe, Philistos?«

Der Angesprochene stutzte. »Willst du an mir deine Gesprächskunst erproben, Platon? Ich mag zwar kein Freund der Weisheit sein, aber ich habe Dionysios' Vater lange Zeit beraten und war ihm ein treuer Gesandter in den griechischen Städten. Dass Dionysios mich zurückrief, beweist sein Vertrauen in mich.«

»Vertrauen in einen Mann, der nur seine eigenen Interessen verfolgt.«

»Du machst es dir wahrhaftig leicht, Platon, in mir nur einen eigennützigen Kerl zu sehen, der den Tyrannen lenken will.« Leise lachend schüttelte Philistos den Kopf. »Ich weiß, du hältst die Tyrannis für die schlechteste Form des Gemeinwesens, weil in ihr jeder Sklave sei. Wer dem Tyrannen dient, sei dessen Sklave, und der Tyrann sei Sklave seiner Begierden. Insofern musst du mich für einen Sklaven halten und vermutlich auch für einen, der dem Tyrannen dient, weil er so auch seinen eigenen Begierden am besten dienen kann.« Er leerte den Becher mit einem tiefen Zug und gab einen Laut des Behagens von sich, ehe er fortfuhr: »Und hier stehst du, Platon, und kannst deinen Traum eines vollkommenen Gemeinwesens verfolgen – allerdings leider mit der Hilfe eines Tyrannen und seines nächsten Verwandten. Macht dich das nicht auch zu einem Sklaven des Tyrannen?«

Verärgert nagte Platon an der Unterlippe. Auf ein solches Gespräch wollte er sich nicht einlassen, deshalb schwieg er. Philistos mochte durchaus recht haben, doch Dionysios hatte immer wieder gezeigt, dass er kein Tyrann sein wollte, sondern eine gerechte Herrschaft anstrebte, und wenn er erst über die rechte Bildung verfügte, könnte über Syrakusai eines Tages die Sonne der Gerechtigkeit aufgehen.

»Du bist in seiner Gewalt«, setzte Philistos leise nach. »Bedenke, dass ein einziger Wink des Tyrannen auch dich vernichten kann.«

»Und dann?«, platzte Platon heraus. »Dann habt ihr meinen Leichnam – aber habt ihr mich dann etwa unterworfen?«

»Du wärest dann vernichtet, und das dürfte genügen.«

Als Platon den ersten Schrecken überwunden hatte, stellte er erleichtert fest, dass Philistos ihm wohl nichts angemerkt hatte. Der schlanke Mann musterte ihn aufmerksam, aber in seinem Blick lag keine Häme; er schien auf eine Antwort zu warten. Verärgert erhob Platon sich von der Liege und trat auf die Dachterrasse hinaus, wo ihn die gleißende Hitze wie ein Mantel umhüllte. Er suchte den Schatten der niedrigen Dattelpalmen, die an der Brüstung aufgereiht standen und in der Brise sachte raschelten. Der dumpfe Ton fester Schritte verriet ihm, dass der ungebetene Gast ihm gefolgt war.

»Was führt dich wirklich zu mir?«, fragte Platon, der befürchtete, man könne allzu deutlich hören, wie er um Haltung rang.

»Ich hatte bisher nie die Gelegenheit, dich allein zu sprechen«, erwiderte Philistos nach einer Weile. »Dion hat dich stets abgeschirmt, wie er auch Dionysios abzuschirmen versuchte, damit ihr ungestört den Tischlerburschen zum Philosophenkönig heranbilden könntet. Und natürlich erlag er deinem honigsüßen Redefluss und deiner liebenswürdigen Art. Bei dir klingt all das, was Dions steife Würde ausmachte, nach Feiertagsglanz. Kein Wunder, dass Dionysios sich nicht mehr ums Tagesgeschäft kümmerte, wir um jede Entscheidung betteln mussten, weil der Herrscher sich lieber mit mathematischen Spielen beschäftigte als mit den Sorgen und Nöten der Bürger von Syrakusai! Dass Krieg mit den Karthagern drohte, schien ihn nicht im Geringsten zu berühren. Alles lag in Dions Händen, der einsame Beschlüsse fällte und niemandem gegenüber rechtfertigte. Bis er diesen Brief schrieb …«

Das Meer, dessen salziger Duft eine kühle Brise zu ihnen herauftrug, färbte sich im Nachmittagslicht veilchenblau, und die sommertrockenen Palmwedel knisterten. Doch der Satz, den Philistos nicht beendet hatte, zog Platons Aufmerksamkeit unaufhaltsam an.

»Welchen Brief?«

Er wandte sich Philistos zu, der seinen Blick schweigend erwiderte. Als habe dieser etwas angedeutet, was Platon hätte wissen müssen.

»Welchen Brief meinst du?«, setzte Platon nach, hoffend, dass Philistos das Zittern in seiner Stimme nicht bemerkte, während er ihn hart anblickte. Das ferne Rauschen des Meeres tönte deutlich herauf, wenn die Palmwedel schwiegen.

Schließlich räusperte Philistos sich. »Dionysios wurde ein Brief zugespielt, den Dion an die Karthager geschickt hatte.«

Augenblicklich sickerte Kälte in Platons Glieder, wie Winterwolken, die die Sonne verdunkeln. Er schluckte hart, als könnte er damit die Bestürzung verbergen, die sein Herz rasen machte.

Philistos zuckte die Achseln. »Dion schrieb dem Rat der Karthager, wenn er die Verhandlungen führte, werde sich alles zu ihrer Zufriedenheit entwickeln.«

»Das ist nicht wahr!« Unwillkürlich hatte Platon die Hände hochgerissen, jetzt verharrten sie vor seinem Gesicht wie eine Schale, bis sie sich langsam zu Fäusten ballten.

»Es ist wahr. Dionysios hat uns den Brief gezeigt.« Ein bitteres Lächeln huschte über Philistos' Gesicht. »Nein, Platon, ich musste ihn nicht verraten, das blieb mir erspart.«

»Erspart?«, blaffte Platon. »Das heißt, du hättest es getan?«

»Wenn mir der Brief zugespielt worden wäre, hätte ich vor dieser Entscheidung gestanden. Ich bin mir sicher, dass er keine geheimen Absprachen mit den Karthagern beabsichtigte, aber seine Worte besagen, dass niemand mit dem Herrscher reden müsse, sondern nur mit ihm. Wie muss das für Dionysios ausgesehen haben? Zumal Dion ihn in den letzten

Monaten von nahezu allen Geschäften fernhielt, damit du ihn unterrichten konntest!«

»Während du und deine Freunde ihm in den Ohren lagt, Dion tue das nur, um allein die Macht auszuüben!«

Er hatte es geschafft: Hörbar ausatmend, ließ Philistos Kopf und Schultern hängen, und es dauerte eine Weile, ehe er wieder aufblickte.

»Wir haben um ihn gerungen, Platon. Bald wart ihr stärker, bald wir. Aber wir haben Fehler gemacht, und am Ende könnte sich zeigen, dass er uns allen entglitten ist.«

Langsam wandte Philistos sich um und ging zur Tür. Er schien geschrumpft, ein schmaler Mann mit grauem Haar, dem man seinen hohen Rang nicht ansah. Der winzige Triumph schmeckte schal gegen die Erkenntnis, ein Gefangener zu sein; Platons Leben war abhängig von den Launen eines Mannes, der ihn zwar bewunderte und seine Nähe suchte, aber – das musste Platon sich eingestehen – gefangen war in einem Gespinst aus Macht und Eitelkeit.

An einem der heißesten Tage dieses Sommers, kurz vor der Sonnenwende, hatte Platons Gastgeber – der Tyrann hatte einem Adligen, dessen Sohn in Platons Schule lebte, die Ehre erwiesen, den Gast aus Athenai zu beherbergen – den schattigen Garten betreten, in dem Platon diese Stunden am liebsten verbrachte, und ihm die Wachstafeln überbracht. Während Platon das sehr förmliche Einladungsschreiben gelesen hatte, war der Mann nicht von seiner Seite gewichen und hatte nachdrücklich gebeten, den Tyrannen nicht warten zu lassen. Vor der Tür hatte eine verhängte Sänfte für ihn bereitgestanden, und aller Widerstand gegen dieses prunkvolle Ding hatte ihm nichts genützt angesichts der Schwerbewaffneten aus Dionysios' Leibwache, die angeblich zu seinem Schutz abgestellt waren. Dass diese Leibwache schon dem Vater des Tyrannen nur dazu gedient hatte, die Macht zu sichern, war ein allzu offenes Geheimnis. Man hatte Platon auf die Burg gebracht, den Herrschersitz auf der vorgelagerten Insel Ortygia, und die Räume, die man ihm als Wohnstatt zugewiesen hatte, beherbergten ihn noch heute unter den wachsamen Augen eines verlässlichen Gefolgsmannes.

Zunächst hatte Dionysios ihn täglich besucht, aber eine Unterrichtung war nicht mehr zustande gekommen; der junge Herrscher hatte um Platons Zuneigung gebuhlt wie eine Hetaira. An Unterricht war nicht zu denken gewesen, so hatte er seinen Lehrer bestürmt, und was ihm an Lerneifer gefehlt hatte, hatte er durch Geschenke und Leckereien wettzumachen versucht, deren Platon sich kaum erwehren konnte.

Bis eines Tages die Besuche ausblieben nach einem weinerlichen Wutausbruch, in dessen Verlauf Dionysios seinen Schwager Dion des treulosen Verrats bezichtigt und ihm gewünscht hatte, die schlangenhaarigen Göttinnen der Rache mögen ihn über alle Meere hetzen.

Ein Brief hatte Dion also verraten, und er war verbannt worden, während Platon, eingesperrt auf dieser Burg, ein rechtloser Fremdling, abhängig war vom Gutdünken des Tyrannen.

Er schrak auf, als es leise an der Tür pochte. Zwei hochgewachsene Jünglinge mit ebenmäßigen Zügen traten ein, die weißen Chitons nur über der linken Schulter befestigt. Sklaven, die Platon wortlos, aber eindringlich zu verstehen gaben, ihnen zu folgen. Er widersetzte sich nicht. Er hatte sich in diese Situation begeben, ohne Not, in blindem, eitlem Glauben an sich selbst. Wollte er eine Lösung finden, so musste er diesen Weg fortsetzen, im Vertrauen darauf, dass die Götter mit ihm wie mit jedem Menschen ihre eigenen Pläne hatten und er sich dem nicht entziehen durfte.

Durch enge Flure und lange Treppen hinunter geleiteten die Sklaven ihn zum Portal des Hauses, wo sich ihnen zwei Bewaffnete anschlossen. Der Gang, den sie einschlugen, war von hohen Hausmauern gesäumt, die nur wenige schwarz gähnende Türöffnungen durchbrachen. Man führte ihn also auf Nebenwegen, ein Gedanke, bei dem sich seine Nackenhärchen sträubten. Wie leicht konnte man hier einen Menschen unbemerkt töten.

Beinahe wäre Platon gegen einen der beiden Sklaven geprallt, als die beiden stehen blieben und sich einer Tür zuwandten. Dreimal schlug der bronzene Klopfer auf, dreimal hallte drinnen das Echo des Schlages, dann schwangen die Türflügel nach innen, in einen von zuckendem Fackelschein beleuchteten Gang. Sie setzten ihren Weg fort, und Platon folgte ihnen, ratlos, was er sonst hätte tun sollen, solange die Bewaffneten hinter ihm gingen. Der Gang führte sie in die Tiefe der Burg, vorbei an einer breiten steinernen Treppe. Platon wurde die Brust eng, als zöge sich ein eherner Reif um sein Herz. Er versuchte, Zuflucht zu finden in seinen Gedanken, doch diese flatterten umher wie die Nachtfalter um die Flammen der Wandleuchter, an denen man ihn vorübergeleitete.

Unvermittelt öffneten sich vor ihnen weitere Türflügel, Licht brach herein, und sie traten in einen Innenhof hinaus, in einen Säulenumgang, der einen blühenden Garten umlief. Der Hof lag still in der Nachmittagssonne, Bienen und Hummeln summten, und Schmetterlinge gaukelten zwischen den Zweigen. Die Bewaffneten waren zurückgeblieben.

Platon glaubte sich zu erinnern, dass dies einer der Gärten des alten Herrschers gewesen sei. Wenn er richtig vermutete, befand er sich im Herzen der Burg, in den Wohngemächern des Palastes. Ein finsteres Verlies drohte ihm also nicht. Stattdessen quoll ihm aus dem Raum, in den sie traten, behaglich warmer Dampf entgegen. Es war eine enge Kammer, an deren Wand sich eine Bank entlangzog; darauf lag zusammengefaltetes Tuch, in dem Platon Laken und Kleidung erkannte, einen frischen reinweißen Chiton, festlicher als der, den er am Leibe hatte. Ein Vorhang schloss den Zugang zum eigentlichen Bad.

Stumm verneigten sich die beiden Sklaven, bevor sie sich in einen Winkel zurückzogen, und ihre Haltung verriet, dass es ihre Aufgabe war, seinen Wünschen zu entsprechen. Unbehaglich zupfte er am Knoten seines Gürtels, zog Rock und Hemd über den Kopf und ließ den Schurz fallen. Die Sklaven schienen ihn nicht zu beachten. Seltsamerweise verspürte er vor diesen schlanken jungen Männern Scham, seinen gedrungen und faltig werdenden Leib zu entblößen, als zählten hier nicht die schönen Gedanken und Worte, sondern nur die schöne Gestalt.

Gebadet und gesalbt, mit feinem Tuch bekleidet und bekränzt, verließ Platon die Badestube. Obwohl die Angst sprungbereit in einem Winkel seiner Seele lauerte, hatte die sorgsame Pflege zusammen mit seinen stillen Gebeten dafür gesorgt, dass die Ergebenheit wacher Zuversicht gewichen war. Einer der beiden Sklaven hatte durch ebenso sachkundiges wie unaufdringliches Kneten seine Muskeln gelockert, so dass er die eigenen Schritte als ungewohnt beschwingt empfand. Die Plagen des beginnenden Alters schienen verflogen, und er lächelte, als die beiden jungen Männer ihn in den sonnenüberfluteten Garten geleiteten.

In einer schattigen Laube waren zwei Klinen aufgestellt,

Gestelle aus hartem, dünn gedrechseltem Holz. Die Lederriemen, die die Matratze hielten, ächzten leise, als er sich auf die eine, zu der man ihn führte, setzte. Was sich ihm bot, als er sich bequem lagerte, war ein Fest für die Sinne: Die Sträucher standen in voller Blüte, das satte Grün gesprenkelt mit Blumen in allen Farben, deren Düfte der Nase schmeichelten; Vögel zwitscherten in den Zweigen und in den Käfigen, die im Schatten des rückwärtigen Säulengangs hingen. Weiche Polster nahmen ihn auf und streichelten seine Haut ebenso wie der Stoff des Chitons, mit dem er nach dem Bad bekleidet worden war. Als er bemerkte, wie der herrschaftliche Luxus ihn einlullte, fuhr er so schnell hoch, dass ein Knirschen zwischen seinen Wirbeln ihn zusammenzucken ließ.

Ein Windhauch trug leise Stimmen an sein Ohr, die zuvor vom Gezwitscher übertönt worden waren, und lenkte sein Augenmerk auf eine zweite Laube. Ranken von Wein und Efeu konnten die Gestalten nicht vollends verbergen, die sich dort auf Liegen rckelten. Was er zunächst für Blüten gehalten hatte, war nichts als bunte Stoffe, deren Rot und Gelb zwischen den Blättern aufblitzte. Mit zusammengekniffenen Augen starrte er sie an, die drei jungen Frauen, die sich dort flüsternd vergnügten und kicherten. Deutlich konnte er bloße Nacken und Schultern, ja sogar Schenkel durch die Zweige erkennen, so dass er sicher sein konnte, nicht etwa die Familie des Herrschers vor sich zu haben, sondern seine leichtherzigen Gespielinnen.

Ein rascher Blick verriet ihm, dass die beiden Sklaven sich in den dämmrigen Säulenumgang zurückgezogen hatten. Unschlüssig rutschte Platon von der Kline und schlenderte ebenfalls in den kühleren Schatten der Mauer, dorthin, wo die Frauen ihn nicht sehen konnten. Was wunderte er sich? Er befand sich im Palast eines Tyrannen. Der Vater des jungen

Herrschers war ein Mann gewesen, der nach Macht strebte und diese Macht zur Befriedigung seiner Gelüste nutzte. Der junge Herrscher war in diesem Wohlleben aufgewachsen und wollte, allen guten Vorsätzen zum Trotz, davon offenbar nicht lassen. Die Versuche, ihn von einem klugen, tugendhaften Lebenswandel zu überzeugen, schienen mit einem Mal fehlgeschlagen.

Platon atmete tief durch, ehe er seine Wanderung durch den Säulengang fortsetzte. Warum hatte sein Freund Dion ihn gerufen? Ihm verheißen, hier in Syrakusai könne er helfen, ein gerechtes Gemeinwesen aufzubauen, in dem jeder das ihm Zukommende erhalte? Plötzlich erinnerte Platon sich deutlich an seine erste Begegnung mit dem jungen Herrscher, dem trotz – oder vielleicht sogar gerade wegen all seiner Körperpflege die tiefe Zerrüttung der Seele, welche der Luxus unweigerlich mit sich bringt, deutlich anzusehen war: vor den Augen des erfahrenen Lehrers konnte kein Puder die wächserne, bläulich geäderte und leicht gedunsene Haut verbergen.

Dennoch war es ihm gelungen, in vielen Gesprächen die Liebe zur Weisheit in diesem jungen Mann zu entfachen, obwohl Dionysios als Kind zu lange bei den Weibern gelassen worden und deshalb, anstatt sich in kriegerischen Fertigkeiten zu ertüchtigen, der Trägheit anheimgefallen war. Doch auf diese Weise war er nicht nur mit pompösen Epen und pathetischen Tragödien in Berührung gekommen, sondern hatte eines Tages eine Papyrosrolle gefunden, die Platon bei seinem ersten Aufenthalt im Palast des alten Tyrannen zurückgelassen hatte.

Als jemand seinen Namen rief, blieb Platon stehen. Eine Frau stand hinter ihm, kaum zwei Schritte entfernt; ein helles Manteltuch um den Leib geschlungen, das bis auf den schwarzen Haaransatz auch ihren Kopf bedeckte, verharrte sie mit gesenktem Blick. Sophrosyne stand vor ihm, die Halbschwester und Gemahlin des jungen Herrschers, zugleich Nichte und Schwägerin Dions – so eng hatte der alte Tyrann die Bande beider Familien verflochten. Bei aller Pracht verriet ihre verhärmte Miene, dass diese Bande Unheil über sie gebracht hatten. Schon bei seiner Ankunft hatte ihn nichts mehr an das fröhliche kleine Mädchen erinnert, das er vor zwanzig Jahren während seines ersten Aufenthaltes in Syrakusai im Garten des alten Tyrannen beim unbeschwerten Spiel gesehen hatte.

Ein rascher Blick flammte unter den geschwärzten Wimpern auf. »Dion ist an einem sicheren Ort«, flüsterte sie. »Sorge dich nicht um ihn, Platon, Sohn des Ariston, sondern nur um dich selbst.«

Ohne ein weiteres Wort schritt sie an ihm vorüber, wobei ihre Fingerspitzen über seinen Arm glitten.

»Hast du mich hierher bringen lassen, Herrin?«, fragte er.

Im Weitergehen schüttelte sie den Kopf, und als er sich anschickte, ihr zu folgen, blieb sie abrupt stehen, hob abwehrend die Hände, wandte sich aber nicht um. Er verstand die Geste und blieb zurück, ratlos, was dieser sonderbare Auftritt zu bedeuten haben mochte, während ihre ungesund schmale Gestalt zwischen Rosensträuchern und Lorbeerbüschen verschwand.

Unbehaglich schlenderte Platon den Weg zurück und bemerkte in der schweren Stille, die, nur von leisem Vogelsang unterbrochen, über dem Grün lag, dass die beiden Sklaven sich zurückgezogen hatten. Er spähte nach den bunt gekleideten Mädchen, deren Plappern und Kichern vom leise raschelnden Laub beinahe übertönt wurden. Ansonsten befand er sich allein in diesem Geviert mit seinen weißen Mauern und roten Dachziegeln, den farbenprächtigen Statuen und Blumen; das Licht der späten Sonne bestrich nur noch die gekalkte Mauer über dem Dach des Säulengangs. Ein Bild des Friedens breitete sich vor ihm aus, ein Trugbild. Sophrosyne hatte ihm nicht mitgeteilt, wo der sichere Ort war, an dem Dion, der Verbannte, sich nun befand, doch wenn er ihren Worten Glauben schenkte, dann befand dieser sich nicht länger in Gefahr – wohl aber er selbst.

Resigniert begab er sich zurück zu der Laube, um dem entgegenzublicken, was ihn hier erwartete. An einem herbeigeschafften Kandelaber hingen Öllampen, und auf einem Dreifuß war ein großes Tablett abgestellt worden, ein Mischgefäß. Kelche standen darauf und einige kleine Schalen, und neben zwei bronzenen Wasserbecken lagen Leinentücher bereit.

»Sei gegrüßt, mein Freund und Gast.«

Platon schrak zusammen, herumfahrend erkannte er die haselnussbraunen Augen des jungen Herrschers. Dionysios war umringt von einigen jungen Sklaven, deren kurze Chitone aus buntem Tuch über der linken Schulter mit Fibeln geschlossen waren.

»Ich habe lange geschwiegen«, sagte er, während Platon sich noch verneigte. »Es gab Gründe, schwerwiegende Gründe, die mich von deiner hochgeschätzten Gegenwart fernhielten. Mach es dir bequem, mein Freund. Wir haben vieles nachzuholen.«

Neben der zweiten Kline sank ein Knabe auf Knie und Unterarme, ein zweiter legte feines Tuch auf den Rücken des Halbwüchsigen, auf das Dionysios seinen Fuß stellte, ehe er die Hand des älteren Sklaven nahm und sich mit elegantem Schwung auf den Polstern niederließ. Zögernd setzte Platon sich, die Dienste der Sklaven wies er ab. Der Knabe zog sich zurück, während weitere Sklaven Blütenkränze um die Pfosten der Liegen wanden, Tabletts mit duftenden Speisen reichten und gewürzten Wein einschenkten. Nur mühsam konnte Platon sich der hilfreichen Hände erwehren, die Polster und Kissen zurechtrückten, die Falten seines Gewandes ordneten, ihm bald einen Kelch, bald Leckereien anboten. Dionysios hingegen ließ sich all das mit einem zufriedenen Lächeln gefallen. Ein nackter, feingliedriger Jüngling hatte sich der Laube genähert und begonnen, seinem Aulos eine schmelzende Weise zu entlocken, und gleich darauf näherten sich die Mädchen mit tänzelnden Schritten, öffneten einander die Fibeln ihrer luftigen Kleider und ließen sie achtlos zu Boden schweben. Die Lampen an den beiden Kandelabern überzogen ihre weiße, restlos enthaarte und fein gesalbte Haut mit goldenem Glanz.

Unbehaglich wandte Platon sich dem Becher zu, den er nach langem Widerstreben angenommen hatte, ohne bisher davon getrunken zu haben. Nicht, dass er solche Vergnügungen nicht kannte oder nicht gewusst hätte, dass wohlhabende Männer einander mit allerlei sinnlichen Freuden bewirteten. In seiner Jugend war er selbst kein Kostverächter gewesen, aber schon bevor er seinen Lehrer Sokrates kennengelernt hatte, waren die Reize schal geworden, und die ersten Versuche, Lust durch neue, unerhörte Reize anzustacheln, fehlgeschlagen.

Unter den Brauen hinweg beäugte er Dionysios, der vollkommen entspannt in den Polstern lehnte, während er die langsam tanzenden Mädchen beobachtete; Zunge und Zähne spielten mit dem Zeigefinger der Rechten, den er zwischen die Lippen geschoben hatte. Als eines der Mädchen wie auf eine wortlose Aufforderung hin die Laube betrat, kam sogar Platon nicht umhin, die nahezu vollkommenen Linien ihres schlanken Leibes zu bewundern und die fließenden Bewegungen, mit denen sie diesen darbot wie ein kostbares Geschenk.

Dass sie eine Sklavin war, stand außer Frage, eine, die schon früh zu diesem Dienst ausgewählt worden war – gezogen und abgerichtet wie ein Haustier. Als er sich räusperte, fuhr sie leicht zusammen. Dionysios bedachte ihn mit einem Blick, die Fingerspitze glitt aus dem Mund über das Kinn herab, seine Hand öffnete sich zu einer Geste, die ihm das Mädchen anbot.

»Deine Großzügigkeit ehrt mich«, brachte Platon nach einigen Atemzügen hervor, »aber sie wäre verschwendet an einen alten Mann, der sie nicht zu schätzen weiß.«

Als Dionysios lächelte, erkannte Platon, dass er gerade eine Prüfung bestanden hatte. Der junge Herrscher winkte das Mädchen zu sich, das sogleich auf die Kline hüpfte und mit geschicktem Schwung ein Bein über seine Schenkel warf. Platon senkte den Kopf.

»Ich bitte, mich entfernen zu dürfen«, murmelte er, rutschte von der Liege, ohne auf eine Antwort zu warten, und begab sich mit zügigen Schritten zum Säulengang. Dem Sklaven, der sich sogleich beflissen seiner annahm, gab er wortlos zu verstehen, dass er den Weg zur Latrine suche.

Da saß er nun, der alternde Lehrer und Leiter einer Kultgemeinschaft zur Verehrung Apolls und der Musen, im Schein einer Öllampe, die der Sklave trug, auf einer marmornen Latrine und starrte müde vor sich hin. Dionysios hatte ihm deutlich zu verstehen gegeben, dass er der Philosophie den Rücken gekehrt hatte. Was gab es noch zu besprechen?

Unwirsch wischte Platon den Gedanken beiseite, sogleich zu den Gemächern, in denen der junge Herrscher ihn seit vielen Tagen gefangen hielt, zurückzukehren. Das war nicht Philistos' Werk gewesen; der mochte ehrgeizig sein, womöglich auch wenig Bedenken in der Wahl seiner Mittel haben, aber ein schlaffer Herrscher war nicht in seinem Interesse.

Dionysios' Vater mochte ein strenger Herrscher gewesen sein, aber die Frauengemächer seines Palastes waren aufgeheizt gewesen von der Feindseligkeit zweier Gemahlinnen, die trotz gleicher Behandlung und schwelgerischem Luxus rivalisierten und ihre Kinder gegeneinander aufbrachten. Dort war Dionysios, vom Vater vergessen oder beiseitegeschoben, viel zu lange von hübschen Sklavinnen mit Milch und Honig gefüttert und verzärtelt worden.

So wie er, Platon, nun hier auf einer marmornen Latrine hockte, geflohen vor einem zu alt gewordenen Schoßkind und seinem Spielzeug! Entschlossen erhob er sich und hieß den Sklaven mit einem Wink vorausgehen.

Der Garten lag im nächtlichen Dunkel, durchwoben vom Zirpen der Grillen und Zikaden. Laternen wiesen den Weg zur Laube. Platon wartete im sanft erleuchteten Säulengang, bis das Mädchen heraustrat, kehrte dann zurück zu seiner Kline und nahm den Kelch aus der Hand eines Sklaven entgegen, als wäre nichts geschehen.

»Ich erinnere mich nicht, dir gestattet zu haben, dich zu entfernen, Platon von Athenai.«

Einen Atemzug lang zögerte Platon, den abgeschmackten Scherz aufzugreifen, doch dann trank er dem jungen Herrscher mit einer leichten Verbeugung zu. »Du wirst es einem alten Mann nachsehen, wenn er sein Wasser nicht mehr lange halten kann.«

»Man hätte dir ein Becken hinhalten können, dann wäre dir sogar der Weg erspart geblieben.« Breit grinsend langte Dionysios nach seinem Becher und schluckte einige Male geräuschvoll, bevor er das Gefäß dem nächststehenden Sklaven reichte, damit es neu befüllt wurde. »Wie auch mein Freund Philistos sich den Besuch bei dir hätte ersparen können, wenn es ihm darum ging, wie er sagte, herauszufinden, wie du zu mir stehst.« Er rollte sich auf die Seite und fasste Platon scharf ins Auge. »Was wollte er von dir?«

»Genau das, was er dir sagte.«

»Er wollte sich einschmeicheln.«

»Das wollte er sicherlich nicht.«

Dionysios lachte, dann leerte er erneut seinen Becher. »Nichts anderes tut er unentwegt bei mir, damit ich seinen Ratschlägen folge. Warum sollte er sich dir gegenüber anders verhalten?«

Er spielte mit seinem Becher, als langweilte er sich, aber das rasche Getrommel seiner Finger auf dem Silber verriet ihn. Platon dachte an Sophrosyne, an den bitteren Zug um ihren Mund, an ihre Worte. *Dion ist an einem sicheren Ort. Sorge dich nicht um ihn, Platon, Sohn des Ariston, sondern nur um dich selbst.* Doch was half ihm die Sorge um sich selbst, wenn er von den Launen dieses Menschen abhängig war, der vor ihm auf einer Kline hingestreckt lag und sich dem hingab, worauf er gerade Lust verspürte? Schweigend erinnerte er sich an die wenigen Stunden nach Philistos' Besuch, an das veilchenfarbene Meer. Sie hatten um die Seele dieses Menschen gerungen, Philistos und Dion, wobei Philistos sich als der Geschicktere erwiesen hatte, denn er hatte Dionysios' tyrannischen Charakter durchschaut und sich nicht vom Blendwerk seiner Launen täuschen lassen. Doch Dionysios wiederum war argwöhnisch genug, nicht nur die Briefe seines nächsten Verwandten abfangen zu lassen, sondern womöglich auch die des Philistos, dem er nicht minder zu misstrauen schien. Platon hatte den tyrannischen Menschen genauestens analysiert, hatte die Ergebnisse in seinen Schriften seinem Lehrer Sokrates in den Mund gelegt – doch hier saß er einem solchen Menschen in all seiner Machtvollkommenheit gegenüber, einem launischen Kind, das keine Grenzen kannte, und die Erfahrung machte ihn frösteln. Als hätte er, ohne es zu bemerken, einem Köder nachgesetzt, der ihn in einen Käfig gelockt hatte. Er gehörte jetzt Dionysios mit Haut und Haar.

»Sag etwas Kluges, Platon«, unterbrach der Tyrann seine Gedankengänge. »Belehre mich, mache mich zu einem besseren Herrscher.«

»Es tut mir leid, Dionysios, ich kann dich nicht besser *machen.*« Missmutig zerdehnte er die Silben des letzten Wortes.

»Ich weiß, dass es dir lieber wäre, ich würde auf meine Macht verzichten und nur nach Weisheit streben. Aber was wäre, wenn ich tatsächlich abdankte? Die Palastwache aufgäbe und mich zurückzöge? Bräche dann nicht sofort ein wilder Kampf um diese Macht aus? Würde man nicht sofort mich und die Meinen ergreifen und töten, damit wir ja nicht zurückkehren könnten? Würde dann nicht jeder gegen jeden kämpfen und die Stadt Syrakusai im Blutrausch ertrinken? Würden dann nicht unsere alten Feinde, die Karthager, die Gelegenheit beim Schopf ergreifen, uns endlich zu vernichten?«

Platon wies den Becher ab, den ein Sklave ihm neu gefüllt anbot; er schauderte bei dem Gedanken, dass Dionysios sich gar als Retter derjenigen fühlen mochte, die er unterjochte, als Bewahrer von Frieden und Wohlstand. Ihm war nach einer Erwiderung, doch ihm fehlten die Worte, er konnte nur steif aufrecht auf seiner Kline sitzen und zuhören. Philistos hatte tatsächlich recht: Er war nicht mehr als ein Sklave des Tyrannen.

»Du schweigst, Platon? Hast du mir keinen Rat zu geben?«, fragte Dionysios leise, und nach einer quälenden Pause fuhr er fort: »Also hatten Philistos und seine Freunde recht, als sie sagten, ich sollte den Sophisten Isokrates aus Athenai kommen lassen oder einen anderen geschickten Lehrer der Redekunst. Dann hätte ich wenigstens gelernt, wie man durch Worte die Bürger für sich einnimmt, obwohl man sie am kurzen Zügel führt.«

Als Platon den Mund öffnete, um etwas zu entgegnen, hob Dionysios abwehrend die Hand. »Ich kenne deine Haltung dazu. Du hast sie oft genug vorgetragen. Ein Staat solle auf Gerechtigkeit aufgebaut sein, auf Vertrauen und gegenseitiger Zuneigung, und jeder sollte das ihm Zukommende erhalten und sich nach seinen Fähigkeiten im Gemeinwesen entfalten können. Schöne Gedanken.«

»Du greifst zu kurz«, erwiderte Platon, der nun festen Grund zu spüren glaubte.

»Mag sein«, murmelte Dionysios über seinen Becher hinweg; dann richtete er sich halb auf. »Als Dion damals für dich warb, erzählte er, du habest als junger Mann zuerst aufrüttelnde Tragödien geschrieben und dich auch im Gemeinwesen der Athener beteiligen wollen, doch dann seist du Sokrates begegnet, und das habe dein Leben völlig verändert. Du seist Sokrates überallhin gefolgt, habest seine Worte aufgesogen wie ein Schwamm. Selbst als er angeklagt wurde, die Götter zu lästern und die Jugend zu verderben, habest du dich nicht von ihm abgewandt. Aber eines verschwieg er mir.« Sein Blick schien Platon durchbohren zu wollen. »Wo warst du, als Sokrates im Gefängnis von Athenai den Giftbecher trank?«

Der feste Grund wankte wie ein Schiff im Sturm, als Platon sich an jenen bitteren Tag erinnert sah. Man hatte ihm alles berichtet, was an diesem Tag geschehen war, von den Bemühungen, Sokrates noch in den letzten Stunden zu Flucht und Exil zu überreden, über die Unerschütterlichkeit, mit der er das Urteil hinnahm, bis zu seinem Sterben. Aber er hatte an jenem Tage nicht das Gefängnis aufgesucht, in dem Sokrates seit langem hatte ausharren müssen.

»Ich war krank«, antwortete Platon, hoffend, seiner Stimme genügend Festigkeit verliehen zu haben, dass Dionysios ihm glaubte. Doch der schaute ihm weiterhin wortlos in die Augen.

»Ist es nicht so, dass von Sokrates' Freunden, die aus Athenai stammen, nur sehr wenige kamen, um ihn durch diese Stunden zu begleiten?«

Der Gedanke, wie sonderbar es doch sei, dass ein Tyrann, ein despotischer Alleinherrscher in all seiner Machtvollkommenheit, der Todesurteile nach Gutdünken verhängte, davon befremdet war, dass nicht alle Freunde des Sokrates bei dessen Tod zugegen waren, durchzuckte Platon.

»Um genau zu sein: Ich hatte die Kraft nicht! Ich war wahrhaftig krank vor Zorn über einen verlogenen Prozess, über ein ungerechtes Urteil, über die Heuchelei, den Verurteilten in Ketten auf die Hinrichtung warten zu lassen, bis eine festliche Gesandtschaft, die zum Apollon-Heiligtum auf Delos gereist war, wieder zurückkehrte, damit die Stadt in dieser Zeit *rein* bliebe!« Unversehens hatte er sich schon nach wenigen Worten in Wut geredet, bezwang sich, als ihm der Atem auszugehen drohte. »Ich fürchtete, ich würde Sokrates mit meinem Zorn und meinem Schmerz alles nur noch schwerer machen – und zugleich … ja, ich war nicht imstande zuzusehen, wie er starb.«

Sie blickten einander an und schwiegen, während Platons rasender Herzschlag sich beruhigte und die Hitze, die ihm bis in die Schädeldecke gestiegen war, schwand. Die Blätter raschelten in der abendlichen Brise, gelegentlich übertönt vom Flöten und Zwitschern der Vögel. Zwei der Lampen an den Kandelabern, die die Laube in goldenes Licht tauchten, waren bereits erloschen, und niemand hatte sie durch neue ersetzt.

Sie waren allein.

»Du warst damals so alt wie ich jetzt«, sagte Dionysios, »und trauerst noch heute um ihn.«

Platon nickte langsam. »Er war Lehrer und Freund zugleich, er war mir mehr Vater, als mein Stiefvater es bei allem Bemühen je werden konnte.«

Dionysios senkte die Lider, seine Hände drehten den silbernen Becher, betasteten ihn teilnahmslos, als hinge er einer Grübelei nach. Er war von seinem Vater nicht sonderlich beachtet worden, vielleicht weil er diesem mit seinem Hang zu verspielter Tischlerei nicht tüchtig genug erschienen war. Der Einzige, der ihm die Aufmerksamkeit geschenkt hatte, die ein Vater seinem Sohn schenken sollte, war Dion gewesen. Unversehens erkannte Platon, wie ihn Dions heimlicher Brief an die Karthager erschreckt haben musste, so dass er die diplomatischen Phrasen für bare Münze genommen und sich hintergangen geglaubt hatte.

»Wo ist Dion?«, fragte Platon leise.

In Dionysios' Augen flackerte etwas auf, das Platon warnte, er könnte mit seiner Frage zu weit gegangen sein. Doch gleich darauf lächelte Dionysios wieder milde. »Ich habe ihn davongejagt wie einen Hund – aber das konnte ich meiner Gemahlin nicht antun und noch viel weniger ihrer Schwester, die schließlich seine Gemahlin ist. Also habe ich, nachdem er glücklich im Golf von Taras gelandet war, zwei Schiffe mit allem beladen lassen, was er nach Ansicht seiner Verwandten und Freunde zum Leben brauche, und sie ihm geschickt. Damit sei er, so wurde mir berichtet, nach Korinthos abgereist. Er ist nicht verbannt, er hat nur … den Wohnsitz gewechselt.«

Aufatmend lehnte Platon sich ein wenig zurück, und es war ihm gleichgültig, ob Dionysios ihm die Erleichterung ansah. Wie aus weiter Ferne leuchtete ihm die Hoffnung, den Käfig, zu dem diese Burg ihm geworden war, zu verlassen, Dion wiederzusehen, den er der Gefahr entronnen wusste. Nach Athenai zurückzukehren, in den schattigen Lorbeerhain der Akademeia.

Ein rascher Wink des Dionysios brachte die Sklaven in Bewegung; sie füllten neue Silberbecher, brachten sie dem Herrscher und seinem Gast, dessen Abwehr Dionysios durch ein einziges Kopfschütteln beendete.

»Ich habe dich eingeladen, um dich aus meinen Diensten zu entlassen«, begann der Tyrann leutselig. »Es gab Gerüchte in der Stadt, du seist ermordet worden, andere verfluchten dich als Urheber der Machenschaften, die zu Dions Weggang führten – doch von mir hast du nichts zu befürchten. Du stehst unter dem Schutz Apollons und der Musen. Und ich möchte nicht, dass jemand von mir denkt wie du über die Richter des Sokrates.«

Er vergoss einen dünnen Strahl, für den ein Sklave sogleich ein kleines Becken bereithielt, dann trank er Platon zu.

DER BLINDE VON BAGDAD
Das Ende einer Epoche

FRANK STEFAN BECKER

Vergeblich verkrampft der beleibte Mann die Finger, um das Zittern seiner Hände zu verbergen. Es ist kalt, sogar für einen Wintermonat, und der Himmel verhangen. Doch der eisige Wind, der Ahmads Burnus bläht, ist nicht der wahre Grund. Selbst die Erschöpfung nach all den Schrecken der letzten Wochen wiegt nicht so schwer wie das Entsetzen über das Unfassbare, das gleich geschehen wird.

»O Allah, Herr der Herrschaft, du gibst die Herrschaft, wem du willst, und du ehrst, wen du willst, und demütigst, wen du willst«, murmelt er die Zeilen aus der dritten Sure des Korans. »Du lässt die Nacht übergehen in den Tag und lässt den Tag übergehen in die Nacht, und du lässt erstehen das Lebendige aus den Toten und das Tote aus dem Lebendigen …«

Jetzt schleppen die Tartaren einen Ballen heran, dessen Verschnürung sie lösen. Als sie den Teppich auf dem Boden ausrollen, zuckt Ahmad zusammen. Kostbares Gewebe liegt auf dem von Pferdehufen zerstampften Lehmboden. Schmutzwasser bildet braune Flecken auf dem farbigen Seidenteppich, mit dem alles begonnen hat. Doch das konnte er damals, vor vier Monaten, nicht ahnen. Und auch nicht, wer jener Blinde war, der alle in den Untergang reißen sollte.

An einem ganz gewöhnlichen Herbstmorgen hatte alles seinen Anfang genommen, als die Sonne noch kaum die Nebelschwaden durchdrang, die über dem nahen Tigris hingen.

Höflich grüßte Ahmad die beiden Soldaten, die beidseitig des Weidentors Wache standen. Durch den hufeisenförmigen Bogen gelangte man zum Inneren Bezirk Bagdads, zu den Palästen des Kalifen und der Würdenträger des Hofes. Dort residierte auch der Wesir, Muhammad ben al-Alqami, der Ahmad heute zu sich kommen ließ. Etwas Besonderes brauche sein Herr, hatte der Bote dem Händler ausgerichtet. Begleitet von zwei Dienern, die ein schwerbeladenes Maultier am Zügel führten, war er gleich am folgenden Morgen aufgebrochen.

Als er wieder aus der Düsternis des Durchgangs trat und auf die Stelle zuschritt, an der die Gasse abknickte, sah er die ausgestreckte Hand. Alt war sie, die Haut runzlig und von hellen Flecken übersät. Knochige Finger umklammerten eine Holzschale, die leicht zitterte. Der Körper des Mannes war noch hinter der Mauerecke verborgen, doch Ahmad konnte sich ausmalen, was ihn in dem schmalen Gang erwartete. Wieder einer der zahllosen Elenden, die in den letzten Jahren die Gassen und Plätze Bagdads überschwemmten – so wie die Feinde das Land, das Ungeziefer die Felder und der Fluss die Stadt. Selbst hier, an der Al-Mustansirija-Hochschule, überkrusteten noch getrocknete Schlammreste die Ziegelmauer so hoch hinauf, wie ein Mann mit ausgestrecktem Arm reichen konnte. Ein gutes Jahr war vergangen, seit sich die gelbbraunen Fluten des Flusses durch Bagdad gewälzt hatten. Sieben schreckliche Wochen lang, denen Seuchen, Missernten und Hungersnöte gefolgt waren.

Ahmad seufzte und griff zum vierten Mal an diesem Morgen nach seinem Beutel, um seine Pflicht gegenüber einem Bedürftigen zu erfüllen. Aber als er um die Ecke bog und den Bettler erblickte, stutzte er. Das war keines der üblichen Lumpenbündel, aus dem gierige Augen jeden besser Gekleideten anstarrten. Dem aus blauen Flicken zusammengesetzten Wollumhang zufolge musste der alte Mann, der ohne Zeichen von Ungeduld seine Bettelschale hielt, ein Sufi sein. Aus dem faltigen, von Wind und Wetter gegerbten Gesicht blickten zwei wache Augen, der leicht geöffnete Mund schien zu lächeln.

Als Ahmad in seinen Beutel griff, zögerte er. In seiner Hand glänzte nur Silber – alle Kupfermünzen waren bereits in andere Schalen gewandert. Ein Dirham, mehr als der Tageslohn eines Lastenträgers, als Gabe für einen Wandermönch? Einige Herzschläge lang war er versucht, den Beutel wieder zuzuschnüren oder einen seiner Diener um eine Münze zu bitten. Doch das wäre kein günstiger Beginn für einen Tag, der ihm ein gutes Geschäft bringen sollte. Seufzend ließ er das Silberstück in die Schale des wartenden Alten fallen. Ein leichtes Klirren, ein leises »Schukran«.

Nur ein schlichtes »Danke« – nicht mehr? Trotz der reichen Gabe? Kein überschwängliches »Mögest du mit vielen Söhnen gesegnet sein«? Ahmads Verwunderung musste sich in seinem Gesicht spiegeln.

»Als Dank für deine Großzügigkeit möge Allah dir gewähren, was du für heute ersehnst«, vernahm er die sanfte Stimme des Alten. »Doch wenn du meinen Rat hören willst, so verlasse die Stadt. Verzichte auf Gewinn, der dich unfrei machen wird.«

Der Händler runzelte die Stirne, dann lächelte er spöttisch.

»Und was ist für einen wie dich Freiheit?«

»Nichts zu besitzen und von nichts besessen zu werden.«

»Bei Allah! So kann ein Wandermönch denken«, entgegnete Ahmad schulterzuckend, »doch kein Kaufmann mit Familie.« Er wollte sich zum Gehen wenden, als der Alte seine Rechte ergriff und ihn beschwörend ansah.

»Hüte dich vor dem Blinden, der diese Stadt in den Untergang reißen wird!«

»Danke für den guten Rat!«, antwortete Ahmad ungehalten, als ihm der Geruch nach altem Schweiß in die Nase stieg. Er löste seine Hand aus der Umklammerung, winkte seinen Dienern, ihm zu folgen, und setzte kopfschüttelnd seinen Weg fort. Diese nichtsnutzigen Wandermönche mit ihrem verzückten Gestammel. Er wusste wohl, warum er sich von solcherlei Gesindel fernhielt. Dankbar sog er die Luft in die Lungen, als der Wind den Geruch von Zimt und Kümmel aus der Richtung des nahen Gewürzmarktes durch die Gasse wehte.

Kurze darauf verbeugte er sich tief vor dem Wesir al-Alqami.

»Ich brauche unbedingt etwas Besonderes«, murmelte der Mann mit dem schwarzen Turban, dem Zeichen seiner Abstammung aus der Familie des Propheten, und strich sich mit der Rechten über das Kinn. »Ein Geschenk für den Beherrscher der Gläubigen soll es sein.«

Ahmads Herz hüpfte, doch zwang er sich, ein unbeteiligtes Gesicht zu machen. Dann war es also wahr, was man im Basar flüsterte: Dass selbst der mächtige Wesir, ein Anhänger der sektiererischen Schiiten, die vor allem den Westteil der Stadt bewohnten, sich den Zugang zum Kalifen Al-Musta'sim erkaufen musste. Der Kammerherr, der General und der Finanzminister, alles rechtgläubige Sunniten, schirmten den Kalifen wie eine Wand ab. Im Geiste hob Ahmad die Preise seiner Waren um ein Drittel an, während er sich erneut verbeugte. »Gewiss, o überragender Wesir, großer und erhabener Vorsteher, Stütze der Religion …«, begann er in dem unterwürfigen Ton, der am Hofe üblich war, doch al-Alqami schnitt ihm das Wort ab. »Lass das, du Vater der Geschwätzigkeit, wir verfassen hier keine Urkunden. Zeig lieber, was du mitgebracht hast.«

Demütig nickte Ahmad und wies seine Diener an, die mitgebrachten Kostbarkeiten auszubreiten. Doch nichts schien dem Mann, der vor ihm im Fersensitz inmitten seiner Seidenkissen thronte, zu gefallen. Nicht die chinesische Porzellanschale, nicht das Schwert mit ziselierter Damaszener Klinge, nicht das seidene Gewand. Erst ganz zum Schluss, als Ahmad den Teppich ausrollte, hellte sich das Gesicht unter dem schwarzen Turban auf.

»Wunderschön«, murmelte der Wesir, beugte sich vor und strich mit der Hand über das Seidengewebe. »Genau das Richtige für das Gemach des Beherrschers der Gläubigen.« Das Mittelfeld zierte ein roter Lebensbaum auf blauem Grund, auf beiden Seiten von übereinander angeordneten weißen Tauben umgeben, die zur Mitte hin blickten. Am Rande schien eine verschlungene Arabeske das Auge in einen Irrgarten zu ziehen.

»Aus Buchara«, bemerkte Ahmad, »vor über einem Menschenalter gewebt.« Beflissen fügte er, um die Einzigartigkeit des Stücks zu betonen, noch hinzu: »Bevor Dschingis Khan, den Allah verfluchen möge, mit seinen Tartaren die Stadt in Trümmer legte.« Doch der Wesir schien den Händler nicht zu sehen, sondern durch ihn hindurchzublicken, als sähe er weit entfernte Dinge. »Er liebt Tauben«, meinte er leise, wie zu sich selbst, »er liebt sie über alles.« Ahmad, der sich daran erinnerte, dass der Kalif kurz nach seiner Thronbesteigung Tauben aus eigener Züchtung als Gunstbeweise an die Gouverneure der Städte seines Reiches gesandt hatte, nickte erfreut. Zuletzt blinzelte al-Alqami, strich sich über die Stirne und fragte nach dem Preis. Nach kurzem Feilschen einigten sie sich auf eine für Ahmad vorteilhafte Summe, und der Händler wollte sich schon unter Verbeugungen zurückziehen, als ihn die Stimme des anderen nochmals aufmerken ließ.

»Bist du nicht der Ahmad ben al-Hardadi, der vor elf Jahren

mit unserem Finanzminister Ibn al-Damdjani zu den Tartaren reiste?«

»Bei Allah, so ist es«, antwortete Ahmad und wollte aus alter Gewohnheit noch ein »O Arm des Staates« hinzufügen, unterließ es jedoch in Anbetracht der vorherigen Ermahnung.

»Und hast du nicht sogar einige Jahre am Hofe des Großkhans Möngke in Karakorum gelebt?«

»Ja, allein geschah dies nicht aus Neigung zu jenem Volk, sondern ...«

»Deine Gründe sind nicht von Belang. Mich interessiert vielmehr, ob du dort die Tartarensprache erlernen konntest.«

»Gewiss, o Herr, das musste ich sogar. Obgleich sie mehr dem Quaken der Frösche im Tigris gleicht.«

»Nun, damit hast du auf jeden Fall recht getan. Wie sagte doch der Prophet, sein Name werde gepriesen: ›Suchet die Weisheit, und sei es in China.‹ Jetzt geh, doch halte dich zu meiner Verfügung.«

»Es wird mir eine Ehre sein, o Herr«, antwortete Ahmad, verbeugte sich ein weiteres Mal und machte sich auf den Heimweg. Dabei grübelte er über die letzte Bemerkung: Zur Verfügung? Wozu? Für weitere Geschäfte? Nur zu gerne! Er lächelte, und seine Hand umklammerte den prallen Beutel mit den Silberstücken, die ihm der Handel eingebracht hatte.

Als er erneut an der Al-Mustansirija-Hochschule vorbeikam, war der Sufi verschwunden. Natürlich – der Alte hat mein Silber gleich zum Zuckerbäcker getragen, dachte Ahmad kopfschüttelnd, denn die Naschhaftigkeit der Sufis war sprichwörtlich. Aus dem Portal hallte nun die getragene Stimme eines Professors, und einen Augenblick war Ahmad versucht einzutreten, um seinem Neffen Sharif einen Besuch abzustatten. Der gutaussehende junge Mann absolvierte dort eine Ausbildung zum Rechtsgelehrten, und gelegentlich führten beide lange Gespräche über Geschichte, Philosophie, Religion und die Logik des Rechts. Doch dann dachte der Händler an seine kranke Frau Zuleikha und verschob den Besuch auf einen anderen Tag. Einige hundert Schritte weiter erblickte er einen Blinden, der fordernd seine Bettlerschale hielt. Obwohl der schmächtige Mann alles andere als bedrohlich wirkte, machte Ahmad unwillkürlich einen Bogen um ihn und ging mit raschem Schritt vorbei.

Zu Hause angelangt, ließ er sich einen Teller Feigen bringen und rief Peter, seinen fränkischen Sekretär. Er hatte ihn vor anderthalb Jahren für ein Dutzend Goldstücke auf dem Sklavenmarkt erstanden, um jemanden zu haben, der für ihn die Korrespondenz mit den Kaufleuten in den Kreuzfahrerstädten an der Küste Palästinas führen konnte. Der rothaarige junge Hüne war, wie der Sklavenhändler erzählt hatte, bei einem Scharmützel in die Gefangenschaft eines Beduinenstamms geraten. Diese hatten ihm den anfänglichen Trotz ausgetrieben und ihn nach Damaskus verkauft, da sein Ritterorden grundsätzlich kein Lösegeld für Gefangene bezahlte. In Ahmads Haus hatte er sich als lernwillig und geschickt erwiesen, so dass der Kaufmann ihn eher wie ein Familienmitglied als wie einen Sklaven behandelte. Als Peter Platz genommen hatte, diktierte Ahmad ihm einige Schreiben an seine Geschäftspartner in Akko. Die Ungläubigen, die heute dort lebten, unterschieden sich wohltuend von den barbarischen Schlagetots, die vor anderthalb Jahrhunderten mordend und plündernd eingefallen waren. Inzwischen hatten die Franken Lebensart gelernt, schätzten bestickte Kleidung, mit Pfeffer und Zimt gewürzte Speisen und bunte Glasgefäße – Luxusgüter, für die sie bereit waren, ihren muslimischen Nachbarn viel Silber zu bezahlen. Als Peter in Ahmads Haus gekommen war, hatte er Arabisch leidlich radebrechen können. Inzwischen schrieb und sprach er es fließend – zusätzlich zu Latein sowie seiner seltsamen Muttersprache. Schade, dachte Ahmad beim Blick in das offene Gesicht mit der hellen Haut, dass dieser aufgeweckte junge Mann nicht zum rechten Glauben finden konnte. Doch Allahs Wege waren unergründlich, und nicht umsonst hieß es in der zweiten Sure des Korans: »Es sei kein Zwang im Glauben.«

Nachdem er Peter weggeschickt hatte, um die diktierten Briefe ins Reine zu schreiben, ging Ahmad in den Haram hinüber, den Teil des Hauses, der den Frauen vorbehalten war. Zuleikha, seine einzige Ehefrau, lag auf ihrer Liege und lächelte ihn müde an. Graue Strähnen durchzogen ihre schwarzen Haare, obgleich sie noch nicht einmal vierzig Jahre zählte.

»Wie geht es dir?«, fragte Ahmad und nahm ihre fieberheiße Hand.

»Danke, die Kopfschmerzen sind schlimm. Aber mit Allahs Hilfe wird es werden.«

»Was sagt der Arzt?«

»Er hat mich zur Ader gelassen und mir ein Pulver gegeben, von dem er meinte, dass es das Fieber senken müsste – inschallah.«

»Ja, wie Gott es will«, seufzte Ahmad und stand auf. »Mit seiner Hilfe wird es sicher bald besser werden.« Doch die Fieberschübe, die seit einiger Zeit seine Frau schwächten, bereiteten ihm mehr Sorgen, als er sich anmerken ließ. Dazu kam die zunehmende Halsstarrigkeit seiner siebzehnjährigen Tochter Nurija. Alle Versuche ihrer Mutter, einen geeigneten Ehemann zu finden, waren bislang an der gerümpften Nase des Mädchens gescheitert. Der eine war ihr zu plump, der andere zu alt, der dritte zu grob, der vierte roch aus dem Mund, der nächste war ihr zu hässlich – fast schien sie es darauf anzulegen, alle Kandidaten schlechtzumachen. Als sie selbst an Sharif etwas auszusetzen fand, wurde Ahmad mit jedem Tag ungehaltener. Törichten Neuerungen abgeneigt, bevorzugte er die bewährte Art der Eheschließung, bei der sich das Paar erst am Hochzeitstag kennenlernte. Mehr als einmal war er schon nahe daran gewesen, ein Machtwort zu sprechen. Seine Frau jedoch hatte ihm immer wieder in den Ohren gelegen, das Mädchen nicht durch eine aufgezwungene Verbindung ins Unglück zu stürzen.

Ahmad seufzte, ging in sein Arbeitszimmer zurück und trat ans Fenster. Der Nebel hatte sich gelichtet, die Sonne brannte herab, und die Häuser der Stadt lagen wie braune, zum Trocknen ausgelegte Lehmziegel vor ihm. Überragt wurden sie von grün glasierten Kuppeln und schlanken Minaretten, von denen gleich die Rufe zum Mittagsgebet erschallen würden. Er schüttelte den Kopf. Seit fünf Jahrhunderten stand Bagdad unter dem Schutz Allahs, des Allmächtigen. Nur ein kranker Geist konnte sich einbilden, die Hauptstadt der Kalifen könnte von einem jener armseligen Blinden bedroht werden, die ihr Leben in den Gassen fristeten! Als der singende Ruf des ersten Muezzins über die Dächer hallte, breitete Ahmad seinen Gebetsteppich auf dem Boden aus und neigte sich gen Mekka.

Doch in den folgenden Wochen hatte er immer öfter Anlass, sich über das Unheil Sorgen zu machen, welches im Schoße der Zukunft lauern mochte. Wieder einmal, wie schon so oft, marschierten die Tartaren, die seit einigen Jahrzehnten die östlichen Länder besetzt hielten, auf Bagdad zu. Wieder einmal ergossen sich Flüchtlingsströme in die Stadt, so dass die Brotpreise bis auf einen Dirham den Laib stiegen und der Marktaufseher einige Bäcker öffentlich auspeitschen lassen musste. Schreckliche Erzählungen von verbrannten Dörfern, erschlagenen Männern und vergewaltigten Frauen machten die Runde, während die Stimmen der Wanderprediger über die Märkte hallten. Ahmad hastete durch die Gassen, bemüht, sich nicht von der wachsenden Panik anstecken zu lassen, die den Vormarsch der Feinde begleitete. Doch jedes Gespräch brachte immer neue Gerüchte, eines bedrohlicher als das andere.

»Hast du schon gehört«, fragte ihn eines Tages sein Neffe Sharif, als sie in dessen Studentenzelle in der Al-Mustansirija-Hochschule bei einem ihrer Gespräche saßen, »dass der Befehlshaber der Stadtwache zu den Tartaren übergelaufen ist?«

»Aibek al-Halabi? Bei Allah, du musst dich irren!« Ahmad schüttelte den Kopf. »Ich kenne ihn seit Jahren. Ein redlicher Mann, nie würde er so etwas auch nur denken.«

»Er hat es sogar getan!«

»Das Sumpffieber muss sein Hirn erweicht haben!«, rief der Händler entsetzt und hob die Hände. »Was sind das für neue Zeiten, in denen man nicht einmal mehr einem Freund trauen kann …«

»Es sind die Zeiten, in denen wir leben«, antwortete sein Neffe schulterzuckend, um dann mit dem herablassenden Lächeln, das Ahmad so hasste, hinzuzufügen. »Früher, o Hajji, war gewiss alles besser.«

Das war es in der Tat, dachte Ahmad, der sich nie sicher war, ob sein Neffe die dem Älteren zustehende Anrede als Mekkapilger auch wirklich mit dem gebührenden Respekt gebrauchte. *Damals, als ich so alt war wie du und noch der Vater des jetzigen Kalifen regierte.*

Sharif umarmte seinen Onkel und geleitete ihn zum Ausgang. Dort wandte sich Ahmad ein letztes Mal um.

»Du studierst und kennst dich in der Geschichte aus. Hat je ein Blinder den Untergang einer Stadt verschuldet?«

Sharif runzelte die Stirne. »Wie kommst du auf diese seltsame Frage?«

»Ach, nur so.« Plötzlich war es dem Händler peinlich, die Prophezeiung des Sufi zu erwähnen. »Mir träumte letzte Nacht dergleichen.«

»Nun, ich habe tatsächlich von solch einem Fall gehört«, entgegnete der junge Mann zögernd und fuhr sich mit der Hand durch seine üppigen Locken.

»Wo, sag mir«, stieß der Händler hervor. »Und wann war das?«

»Vor einem guten halben Jahrhundert, als die Franken Konstantinopel erstürmten. Damals soll sie ein gewisser Dandolo, der blinde Herrscher Venedigs, dazu aufgestachelt haben.«

»Danke«, antwortete Ahmad erleichtert. Bei den Franken konnte es vorkommen, dass ein Krüppel die Herrschaft erlangte. Doch keinesfalls bei den Tartaren, die Bagdad bedrohten. Er hatte mehrere Jahre am Hofe des Großkhans verbracht. Nie war ihm dort ein Blinder begegnet, der Macht gehabt hätte. Alles war nur das Gerede eines verwirrten Wandermönchs.

Zu Hause angekommen, freute er sich zu hören, dass es seiner Frau besser ging, dass das Fieber nicht wiedergekehrt war. Wenn Allah jetzt auch noch seiner Tochter Einsicht schenkte …

Eine Woche später war Ahmad wieder einmal auf dem Weg zu seinem Neffen. Mühsam musste er sich seinen Weg durch die Gassen bahnen, da überall Flüchtlinge kauerten, die kaum mehr als ein Bündel mit Habseligkeiten gerettet hatten und Vorübergehenden ihre geöffneten Hände entgegenreckten. Am Markt der Kupferschmiede, wo sonst das helle Klingen der Hämmerchen alles übertönte, herrschte nun eine unheimliche Ruhe. Plötzlich hörte Ahmad die Trommeln. Dumpfe, aufmerksamkeitheischende Schläge, dann Stille. Unwillkürlich trat er näher. Der Kalif, Allahs Segen über ihm – so schallte die Stimme des Ausrufers über den Platz –, verkünde in Anbetracht der nahenden Tartaren den Djihad. Alle wehrfähigen Männer seien aufgerufen, sich bei dem Diwan des Kriegsministers zum Glaubenskampf zu melden. Erschrocken sah sich Ahmad um. War die Lage so ernst? Genügten die bereits unter Waffen stehenden Söldner nicht mehr? Neben ihm blickten sich zwei junge Männer spöttisch an, zogen die Augenbrauen hoch und verschwanden im Badehaus. Ahmad hätte sie am liebsten ob ihres Verhaltens zur Rede gestellt, beherrschte sich jedoch und ging weiter. Er selber war mit seinen über fünfzig Jahren für den Waffendienst zu alt, aber auch Sharif zeigte keinerlei Neigung, dem Aufruf zu folgen.

»Onkel, als zukünftiger Richter bin ich ein Mann des Wortes, nicht der Waffen«, entgegnete er und sah ihn unter seinen langen, dunklen Wimpern an. »Selbst wenn die Tartaren bis vor Bagdad rücken, so holen sich diese Steppenreiter an unseren Mauern blutige Köpfe.«

Ahmad musste an seine Zeit in Karakorum denken, an die ungeheuren Menschenmassen der Tartaren, an ihren unbeugsamen Willen, sich die Welt zu unterwerfen, und schüttelte kaum merklich den Kopf.

»Wie du selbst immer gesagt hast, o Hajji: Bagdad steht unter dem Schutz Allahs«, drang die Stimme des Neffen in seine Gedanken. Ahmad nickte und verabschiedete sich, um seine Geschäfte in der Stadt zu erledigen. Doch Zweifel und Ängste gärten in ihm, als er daran denken musste, dass die Tartaren erst kürzlich die Assassinenfestung Alamut erobert hatten. Ein als uneinnehmbar geltendes Adlernest, und das mitten im Winter …

Nach Hause zurückgekehrt, reichte ihm sein Sekretär ein gefaltetes, gesiegeltes Papier, das anders aussah als die üblichen Geschäftsbriefe. Ungeduldig riss er das Schreiben auf, überflog den Inhalt und erbleichte.

»Wann ist das gekommen?«

»Kurz nachdem Ihr das Haus verlassen habt. Steht etwas Wichtiges darin?«

Einen Augenblick war Ahmad versucht, Peter ins Vertrauen zu ziehen, doch dann winkte er ab.

»Nein, es ist der Absender«, murmelte er. »Ein alter Freund, der ... nun, der verreist ist. Lass mich eine Weile alleine, ich muss meine Gedanken sammeln.«

Er ging zum Fenster und blickte über die Häuser. Aibek al-Halabi. Vor einer Woche war sein Name gefallen. Wer alles in dem Häusergewirr, das sich vor ihm erstreckte, mochte jetzt über den gleichen Zeilen brüten? Ahmad ließ das Blatt sinken. Seine Augen wanderten nach rechts, zum Tigris hinüber. Die Sonne spiegelte sich in den träge dahinströmenden Fluten, so dass er die Lider schließen musste. Einen Augenblick erschien ihm alles rot, als flössen Ströme von Blut durch die Stadt, dann schüttelte er den Kopf, nahm den Brief und ging zu seiner Frau, die in einem abgedunkelten Zimmer gebettet war.

»Das kam heute«, sagte er und reichte Zuleikha das Blatt.

»Von wem?«

»Von dem ehemaligen Befehlshaber der Stadtwache. Ein Brief an einige Freunde in Bagdad ...«

»Muss das jetzt sein? Ich habe Kopfschmerzen.«

»Bitte, es ist sehr wichtig.«

»Dann sag mir, was darin steht«, bat sie.

»Aibek ist bei einem Erkundungsritt in die Gefangenschaft der Tartaren geraten«, berichtete Ahmad. »Er schreibt, dass sie ihn gut behandelt hätten. Dass jedoch der Großkhan Möngke ein Heer von ungeheurer Größe in Marsch gesetzt habe, Bagdad zu erobern. Dass wir vernünftig sein und uns unterwerfen sollen, dann würde uns Hülegü, der Tartarenfeldherr, gnädig verschonen. Wenn nicht, drohe uns das Schicksal Bucharas.«

Zuleikha sah ihren Mann ängstlich an. »Und glaubst du, dass er das wirklich meint? Oder haben ihn die Feinde dazu gezwungen?«

Ahmad zögerte, dann sagte er leise: »Ich fürchte, dass dies ehrliche Worte sind. Der Kalif muss sich unterwerfen, sonst sind wir verloren. Ich kenne die Tartaren.«

»Aber wird er das tun?« Zuleikha nahm seine Hand. »Du musst mit ihm sprechen!«

»Meinst du, der Beherrscher der Gläubigen empfängt einen kleinen Händler wie mich? Oder hört gar auf meine Worte?« Ahmad schüttelte den Kopf. »Nein, es gibt nur einen Ausweg: Wir müssen Bagdad verlassen.«

»Allah, steh uns bei! Wohin sollen wir denn fliehen?«

»Nach Damaskus. Zu meinem Halbbruder, Sharifs Vater.«

Zuleikha sah ihn stumm an, dann richtete sie sich mühsam auf. »Ein schrecklicher Gedanke. Das Haus verlassen, alles aufgeben …« Ihre Stimme versagte, so dass sie schlucken musste. »In der Fremde leben … wie die Flüchtlinge in Bagdad …«

»Nein, so nicht«, beruhigte sie Ahmad. »Wir haben Geld, wir können dort eine Weile wohnen. Und wenn die Gefahr vorbei ist, kehren wir zurück.«

»Wenn du meinst«, seufzte Zuleikha, »so werde ich den Dienern Anweisung geben. Sagst du es Nurija?«

Ahmad nickte, umarmte seine Frau und ging in das Zimmer seiner Tochter. Das Mädchen saß auf einem Stuhl, während eine Dienerin ihr die langen schwarzen Haare kämmte. Die großen, dunkel umrandeten Augen sahen ihren Vater erstaunt an, als dieser die Dienerin aus dem Raum schickte.

»Meine Gazelle, wir müssen Bagdad verlassen«, kam Ahmad sofort zur Sache. »Ein Freund hat mich gewarnt. Diesmal meinen es die Tartaren ernst.«

Nurija nickte, und der Händler pries Allah, der seine Tochter nicht nur mit einer hellen, makellosen Haut, sondern auch mit einem wachen Verstand gesegnet hatte. Wenn er sich mit ihr unterhielt, war er immer wieder erstaunt, wie viel sie von der Welt um sie herum wusste. Sie würde eine gute Frau für seinen Neffen abgeben.

»Sollen wir alle abreisen? Niemand bleibt zurück?«, drang ihre Stimme an sein Ohr.

»Nein, sei unbesorgt«, antwortete Ahmad lächelnd. »Ich werde auch Sharif sagen, dass er mitkommen soll.«

Einen Augenblick schien es, als flackere etwas in Nurijas Augen, dann schlug sie den Blick nieder und nahm einige Pistazien aus einer Schale. »Gut. Wann brechen wir auf?«

»Sobald ich hier alles geregelt und eine Karawane gefunden habe, der wir uns anschließen können. Ich denke, das wird in einigen Tagen der Fall sein, inschallah.«

Ahmad stürzte sich in die Arbeit, um das an Waren zu verkaufen, was sie nicht mitnehmen konnten, eine sichere Mitreisemöglichkeit zu finden, die nötigen Tragetiere zu mieten und Bewaffnete zum Schutz anzuheuern. Am Morgen des dritten Tages, als er übernächtigt vor einer Liste mit dem Inventar seines Lagerhauses saß, meldete ein Diener einen Boten des Wesirs.

»Mein Herr lässt Euch, Hajji Ahmad, bestellen, dass Ihr Euch unverzüglich zu seinem Palast zu begeben habt.«

»Soll ich Waren auswählen, und welche?«, fragte Ahmad

erwartungsvoll, doch der Bote schüttelte nur den Kopf. »*Unverzüglich* war das Wort, das mein Herr gebrauchte.«

Eine halbe Stunde später stand er atemlos vor al-Alqami, der diesmal hinter einem großen Tisch saß und ihn unter seinem schwarzen Turban mit müden Augen ansah.

»Ich habe Euch rufen lassen, da Ihr einer der wenigen seid, die die Tartaren aus eigener Anschauung kennen. Wie seht Ihr die Lage?«

Verwirrt strich sich Ahmad über den Bart. »Ich fürchte, ich bin niemand …«

»Mir liegt nicht an Zeichen Eurer Bescheidenheit«, unterbrach ihn der Wesir, »sondern Eurer Weisheit. Sprecht ohne Scheu.«

»Ich weiß nicht, ob auch Ihr eine Warnung von Aibek al-Halabi erhalten habt«, begann Ahmad zögernd. Als der Wesir bejahte, fuhr der Händler fort. »Ich befürchte, unsere Lage ist ungleich ernster als je zuvor. Damals in Karakorum konnte ich die Menschenmassen sehen. Ein Meer von Pferdeleibern, blinkenden Helmen, Speeren und flatternden Standarten. Vor allem aber diese schlitzäugigen Krieger – tollkühn und begierig, jedes Land zu unterwerfen.« Ahmad schwieg, dann sah er dem Wesir ins Gesicht. »Eines Abends saß ich mit einer Runde von ihnen beisammen. Sie tranken ihre vergorene Stutenmilch und neckten mich, weil ich das schreckliche Gebräu nicht anrühren wollte. Als der Alkohol ihre Sinne umnebelt hatte, beugte sich einer zu mir herüber und zwirbelte seine dünnen Bartfäden.

›Weißt du, wohin wir als Nächstes reiten werden?‹ Als ich stumm den Kopf schüttelte, schlug er mir lachend auf die Schulter. ›Zu dir, mein Freund, nach Bagdad! Sag deinem Kalifen, dass er schon mal den Teppichkuss üben soll!‹ Dabei rülpste er, während sich die andern grölend auf die Schenkel schlugen. Dann sah mich ein anderer, der bislang geschwiegen hatte, von der Seite her an und fragte: ›Hast du eine Frau, eine Tochter?‹

Unwillkürlich nickte ich. ›So denk daran‹, grinste der junge Tartar, ›was unser großer Herrscher Dschingis Khan einst über diejenigen gesagt hat, die sich uns nicht unterwerfen wollen: *Es ist der größte Genuss, die Feinde zu schlagen, sie zu hetzen, ihre Familien in Tränen zu sehen, ihre Pferde zu reiten und ihre Frauen und Töchter zu nehmen.*‹ Und das Schrecklichste war«, fügte Ahmad kopfschüttelnd hinzu, »dass er das nicht einmal gehässig meinte. Er schien mich freundschaftlich warnen zu wollen, ansonsten aber derlei ganz natürlich zu finden. Deshalb, o Herr, befürchte ich, dass sich uns kein kleiner Stoßtrupp nähert. Diesmal ist es die Hauptmacht, die wie ein Heuschreckenschwarm über uns herfallen wird!«

Er verstummte, während der Wesir langsam nickte und sich erhob.

»So ist auch meine Meinung, doch im Thronrat will man nicht auf mich hören. Kommt mit.« Verwirrt folgte ihm Ahmad durch Gänge, Treppen und über Höfe, bis sie vor einer reich geschnitzten Tür anlangten.

»Dort drinnen werdet ihr zwei Vertraute des Kalifen treffen: al-Mustansiri, den General der Armee, sowie Ibn al-Damdjani, den Finanzminister, den Ihr von Eurer Reise nach Karakorum kennen müsstet.«

»Gewiss«, stammelte Ahmad, »aber was soll ich Unwürdiger im Kreise dieser Stützen des Staates? Mein Kaftan ist alt, meine Schuhe sind staubig und mein Turban …«

»Aber Euer Verstand ist klar, und ich wünsche«, unterbrach ihn der Wesir, und seine leise Stimme war scharf wie ein Messer, »dass Ihr nun mit derselben Deutlichkeit redet, mit der Ihr soeben gesprochen habt.«

»Gnade, o Herr«, flehte Ahmad, von Panik ergriffen. »In den Streit der Katzen hineingezogen zu werden, ist der Mäuse Untergang. Mir ist schon ganz übel, mein Gedächtnis schwindet, mein Kopf schmerzt ...«

»Das zu hören betrübt mich«, antwortete al-Alqami, und ein böses Lächeln spielte um seinen Mund. »Allein hier wüsste ich Rat. Bei einem ähnlich gelagerten Fall wirkte die Falaka wahre Wunder. Schon nach wenigen Hieben auf die Fußsohlen kehrte das Gedächtnis zurück, ja selbst der Kopfschmerz war schlagartig wie weggeblasen.«

»O nein, Herr, bitte nicht. Mein Kopfschmerz – ja, ja, er lässt bereits nach!«

»Dann wollen wir eintreten. Sprecht freimütig. Sollten wir Erfolg haben, winkt Euch reiche Belohnung.«

Im Raum erblickte Ahmad zwei ältere, beleibte Männer. Der eine, in dem er den Finanzminister erkannte, trug einen Umhang aus weißer Seide, während der andere, in einen braunen Baumwollkaftan gekleidet, ein Krummschwert am Gürtel baumeln hatte. Ahmed verbeugte sich tief, dann wiederholte er nach Aufforderung durch den Wesir seine Aussage, worauf eine heftige Diskussion zwischen dem Wesir und dem Finanzminister entbrannte. Zuletzt ergriff der General das Wort.

»Der Brief von Aibek ist nicht das einzige derartige Schreiben. Auch Sultan Guq, ein Treuloser im Dienste der Ungläubigen, hat eine ähnliche Aufforderung an einen meiner Offiziere gesandt. Und glaubt mir, ich weiß auch, was das bedeutet.«

»Was, o Stütze des Staates?«, entfuhr es Ahmad, der sich bisher still im Hintergrund gehalten hatte.

Der General lächelte herablassend. »Ganz einfach: Die Tartaren sind abergläubisch wie die Kinder und haben Angst vor dem Zorn Allahs. Sie werden sich hüten, eine Stadt anzugreifen, die allen Muslimen heilig ist.« Er legte seine Hand auf den Griff seines Krummschwerts. »Außerdem sind da noch unsere mächtigen Wälle. Hülegü weiß genau, dass es etwas anderes ist, eine Bergfestung wie Alamut auszuhungern, als eine Stadt mit einer halben Million Einwohnern zu erobern. Deshalb sollen wir den Mut verlieren, die Tore öffnen und uns vor diesen stinkenden Steppenreitern in den Staub werfen. Was gilt es also zu tun?«

Er sah sich um, verzog die Lippen und nahm ein Blatt Papier. »Vor allem keine Schwäche zeigen und dem Schreiben des Tartarenfeldherrn die gebührende Antwort erteilen. Hört, welchen Ton dieser ungläubige Hund dem Beherrscher der Gläubigen gegenüber anschlägt.« Er räusperte sich und las mit getragener Stimme das Schreiben vor.

Wenn ich erst im Zorn mein Heer nach Bagdad richte – und magst Du Dich auch im Himmel oder auf Erden verstecken –, werde ich Dich aus der Bahn werfen, Dich wie ein Löwe in die Luft schleudern, werde ich keinen in Deinem Reich am Leben lassen und Deine Stadt, Dein Land, Dich selbst in Asche legen. Sollen wir Dich und Deine ehrenwerte Familie verschonen, so befolge meinen Rat mit Weisheit.

Tust Du dies nicht, musst Du dem Willen Gottes ins Auge blicken.

Einen Augenblick herrschte Schweigen im Raum, dann meinte der Wesir zu den anderen beiden Männern gewandt: »So hat Hülegü geschrieben, weil ihr meinen Versuch hintertrieben habt, seinen Zorn mit Geschenken zu beschwichtigen. Reizt ihn nicht weiter, schickt Gold, vielleicht können wir noch verhandeln und ihn zur Umkehr bewegen. Wenn er erst einmal sein Heer zurück nach Chorassan geführt hat …«

»Verhandeln?«, lachte der Finanzminister. »Damit seine Horden uns aussaugen wie ein Mückenschwarm? Er wird keine Ruhe geben, bevor nicht der letzte Dirham aus dieser Stadt herausgepresst ist. Dann haben wir kein Geld mehr für unsere Soldaten, müssen sie entlassen und sind ihm erst recht auf Gedeih und Verderb ausgeliefert.«

Der General nickte beifällig, und wieder herrschte Stille im Raum. Ahmad war versucht zu sagen, dass – bei aller Grausamkeit – seiner Kenntnis nach die Tartaren sehr wohl abgeschlossene Verträge einzuhalten pflegten, doch hielt er es für besser, nicht noch einmal aufzufallen. Plötzlich klatschte der General in die Hände, worauf wie aus dem Nichts ein Schreiber erschien.

»Ich konnte vorhin mit dem Beherrscher der Gläubigen sprechen, obwohl er gerade seine Tauben fütterte. Er befahl, dass wir die Gesandten der Tartaren als Spione in den Kerker werfen lassen. Außerdem soll ich sogleich die Antwort aufsetzen, die er diesem anmaßenden Hund erteilen wird. Wie wäre es mit Folgendem …« Er machte dem Schreiber ein Zeichen, der Schreibrohr und Papier bereithielt, und begann zu sprechen.

Junger Mann, verführt durch zehn Tage des Glücks, bist Du in Deinen eigenen Augen der Herr des Universums und denkst, dass deine Befehle Entscheidungen des Schicksals sind. Du verlangst, was nie gegeben wird. Weißt Du nicht, dass von West bis Ost alle, die dem wahren Glauben anhängen, meine Diener sind? Wenn ich es wünsche, könnte ich mich zum Herrn des ganzen Irans machen, aber ich habe keinen Wunsch, den Krieg heraufzubeschwören. Gehe also den Weg des Friedens, und kehre nach Chorassan zurück!

Ahmad beobachtete den Wesir, auf dessen Gesicht sich wachsendes Entsetzen spiegelte. »Ich hielte es nicht für geraten, ein solches Schreiben im Namen des Kalifen abzusenden«, presste al-Alqami hervor, sichtlich bemüht, seine Erregung unter Kontrolle zu halten. »Wir sollten uns lieber verstellen und Unterwerfung anbieten, um unsere Religion und diese Stadt zu bewahren, bis ...«

»Verstellen?«, unterbrach ihn die Stimme des Generals. »Al-Musta'sim soll zu Eurem elenden Mittel der Taîya greifen?« Er baute sich vor dem Wesir auf, und jedes seiner Worte folgte wie ein Faustschlag.

»Noch nie hat ein Beherrscher der Gläubigen Zuflucht zu dieser Art von Täuschung genommen, wie sie bei euch irregeleiteten Schiiten üblich ist. Und Allah möge uns davor bewahren, dass dies jemals geschieht!«

»Noch nie zuvor«, entgegnete der Wesir mit kalkweißem Gesicht, »war unsere Lage so verzweifelt. Doch das besprechen wir besser unter uns.« Mit diesen Worten schob er Ahmad vor die Türe.

»Haltet Euch zu meiner Verfügung«, sagte er schwer atmend. »Es wird zu Verhandlungen kommen, bei denen wir Eurer Sprachkenntnisse bedürfen.«

»Aber ... ich wollte verreisen ... dringende Geschäfte rufen mich nach Damaskus!«

Die Brauen des Wesirs zogen sich zusammen. »Dies war ein Befehl, den zu missachten Euren Fußsohlen übel bekommen könnte. Meine Männer werden ein Auge auf Euch haben. Und jetzt geht, ich muss versuchen, das Schlimmste zu verhüten.«

Wie betäubt kehrte Ahmad nach Hause zurück, ohne irgendetwas von dem Trubel in den Straßen wahrzunehmen. Er ließ sich einen Teller Kichererbsenmus mit etwas Hammelbraten in sein Arbeitszimmer bringen und kaute stumm, während er seine Gedanken sammelte.

Wenn dieser Brief abgesandt wurde, war Bagdad verloren. Da er selbst ein Gefangener war, musste er wenigstens seine Frau, seine Tochter und so viel wie möglich von seinem Besitz retten. Sie würden ohne ihn reisen müssen, in Begleitung von Sharif als einzigem männlichen Familienmitglied. Dazu natürlich die Diener und die angeheuerten Bewaffneten zum Schutz. Er sah aus dem Fenster, in das bereits trüber werdende Nachmittagslicht. Die Wintersonnenwende war nahe, bald sollten die Tage wieder länger werden. Allah allein wusste, was sie bringen würden.

Ahmad ging zu seiner Frau, um ihr seine Entscheidung mitzuteilen, doch zu seinem großen Kummer hatte sie erneut ein heftiger Fieberanfall niedergeworfen.

»Ich kann unmöglich zwei Wochen lang auf einem Kamel durch die Gegend schaukeln«, sagte sie leise und nahm seine Hand. »Das wäre mein sicherer Tod. Außerdem will ich dein Schicksal teilen, was immer es sein mag. Aber bringe bitte Nurija in Sicherheit.«

Ahmad nickte und ging schweren Herzens zu seiner Tochter, die zu seiner Überraschung vor ihm auf die Knie fiel und ihn anflehte, sie nicht alleine wegzuschicken.

»Aber Sharif wird dich begleiten, dazu einige Diener«, wandte er ein.

»Dann lass Peter mitkommen, Vater. Er war Ritter bei den Franken und versteht sich auf den Kampf, falls wir überfallen werden.«

»Sei unbesorgt, meine Gazelle. Zu deinem Schutz habe ich ein halbes Dutzend Bewaffnete angeheuert. Außerdem kann es wohl kaum klug sein, einem Sklaven ein Schwert in die Hand zu drücken.«

Zögernd nickte Nurija, Tränen in den Augen, dann nahm sie die Hand ihres Vaters. »Aber sende ihn dennoch mit. Er ist Christ, wie die Frau des Tartarengenerals, und könnte uns retten, wenn wir ihnen in die Hände fallen ...«

Ahmad sah seine Tochter streng an. »Es ist unziemlich für eine Muslima, einem christlichen Sklaven solche Aufmerksamkeit zu schenken. Aber bist du sicher, dass Hülegüs Frau Christin ist?«

»Ja, sie heißt Dokuz und hat sich schon verschiedentlich für die Schonung ihrer Glaubensbrüder eingesetzt, wenn die Tartaren eine Stadt erobert hatten.«

»Das zu wissen kann wichtig sein«, murmelte Ahmad und strich sich über den Bart, bevor er sich wieder seiner Tochter zuwandte. »Genau aus diesem Grunde wird Peter hierbleiben. Sollten die Ungläubigen tatsächlich Bagdad erstürmen, was Allah gnädig verhindern möge, so könnte das für deine Mutter und mich die Rettung bedeuten. Das willst du doch sicher auch?«

Nurija schluckte und nickte stumm. Zwei Tage später brach sie in Begleitung von Sharif auf, dem es recht war, so den Anwerbern der Kalifenarmee entgehen zu können. Ahmad hatte ihr eine Brieftaube mitgegeben, die sie am Ziel ihrer Reise freilassen sollte. Er selbst blieb mit seiner Frau, Peter und nur einem Diener in dem großen Haus zurück, in dem jetzt gespenstische Stille herrschte. Immer wieder schrak er auf, wenn die Schläge des Türklopfers durchs Haus hallten, doch der Bote des Wesirs blieb aus.

Da er die Gespräche mit Sharif oder Nurija vermisste, saß er oft mit Peter zusammen, wenn die wenige, derzeit noch anfallende Korrespondenz erledigt war. Als die Gerüchte, die im Basar kursierten, mit jedem Tage düsterer wurden, wuchs in Ahmad das Bedürfnis, in dem jungen Franken auch einen

Gesprächspartner für seine Ängste zu finden. Eine Woche nachdem ihn die Nachricht von der glücklichen Ankunft seiner Tochter kurzzeitig aufgeheitert hatte, überwand er seine Zurückhaltung und fragte ihn direkt.

»Traust du dir zu, Stärke und Zustand einer Befestigung zu beurteilen?«

Peter sah ihn mit gerunzelter Stirne an. »Ich glaube schon. Schließlich komme ich vom Krak des Chevaliers, einer Burg, die wie eine Insel im Feindesland liegt. Aber warum fragt Ihr mich das, o Herr?«

»Weil ich möchte, dass du mit mir zusammen einen Blick auf die Wälle Bagdads wirfst und mir dann ganz offen sagst, was dein Eindruck ist.«

Peter lächelte. »Nichts lieber als das. So kann ich mich wenigstens für einen Augenblick wieder wie ein Kämpfer fühlen.«

Ahmad hätte nicht sagen können, warum ihm dieser Satz missfiel. Er schwieg und ging noch am gleichen Tag mit dem jungen Franken zu den Wällen der Stadt. Der Händler gab sich als Bevollmächtigter des Wesirs aus, was zum Glück niemand in Frage zu stellen wagte. Stumm schritten die beiden die Mauerkrone ab, betrachteten die Wurfmaschinen auf den halbrunden Bastionen, die Ausrüstung der Soldaten, die dort Wache hielten, und die Beschaffenheit des Mauerwerks. Gespannt beobachtete der Händler die Miene des Franken, die immer verschlossener wurde, je länger sie auf den Befestigungen entlanggingen. »Was ist«, fragte er verunsichert. »Was denkst du?« Peter sah ihm in die Augen, und zum ersten Mal, seit Ahmad den jungen Mann gekauft hatte, schien es ihm, als spiele ein spöttisches Lächeln um dessen Mundwinkel.

»Seht selbst, o Herr«, war die knappe Antwort. Während Peter weiterging, wies er unauffällig mit der Rechten mal hierhin, mal dorthin, und jetzt fiel auch dem Händler so manches auf: Das von Rissen durchzogene Mauerwerk, die bröckelnden Ziegel der Zinnen, morsche Stellen an den Balken der Wurfmaschinen, ihre ausgefransten Spannseile und nicht zuletzt die ungepflegten Waffen der Soldaten.

Als die beiden wieder von der Mauer heruntergestiegen waren, wandte sich der junge Franke seinem Herrn zu und sagte: »Wäre die Verteidigung dieser Stadt meine Aufgabe, ich hätte keine ruhige Stunde mehr. Wann sind die Befestigungen zuletzt instand gesetzt worden?«

Ahmad zuckte mit den Schultern. »Das muss mindestens zwei Jahrzehnte her sein, also lange bevor unser jetziger Kalif al-Musta'sim den Thron bestieg.«

»Dann sollte er sich, wenn ihm etwas am Schicksal seiner Stadt liegt, gleich unterwerfen, seine Schätze dem Tartarenfeldherrn Hülegü zu Füßen legen und auf dessen Milde hoffen. Will er das nicht, würde ich an seiner Stelle schleunigst mein Gold auf ein Schiff laden und das Weite suchen!«

Klang da wieder Spott in seiner Stimme? Ahmad wollte zuerst auffahren, doch dann schluckte er und wusste nicht, was er entgegnen sollte, so dass sie stumm zu seinem Haus zurückkehrten. Zuleikha ging es wieder besser, das Fieber war verschwunden, doch jetzt wagten sich keine Karawanen mehr aus der Stadt, da sich neuesten Gerüchten zufolge die Armee der Tartaren geteilt habe und nun dabei sei, Bagdad einzukreisen.

Eines Abends saß er bei seiner Frau und erzählte ihr, was man sich an Nachrichten in dem Basar zuflüsterte und dass der General mit über zehntausend Soldaten ausgerückt sei, um die Feinde zu verjagen.

»Meinst du, dass man Peter vertrauen kann?«, fragte er, als sie auf einem abgewetzten Brett aus seiner Jugend Schach spielten.

»Wozu diese seltsame Frage?«

»Weil er Christ ist«, bei diesen Worten drehte er einen Bauern in der Hand, »und uns, falls die Tartaren die Stadt stürmen sollten …«

»So etwas darf man nicht einmal denken!«, fuhr Zuleikha auf. »Ich habe Vertrauen zu ihm, aber unsere Mauern sind doch stark, unsere Soldaten wachsam, wie du immer gesagt hast.«

»Ja, ja«, beschwichtigte er sie. »Allah wird es verhüten, es war nur so ein Gedanke.«

Drei Tage später hallte das Pochen des Türklopfers durch das Haus, und diesmal war es der Bote des Wesirs. Schweren Herzens zog Ahmad seinen warmen Wollmantel über und hastete durch die Gassen, während ihm der Wind Regenschauer ins Gesicht trieb. Doch al-Alqami schien nicht auf das Wasser zu achten, das aus dem Mantel seines Besuchers tropfte und eine kleine Lache auf dem Fußboden bildete. Ahmad erschrak, wie müde und eingefallen der Mann wirkte, der ihm gegenüberstand. »Der Brief, damals … wurde er so an den Tartarengeneral abgesandt?«, konnte er die Frage nicht zurückhalten, die ihm schon so lange auf der Seele brannte.

Der Wesir nickte düster. »Und die Antwort geben uns jetzt seine Schwerter. Bagdad ist eingeschlossen.«

»Und die Armee des Generals?«

»Hat zuerst einen kleinen Sieg errungen. Doch vor wenigen Stunden kam die Nachricht, dass die Tartaren nachts einen Damm durchstochen, das Lager unserer Soldaten überflutet und sie niedergemetzelt haben. Der General konnte sich mit nur wenigen Getreuen in die Stadt retten.«

»Allah sei uns gnädig!«, murmelte Ahmad und fasste nach der Kette mit den neunundneunzig Holzperlen, die er in der Tasche trug. »Doch was befiehlt der Kalif? Wird er sich am nächsten Freitag in der großen Moschee an die Gläubigen wenden? Wird er sie zur Verteidigung der Stadt aufrufen? Oder die Übergabe befehlen?«

»Al-Musta'sim, Allahs Segen über ihm, hat sich in einem Palast eingeschlossen. Angeblich ist seine Lieblingstaube erkrankt. Nicht einmal ich habe Zutritt. Deshalb werde ich Eure Hilfe brauchen.«

»Meine? Wie könnte ich …«

»Der Kalif hat bei dem Gedanken getobt, sich zum Schein zu unterwerfen. Also wird es zum Sturm auf die Stadt kommen«, unterbrach ihn der Wesir. »Mit viel Glück können wir die Feinde einige Tage abwehren, um dann Verhandlungen anzubieten. Dazu werden wir einen Dolmetscher brauchen, dem wir vertrauen können. Euch!«

Ahmad wurde schwindlig. Er, ein kleiner Händler, würde dem Nachfolger des Propheten, Allahs Segen auf ihm, gegenüberstehen, ebenso dem Tartarengeneral. Aber was würde der tun, sollte der Kalif den gleichen Ton anschlagen wie in dem Brief? Höhnisch lachen? Oder den Übersetzer der beleidigenden Worte zur Warnung pfählen lassen?

Ahmad merkte, wie seine Hände zitterten. »Ich werde tun, was Ihr befehlt, o Herr«, antwortete er mit tonloser Stimme und verbeugte sich, als ihn der Wesir mit der Aufforderung entließ, sich stets zur Verfügung zu halten. Da er zu aufgeregt war, um direkt nach Hause zu gehen, lenkte er seine Schritte zum Flussufer. Ein Boot, warum hatte er nicht zuvor daran gedacht: *Ein Boot kaufen, es mit Zuleikha besteigen und sich unter dem Schutz der Dunkelheit den Strom hinabtreiben lassen! Besser den Zorn des Wesirs erregen als den des Tartarenfeldherrn!*

Doch irgendetwas schien anders als sonst, und plötzlich wusste er es: Die Schiffsbrücke, die zu dem unbefestigten

Westteil der Stadt führte, war verschwunden! Die Helme, die dort glänzten, die Standarten, die drüben im Winde wehten – waren sie das schon? War Bagdad wirklich eingekesselt, befand er sich auf einer Insel im Meer des Feindes? Sein Herz hämmerte, als er, so schnell es sein Alter zuließ, zur Stadtbefestigung rannte und die Treppe zur Mauer emporkeuchte. Niemand achtete auf ihn, alle starrten zwischen den Zinnen hindurch nach draußen. Als Ahmad sich in eine Lücke zwängte, gewahrte er den Grund.

Auf dem freien Feld, eine gute Bogenschussweite vor den Wällen, wimmelte es von Tartaren. Doch schossen sie keine Pfeile auf die Beobachter oder verhöhnten sie, wie das sonst zu Beginn einer Belagerung üblich war. Stumm und emsig rammten sie Pfähle in den Boden, flochten dünne Äste dazwischen und bestrichen alles mit Lehm. Ahmad blieb der Mund offen stehen. Er hatte so etwas damals in Karakorum gesehen. Ein Zaun, der ein Wildgehege umschloss. Mannshoch, so dass die Tiere verzweifelt daran hochspringen, doch nicht entkommen konnten. Nur dass er nun selbst zu diesem Wild gehörte, dessen Pferch hier entstand.

Zwei Tage vergingen in angespannter Erwartung. Jeden Morgen stieg Ahmad auf die Stadtmauer, als könne er seine Augen nicht von dem ebenso farbenprächtigen wie unheilverheißenden Schauspiel lösen: Das ferne, von aufgepflanzten Standarten umgebene Feldherrenzelt, die exerzierenden Soldaten, die flatternden Wimpel der Tartareneinheiten und die unheimlichen Wurfmaschinen, die sie heranschleppten, um sie hinter dem Zaun in Stellung zu bringen.

Am dritten Tag wurde Ahmad morgens zum Wesir gerufen – diesmal mit der ausdrücklichen Aufforderung, seine besten Gewänder anzulegen.

»Heute brauchen wir Eure Übersetzungskünste«, eröffnete al-Alqami ohne Umschweife das Gespräch, »denn al-Musta'sim, Allahs Gnade über ihm, will mit den Belagerern verhandeln.«

Ahmad schluckte und nickte. »Wird ... wird sich der Beherrscher der Gläubigen selbst zu den Tartaren begeben?«

»Nein, diese Ehre erweist er ihnen nicht. Auf den Rat des Generals hin schickt er auch nur wenige Geschenke, damit die Tartaren nicht übermütig werden und meinen, wir fürchteten sie.« Al-Alqami seufzte leise, bevor er fortfuhr. »Ich werde mit einigen Mitgliedern des Hofstaates gehen. Mar Makiba, der Patriarch der Christen Bagdads, wird sich uns anschließen. Für Euch steht ein Pferd im Hof bereit.«

Eine halbe Stunde später zogen etwa fünfzig Männer auf Rössern, die mit reich bestickten Schabracken geschmückt waren, aus dem innersten Bezirk Bagdads in die Stadt hinaus. Ahmad bemerkte auch drei Tartaren darunter. »Die Gesandten Hülegüs«, flüsterte ihm ein Höfling auf seine Frage hin zu, »denen unser Herr als Zeichen seines guten Willens die Freiheit schenkt.« Scheu musterte der Händler die schlitzäugigen Männer mit ihren schwarzen Zöpfen. Sie sahen bleich und abgezehrt aus, betrachteten jedoch ihre Umgebung mit Siegermiene.

Am Zwiebeltor wartete bereits ein halbes Dutzend Christen, erkennbar an den breiten Gürteln, die sogleich ihre Maultiere bestiegen. Ahmad erkannte den Patriarchen, einen alten Mann mit weißem Bart, der einen schwarzen Wollmantel mit Kapuze trug. Als die Soldaten die Torflügel entriegelten, setzte sich der Reiterzug in Bewegung, erreichte bald einen Durchlass im Zaun der Tartaren und wurde zum Zelt des Feldherrn geleitet. Der Wesir und der Patriarch warfen sich vor Hülegü auf die Erde, und ihr Gefolge tat es ihnen gleich, bis ihnen der Tartarendolmetscher bedeutete, es sei nun gestattet, die Augen zu erheben. Ahmad sah einen stämmigen Mann mit breitem Gesicht, platter Nase, schlitzförmigen Augen und dünnem Bartwuchs. Sein Schädel war oben kahl geschoren, die restlichen Haare zu zwei seitlich abstehenden Zöpfen gebunden. Er saß auf einem niedrigen Hocker, den massigen Oberkörper vorgebeugt, sein Gewand wies keinerlei Schmuck auf. Und dennoch strahlte dieser Tartar eine Macht aus, wie sie auf Erden nur dem Bruder des Großkhans Möngke verliehen war.

Der Wesir befahl zwei Dienern, die Kiste mit den Geschenken zu präsentieren. Der Feldherr jedoch würdigte den Inhalt keines Blickes. Mit einer verächtlichen Geste winkte er die Soldaten seiner Leibwache heran und bedeutete ihnen, sich davon zu nehmen, was ihnen beliebe. Dann wandte er sich an den Wesir und den Patriarchen.

»Mein Großvater, der mächtige Dschingis Khan, hat uns ein Gesetz gegeben. Dem zufolge müssen wir uns die ganze Erde untertan machen und dürfen mit keinem Volk Frieden haben, bis es vernichtet ist, außer es unterwirft sich. Durch die Kraft des ewigen Himmels, des ozeangleichen Khans, des mächtigen großen Volkes, ergeht hiermit unser Befehl: Der Kalif möge von seinem verstockten Geiz ablassen, sich uns ergeben und alle seine Schätze ausliefern, denn wir betrachten sie bereits als die unseren. In diesem Fall werden wir ihn im Besitz seiner Herrschaft belassen. Sollte er aber dem Befehl zuwiderhandeln, so weiß Gott alleine, was geschieht.«

Als der Tartarendolmetscher geendet hatte, wandte sich der Wesir an den Händler und fragte, ob die Übersetzung korrekt gewesen sei, worauf dieser beklommen nickte. Anschließend wollte der Feldherr in barschem Ton wissen, warum weder der Finanzminister noch der General erschienen seien. Als der Wesir ihre Abwesenheit mit Verpflichtungen gegenüber dem

Kalifen entschuldigte, entspann sich eine um Diplomatie bemühte Unterhaltung zwischen dem Tartarenfeldherrn, dem Patriarchen und dem Wesir, bei deren Übersetzung Ahmad bald der Schweiß von der Stirne rann. Am Ende hatte Hülegü nur eingewilligt, die Christen der Stadt zu schonen, ansonsten aber auf der Unterwerfung beharrt. Der Wesir nahm Ahmad beiseite und sagte leise: »Ihr könnt mit dem Patriarchen in die Stadt zurückkehren. Ich werde hierbleiben, da ich gesehen habe, dass der Astrologe Nasr-ad-Din, ein Freund und schiitischer Glaubensbruder, im Lager ist. Er kann übersetzen, vielleicht gelingt es mir, inschallah, in persönlichen Gesprächen den Feldherrn milde zu stimmen.«

Ahmad nickte, verbeugte sich tief vor dem Tartaren und ritt mit dem schweigsamen Patriarchen in die Stadt zurück. Zu Hause wärmte er eine Weile seine Hände an einem Becken voll rotglühender Kohlen, dann ließ er Peter rufen. Prüfend sah er dem rothaarigen jungen Mann in die Augen, bevor er von seinem Besuch im Tartarenlager erzählte. »Das Einzige, was Hülegü zugesagt hat, war, euch Christen zu schonen«, seufzte der Händler zuletzt. »In seinem Machtspiel seid ihr eine Waffe gegen uns.«

»Ich weiß«, antwortete Peter mit der Andeutung eines Lächelns und reichte Ahmad ein kleines, eingerolltes Stück Papier. »Sie haben Hunderte von Pfeilen mit solchen Botschaften über die Mauer geschossen.«

Ahmad warf einen unwilligen Blick darauf, dann fuhr er fort. »Ich habe einen Auftrag für dich. Sollte die Stadt gestürmt werden, was Allah verhüten möge, so bringe meine Frau in einem eurer Klöster oder Kirchen in Sicherheit.«

Peter nickte, doch plötzlich wurden seine Lippen schmal. »Das will ich gerne tun. Doch unter einer Bedingung.«

»Ein Sklave stellt keine Bedingungen!«, fuhr Ahmad auf.

»Manchmal doch«, entgegnete der kräftige junge Mann und erhob sich. »Manchmal ist es Gottes Wille, dass das Unterste zuoberst gekehrt werde. Manchmal, wie man in meiner Heimat sagt, beginnt, wenn die zwölf Stunden des Tages abgelaufen sind, die dreizehnte Stunde. Die Stunde der Nacht, nach der ein neuer Morgen dämmert. Irgendwann, wenn Gott es will!«

Ahmad musste sich zurückhalten, um seinen Zorn nicht sichtbar werden zu lassen. »Was ist deine Bedingung?«, entgegnete er mit gespielter Ruhe.

»Meine Freiheit. Nicht zu viel für das Leben Eurer Frau – vielleicht auch für das Eurige. Offiziell beurkundet vor einem Richter.«

Der Händler ballte die Fäuste. In normalen Zeiten hätte die Falaka einem Sklaven solche Dreistigkeiten ausgetrieben. Doch die Zeiten waren nicht normal. Er musterte den Mann, der da vor ihm stand. Noch nie war er ihm so groß und mächtig erschienen. Und seine Körperhaltung war jetzt anders – aufrechter, selbstbewusster, bedrohlicher. Das Licht der Nachmittagssonne fiel durch das Fenster und ließ die roten Haare des Mannes wie einen Feuerkranz leuchten. Ein Kämpfer steht vor mir, schoss es Ahmad durch den Kopf, einer jener fränkischen Teufel, ein nur mühsam gezähmter Barbar. Bei Allah, was mache ich, wenn er den Gehorsam verweigert? Ob die Stadtwache schnell genug kommt, wenn ich sie rufe? Käme sie überhaupt noch?

Langsam atmete er aus. »So sei es. Ich werde dich freilassen.« Er hatte diesen Gedanken selber schon gehabt – aber als seine Entscheidung, als Gnadenakt, als Geschenk aus Dankbarkeit, nicht als eine ihm abgepresste Forderung. Jetzt erfüllte ihn Widerwille, gemischt mit Angst. Doch er hatte keine Wahl.

Zwei Tage später begann der Angriff. Von Sonnenaufgang bis in die Nacht surrten Pfeilwolken über die Mauern, krachten die Steingeschosse der Wurfmaschinen in die Bastionen, setzten Feuertöpfe die Dächer der Häuser in Brand, trieben die Mineure Stollen unter die Mauer, um sie zum Einsturz zu bringen, rollten hölzerne Belagerungstürme auf knirschenden Rädern heran. Woge auf Woge von Angreifern brandete gegen die Bastionen, fremde Völkerschaften, zum Kriegsdienst gepresst. Zu Tausenden verbluteten Soldaten aller Länder vor Bagdads Mauern, denn die Tartaren erpressten von den unterworfenen Herrschern Kämpfer, die sie bei Belagerungen an vorderster Front einsetzten, um ihre eigenen Männer zu schonen. Und Tag für Tag klirrten die Schwerter, schlugen die Verteidiger die Angriffe zurück, standen Tausende Einwohner Bagdads, darunter auch Ahmad, neben den Soldaten auf den Wällen, um die angelegten Leitern umzustürzen, die emporkletternden Angreifer mit heißem Pech zu überschütten, Verwundete in die Hospitäler zu bringen und den Kämpfern neue Waffen zu reichen. Doch während die Übermacht der Tartaren ohne Pause anstürmte, lichteten sich die Reihen der Verteidiger, wurden immer mehr blutige Körper in die überfüllten Krankenhäuser getragen, konnten sich die übermüdeten Kämpfer kaum mehr auf den Beinen halten. Ahmad kehrte tagelang nicht nach Hause zurück, versuchte stattdessen, irgendwo einige Stunden Schlaf zu finden. Er spürte, wie seine Kräfte schwanden, sah, wie die Mauern bröckelten und immer öfter die Seile der altersschwachen Schleudern rissen.

Von seinem Zelt mit den flatternden Wimpeln aus lenkte Hülegü den Hauptansturm gegen den südöstlichen Mauerteil Bagdads, an dem eine riesige runde Bastion wie eine geballte Faust vorsprang. Nach einer Woche war es so weit: Einem Ameisenschwarm gleich erklommen die Tartaren das Bollwerk, stürmten zu beiden Seiten die Stadtmauer entlang, spießten die Verteidiger auf und stießen die Sterbenden in den Abgrund. Ahmad konnte sich gerade noch eine Mauertreppe hinab retten – hinein in die Stadt, in der Panik herrschte. Menschen mit angstverzerrten Gesichtern suchten Schutz in den Moscheen oder flohen zum Flussufer, doch auch dort war kein Entkommen. Nur der General hatte vorgesorgt: Mit wenigen Getreuen flüchtete er sich auf drei kleine Galeeren, die eilig abgestoßen wurden, die Flussmitte gewannen und stromabwärts schossen. Hülegü jedoch hatte seine Bogenschützen und Wurfmaschinen bereits am anderen Ufer postiert. Ein Geschosshagel zertrümmerte die Boote, so dass der General nur unter Aufbietung aller Kräfte ans Ufer schwimmen konnte. Durchnässt wankte er zu seinem Palast zurück, verhöhnt und bespuckt von der Menge.

Ahmad schlug sich durch das Chaos zu seinem Haus durch, in dem eine unnatürliche Ruhe herrschte. Nachdem er seine Frau in die Arme geschlossen hatte, ließ er Peter rufen und nahm dessen Hand in seine.

»Bitte, bring Zuleikha in Sicherheit«, bat er ihn.

»Und meine Freilassung? Wo ist der Richter, wo die Urkunde?« Wie ein Baum stand der Mann vor ihm.

Der Händler ließ Peters Hand fahren. »Du wirst sie erhalten, beim Barte des Propheten!«, schrie er, am Ende seiner Kraft. »Sobald ich eine freie Stunde habe!«

Beide starrten sich wütend an, als der Türklopfer ein Hallen durch das Haus schickte.

Einen Augenblick regte sich keiner der beiden, dann ging Ahmad zur Türe. Davor standen zwei bewaffnete Männer, von denen einer keuchend fragte: »Seid Ihr Hajji Ahmad ben al-Hardadi?«

Der Händler nickte. »Warum?«

»Ihr sollt uns sofort zum Palast des erhabenen Wesirs Muhammad ben al-Alqami folgen!«

Ahmad kam sich vor wie in einem immer wiederkehrenden Alptraum, als er den Bewaffneten durch die dem Untergang geweihte Stadt folgte. Doch zu seiner Verwunderung waren in den Straßen keine Tartaren zu erblicken. Sie hielten nur die eroberte Stadtmauer besetzt, ohne jedoch in das Gassengewirr Bagdads herunterzusteigen. Wie Geier blickten sie auf ihre Opfer hinab, als warteten sie auf irgendetwas.

Endlich stand er dem Wesir gegenüber, der tiefe Ringe unter den Augen hatte.

»Ich bin seit einigen Tagen zurück. Alle meine Bemühungen waren vergebens, Hülegü blieb unerbittlich.«

»Allah möge sein Haus verbrennen, und ihn selbst soll der Teufel in der Luft zerreißen!«, stieß Ahmad hervor.

Al-Alqami winkte ab. »Spart Euren Atem. Wen Allah verderben will, den schlägt er zuvor mit Blindheit. Jetzt muss der Beherrscher der Gläubigen selbst den bitteren Gang antreten«, fuhr er fort. »Dies kann jede Stunde geschehen. Ihr bleibt deshalb hier und haltet Euch zu unserer Verfügung.«

»Meine Frau …«, versuchte Ahmad einzuwenden, doch der Wesir schnitt ihm mit einer Handbewegung das Wort ab. »In Bagdad bangen jetzt Tausende von Männern um die Ehre ihrer Frauen, um ihr Leben und ihren Besitz. Warum sollte Allah Euch davon ausnehmen?«

Vier Tage musste Ahmad in peinigender Ungewissheit zubringen, bis ihn der Befehl des Wesirs aus seiner Tatenlosigkeit erlöste. Hunderte von Höflingen versammelten sich im Hof des Kalifenpalastes, bestiegen ihre prächtig geschmückten Pferde und durchquerten in einem endlosen Zug die vor Angst gelähmte Stadt. Noch immer hielten die Tartaren die

Mauer besetzt, und ihre Schlitzaugen spähten auf die Reiter hinab, als diese sich durch den Hufeisenbogen des Zwiebeltores zu dem im Südosten der Stadt gelegenen Zeltlager der Feinde begaben. An der Spitze des Zuges ritt Al-Musta'sim, der Beherrscher der Gläubigen, den Ahmad zum ersten Male aus der Nähe erblickte. Er trug einen mit Edelsteinen geschmückten grünen Turban, ein besticktes Seidengewand und einen mit Rubinen verzierten Dolch im Gürtel. Sein weiches Gesicht war starr und ausdruckslos, seine Lippen zu einem Strich zusammengepresst. Ihm folgten seine beiden ältesten Söhne, dann der General, der Finanzminister und der Wesir. Alle bemühten sich, so hoheitsvoll wie möglich auf die Tartaren herabzublicken. Doch vor Hülegüs Thron gab es für Ahmad nur wenig zu übersetzen: Der Kalif musste absitzen und sich tief verbeugen, dann wurde ihm mit barschen Worten ein Haus nahe des Zwiebeltores angewiesen, zusammen mit den wichtigsten Mitgliedern seines Hofstaates. Auch Ahmad musste auf Drängen des Wesirs dieses Gefängnis mit den ehemals Mächtigsten des Reiches teilen. Diese Nacht fand er lange keinen Schlaf, ließ stattdessen unablässig die Holzperlen seiner Gebetskette durch die Finger gleiten und flehte Allah an, Erbarmen zu haben. Erst weit nach Mitternacht überwältigte ihn die Erschöpfung, und er sank in einer Ecke auf den kalten Ziegelboden.

Am nächsten Morgen vergingen quälende Stunden, ohne dass etwas geschah. Nur die Laute, die nun durch die verriegelten Fenster in das Haus drangen, steigerten das Entsetzen der Eingeschlossenen: Schreie, Gepolter, das Splittern von Holz – die Plünderung der Stadt hatte begonnen. Endlich kam eine Gruppe von Soldaten, doch als sich alle Würdenträger zur Türe drängten, wurden sie angefahren, nur der Kalif und sein Dolmetscher sollten mitkommen. Al-Musta'sim blickte die Soldaten an, dann folgte er ihnen, ohne ein Wort zu sagen, die Augen starr nach vorne gerichtet, als ginge ihn das ganze Elend um ihn herum nichts an. Man brachte ihn zu seinem Palast und befahl ihm, am Portal zu warten, bis sich eine Gruppe von Reitern näherte, an deren Spitze Ahmad den Tartarenfeldherrn erkannte. Hülegü begrüßte den Kalifen mit ausgesuchter Höflichkeit, und nachdem Ahmad übersetzt hatte, schritten beide Männer durch die endlosen Gänge des Palastes bis zu den Gemächern des Kalifen. Dieser gab seinen verängstigten Dienern den Schlüssel zur Schatzkammer und befahl ihnen, Geschenke für den Feldherrn zu holen. Dann ging er zu dem goldenen Taubenkäfig, der auf einem Elfenbeinpodest auf dem Lebensbaum des Bucharateppichs stand. Mit traurigem Lächeln ließ er sich ein Stück Kuchen bringen und reichte es durch die Gitterstäbe dem Vogel, der es ihm aus den Fingern pickte.

Unterdessen sah sich Hülegü im Raum um, strich über die seidenen Wandbehänge, blickte aus dem Erker über den Tigris und öffnete die geschnitzten Ebenholztüren der Wandschränke. Zuletzt ließ er sich auf den Kissen aus feinstem Leder nieder und gestattete dem Kalifen, sich neben ihn zu setzen. Doch was immer nun von den zitternden Dienern gebracht wurde – der Feldherr ließ es sogleich mit einer verächtlichen Handbewegung an seine Generäle und Würdenträger im Raum weiterreichen. Schließlich stellte er einen goldenen Teller vor al-Musta'sim.

»Iss!«, befahl er dem Kalifen, der ihn verwundert ansah und kopfschüttelnd erwiderte. »Aber das ist nicht essbar!«

»Wenn du das wusstest, warum hast du dann dererlei gehortet?«, fragte ihn der Feldherr, »anstatt damit Soldaten anzuwerben? Und warum hast du nicht diese eisernen Türen«, damit zeigte er auf die Schatzkammer, »zu Pfeilspitzen umschmieden lassen, die mich am Überqueren des Flusses gehindert hätten?«

Al-Musta'sim starrte ihn fassungslos an. »So war es eben Allahs Wille«, murmelte er und senkte den Kopf.

»Dann ist das, was nun geschehen wird«, antwortete Hülegü und erhob sich, »gleichfalls Allahs Wille.« Er flüsterte etwas zu einem seiner Höflinge, der grinsend zu dem Käfig ging und den gurrenden Vogel herausnahm. Einen Augenblick strich er dem sich sträubenden Tier über das glänzende Gefieder, dann drehte er ihm mit einer ruckartigen Bewegung den Hals um und ließ den noch zuckenden Körper zu Boden fallen.

Entsetzt sah Ahmad zu Al-Musta'sim hinüber, der zitternd auf seinen Kissen saß, die Hände verkrampft und die Augen geschlossen.

In diesem Augenblick wurde es dem Händler schlagartig klar, wen der Sufi damals gemeint hatte. Kein namenloser Bettler, kein unbekannter Tartar – nein, der Beherrscher der Gläubigen selbst war dieser unheilvolle Blinde gewesen.

Hülegüs Stimme riss ihn aus den Gedanken. Der Feldherr befahl seinen Soldaten, alle Bewohner des Harems zusammenzutreiben. Sie wurden wie Schlachtvieh abgezählt. »Eintausenddreihundert Eunuchen und siebenhundert Frauen«, stellte er kopfschüttelnd fest. »Suche dir einhundert aus, der Rest wird unter meine Soldaten verteilt.«

Anschließend wurde der Beherrscher der Gläubigen wieder in das Lager der Tartaren gebracht, wo er zusammen mit seinen beiden Söhnen ein großes Prunkzelt beziehen musste. Hülegü befahl, dass es seinem Gefangenen an nichts mangeln dürfte – außer an der Freiheit, seine Wohnstatt zu verlassen. Gelegentlich kam der Tartar in Begleitung einiger Würdenträger, um sich mit al-Musta'sim zu unterhalten, und manchmal gewährte er seinem Gefangenen die Gnade eines Blickes auf Bagdad, in dem derweil die Plünderer wüteten. Auch Ahmad musste sich stets zur Verfügung halten, obgleich ihn die Ungewissheit quälte, was aus seiner Frau geworden sein mochte und ob Peter sie trotz der fehlenden Freilassungsurkunde beschützen würde. Aber er konnte nicht weg, musste immer wieder hinter dem Kalifen kauern, während vor ihm auf dem Teppich, den der Wesir einst Al-Musta'sim geschenkt hatte, der Tartarenfeldherr auf einem Kissen aus feinstem Marokkoleder Platz nahm. Zehn endlose Tage lang, bis eines kalten Morgens der Befehl überbracht wurde, der Kalif habe vor Hülegüs Zelt zu erscheinen.

Ahmads Zittern wird immer stärker, als zwei Soldaten al-Musta'sim heranführen. All die scheinbare Höflichkeit der vergangenen Tage ist verschwunden, jetzt stoßen sie ihn grob vor sich her. Schlammverklebt sind die mit Perlen bestickten Schuhe des Kalifen, eine Brise bläht seinen seidenen Umhang. Hülegü mustert ihn von seinem Thron aus mit den Schlitzaugen, die keinerlei Regung verraten. Seitlichen Hörnern gleich stehen seine beiden schwarzen Zöpfe von dem massigen Schädel ab. Rosshaarwimpel pendeln sanft im kalten Morgenwind, in einem weiten Kreis umstehen die Höflinge des Tartaren den Platz. Nun stoßen die Soldaten den Kalifen auf den Teppich und zwingen ihn, sich ausgestreckt so auf den Lebensbaum zu legen, dass ihn die Tauben von beiden Seiten anzublicken scheinen. Langsam und sorgfältig rollen sie den regungslosen Mann ein. Jetzt durchbricht das Schnauben von einem Dutzend Pferden und das Stampfen ihrer Hufe die gespannte Ruhe. Stumm stellen die Reiter ihre tänzelnden Tiere vor dem eingerollten Teppich auf und blicken erwartungsvoll zu Hülegüs Zelt. Über der fernen Stadt steigen Rauchsäulen in den grauen Himmel, die der Wind verwirbelt.

Ahmad weiß, was jetzt folgen wird. Er kennt den Aberglauben der Tartaren und ihre Angst davor, königliches Blut auf die Erde spritzen zu lassen. Als Hülegü die Hand senkt und die Reiter ihren Pferden die Sporen geben, würgt ihn der Ekel. Er möchte nach vorne stürzen, das Unheil aufhalten. Doch er steht wie gelähmt und bringt keinen Ton heraus. Als die ersten Hufe auf den Teppich schlagen, dringt ein kurzer Schrei aus der schlammbefleckten Rolle, dann ist nur noch das Schnauben der Pferde und ihr Stampfen zu hören. Ahmad schließt die Augen.

TÖDLICHE HOCHZEIT
Gaspard de Coligny

GUIDO DIECKMANN

Paris, im Juli 1572

»Aber wie gelang es dem Apostel Paulus, seinen Verfolgern zu entkommen?«

Die siebzehnjährige Suzanne Goulard hob den Kopf und lächelte nachsichtig. Sie hatte ohnehin damit gerechnet, dass ihre Schwester sie unterbrechen würde, während sie ihr und dem kleinen Pierre wie an jedem Abend vor dem Essen aus der Bibel ihres Vaters vorlas. Marie war ein aufgewecktes Kind, manchmal jedoch ein wenig zu übermütig und selbstbewusst für ihr Alter. Es fiel Suzanne zuweilen schwer, das Mädchen zu bändigen, doch ihr blieb keine Wahl. Seit dem Tod ihrer Eltern, die im vergangenen Winter einer Seuche zum Opfer gefallen waren, trug Suzanne allein die Verantwortung für Marie und Pierre, der noch zu jung war, um der abendlichen Bibellesung beizuwohnen, und daher auf seinem geschnitzten Schaukelpferd sitzen bleiben durfte.

Suzanne strich mit den Fingern über die vergilbten Seiten der Heiligen Schrift und dachte nach, wie sie Maries Frage beantworten könne. Sie spürte das Gewicht des Buches auf ihren Knien. Es kostete sie jedes Mal Überwindung, das schwere, in Leder gebundene Werk aus der Schreibstube ihres Vaters quer über den dunklen Korridor in die Küche oder die Wohnstube zu tragen, wo sich die Familie zur Andacht versammelte. Aber sie versäumte es nie. Sie achtete sogar darauf, dass die Hände der Kinder sauber waren, wie ihre Mutter es früher getan hatte. Die wenigen Stunden, die Suzanne mit ihren Geschwistern verbringen konnte, um ihnen bei Kerzenlicht vorzulesen oder Psalmen zu beten, trösteten sie ein wenig und halfen vorübergehend über den Schmerz und die Einsamkeit hinweg, die sie plagten.

Für Pierre und Marie war sie zum einzigen Halt geworden, den sie noch im Leben hatten. Sie musste sich stark geben, die große Schwester spielen, die auf alle Fragen eine Antwort wusste. Auch wenn ihr insgeheim oft zum Weinen zumute war.

Suzanne war inzwischen im heiratsfähigen Alter. Ihr Gesicht war schmal und trotz der kleinen, halbmondförmigen Narben am Hals, die einer Pockenerkrankung in ihrer Kindheit geschuldet waren, nicht hässlich. Sie hatte pechschwarzes, glänzendes Haar, das sie nur ungern unter eine strenge Leinenhaube zwängte; darüber hinaus war sie größer als viele ihrer Altersgenossinnen. Trotz dieser und weiterer Vorzüge hatte ihr noch nie jemand den Hof gemacht, was sie sich mit ihrer Armut erklärte. Denn das Geld, das ihr Vater ihr als Mitgift hinterlassen hatte, reichte schon lange nicht mehr aus, um sich herauszuputzen. Suzanne schämte sich, ihre Geschwister in abgetragenen Kleidern umherlaufen zu lassen, die nicht besser waren als die erbärmlichen Fetzen, die die Bettlerkinder in den Gassen trugen. Ihr Glück war, dass die Nachbarn, von denen die meisten wie sie dem protestantischen Glauben anhingen, ihr unter die Arme griffen und dafür sorgten, dass im Schuppen ihres verstorbenen Predigers stets genügend Brennholz lag, damit dessen drei Kinder im Winter nicht frieren mussten. Einige Frauen der Gemeinde versorgten sie mit Lebensmitteln. Im Topf über dem Feuer brodelte so auch an diesem Abend eine Suppe, die die Witwe Bonnet, eine mildtätige Dame aus Orléans, am Nachmittag vorbeigebracht hatte. Suzanne war einerseits dankbar für die Gaben der Nachbarn, andererseits bedrückte sie das Gefühl, Almosen empfangen zu müssen, um nicht zu verhungern. Am liebsten hätte sie die Geschenke zurückgewiesen, doch sie musste an ihre Geschwister denken. Von Stolz allein wurden die Kinder nicht satt. Wann immer sich in ihr selbst ein Gefühl von Stolz regte, musste sie an ihre Mutter denken. Anne Goulard war eine schöne, willensstarke Frau adliger Herkunft gewesen, die als junges Mädchen von zu Hause davongelaufen war, weil ihr gestrenger Vater auf seinem Landgut keine Hugenottin hatte dulden wollen. Suzannes Mutter aber hatte sich nicht davon abhalten lassen, die neue Lehre des Reformators Calvin zu studieren. Schließlich hatte sie ihren Schmuck und ihre vornehmen Kleider verkauft, das Geld den Armen gegeben und sich bei Nacht und Nebel davongemacht, um in Paris ihr Glück zu finden.

»Warum erzählst du denn nicht weiter?«, holte Maries quengelnde Stimme Suzanne aus ihren Gedanken. Das Mädchen warf ihr einen vorwurfsvollen Blick zu. »Wie ist der heilige Paulus denn nun entkommen?«

Suzanne seufzte. Richtig, sie war ihren Geschwistern noch eine Antwort schuldig. Nervös blätterte sie in der Bibel, bis sie auf die gesuchte Stelle stieß. »Die Tore der Stadt, in der der Apostel predigte, waren schon geschlossen und wurden streng bewacht«, sagte sie mit einem erleichterten Lächeln. »Die Mauern waren hoch und umgaben die ganze Stadt.«

»Die Mauern von Paris sind auch sehr hoch«, krähte der kleine Pierre von seinem Schaukelpferd. Er gab vor, dem hölzernen Tier die Sporen zu geben, und begann wilder zu schaukeln, bis Suzanne ihn mit einer drohenden Geste zur Ordnung rief.

»Ich glaube, es sind die höchsten Mauern der Welt«, pflichtete Marie ihrem Bruder bei. Dabei verzog sie keine Miene. Trotz ihres Temperaments kam es nicht oft vor, dass Marie lachte oder mit Pierre spielte. Für gewöhnlich versuchte sie, Suzanne bei der Hausarbeit zur Hand zu gehen, wenngleich sie noch viel zu unbeholfen war, um der Schwester eine wirkliche Hilfe zu sein.

»Paulus wurde von Gott gelenkt, denn er sollte die frohe Botschaft von unserem Herrn und Erlöser ja noch vielen Menschen ins Herz pflanzen. So versteckte er sich in einem Binsenkorb, der mit Hilfe eines Freundes an der Stadtmauer heruntergelassen wurde. Kein Torwächter hat etwas davon bemerkt. Der Apostel konnte entkommen und war gerettet.«

Die Kinder jubelten; offensichtlich hatte ihnen die Geschichte gefallen. Zufrieden legte Suzanne das Buch auf den blank gescheuerten Tisch und wandte sich dann dem Herd zu, um die Suppe zu rühren. Schon bald machte sich ein verführerischer Duft von Kräutern und fettem Hühnerfleisch in dem von Holzbalken durchzogenen Raum breit. Während Suzanne noch damit beschäftigt war, Brot zu schneiden, pochte es an der Haustür. Erstaunt drehte sie sich um. Wer um alles in der Welt mochte zu dieser späten Stunde noch etwas von ihr wollen? Rasch schickte sie ihre Geschwister die Treppe hinauf ins obere Geschoss des Hauses und wies sie an, sich ruhig zu verhalten. Sie ergriff den Bund mit Schlüsseln vom Haken und durchquerte mit langsamen Schritten den Flur.

Das Pochen wurde lauter.

Während der letzten zehn Jahre hatten die Hugenotten in Paris nicht selten Anlass gehabt, sich in ihren eigenen Häusern unsicher und ängstlich zu fühlen. Es gab viele Bürger, die ihren Hass gegen die Anhänger der neuen Lehre nicht verbargen, sondern Ränke schmiedeten, um sie aus der Hauptstadt des Königreiches zu vertreiben. Suzanne hatte die Feindseligkeit des Pöbels schon als kleines Mädchen zu spüren bekommen, wenn ihr Vater als Prediger zuweilen selbst Opfer gehässiger Angriffe geworden war. Steine waren durch das Fenster ihres Hauses in der Faubourg Saint-Germain geflogen, die Mutter war trotz ihrer edlen Herkunft auf dem Weg zum Markt oder in die Kirche beschimpft und beleidigt worden.

Vorsichtig löste Suzanne den Zapfen des kleinen runden Gucklochs, das über der Tür saß, und spähte in die Dunkelheit hinaus. Als sie den Mann erkannte, der auf der Treppe stand, öffnete sie ohne Umschweife. Es war Toury, ein Handschuhmacher aus der Nachbarschaft, dessen Frau manchmal auf Pierre und Marie aufpasste, wenn Suzanne in der Stadt zu tun hatte. Auch die Tourys gehörten dem protestantischen Glauben an. Ihr Sohn hatte Frankreich im Sommer zuvor verlassen, um in Genf, der Stadt des Reformators Calvin, das Wort Gottes zu studieren.

»Hast du dich nicht neulich bei den Diakonen der Gemeinde nach einer Arbeit erkundigt, Mädchen?«, fragte Toury, während er Suzanne in die Küche folgte.

Suzanne nickte widerwillig. Ja, sie hatte sich dazu durchgerungen, obgleich sie sich denken konnte, dass die einzige Möglichkeit, die einem Mädchen wie ihr offenstand, die war, als Magd im Haus einer wohlhabenden Familie die Böden zu schrubben. Ihrer Mutter hätte das nicht gefallen.

»Du hast sicher gehört, dass zur Hochzeit der Prinzessin Marguerite Tausende von Menschen nach Paris kommen werden?« Toury nahm den Deckel von dem Topf über dem Feuer ab und schnupperte ungeniert. Suzanne presste die Lippen zusammen. Warum glaubten die Erwachsenen der Gemeinde, sich in ihrem Haus benehmen zu dürfen, als gehörte es ihnen? Fehlte noch, dass Toury die Schränke öffnete oder ihre Schlafkammer nach verbotenen Büchern, Spielkarten oder Strumpfbändern durchsuchte. Suzanne hoffte auf einmal inständig, dass sie Arbeit finden und nicht mehr lange auf die Mildtätigkeit der Nachbarn angewiesen sein würde. Selbst wenn sie als Magd Wassereimer schleppen oder eitlen Frauen beim Anziehen behilflich sein müsste. Alles war besser als diese Demütigung.

»In Paris wird bald nicht mal mehr ein Kämmerchen zu haben sein, so viele Gäste zieht die Hochzeit dieser Dirne an.« Toury verzog sein hageres Ziegengesicht zu einem verschlagenen Grinsen. »Meine Frau und ich vermieten das Stockwerk über der Werkstatt an einen Glaubensbruder aus der Normandie. Er ist sehr reich, ein Kaufmann, soweit ich weiß. Ihr könntet euch auch ein paar Ecus dazuverdienen, wenn ihr ein paar eurer Kammern räumen würdet. Nicht für einen Edelmann, denn ein Herr von edler Geburt würde sich kaum in einem so düsteren Haus wohl fühlen. Aber auch das Gesinde der hohen Herren braucht Unterkünfte für die Nächte. Pferdeknechte, Pagen und dergleichen.«

Suzanne spürte, wie der Ärger in ihr aufstieg. Doch sie beherrschte sich, um den Handschuhmacher nicht zu reizen. Immerhin war er gekommen, um ihr ein Angebot zu machen.

»Danke, Monsieur, aber ich glaube nicht, dass meine Geschwister und ich uns wohl fühlen würden, wenn fremde Männer im Haus ein und aus gingen, wie es ihnen beliebt«, sagte Suzanne. »Außerdem lagern in den Kammern oben noch immer Vaters Bücher. Sie sind alles, was uns von ihm geblieben ist.«

»Bücher? Die hättest du längst wegräumen oder den Gemeindeältesten schenken sollen. Ein junges Mädchen wie du darf nicht in der Vergangenheit leben.« Sein Blick fiel auf die wertvolle Familienbibel. »Die Schriftlesung im Kreis der

Familie ist eine Pflicht für jeden, der unserer Lehre folgt, aber sie sollte von gestandenen Männern vorgenommen werden, nicht von verträumten Jungfrauen. Hat euer Vater euch das nicht beigebracht?« Als Suzanne nicht antwortete, kratzte sich der Handschuhmacher am Kopf. »Nun ja, eigentlich bin ich nicht gekommen, um dir eine Predigt zu halten, sondern um dir eine Neuigkeit mitzuteilen. Mir ist zu Ohren gekommen, dass Admiral Gaspard de Coligny eine persönliche Bedienung braucht, sobald er in Paris angekommen ist. Ein frommes, verschwiegenes Mädchen unseres Glaubens, das ihm die Stiefel putzt, die Speisen serviert und seine Gemächer aufräumt, wenn er nicht da ist, würde ihm gewiss gefallen.«

»Und da habt Ihr ausgerechnet an mich gedacht?«

»Nun ja«, antwortete der Handschuhmacher ein wenig gönnerhaft. »Meine Frau behauptet, dass du zuweilen ganz geschickt seist, was für das Kind einer verarmten Adligen eher ungewöhnlich ist. Du hast doch schon von Coligny gehört?«

Suzanne schoss das Blut in die Wangen. Der Name Gaspard de Coligny war ihr nicht weniger geläufig als der des Königs. Immerhin zählte der Admiral zu den edelsten Feldherren der französischen Krone. Sowohl Protestanten als auch Katholiken zollten ihm Bewunderung, weil er mutig, gerecht und willensstark war. Selbst im Angesicht größter Gefahr schreckte er nicht davor zurück, die Rechte und Ansprüche der unterdrückten französischen Protestanten zu verteidigen. Suzanne hatte ihren Vater oft von Coligny reden hören und war überzeugt davon, dass er sich trotz seiner Bescheidenheit vor niemandem duckte, den er im Unrecht wähnte. Selbst die ehrgeizige Königinmutter, Katharina von Medici, hatte es sich gefallen lassen müssen, von Coligny kritisiert zu werden.

In den zurückliegenden blutigen Auseinandersetzungen zwischen den beiden religiösen Parteien hatte sich der Admiral durch Großmut, aber auch durch strategisches Geschick ausgezeichnet. Es war nicht zuletzt ihm zu verdanken, dass Frankreichs Königshaus nun ein neues Friedensbündnis mit den protestantischen Untertanen anstrebte. Coligny setzte seine ganzen Hoffnungen auf dieses Bündnis. Als frommer Anhänger der neuen Lehre hatte er sich daher gemeinsam mit dem Prinzen Condé und dem jungen König von Navarra, der in wenigen Wochen in Paris die Ehe mit der Schwester des Königs eingehen sollte, erboten, zwischen den Parteien zu vermitteln. Im Haus eines solchen Mannes zu dienen wäre weder Unglück noch Demütigung, sondern eine Ehre.

»Wenn Admiral Coligny mich haben will, bin ich bereit«, erklärte Suzanne voller Überzeugung. »Ihr könnt seinem Haushofmeister bestellen, dass ich gleich morgen bei ihm vorsprechen werde.«

Gaspard de Coligny tätschelte seinem Pferd liebevoll den Kopf und sah dabei zu, wie seine beiden Begleiter, der Prinz Condé und Henri, der junge König von Navarra, sich stöhnend die Bäuche hielten. Die Männer hatten dem Mittagsmahl, das sie mit ihrem Gefolge an langen Tafeln im Innenhof eines Wirtshauses eingenommen hatten, reichlich zugesprochen. Sie schienen guter Dinge zu sein; ihr Gelächter und das Kreischen der Schankmädchen, die beim Servieren Opfer ihrer rohen Scherze wurden, waren bis zu den Stallungen zu hören.

Coligny vertrieb eine Fliege, die um seinen Kopf herumschwirrte. Dann unterzog er die Kriegsknechte seines Geleits einer kritischen Musterung. Sollten der Prinz und sein Freund sich noch eine Weile bei Musik und fettem Braten austoben. Sobald sie in Paris angekommen waren, würde ihnen die Laune für müßigen Zeitvertreib schon von allein vergehen.

Trotz der prächtigen Feierlichkeiten, die den rothaarigen Herrn des kleinen Pyrenäen-Königreichs Navarra erwarteten, würde ihm in den düsteren Gemächern des Louvre kaum eine ruhige Minute mehr bleiben. Wollte er seine eigene Hochzeit überleben, so würde er fortan hinter jeden wallenden Vorhang blicken und jeden Becher Wein vorkosten lassen müssen, den man ihm an der Tafel der Königin reichte. Hier draußen war er unter Freunden, doch die Tage der Freiheit waren für den jungen Mann gezählt. Überall konnte ein bezahlter Mörder lauern. Natürlich wusste Henri darüber Bescheid, denn Coligny hatte ihn persönlich darauf vorbereitet, was es bedeutete, als Hugenotte und enger Freund des Admirals Schwiegersohn der Königinmutter Katharina von Medici zu werden.

Dessen ungeachtet war Coligny davon überzeugt, dass die Hochzeit seines jungen Freundes mit der Schwester des Königs die einzige Chance darstellte, endlich den lang ersehnten Frieden im Land herbeizuführen. Und es gab nichts, was sich Coligny mehr wünschte, als unbehelligt, ohne den Schutz von bewaffneten Soldaten, durch seine Heimat reisen zu können.

Einige der jungen Adligen fanden Zerstreuung, indem sie mit schwerer Zunge ein unanständiges Lied sangen, doch schon nach den ersten Takten tauchte ein schwarz gewandeter Prediger auf, der den Tross begleitete, und tadelte sie scharf. Coligny musste insgeheim schmunzeln, als er das gerötete Gesicht des Gottesdieners sah. Die Lehre des Reformators Calvin, der er und seine Freunde folgten, sprach sich offen gegen Tanz und leichtfertigen Gassengesang aus. Auch das Karten- und Würfelspiel war den Gläubigen untersagt, wollten sie nicht ihr Seelenheil verspielen. Zur Abgrenzung vom katholischen Adel, insbesondere vom Herzogshaus der Guise, das seinen Reichtum durch farbenfrohe, mit Gold- und Silberfäden durchwirkte Kleidung und prunkvolles Geschmeide zur Schau stellte, trugen die Hugenotten mit Vorliebe dunkle Farben und statt Schmucks bescheidene weiße Kragen über den Wämsern.

Coligny, der als Feldherr und Fürst aus altem Haus über Ansehen und beachtliche Güter gleichermaßen verfügte, machte sich nichts aus Prunk, doch das lag weniger an den strengen Ermahnungen der Kirchenleute als vielmehr an dem Umstand, dass er Soldat und als solcher an Entbehrungen und ein einfaches Leben gewöhnt war. Obwohl er durchaus Gefallen an den schönen Künsten, an Musik und Philosophie hatte, lag sein Kopf doch häufiger auf harten Lederkissen im Feldherrenzelt als auf den weichen Daunen im Gemach seines Schlosses. Seine Leutseligkeit und sein starker Hang zur Gerechtigkeit hatten ihn bei seinen Untergebenen beliebt gemacht. Sie fürchteten ihn nicht wie einen Tyrannen, erwiesen ihm aber dennoch die Achtung, die einem erfahrenen Befehlshaber zustand. Dies galt nicht nur für die Kriegsknechte und Offiziere, die er befehligte, sondern auch für Personen fürstlichen Standes, wie den Prinzen Condé und seinen Freund aus Navarra.

»Warum steht Ihr so abseits, Coligny? Setzt Euch doch wieder zu uns an die Tafel«, hörte Coligny den Navarresen rufen. Der junge Mann hatte ihn bei den Pferden entdeckt und winkte mit einem Krug, über dessen Rand der Schaum dunklen Bieres quoll. Seine Wangen waren bereits gerötet vom Alkohol.

»Bei Calvins Bart, Ihr versäumt etwas. Das Bier hier ist gut! Wenn ich erst einmal mit der Tochter der alten Hexe Katharina ins Bett steigen muss, werde ich mich an die letzten unbeschwerten Tage meiner Freiheit mit Wehmut erinnern.«

Coligny schüttelte lächelnd den Kopf. Obwohl ihn nichts

mehr zurück an die Tafel zog, wollte er auch kein Spielverderber sein. Daher antwortete er freundlich: »Ich hatte bereits genug zu trinken, mein Freund. In jungen Jahren verträgt man noch mehr, aber wartet erst einmal ab, bis Ihr in mein Alter kommt. Mit dreiundfünfzig werdet Ihr für jeden Tag dankbar sein, an dem Ihr Euch morgens ohne schmerzenden Schädel erhebt.«

Er blickte hinauf zu den Baumkronen und lauschte auf das Geräusch der Blätter, die sich sanft im Wind bewegten. Der Wald hatte etwas Friedliches an sich, das ihm gefiel. Wenn nur das laute Geschrei der jungen Ritter und das schrille Quieken der Mägde nicht gewesen wären.

»Wir sollten uns endlich auf den Weg machen«, riet Coligny eine Weile später. »Ich möchte gern noch vor Sonnenuntergang in Paris ankommen, damit wir nicht wie ein feindliches Heer vor den Stadttoren lagern müssen. Vergesst nicht: Wir ziehen in friedlicher Absicht in die Hauptstadt ein.«

»Euch kann es wohl gar nicht schnell genug gehen, Euren Schützling an der Palastpforte abzuliefern, Coligny«, mischte sich Prinz Condé ein. Henris Vetter war ein kräftig gebauter, blond gelockter Mann, der dafür bekannt war, dass er sein Herz auf der Zunge trug. Auch saß seine Hand stets locker am Degen.

Coligny musterte den jungen Prinzen, dessen Vater einer seiner besten Freunde gewesen war. Das Wams des Mannes war nach der neuesten Mode aus blauer Seide geschneidert und besaß einen aus flämischen Spitzen gefältelten Kragen sowie gebauschte Ärmel, deren eingearbeitete Silberflocken im Sonnenlicht glänzten. Die Abneigung des Admirals und der anderen Hugenotten für kostbare Gewänder schien der junge Prinz nicht zu teilen, denn am Ringfinger seiner rechten Hand funkelte ein daumengroßer Rubin. Zu Füßen Condés rekelte sich ein schwarzer Jagdhund, der augenscheinlich einen Harnisch bewachte. Es war allgemein bekannt, dass Condé sich niemals allzu weit von seinen Waffen und dem Rüstzeug entfernte. In diesem Punkt ähnelte er Coligny, ansonsten waren die beiden Männer grundsätzlich unterschiedlicher Ansicht.

Condé hielt beispielsweise die Hochzeit, zu der er seinen Freund Henri nach Paris begleiten musste, für ein Unglück, eine Demütigung. Er hatte ihm eingeschärft, unter keinen Umständen an der nach römischem Ritus zelebrierten Messe in Notre-Dame teilzunehmen, sondern auf einer Vermählung vor den Toren der Kathedrale zu bestehen. Nach endlosen Diskussionen hatte Coligny zugestimmt und diese sowie weitere Bedingungen der Hugenotten von einem Boten nach Paris bringen lassen. Wenngleich Coligny in politischen Fragen zu größerer Vorsicht neigte als der Prinz, so lag doch auch ihm viel daran, deutlich zu machen, dass sich die Hugenotten in Frankreich nicht mehr verstecken, sondern ihren Glauben öffentlich leben wollten. Der Erfolg der letzten Schlacht schien ihm recht zu geben. Colignys Truppen, die sich aus Franzosen und ausländischen Söldnern zusammensetzten, war es gelungen, dem König vier befestigte Städte abzunehmen, von denen ihm der große Hafen von La Rochelle der wichtigste Stützpunkt war. La Rochelle befand sich nun schon seit fast zwei Jahren in Colignys und Condés Hand und sollte jedem Reformierten als Zufluchtsort dienen, der aufgrund seines Glaubens verjagt worden war und mit dem Schwert in der Hand um sein Leben kämpfen wollte. Selbst der König und dessen Mutter mussten das hinnehmen, wenn sie ihr Land nicht in einem weiteren blutigen Bürgerkrieg untergehen sehen wollten.

»Unser Freund Henri hat mir das Versprechen gegeben, mit

Gottes Hilfe für unsere Sache einzustehen, sobald er Mitglied des Königshauses geworden ist«, sagte Coligny schließlich, ohne auf Condés provozierende Bemerkung einzugehen. Der Prinz war ein Hitzkopf. Und er hasste Katharina von Medici so leidenschaftlich, als wäre er ihr verschmähter Liebhaber.

»Mir gefällt es trotzdem nicht, Henri zu opfern wie eine Bauernfigur in einer lächerlichen Schachpartie«, murrte Condé. »In seinen Adern fließt das königliche Blut der Bourbonen. Er könnte eines Tages König von Frankreich werden. Der erste König des neuen Glaubens auf einem Thron, der bereits rot ist vom Blut derer, die von den Tyrannen abgeschlachtet wurden. Aber wie soll ihm das jemals gelingen, wenn Ihr ihn geradewegs in die Pariser Löwengrube werft?«

Henri lachte prustend los. »Meint Ihr damit etwa das Bett meiner zukünftigen Gemahlin, mein Freund? Mit einer Löwin hat man die Schöne meines Wissens noch nicht verglichen.«

»Habt Ihr nicht gehört, was man sich in Paris über diese Frau erzählt?«, fragte Condé, dem nicht nach Lachen zumute war. »Es heißt, sie sei eine Hure, unersättlich in ihrer Gier. Und verhext wie alle, die von den listigen Medici abstammen.«

»Na dann wird unsere Hochzeitsnacht vielleicht spannender, als ich dachte.«

»Und die alte Königinmutter soll mit Sterndeutern und Giftmischern Umgang pflegen.« Condé schüttelte wütend den Kopf. »Ich würde kein Glas Wasser aus der Hand dieser Frau entgegennehmen, und wenn der Papst persönlich vorher daraus getrunken hätte.«

»Nun ist es aber genug, Condé!« Brüskiert schüttelte der König von Navarra den Kopf. Seine roten Haare flogen im

Wind. »Ich verbiete Euch, derart abfällig über meine Familie zu sprechen!«

»Eure Familie?«

»Jawohl, es ist und bleibt meine Familie, und ich werde mich hüten, die Erbansprüche meines königlichen Vetters anzuzweifeln. Auch wenn die Ansichten seiner Mutter jeden Zweifel verdienen.«

Condé lief rot an. Er hasste es wie die Pest, gemaßregelt zu werden, noch dazu in aller Öffentlichkeit, und hätte den Wortwechsel gern fortgesetzt. Doch er besann sich und lenkte ein. Auf keinen Fall wollte er seinen Verwandten und Bundesgenossen verärgern. Die kommenden Tage würden ohnehin anstrengend genug werden, so wäre es eine Dummheit, sie durch Streitigkeiten zusätzlich zu erschweren.

Eine halbe Stunde später waren alle Pferde getränkt, die Reisewagen beladen und die Männer mit ihren Dienern und Bewaffneten bereit, die letzte Etappe ihrer Reise in die Hauptstadt anzutreten. Als sich Coligny in den Sattel seines Pferdes schwang und das Zeichen zum Aufbruch gab, sprang plötzlich aus dem Schatten eines Baumes eine Frau hervor. Sie trug die einfache Aufmachung einer Bäuerin: einen ausgefransten, staubigen Rock und einen verblichenen Schnürkittel. Ihre Füße steckten in einfachen Holzpantinen, die aussahen, als hätte sie mit ihnen einen Sumpf durchquert, und das Tuch, unter dem sie ihr Haar verbarg, hatte lange keinen Waschtrog mehr gesehen. Die Augen der Bäuerin flatterten vor Aufregung, als sie sich Coligny näherte und keine fünf Schritte vor dessen Pferd in den Staub sinken ließ. Beschwörend breitete sie die Arme aus.

Coligny gelang es gerade noch, seinen Rappen zu zügeln. Erschrocken beruhigte er das Tier, das mit den Hufen aufstampfte und die Nüstern blähte.

»Welcher Teufel hat dich geritten, Weib«, schrie Condé die Bäuerin an, die keine Anstalten machte, den Reitern den Weg freizugeben. »Willst du, dass das Pferd des Admirals dich unter seinen Hufen zermalmt wie eine reife Weintraube?«

Ein betroffenes Raunen ging durch die Reihen der Waffenknechte, die sich um die beladenen Fuhrwerke des Zuges scharten. Sie starrten die Frau an, deren ganze Aufmerksamkeit indessen Coligny galt. Den Prinzen würdigte sie keines Blickes.

Coligny fasste sie streng ins Auge. »Habe ich dich nicht schon einmal gesehen, Frau? Dein Mann bewirtschaftet ein kleines Gehöft, das zu meinen Ländereien in Châtillon gehört, nicht wahr? Ein paar Ziegen und Schweine. Obstbäume an einem Bach und drei Äcker.«

»Euer Gedächtnis trügt Euch nicht, Monseigneur«, sagte die Bäuerin. Sie war ungefähr in Colignys Alter. Vielleicht hatte er als Knabe sogar mit ihr gespielt, wenn die Amme und seine Erzieher es nicht bemerkt hatten, dass er sich davonstahl, um die Bauern zu besuchen. Doch er erinnerte sich an sie nur als die Ehefrau eines seiner Hörigen. Sie sah ausgemergelt und erschöpft aus. Ihre Zähne saßen schief; tiefe Falten gruben sich in die blutleeren Wangen. Bemerkenswert an ihrer Erscheinung waren indes ihre Augen, die überhaupt nicht müde wirkten. Vielmehr verfügten sie über einen Glanz, der Coligny an bunte Kirchenfenster erinnerte, durch die an einem warmen Tag Sonnenstrahlen fielen. Als sich sein Blick mit dem der Bäuerin kreuzte, verspürte Coligny einen Schauder, der über seine Arme und Beine rauschte. Etwas Sonderbares ging von der Frau aus.

»Was willst du nun von mir, Weib, ein Almosen?«, fragte er und ärgerte sich, weil seine Stimme dünn klang. So sprach kein Admiral der Krone. Was sollten Henri und der Prinz von ihm denken? Die beiden schüttelten bereits verwundert die Köpfe, weil er seine Zeit mit einem schmutzigen Weibsbild vergeudete, anstatt seinem Pferd die Sporen zu geben.

Die Bäuerin zupfte an dem Tuch, das ihren knochigen Schädel bedeckte. »Ich bin Eurem Zug den ganzen Weg von Châtillon bis hierher gefolgt, um Euch zu warnen, edler Herr.«

»Um mich zu warnen?« Coligny runzelte die Stirn. »Aber wovor?«

»Unverschämtheit«, ließ sich Condés Stimme voller Ungeduld vernehmen. »Werft die alte Vettel in den Straßengraben, und reitet endlich voran!«

Die Frau kämpfte sich mühsam auf die Füße. Als sie den Kopf hob, wirkte sie gar nicht mehr unterwürfig, sondern eher wie die Gesandte einer höheren Macht, die nicht weichen wollte, bis ihre Botschaft Gehör gefunden hatte.

»In den vergangenen sieben Nächten habe ich Euch siebenmal im Traum gesehen, edler Herr«, sagte sie. »Euch und viele von denen, die Euch heute das Geleit geben. Im letzten Traum sah ich Feuer und Blut!« Sie warf den Waffenknechten einen finsteren Blick zu, dann hob sie warnend den Zeigefinger. »Zieht nicht nach Paris, ich beschwöre Euch!«

»Hör zu, gute Frau, ich …«

»Ihr seid immer ein guter Herr gewesen, freigiebig und gerecht. Aber das wart Ihr schon, bevor Ihr die neue Lehre in Euer Herz einziehen ließet. Die Bauern von Châtillon preisen zuerst den Namen des Herrn, unseres Erlösers, danach sogleich den Euren. Reitet nicht nach Paris, in die Stadt des Unheils und des Lasters. Sonst wird Euer Blut und das Blut Tausender die grauen Pflastersteine rot färben.«

Bedrückende Stille legte sich über den Hof. Es war, als hielte die ganze Welt gespannt den Atem an. Die älteren

Knechte der Edelleute warteten gespannt darauf, wie ihre Herren reagierten. Sie hatten schon viel gesehen und ließen sich nicht so leicht aus der Fassung bringen. Doch Flüche und Prophezeiungen tat man für gewöhnlich nicht leichtfertig ab. Erst als Prinz Condé den Kopf in den Nacken legte und schallend zu lachen anfing, löste sich die Spannung. Die meisten Waffenknechte stimmten in das Gelächter mit ein. Nur Coligny und der junge König Henri blieben ernst.

»Mir gefällt das nicht«, raunte der rothaarige junge Mann seinem älteren Gefährten zu, während er zum Wirtshaus zurückblickte. »In Navarra gibt es weise Frauen, die aus den gespalteten Schädeln toter Ziegen die Zukunft lesen können. Was ist, wenn dieses Weib hier tatsächlich sieht, welches Schicksal uns in Paris erwartet? Möglicherweise ziehe ich nicht in ein Brautgemach, sondern in eine Gruft.«

»Nur Mut, junger Freund«, sagte der Admiral beschwichtigend. »Wahrsagerei und Orakelsprüche sind etwas für alte Weiber, die ihre Sinne nicht mehr beisammenhaben. Wo wir auch sind, wohin wir auch gehen, wir befinden uns stets in Gottes Hand. Darüber solltet Ihr nachdenken, bevor Ihr düsteren Prophezeiungen Glauben schenkt.« Sein Gesicht nahm einen verschlossenen Ausdruck an. Gewiss war er nicht so weit gegangen, um nun wieder umzukehren.

»Wir müssen nach Paris, selbst wenn dort der Teufel lauern sollte. Es ist deine Pflicht, Königin Katharinas Tochter zu heiraten, ob du willst oder nicht!«

Henris Miene ließ keinen Zweifel daran, dass er ganz und gar nicht wollte. Er fürchtete sich, und Condés gezwungen klingendes Gelächter verriet ihm, dass auch dem Prinzen nicht wohl zumute war. Doch keiner der Herren wagte es, dem Admiral zu widersprechen.

Coligny warf der Bäuerin ein paar Münzen zu, dann

preschte er an ihr vorüber, ohne sie noch einmal anzusehen. Seine Begleiter folgten ihm.

Suzanne war mit hohen Erwartungen in das feudale Stadthaus in der Rue Madeleine gezogen, das dem Admiral, seinen Begleitern und einigen Bewaffneten, die in Paris für seinen Schutz sorgen sollten, als Unterkunft diente.

Hatte sie jedoch gehofft, Coligny sehen und mit ihm sprechen zu können, so musste sie enttäuscht feststellen, dass es ihr gar nicht möglich war, auch nur in seine Nähe zu kommen. Kurz nach seiner Ankunft in Paris hatte der Admiral auch schon seine Arbeit aufgenommen, die ihn täglich für viele Stunden in seinem Kabinett, einem behaglich eingerichteten, mit edlem Holz ausgekleideten Zimmer im Obergeschoss des Hauses hielt. Seine Mahlzeiten wurden ihm von seinem Haushofmeister und Kammerdiener, einem wortkargen ältlichen Mann namens Hubert, gebracht, der Suzanne unheimlich war und sie mit strengen Blicken in die Küche scheuchte, wann immer sie ihm in der Halle, bei den Ställen oder im weitläufigen Treppenhaus über den Weg lief. Suzanne fühlte sich überflüssig und fragte sich bereits zwei Tage nach ihrer Übersiedlung in die Rue Madeleine, warum sie eigentlich eingestellt worden war. Niemand schien sie zu brauchen, am wenigsten der Admiral selbst. Nur die Soldaten, die im Hof Wache hielten, sandten ihr zuweilen feurige Blicke hinterher oder riefen ihr Bemerkungen zu, die Suzanne die Schamesröte ins Gesicht trieben.

Überhaupt herrschte im Stadthaus bei aller Geschäftigkeit eine Atmosphäre, die Suzanne an ein nahendes Unwetter erinnerte. Die Menschen, gleichgültig, ob es sich um Edelleute oder um einfaches Gesinde handelte, zeigten sich angespannt, launisch und kaum zu Scherzen aufgelegt. Colignys Mahlzeiten wurden oft unberührt in die Küche zurückgetragen, was die alte Köchin, die dem Admiral seit vielen Jahren diente, mit einem frustrierten Kopfschütteln zur Kenntnis nahm. Immer häufiger ließ der Hausherr seinen Schreiber rufen, um ihm Depeschen zu diktieren, manchmal sogar mitten in der Nacht. Suzanne, deren Kammer sich gleich neben der Huberts befand, konnte dann hören, wie sich der alte Diener keuchend von seinem Strohlager erhob und die Stiege hinunterwankte, um seinem Herrn einen Imbiss und einen Becher heißen Würzwein zu bringen.

Der Alte fällt lieber in schlaftrunkenem Zustand die Treppe runter, als mich zu rufen, dachte Suzanne, sooft sie das Knarren der Stufen vernahm. Sie widerstand dem Drang, sich heimlich aus der Kammer zu schleichen und zu lauschen, denn sie vermutete, dass Hubert eifersüchtig war und sie deshalb von Coligny fernhielt. Dem Haushofmeister hatte sie es gewiss nicht zu verdanken, dass sie nun in der Rue Madeleine lebte. Warum der Admiral aber auf ein hugenottisches Pariser Mädchen in seinem Haushalt bestanden hatte, blieb ihr nach wie vor ein Rätsel.

In den Tagen vor den Hochzeitsfeierlichkeiten gaben sich die Boten, die zwischen dem Stadthaus und dem Louvre hin- und hereilten, buchstäblich die Klinke in die Hand. Mit verschlossenen Mienen raunten sie Hubert noch vor der Tür Losungswörter ins Ohr, woraufhin sie ohne Umschweife in die Räume des Admirals geführt wurden. Suzanne ärgerte sich über die Geheimniskrämerei. Hubert hatte der Dienerschaft eingeschärft, dass kein Wort von dem, was im Hause vorging, nach draußen dringen dürfte, und Suzanne hatte er dabei ganz besonders argwöhnisch angeschaut. Sah sie etwa aus wie eine Schwatzbase? Als ob sie oder überhaupt ein vernünftiger

Mensch sich auf all die Unruhe einen Reim machen konnte. Dessen ungeachtet hätte sie schon gern gewusst, welche aufregenden Nachrichten die Kundschafter in das Stadthaus brachten, aber natürlich passte Hubert wie ein Luchs auf, dass sie und die anderen Diener den Boten fernblieben.

An einem Nachmittag, kurz vor Beginn der königlichen Hochzeit, änderte sich plötzlich Huberts Verhalten. Suzanne reinigte gerade ihre Schuhe, als er sie mit der Mitteilung überraschte, der Admiral habe nach ihr gefragt.

»Ihr meint wirklich mich, Monsieur Hubert?«

»Frag nicht so dumm, Mädchen«, antwortete der Hausverwalter schlecht gelaunt. Seine Hände waren schmutzig und glänzten fettig, als wäre er mit Wagenschmiere in Berührung gekommen. Vermutlich hatte er den Auftrag erhalten, die Kutsche des Admirals für eine Ausfahrt herzurichten. Er würde Stunden brauchen, um die klebrige Schmiere abzuwaschen.

»Die Herren sind misslicher Stimmung«, schickte er nach und verzog, zum Zeichen, dass es ihm nicht anders ginge, den Mund. »Ich hoffe, dass ein guter Tropfen aus dem Weinkeller ihre Laune ein wenig hebt.«

Suzanne, die bereits die Treppe hinaufgeeilt war, blieb auf dem Absatz stehen und wandte sich um. Einige der protestantischen Edelleute, deren dröhnende Stimmen bis hinaus auf den dunklen Korridor drangen, schienen in der Tat gereizt zu sein. Vermutlich hatte Hubert nach der anstrengenden Arbeit, die er verrichtet hatte, einfach keine Lust, sich beschimpfen zu lassen, und reichte den bitteren Kelch daher an sie weiter.

Rasch verscheuchte sie die finsteren Gedanken aus ihrem Kopf. Die Gäste des Admirals waren ausnahmslos Herren fürstlichen Geblüts und würden sie schon in Ruhe lassen, wenn sie ihren Dienst im Kabinett ordentlich versah. Außerdem brannte die Neugier immer stärker in ihr. Eine bessere Gelegenheit, Gaspard de Coligny endlich aus der Nähe zu sehen, ohne dass Hubert sich einmischte, würde vermutlich so bald nicht wieder kommen.

Coligny fuhr sich mit der Hand durch das schüttere Haar. Er war müde, tiefe dunkle Ringe verliehen seinen Augen über der scharf hervorspringenden Nase etwas beinahe Gespenstisches. Würde er nun in einen Spiegel schauen, wer weiß, ob es ihn nicht vor sich selbst grauste. Vielleicht hätte er auf Huberts Rat hören und wenigstens in der vergangenen Nacht ein paar Stunden schlafen sollen. Dass er es nicht getan und die Zeit stattdessen mit Lesen verbracht hatte, ärgerte ihn nun. Als sein Blick auf die Eilbotschaft aus dem königlichen Palast fiel, die ein junger Page vor wenigen Minuten überbracht hatte, stieß er gereizt die Luft aus. Er hatte die Königinmutter unterschätzt, und das machte ihn wütender als seine Müdigkeit, ja sogar mehr als die schroffe Abfuhr, die ihm die Frau erteilt hatte. Obgleich Katharina schon seit vielen Jahren in Frankreich lebte, verriet ihr schwerer italienischer Akzent noch immer ihre Herkunft. Reden jedoch konnte sie wie eine Krämerin, während er sich all die Jahre auf sein militärisches Geschick verlassen hatte.

Coligny dachte an seinen Besuch im Louvre zurück. Der junge König mochte ihn, er hatte mit Begeisterung zugehört, als er ihm seine Pläne und politischen Ziele unterbreitet hatte. Aber dann war Katharina wie ein Racheengel in das königliche Kabinett gerauscht, und schlagartig hatte ihr Sohn den Kopf eingezogen.

Unten, auf dem Hof, regte sich Lärm. Coligny öffnete das Fenster und erhaschte einen Blick auf eine Schar Männer, die sich lachend auf die Schenkel klopfte. Sie schienen betrunken zu sein, ihre Stimmen klangen schrill, als bereitete es ihnen Mühe, deutlich zu sprechen. Coligny schnappte auf, dass sie sich über einige Frauen aus dem Gefolge der Herzogin von Levers lustig machten, und runzelte die Stirn. Jetzt war wohl kaum die Zeit für leichtfertiges Gerede. Am liebsten hätte er die Burschen einzeln antreten lassen, um ihnen den Marsch zu blasen, aber statt sie zu maßregeln, schlug er lediglich das Fenster zu. Die jungen Männer tranken und spotteten, weil sie sich Mut machen wollten. Und das wiederum hieß, dass sie Angst hatten.

Coligny ging nicht gleich wieder zur Tafel zurück, an der seine Freunde und Verbündeten Platz genommen hatten. Er konnte auch vom Fenster aus verfolgen, wie ihre Unterhaltung von Minute zu Minute hitziger wurde.

»Es hat keinen Sinn, sich etwas vorzumachen«, hörte er den Prinzen Condé rufen. »Wir bringen den König nur gegen uns auf, wenn wir so tun, als bereite uns die Hochzeit kein Kopfzerbrechen. Außerdem ist es eines Edelmanns unwürdig, den Schwanz einzuziehen. Mein Vater pflegte sein Recht mit der Waffe in der Hand zu erstreiten.«

»Der König mag von seiner Mutter schlecht beraten werden, aber er ist doch kein Dummkopf«, wiegelte der Graf de Montmorency schmatzend ab. Coligny konnte ihn nicht sehen, da Condé vor ihm stand, aber er ahnte, dass der Graf sich an dem fetten Schinken gütlich tat, den er am Abend zuvor als Nachtmahlzeit ins Kabinett hatte bringen lassen. Außer Montmorency schien keiner der Männer Appetit zu haben. Zu tief saß die Sorge um die Zukunft der Hugenotten Frankreichs in ihren Herzen.

»König Charles ist der Sohn einer Medici, und die sind schließlich in ganz Europa für ihre Hinterlist bekannt«, erhob

Prinz Condé aufgeregt Einspruch. »Sie mag uns anlächeln und mit schmeichlerischer Stimme betonen, wie groß ihre Freude darüber ist, dass mit der Heirat ihrer Tochter und unseres Henri der Frieden im Land wiederhergestellt wird. Aber ich würde ihr dennoch nicht den Rücken zuwenden oder ein Stück Schinken von ihrer Tafel essen.«

»Unser guter Montmorency scheint da nicht so wählerisch zu sein wie Ihr, Condé«, sagte Coligny ungerührt. »Die Keule auf seinem Teller ist nämlich ein kleiner freundschaftlicher Gruß aus dem Louvre.«

Montmorency begann vor Schreck zu husten. Unter dem Gelächter der anwesenden Herren spuckte er ein Stück Knorpel auf den Tisch und schob mit angewiderter Miene die Schüssel von sich.

»Nur keine Bange, mein Lieber.« Condé klopfte dem Edelmann freundschaftlich auf den Rücken. »Nicht einmal Katharina von Medici versprüht ihr Gift so unbedacht. Doch bei den Hochzeitsfeierlichkeiten solltet Ihr auf der Hut sein. Der Louvre besitzt eine Unzahl finsterer Gänge. Ich möchte keinen von euch mit einem Messer im Rücken hinter einem Vorhang finden müssen.«

Noch bevor Coligny darauf etwas erwidern konnte, ging die Tür auf, und das junge Mädchen, das Hubert auf seinen Befehl als Dienstmagd ins Haus geholt hatte, betrat den Raum. Sie hielt einen schweren Krug in den Händen und ließ ihre Blicke über die Tafel wandern, abwägend, ob sie ungefragt nachschenken oder den Krug einfach auf den Tisch stellen sollte. Sie entschied sich dafür, selbst die Becher zu füllen, was ihr aber misslang, weil der Krug zu schwer für sie war. Mitleidig beobachtete Coligny, wie die junge Magd Pfütze um Pfütze hinterließ. Doch sie hörte nicht auf einzuschenken, bis dem Prinzen Condé der Kragen platzte. »Bist du verrückt, den guten Wein auf dem Tisch zu verteilen statt in die Becher? Dir hat wohl niemand beigebracht, wie man ordentlich aufwartet?«

»Aber gewiss doch, Monseigneur. Mein Vater zeigte es mir. Aber der kleine Krug ist zerbrochen und der, den Monsieur Hubert mir gab …«

»Verschone uns mit dem Küchengeschwätz!«

Coligny kam dem Mädchen zu Hilfe, bevor der Prinz mit seinem Tadel fortfahren konnte. »Das Ungetüm ist wirklich viel zu schwer für das zierliche Kind, Condé. Ich frage mich, was Hubert sich dabei gedacht hat.« Er machte eine kleine Atempause, dann fragte er: »Du bist die kleine Goulard, nicht wahr?«

»Oh, Ihr kennt meinen Namen?«

»Es wäre leichtsinnig von mir, nicht die Namen der Menschen zu kennen, die unter meinem Dach wohnen«, meinte Coligny. Dabei deutete er ein kleines Lächeln an, das Suzanne die Röte ins Gesicht jagte.

»Kann es sein, dass wir hier stören? Sollen wir uns zurückziehen, damit Ihr Euch mit Eurer kleinen Magd beschäftigen könnt?« Condé stemmte die Fäuste in die Taille, doch sein strenger Gesichtsausdruck vermochte Coligny nicht zu täuschen. Er hatte ein belustigtes Funkeln in den Augen des jungen Prinzen gesehen.

»Vielleicht keine schlechte Idee«, murmelte er. »Ich bin doch ein wenig erschöpft. Auf morgen, Freunde!«

»Du bist also das Mädchen, das mir von der Pariser Gemeinde unserer Glaubensbrüder empfohlen wurde«, sagte Coligny, nachdem seine Freunde gegangen waren. Suzannes Herz klopfte bis zum Hals. Niemals hatte sie damit gerechnet, dass der Admiral sie zum Bleiben auffordern könnte, weil er sich mit ihr unterhalten wollte. Aber offensichtlich war genau das seine Absicht. Mit einer knappen Handbewegung lud er sie ein, ihm zum Kamin zu folgen, vor dem zwei bequeme gepolsterte Lehnstühle mit Fußbänkchen standen. Natürlich brannte aufgrund der Hitze des Augustabends kein Feuer, aber der Winkel sah dennoch sehr gemütlich aus.

»Nun setz dich schon zu mir, oder willst du die ganze Zeit, während wir miteinander plaudern, stehen bleiben?« Coligny nahm ein Buch, das auf einem der Fußbänke lag, und begann mit nachdenklicher Miene darin zu blättern. Suzanne kannte das Buch, ihr Vater hatte ebenfalls eine Ausgabe besessen. Soweit sich Suzanne erinnerte, hatte ihre Mutter es ihm geschenkt. Der Zustand dieses Buches ließ erahnen, dass Coligny es nicht zum ersten Mal aufschlug, sondern schon oft darin gelesen hatte.

»Du scheinst das Buch zu kennen?«

Suzanne nickte. »Ich bin die Tochter eines Predigers. Aber vermutlich wisst Ihr das schon. Gewiss hat Euer Haushofmeister mich deshalb ausgewählt.«

»Nein, deshalb nicht.« Coligny machte ein nachdenkliches Gesicht. Dann schlug er das Buch zu und ergriff ohne Vorwarnung Suzannes Hand. »Deine Mutter ist tot, nicht wahr?«

»Meine Mutter?« Überrumpelt hob Suzanne die Schultern. Sie hatte mit vielem gerechnet, auch mit Fragen zu ihrer Herkunft, doch nicht damit, dass sich der allerorts bewunderte Admiral nach ihrer Mutter erkundigte. Es dauerte einige Augenblicke, bis sich ihre Verwunderung so weit gelegt hatte, dass sie Coligny eine Antwort geben konnte. In knappen Worten erzählte sie ihm, dass ihre Eltern gestorben seien. Über die Armut, in die sie der plötzliche Tod des Vaters geworfen hatte, verlor sie jedoch kein Wort. Wozu auch? Die Tatsache, dass sie als Hausmagd aufbrausende Männer bedienen musste, die trotz ihres hohen Standes ebenso ungehobelt waren wie Stallknechte, sprach für sich.

Coligny hörte ihr zu, ohne sie zu unterbrechen. Nach einer Weile stand er auf und begann, im Raum auf und ab zu gehen. Suzanne fühlte sich immer unbehaglicher. Aus den Augenwinkeln betrachtete sie den älteren Mann. Sie fand, dass sein Gesicht Durchsetzungsvermögen und Strenge verriet, möglicherweise auch eine Spur Launenhaftigkeit. Aber da war auch ein trauriges Glimmen in seinen Augen, das Suzanne tief berührte. Einen Moment stand sie unschlüssig da und knetete ihre Finger, dann schlich sie auf Zehenspitzen zur Tür. Sie brannte zwar darauf zu erfahren, warum sich der Admiral für ihre Mutter interessierte, aber sie wagte nicht, ihn zu fragen, weil sie nicht aufdringlich sein wollte. Sie war eine Magd. Nichts weiter. Je eher sie das einsah, desto schneller würde sie sich in diesem merkwürdigen Haus einleben. Es war auch besser, wenn sie ging, bevor Coligny klar wurde, wie verletzlich er auf sie wirken musste. So etwas mochten Männer doch überhaupt nicht leiden. Außerdem würde Hubert ihr niemals glauben, dass sein Herr ihr befohlen hatte, zu bleiben. Er würde ärgerlich werden und sie ausschimpfen. Nicht, dass ihr das etwas ausmachte, aber vielleicht verbot er ihr dann, ihre Geschwister zu besuchen.

»Ich hoffe, Hubert hält sich an meine Befehle«, hörte Suzanne plötzlich die Stimme des Admirals in ihrem Rücken. Er war ihr nachgelaufen. »Ich habe ihm aufgetragen, dir keine schweren Arbeiten aufzubürden, sondern dir den Aufenthalt in diesem Haus so bequem wie möglich zu machen.«

Suzanne riss die Augen auf, weil sie glaubte, sich verhört zu haben. Was war hier eigentlich los? Sie war doch als Magd zur persönlichen Bedienung des Admirals eingestellt worden, oder etwa nicht? Um nicht vor ihrem Herrn die Fassung zu verlieren, sagte Suzanne: »Um genau zu sein, hat mich noch niemand über meine Pflichten hier im Haus aufgeklärt. Ich versuche mich bei den Mägden in der Küche nützlich zu machen, aber sie scheinen mich ebenso wenig zu brauchen wie Hubert. Ich stehe allen im Weg herum, werde aber bestens versorgt. Dabei möchte ich nichts anderes, als mir mein Brot mit ehrlicher Arbeit zu verdienen, Monseigneur.« Sie errötete, als er ihr einen eindringlichen Blick zuwarf, straffte aber im nächsten Moment trotzig die Schultern. »Ich nehme keine Almosen entgegen, auch nicht von Euch!«

Coligny lachte. »Meine Informanten haben nicht gelogen. Du ähnelst deiner Mutter wirklich sehr. Und bevor du mich wieder mit großen Augen anstarrst: Jawohl, ich habe sie gekannt, auch wenn unsere Bekanntschaft viele Jahre zurückliegt. Das Buch, das auf dem Fußschemel liegt, gehörte einmal ihr. Sie hat es mir gegeben, bevor …«

Ein heftiges Klopfen an der Tür unterbrach den Admiral. Es war Hubert, der seinen Herrn darüber informieren wollte, dass es allmählich Zeit werde, zum Louvre aufzubrechen, um sich dem Ehrengeleit anzuschließen, das den jungen Bräutigam zur Kathedrale von Notre-Dame führen sollte. Draußen warteten bereits vier prächtige Karossen und eine größere Anzahl Pferde mit kostbarem Zaumzeug auf die Adligen, die vom Haus des Admirals aus zur Vermählung ziehen wollten. Suzanne vermutete in den würdig dreinblickenden Herren, deren schwarze Seidenumhänge im Sonnenlicht glänzten, die wichtigsten Führer der Hugenotten. Die Männer begrüßten Coligny mit einem förmlichen Nicken und nahmen ihn alsdann in ihre Mitte. Die jüngeren, unter ihnen auch Prinz Condé, der ein grünlich schimmerndes, mit Juwelen besetztes Gewand und einen ausladenden Federhut trug, schwangen sich auf ihre Pferde, während sich ihre betagteren Gefährten in die Kutschen drängten.

Suzanne blieb auf der Treppe stehen, bis der letzte Wagen

unter dem Torbogen verschwunden war. Auch Hubert ging nicht gleich ins Haus zurück, sondern schlurfte schwerfällig über das holprige Pflaster, um mit Hilfe eines Knechts das breite Tor zu verriegeln. Da erklangen jenseits der Mauer Pfiffe und Rufe, die sich alles andere als freundlich anhörten. Das metallische Geräusch der Lanzen, die den Soldaten gehörten, welche abkommandiert worden waren, um den Zug der Hugenotten zu begleiten, mischte sich mit dem Lärm des Gassenpöbels.

Suzanne hielt den Atem an; ein plötzliches Unbehagen trieb ihr die Gänsehaut auf Arme und Beine. Wann immer Admiral Coligny früher in seiner glänzenden Rüstung durch die Gassen von Paris geritten war, hatte ihm das Volk zugejubelt. Seine Treue zur Krone war hinlänglich bekannt. Es hieß sogar, dass der junge König ihn mit »Vater« anredete, da er seinen eigenen Vater, Henri III., bei einem Turnier früh verloren hatte. Warum lästerten die Leute auf der Straße nun plötzlich über Coligny?

»Was stehst du hier noch herum?«, fuhr Hubert Suzanne an, die unbewegt auf das Tor starrte. Das Gesicht des Mannes war kreidebleich geworden. Vermutlich schlugen ihm die Schmährufe, von denen einige deutlich zu verstehen waren, aufs Gemüt.

»Ich mache mir Sorgen um unseren Herrn.«

Hubert rümpfte die Nase. »Admiral Coligny weiß schon, was er tut. Er wird Seine Majestät bitten, ihm Truppen zu überantworten, damit er unsere niederländischen Glaubensbrüder vom Joch der spanischen Besatzer befreien kann. Die Niederlande liegen ihm am Herzen, denn sein Schwiegersohn, Wilhelm von Oranien, kämpft seit Jahren gegen Spanien. Der König wird uns Hugenotten unterstützen, aber das gefällt dem Fürstenhaus Guise nicht.«

Suzanne runzelte die Stirn. Der Herzog von Guise galt als

einer der fanatischsten Feinde der Hugenotten. Es war gefährlich, sein Missfallen zu erregen. Aber genau das tat Coligny, wenn er den willensschwachen König zu beeinflussen versuchte, ohne sich mit der Königinmutter Katharina zu einigen. Als Suzanne ihre Bedenken äußerte, lachte ihr Hubert spöttisch ins Gesicht. »Soll der Admiral etwa ein Weib um Erlaubnis fragen, ob er in die Niederlande marschieren darf? Katharina von Medici mag sich einbilden, in Frankreich zu regieren, aber in Wahrheit ist sie vom Volk nur geduldet. Jedermann weiß, dass der verstorbene König sie verabscheute und seine Geliebte Diane de Poitiers vorzog.«

»Meine Mutter mochte die Königin auch nicht, weil sie in ihr eine heimtückische Feindin ihres Glaubens sah, aber sie war nicht so töricht, sie zu unterschätzen«, rief Suzanne, die allmählich die Geduld verlor. »Ich bete, dass der Admiral nicht den Fehler begeht ...«

Hubert schnitt ihr mit einer scharfen Handbewegung das Wort ab. »Dir bekommt wohl die Hitze nicht!«, knurrte er. »Willst du unserem Herrn sagen, was er zu tun und zu lassen hat? Ich glaube, du hast vergessen, wer du bist. Sofort gehst du in deine Kammer und bleibst dort, bis die Hochzeitsfeierlichkeiten im Louvre vorüber sind. Ich möchte heute nichts mehr von dir sehen.«

»Ich denke ja gar nicht daran«, widersprach Suzanne empört. »Ich habe meinen kleinen Geschwistern versprochen, dass ich mit ihnen zur Notre-Dame gehe, damit sie den Navarresen und Prinzessin Marguerite sehen können.« Wie zur Bestätigung ihrer Worte begannen plötzlich ganz in der Nähe Glocken zu läuten.

Huberts misstrauische Blicke verfolgten Suzanne, bis sie die Tür ihrer Kammer hinter sich ins Schloss fallen ließ. Sie bemühte sich um Haltung, innerlich aber kochte sie vor Wut. Es dunkelte bereits, als es ihr endlich gelang, das Stadthaus zu verlassen, um ihre Geschwister zu besuchen. Pierre und Marie empfingen sie mit enttäuschten Mienen, sie wären zu gern auf den großen Platz vor der Kathedrale gezogen, um sich die Hochzeit des jungen Königs von Navarra aus der Nähe anzuschauen. Suzanne tröstete die beiden mit in Schmalz gebackenen Teigtaschen, die Colignys gutmütige Köchin ihr zugesteckt hatte. Schweigend sank sie auf eine hölzerne Bank und betrachtete die Kleinen, die es sich im Schutz eines ausladenden Lindenbaums schmecken ließen. Trotz der vorgerückten Stunde war es noch drückend heiß im Garten; nicht einmal ein sanftes Lüftchen regte sich, um sie zu erfrischen. Als sie sich schließlich erhob, um Pierre und Marie zum Abschied in die Arme zu schließen, hatte sie einen Entschluss gefasst. Eilig rief sie nach ihrer ehemaligen Nachbarin, bei der die Kinder vorübergehend wohnten, gab ihr alles Geld, das sie bei sich hatte, und trug ihr auf, ihre Geschwister gleich am nächsten Morgen aufs Land zu bringen.

»Aber warum schickst du die Kinder ausgerechnet jetzt fort?«, erkundigte sich die Frau mit einem verwirrten Blick auf die Münzen in ihrer Hand. »Sie reden seit Tagen von nichts anderem mehr als von Admiral Coligny. Pierre hofft, dass du ihn einmal mitnimmst, damit er den hohen Herrn kennenlernen kann.«

Suzanne schüttelte den Kopf. Daraus würde nichts werden, das spürte sie in allen Knochen. Sie konnte nicht sagen, woher ihre Ahnung rührte. Vielleicht lag sie ja auch falsch mit ihren Ängsten, und alles blieb ruhig in Paris. Dann würde sie Pierre Abbitte leisten und Hubert künftig nie mehr widersprechen. Aber wenn das Gefühl, das immer häufiger an ihr zehrte, tatsächlich zur Gewissheit würde, dann stand den Hugenotten von Paris, und mit ihnen dem Admiral, etwas Schreckliches bevor.

»Die Hochzeitsfeierlichkeiten sind in vollem Gange«, sagte sie leise, während ihre Geschwister um die Linde herumliefen und Fangen spielten. »Noch darf jeder unbehelligt die Stadt verlassen.«

»Und wohin soll ich die Kinder bringen? Die Ärmsten haben doch niemanden mehr auf der Welt.«

Suzanne presste die Lippen aufeinander. Es gab nur einen einzigen Ort, an dem Pierre und Marie vorläufig sicher waren. Dort würden sie zwar gewiss nicht mit offenen Armen willkommen geheißen, aber mit Gottes Hilfe wären sie geduldet.

»Bring sie zum Landgut ihres Großvaters, des Vaters meiner Mutter«, sagte sie schließlich voller Überzeugung. »Ich werde dir den Weg beschreiben und einen Brief aufsetzen, der dem alten Herrn erklärt, wer die beiden sind und was sie von ihm erbitten.«

Suzannes Nachbarin zuckte die Schultern. Fand sie es einerseits seltsam, Paris so überstürzt zu verlassen, während die ganze Stadt Hochzeit feierte, so war es andererseits auch verlockend, dem Staub, Lärm und Gestank der Stadt für eine Weile zu entfliehen. Auf einem adligen Rittersitz ließ es sich während der Sommerhitze bestimmt aushalten.

»Du kannst dich auf mich verlassen«, sagte die Frau grinsend. »Aber warum willst du uns nicht begleiten? Kommt der edle Monsieur Gaspard de Coligny denn nicht ein paar Tage ohne dich aus?«

Suzanne überging die Frage der Frau, denn sie stach ihr mitten ins Herz. Gewiss wäre es einfach gewesen davonzulaufen, doch so mochte sie dem Admiral dessen Freundlichkeit nicht vergelten. Wenn sich das Schicksal tatsächlich gegen die Hugenotten Frankreichs verschworen hatte, musste sie in

Paris bleiben und die protestantischen Fürsten warnen, solange noch Atem in ihr war. Davon abgesehen musste sie ergründen, welches Geheimnis ihre Mutter und Admiral Coligny einst miteinander verbunden hatte.

Als Coligny sich einige Tage nach der Hochzeit auf dem Heimweg vom Louvre befand, war er guter Dinge. Seine Pläne schienen sich so zu entwickeln, wie er es sich vorgestellt hatte. Der König hatte seinem Vorschlag noch nicht endgültig zugestimmt; er zögerte, den Feldzug in die spanischen Niederlande zu genehmigen. Aber er hatte Coligny mit verschiedenen Gunstbeweisen geradezu überschüttet. Am meisten freute sich der Admiral darüber, dass er wieder in den Staatsrat aufgenommen worden war. Charles IX. hatte den Kronrat einbestellt und veranlasst, dass seinem väterlichen Freund nach der vorübergehenden Ächtung, die dieser seines Glaubens wegen hatte erdulden müssen, eine Entschädigung von nicht weniger als 15 000 Pfund in Gold gezahlt und eine Abtei auf französischem Hoheitsgebiet übereignet wurde, die noch mal 20 000 Pfund an jährlichen Einkünften abwarf.

Coligny lächelte gedankenversunken, als er sein Pferd über die steinerne Brücke lenkte, welche die beiden Ufer der Seine miteinander verband. Mit dem Geld aus der königlichen Schatulle würde es ihm gewiss nicht schwerfallen, ein stehendes Heer für das niederländische Abenteuer auszurüsten. Vielleicht gelang es ihm ja auch noch, das beschämende Versammlungsverbot für die Hugenotten aufheben zu lassen, das einst über Paris und alle Residenzen des königlichen Hofes verhängt worden war. Der Herzog von Guise würde vor Ärger platzen, wenn er erfuhr, dass Colignys Einfluss auf den König von Tag zu Tag wuchs. Colignys einziger Kummer bestand darin, dass man ihm seit einiger Zeit nicht erlaubte,

Henri in seinen Gemächern zu besuchen. Die Königinmutter behauptete, der junge Fürst habe Morddrohungen erhalten und sich einstweilen mit seiner Gemahlin vom aufregenden Hofleben zurückgezogen.

Das passt nicht zu Henri, grübelte Coligny, während er in eine Straße einbog, die zum großen Markt führte. Hier herrschte zu dieser Tageszeit emsiges Treiben: Krämer priesen ihre Waren an, Gaukler führten auf einer Tribüne ein Possenspiel auf, Hunde balgten sich um Abfälle, die aus den Fenstern der hohen Häuser mitten auf die Gasse geleert wurden. Der Geruch von gebratenen Würsten, Gewürzen, Leder, Vieh und Schweiß drang über den Platz. Coligny wandte sich zu seinem Bewaffneten um, der sich einige Schritte hinter ihm durch das Getümmel kämpfte. Er wollte dem Soldaten gerade zurufen, dass er beschlossen hatte, einen anderen Weg einzuschlagen, als das donnernde Geräusch einer abgefeuerten Muskete das Getöse des Markttreibens jäh verstummen ließ. Coligny zuckte zusammen; sein hagerer Körper krümmte sich auf dem Pferderücken, und sein Gesicht verzerrte sich, als ein heißer Schmerz durch seine rechte Schulter jagte. Wie durch eine Wand aus Nebel drangen kreischende Stimmen und das Wiehern seines Pferdes an sein Ohr. Dann fand sich Coligny auch schon auf dem Boden wieder. Undeutlich bemerkte er, wie sein Leibwächter die fassungslose Menge mit der Spitze seiner Lanze in Schach hielt, während einige dunkel gekleidete Männer mit Spitzbärten, die zweifellos Hugenotten waren, sich schützend vor ihn stellten. Sie zogen ihre Degen. Einer deutete mit dem Knauf seiner Waffe auf ein kleines Fenster in einem der Bürgerhäuser, hinter dem ein Schatten zu sehen war.

»Man hat auf den Admiral geschossen«, hörte Coligny eine weibliche Stimme aufschluchzen. »Er ist verletzt!«

Erst jetzt bemerkte Coligny voller Entsetzen, dass er in einer großen Blutlache schwamm. Sein rechter Arm war schwer, als hätte ihn jemand aus Blei gegossen. Als er versuchte, ihn anzuheben und die Finger zur Faust zu schließen, wurde ihm schwarz vor Augen.

Suzanne befand sich in ihrer Kammer, als der Admiral in einer Sänfte nach Hause gebracht wurde. Sie war den Nachmittag über damit beschäftigt gewesen, Kleider und Mieder auszubessern und Platz in dem großen Binsenkorb zu schaffen, den Hubert ihr als Ersatz für eine richtige Kleidertruhe ins Zimmer hatte stellen lassen. Als sie die aufgebrachten Stimmen der Männer hörte, die durch das Tor aufs Haus zuhielten, ließ sie jedoch sogleich ihr Nähzeug fallen und stürzte zum Fenster. Sie musste sich weit über die Brüstung beugen, denn ihre Kammer ging nicht auf den Hof, sondern auf den Garten hinaus. Außerdem erschwerten ihr die ausladenden Zweige eines hohen Baumes, der direkt vor ihrem Fenster stand, die Sicht. Dennoch beobachtete sie, wie eine blutüberströmte Gestalt aus einer Sänfte gehoben und ins Haus getragen wurde. Sie erkannte den Admiral sofort.

Ohne zu zögern, hastete sie die Treppe hinunter, wobei sich ihr Herz angstvoll zusammenkrampfte. Der Admiral war verwundet. Vielleicht lebte er gar nicht mehr.

»Er ist nicht tot«, versuchte Hubert das Mädchen in der Halle zu beruhigen. »Ein Wundarzt aus Saint Denis schneidet ihm gerade eine Kugel aus dem Arm, aber das wird unseren Herrn gewiss nicht umbringen. Vorausgesetzt, der Kurpfuscher versteht sein Handwerk.« Zum ersten Mal, seit Suzanne ihn kannte, huschte ein schwaches Lächeln über Huberts Gesicht. Nervös zupfte er an seinem Bart. »Da hat Admiral Coligny schon ganz andere Wunden überstanden, als er im Feld stand.«

»Erlaubt Ihr, dass ich zu ihm gehe, Monsieur?« Die Frage war Suzanne so herausgerutscht, sie machte sich schon auf eine schroffe Abfuhr gefasst. Doch zu ihrer Verwunderung hielt Hubert ihr sogar die Tür zu Admiral Colignys Gemach auf und lud sie mit einer Handbewegung ein, näher zu treten.

»Du kannst dich getrost nützlich machen und beim Anlegen der Verbände helfen. Das ist Frauensache.«

Suzanne verschlug es die Sprache, als sie die fiebrig glänzenden Augen des Admirals auf sich gerichtet fand. Im Schlafgemach war es heiß und stickig. Außerdem roch es stark nach Blut, Schweiß und versengtem Fleisch. Die schweren, purpurroten Brokatvorhänge waren zugezogen, um das letzte Sonnenlicht auszusperren. Dafür brannten Öllampen und auf Eisendorne gespießte Wachskerzen. Der Wundarzt, ein untersetzter Mann mit schiefen Zähnen, der unaufhörlich Psalmen rezitierte, stand mit blutverschmierten Händen vor einer großen irdenen Waschschüssel, machte aber keine Anstalten, sich zu reinigen. Stattdessen wickelte er die übriggebliebenen Ellen Katzendarm, mit dem er die Wunde genäht hatte, auf eine Spindel. Schließlich wurde er von zwei Freunden Colignys, die nicht weniger erschöpft aussahen als er, mit ein paar Goldmünzen entlohnt und schleunigst aus dem Raum geschoben. Suzanne krempelte sich die Ärmel hoch, nahm das saubere Leinentuch, das eine Magd gebracht hatte, und begann, den Admiral so behutsam wie möglich zu verbinden. Während der schmerzhaften Prozedur zuckte er nicht einmal mit der Wimper.

»Der König schäumt vor Wut«, flüsterte er, nachdem Suzanne ihre Arbeit beendet hatte. »Er hat befohlen, den Schuldigen aufzuspüren und zu bestrafen, selbst wenn es sich um den Herzog von Guise persönlich handeln sollte.«

»Oder um Katharina, seine Mutter! Vielleicht sollten wir

uns nach La Rochelle zurückziehen und erst einmal abwarten, ob der König daran denkt, alle Versprechen zu halten, die er Euch gegeben hat«, gab einer der anwesenden Edelleute zu bedenken. Suzanne war derselben Meinung. Dankbar blickte sie den grauhaarigen Mann an. Sie kannte ihn nicht, aber er sprach ihr aus dem Herzen. Coligny musste Paris verlassen, sobald er wieder fähig war, auf einem Pferd zu sitzen. Ohne Frage steckte der eifersüchtige Herzog hinter dem feigen Anschlag. Suzanne war davon überzeugt, dass er es wieder versuchen würde. Das nächste Mal drang er womöglich bis in dieses Zimmer vor.

Während die Edelleute weiter auf Coligny einredeten, räumte Suzanne leise die schmutzigen Tücher, das zerfetzte und angesengte Hemd und die Schüssel mit dem blutigen Wasser weg. Dabei hoffte sie inständig, dass die Wachen oder Hubert ihr nicht verbieten würden, wieder in das Gemach zurückzukehren. Ihre Befürchtung war unnötig. Keiner der Bewaffneten, die die Tür im Auge behielten, stellte sich ihr in den Weg.

Eine Stunde später verabschiedeten sich die Edelleute, um ihre eigenen Quartiere aufzusuchen. Bis auf den älteren Herrn, der vorgeschlagen hatte, nach La Rochelle zu gehen, wohnten alle im Louvre und waren zu einem großen Bankett mit einem anschließenden Schauspiel an die königliche Tafel geladen. Dort hofften sie den König von Navarra und den Prinzen Condé zu treffen, die vermutlich noch nichts von dem Anschlag auf Colignys Leben gehört hatten.

»Sie sehen in mir einen Kriegstreiber«, brummte Coligny kopfschüttelnd. Sein schmales, bärtiges Gesicht wirkte im Schein der Kerzen, die Suzanne angezündet hatte, wie Wachs, doch seine Stimme klang schon wieder recht kräftig. »Gott ist mein Zeuge, dass ich mich nie nach Pulverdampf und Schlachtengetümmel gesehnt habe. Ich zog in den Krieg, wenn es keinen anderen Weg gab, unseren Glauben zu verteidigen. Unseren Weg, Gott zu dienen. Mein Ziel war immer ein geeintes, starkes Frankreich, das sich vor seinen Feinden nicht zu fürchten braucht.«

Suzanne nickte vorsichtig. »Meine Mutter hat oft von Euch und Euren Ruhmestaten gesprochen.«

»Ach, hat sie das?« Coligny richtete sich ein wenig in seinem Sessel auf, bewegte aber seine Beine, die auf einem kleinen Fußbänkchen lagen, nicht. Verwundert schaute er Suzanne an. »Das überrascht mich, offen gesagt, denn als sie meine Hilfe so dringend brauchte, habe ich sie im Stich gelassen.«

»Ihr habt sie also wirklich gekannt?«

»Nicht nur gekannt, mein Kind. Ihr verdanke ich meinen Glauben, ja sogar meinen Seelenfrieden. Deine Mutter wuchs auf einem Adelssitz in der Nähe von Châtillon auf, wo auch meine Familie ein Schloss besitzt. Schon als Kind besuchte sie uns oft. Als ich sie eines Tages mit reformatorischen Schriften in den Händen überraschte, war sie keineswegs eingeschüchtert, obwohl der damalige König streng gegen Ketzer vorging. Er hatte wenige Jahre zuvor erst die *chambre ardente*, die sogenannte »Feuerkammer«, einrichten lassen, um allen, die sich der neuen Lehre verschrieben, den Prozess zu machen. Deine Mutter Anne bekannte sich nicht nur zu Calvins Lehren, sie erklärte sie mir auch und schenkte mir Calvins Kommentar zum Bibelbuch Hiob. Damals war sie für mich nur ein törichtes Geschöpf, das mit dem Kopf durch die Wand wollte, um ihren strengen Vater zu ärgern. Als ich jedoch einige Zeit später in spanische Gefangenschaft geriet und viel Zeit zum Beten und Nachsinnen hatte, erinnerte ich mich an alles, was mir meine junge Nachbarin beigebracht hatte. Ihr Zeugnis hat mich tiefer bewegt, als ich dachte. Damals nahm ich selbst die protestantische Lehre an.«

»Hat meine Mutter jemals erfahren, dass Ihr Euch aufgrund ihrer Beharrlichkeit bekehrtet?«

Coligny schüttelte betrübt den Kopf. »Als sie ihr Zuhause verlassen und in Paris untertauchen musste, befand ich mich auf einem Feldzug. Ich erfuhr erst später, dass sie geheiratet und Kinder bekommen hat. Man sagte mir, ihre Älteste sei das erste Kind gewesen, das in Paris nach protestantischem Ritus getauft worden sei.« Er zögerte, bevor er hinzufügte: »Es tut mir leid, dass sie nicht mehr lebt.«

»Sie fehlt mir oft«, sagte Suzanne. »Gewiss würde sie sich freuen, wenn wir Kinder uns mit ihrer eigenen Familie wieder versöhnten.«

»Was soll das heißen?«

»Ich habe meine Geschwister aus Paris fortgeschickt, damit sie in Sicherheit sind. Sie befinden sich bereits auf dem Weg zum Landsitz unsres Großvaters.«

Coligny nickte. Er schlug die Augen nieder und gab ihr schließlich mit einem Wink zu verstehen, dass er nun ein wenig ruhen musste.

»In dreizehn Stunden beginnt der Tag des Herrn«, murmelte er müde. »Dann feiern die Katholiken den Tag des heiligen Bartholomäus. Ich muss zusehen, dass ich vorher noch einmal Gelegenheit finde, mit dem König zu sprechen.«

Am nächsten Tag verzehrte Suzanne gemeinsam mit der Köchin und den Mägden in der geräumigen Küche ein bescheidenes Abendbrot. Die Stimmung war nicht mehr so gedrückt, seit feststand, dass der Hausherr von seinen Verletzungen genesen werde. Doch noch immer handelten die Gespräche von nichts anderem als dem heimtückischen Anschlag am Vortag. Das Gerücht ging um, dass die verärgerten Hugenottenführer einen Vergeltungsschlag vorbereiteten, um an den Rädelsführern des Komplotts blutige Rache zu nehmen. Angeblich war der Attentäter identifiziert worden. Er stehe dem Königshaus nahe, hieß es. Angeblich sei er sogar ein enger Vertrauter der Katharina von Medici und gehe im Louvre ein und aus.

Suzanne hörte zu, ohne sich an dem Austausch von Vermutungen zu beteiligen. Ihr gingen ganz andere Dinge durch den Kopf. Sie war froh, dass Pierre und Marie nicht mehr in der Stadt waren. Eine Weile später gesellte sich Hubert zum Gesinde. Als er Suzanne am Feuer sitzen sah, kam er sogleich auf sie zugelaufen.

»Vor dem Tor wartet eine Frau auf dich«, sagte er. »Ich habe ihr gesagt, sie soll sich davonscheren und morgen früh wiederkommen, aber davon will sie nichts hören. Sie behauptet, es gehe um Leben und Tod.«

Suzanne konnte sich nicht vorstellen, wer sie zu dieser Stunde noch aufsuchen mochte, doch auf Huberts Drängen erhob sie sich schließlich und verließ die Küche durch die schmale Seitenpforte neben dem Rauchfang, die hinaus auf den Hof führte.

Vor dem Tor traf sie auf eine gebückte ältere Frau in schäbiger Reisekleidung, der die Tränen über die fleischigen Wangen liefen. Suzanne erschrak, als sie die Alte erkannte. Ohne Umschweife sprang sie auf sie zu und packte sie derb an der Schulter. »Großer Gott, was machst du schon wieder hier in Paris?«, zischte sie die weinende Frau an. »Ich habe dir gutes Geld gezahlt, damit du meine Geschwister aufs Land begleitest! Wo zum Teufel hast du sie gelassen?«

Die Frau zog den Kopf zwischen die Schultern wie ein ängstlicher Vogel. Suzannes ärgerlichem Blick wagte sie nicht zu begegnen.

»Ich kann nichts dafür, Suzanne. Ich schwöre dir bei der wahren Lehre, dass ich die Kinder wie meine Augäpfel behütet habe. Aber sie wollten ja von Anfang an nicht mit mir gehen. Plapperten immerzu davon, dass sie bei dir bleiben wollten. Insbesondere die Marie. Das ist ein wahrer Teufelsbraten, wenn du mich fragst. Keine Achtung hat sie vor Älteren, die nicht mehr so gut zu Fuß sind wie das junge Gemüse. Als wir schließlich in einem Gasthaus einkehrten und ich mit dem Wirt wegen einer Schlafkammer verhandelte, machten sie sich einfach aus dem Staub. Sie sind ganz gewiss nach Paris zurückgewandert. Aber bei euch zu Hause sind sie nicht aufgetaucht. Dort habe ich natürlich schon nachgesehen.« Wieder fing die Frau zu schluchzen an.

Suzanne war ebenfalls den Tränen nahe. Nicht nur, dass ihre Geschwister gegen ihren Willen in die Hauptstadt zurückgekehrt waren, die unter den gegenwärtigen Spannungen drohte, sich in ein Pulverfass zu verwandeln. Nein, nun irrten sie auch noch mutterseelenallein umher. Müde und hungrig, wie sie sicher waren, stellten sie für die Gauner, die auf den überfüllten Gassen herumlungerten, lohnenswerte Beute dar.

Suzanne machte auf dem Absatz kehrt, ohne die lamentierende Unglücksbotin noch eines Blickes zu würdigen. Im Hof blieb sie stehen und atmete tief durch. »Ich muss nachdenken«, raunte sie sich selbst zu, um den Mut nicht zu verlieren. »Wohin würden Pierre und Marie gehen?«

»Ich möchte dir nicht empfehlen, zu dieser Stunde noch das Haus zu verlassen«, riss Huberts Stimme sie aus den Gedanken. Der Haushofmeister schien die Unterhaltung mit der Frau belauscht zu haben. »Auf Befehl des Königs wurden sämtliche Stadttore geschlossen, die Boote vom Seineufer entfernt und zusätzliche Wachen vor den Palast gestellt, die ihn verteidigen sollen. Offensichtlich befürchtet man, unser Herr und der Prinz Condé könnten die Bestürzung über das Attentat nutzen, um Unfrieden zu stiften.«

Suzanne erschrak, als sie das hörte; gleichzeitig sah sie ein, dass es zwecklos war, sich zu dieser Stunde auf die Suche nach Pierre und Marie zu machen. Sie war versucht, in Colignys Gemach zu laufen und den Admiral um Hilfe zu bitten. Doch der war verletzt und brauchte Ruhe. Als sie zu seinem Fenster hinaufblickte, sah sie das schwache Licht einer einsamen Kerze. Vermutlich studierte Coligny noch. Während sie die flackernden Bewegungen des Scheins verfolgte, der durch die Vorhänge drang, kam ihr plötzlich ein Gedanke. Wohin würden ihre Geschwister gehen? Natürlich zu ihr. Doch sie würden Angst haben, für ihren Ungehorsam gescholten zu werden. Daher hatten die beiden nicht gewagt, an die Tür zu klopfen. Wie sie Marie kannte, würde die sich irgendwo in der Nähe verstecken und warten, bis sich der Zorn ihrer großen Schwester gelegt hatte.

Mit klopfendem Herzen durchquerte Suzanne den Hof, vorbei an den Wächtern, die auf den von der Sonne des Augusttages erhitzten Steinplatten saßen und würfelten. Im Garten schritt sie die Mauer ab, bis sie eine Stelle fand, an der eine Anzahl rauer Feldsteine herausgebrochen war. Die Lücke, die sich so gebildet hatte, wurde von einer Reihe dichter Büsche fast verdeckt, aber Suzanne erkannte gleich, dass sie groß genug war, um zwei Kindern den Zugang zum Garten zu ermöglichen. Zerbrochene Zweige und zertrampeltes Gras überzeugten Suzanne, dass sich hier vor kurzem jemand durch das Gestrüpp gekämpft hatte. Erleichterung und Ärger stritten in ihr, als sie im Schutz der Dunkelheit von Busch zu Busch rannte und die Zweige auseinanderbog. Sie musste nicht lange suchen. Bereits nach wenigen Schritten hörte sie ein beschwörendes Murmeln, das von einem trotzigen Zischen beantwortet wurde. Grimmig streckte Suzanne die Hand aus und zerrte ihre Schwester Marie am Kragen hinter einer ausladenden Brombeerhecke hervor. Pierre, der sofort erkannte, dass sie ertappt worden waren, folgte ihr freiwillig.

»Was habt ihr euch nur dabei gedacht?«, fuhr Suzanne die Kinder an. Am liebsten hätte sie die beiden geohrfeigt, aber das brachte sie nicht übers Herz. Zu groß war ihre Erleichterung, dass ihnen nichts geschehen war.

»Wir wollten dich nicht verlassen, Suzanne«, sagte das kleine Mädchen im Brustton der Überzeugung.

»Und die fürchterliche Alte hat während des ganzen Wegs nur gezetert und davon gesprochen, dass unser Großvater uns bestimmt in den Kerker werfen lässt, weil er die Hugenotten doch hasst.« Pierre stampfte mit dem Fuß auf. »Für dein Geld hat sie Wein gekauft, den sie unterwegs getrunken hat, so dass wir gar nicht vorankamen.«

Suzanne nahm beide Kinder an die Hand und schleuste sie unbemerkt durch die Küchenpforte ins Haus. In ihrer Kammer angekommen, bedeutete sie ihnen, sich ruhig zu verhalten, was auch geschehe.

Es wird mir nichts anderes übrigbleiben, als den Admiral um Hilfe zu bitten, beschloss sie, nachdem sie den Kindern etwas zu essen gebracht hatte. Er wollte eigentlich zum König, aber wegen des Feiertags zu Ehren des heiligen Bartholomäus hatte man ihm ausrichten lassen, er solle erst morgen früh vorsprechen. Es wird also sinnvoll sein zu warten, bis er …

Ein langgezogener Schrei, der durch Hof und Garten drang, ließ Suzanne erstarren. Der Schrei hörte sich an wie der Klageruf eines Käuzchens und klang so gespenstisch, dass Pierre und Marie verängstigt aufsprangen. Suzanne trat ans Fenster und blickte in die Nacht.

Ein zweiter Ruf ertönte, dieses Mal aus nächster Nähe. Die Zweige der hohen Bäume kratzten am Fensterrahmen. Suzanne wandte sich um. Einen Moment stand sie wie betäubt da, dann schritt sie auf ihren Binsenkorb zu, warf Wäsche und Kleider auf den Boden und winkte ihre Geschwister herbei.

»Erinnert ihr euch noch an den Abend, als Monsieur Toury uns besucht hat, um mir die Stellung in diesem Haus anzubieten? Kurz zuvor hatte ich euch aus Vaters Bibel vorgelesen.«

Marie nickte. Ihre Blicke gingen zwischen dem Fenster und dem geflochtenen Korb hin und her. Sie schien wie Suzanne zu spüren, dass dort draußen Unheil lauerte.

»Der Apostel Paulus setzte sich in einen Binsenkorb ...«

»Richtig!« Suzanne streichelte dem kleinen Mädchen sanft über die Wange. »Und genau das werdet ihr auch tun. Sobald ich es euch sage!«

Sie warteten. Schweigend. Pierre, der für gewöhnlich nicht lange ruhig sitzen konnte, kauerte sich mit angewinkelten Beinen auf Suzannes Lager und gab keinen Ton von sich. Still brütete er vor sich hin.

Gegen drei Uhr in der Früh setzte plötzlich Sturmgeläut ein. Suzanne vermutete, dass es die Glocken von Saint-Germain l'Auxerrois waren, deren Klang die Stille der Nacht zerriss. In das Geläut, das von weiteren Kirchenglocken aufgegriffen wurde, mischte sich alsbald anderer Lärm. Waffenlärm. Gellende Hilferufe.

Suzanne wusste, dass das Morden begonnen hatte. Mit mechanischen Bewegungen half sie ihren Geschwistern in den Binsenkorb und schloss den Deckel. Mit dem Fuß schob sie die Kleider, die auf den Dielenbrettern verteilt lagen, in eine Ecke und wartete auf diejenigen, die zur blutigen Jagd auf die Hugenotten von Paris geblasen hatten.

Gaspard de Coligny kniete vor seinem Bett und betete stumm, als draußen auf der Treppe lautes Geschrei anhob. Sein Blick fiel auf den mit edlen Goldbuchstaben geschmückten Ledereinband des Kommentars zum Buch Hiob, in dem er gelesen hatte, bis ihm die Augen schwer geworden waren. Obwohl er sich schwach fühlte, eilte er zum Fenster und stieß den Laden auf. Unterhalb seines Gemachs nahm er eine Anzahl schattenhafter Gestalten wahr. Breite Klingen wurden gekreuzt. Wenigstens ein Dutzend Männer, die weiße Schleifen an den Hüten trugen, hatte sich Zutritt zu seinem Hof verschafft. Die Torwächter und einige Pagen lagen mit durchschnittenen Kehlen in ihrem Blut.

Ein weiterer Anschlag, schoss es ihm durch den Kopf. Aber ein Blick über die Mauer auf die Straße und den sich anschließenden Platz genügte dem Admiral, um zu erkennen, dass der Aufruhr in dieser Nacht nicht ihm allein gelten konnte. Aus den Häusern, deren Türen mit einem auffallenden Kreidekreuz gekennzeichnet worden waren, drangen Schreie. Im Schein brennender Pechfackeln sah Coligny Menschen, die wie Strohpuppen aus Fenstern gestoßen wurden und unter dem Jubelgeschrei ihrer Mörder auf dem harten Pflaster zerschellten.

Im nächsten Moment wurde die Tür zu seinem Gemach aufgestoßen. Coligny suchte nach seiner Waffe, doch noch ehe er sie erreichen konnte, stürmte auch schon der erste Eindringling auf ihn zu. Coligny flüchtete sich hinter den Bettpfosten, der den ersten Hieb des Mannes abfing. Der gedungene Mörder stieß einen Fluch in einer Sprache aus, die Coligny nicht verstand. Schwarze Augen funkelten ihn voller Hass an. Plötzlich wimmelte es im Raum von Menschen. Coligny wich Richtung Wand zurück, seine Finger tasteten nach einem der silbernen Kerzenleuchter, die auf seinem Schreibpult standen, doch noch bevor er danach greifen konnte, bohrte sich ihm die Klinge eines Schwertes in die Seite.

Er schrie auf, als ein weiterer Hieb seine Schulter traf. Mit einem dämonischen Triumphgeheul holte der Söldner aus und schmetterte dem Admiral das Schwert auf den Kopf, so dass dieser benommen in Richtung Fenster taumelte.

Obwohl ihm Blut von der Stirn in die Augen rann, sah Coligny blinzelnd, dass der Söldner und seine Kameraden näher kamen. Gegenwehr war zwecklos. Sie packten ihn, drängten ihn gegen die Brüstung und versuchten ihn aus dem Fenster zu stürzen. Coligny verlor das Gleichgewicht, doch gelang es ihm, sich mit beiden Händen an das steinerne Sims zu krallen. Keuchend hob er den Kopf.

»Der Tod ist keine Schmach für einen Edelmann«, stieß er mit letzter Kraft hervor. »Doch ich wäre gern durch das Schwert eines ehrbaren Soldaten gefallen, nicht durch die Hand bezahlter Schurken!«

Im nächsten Moment brach das Sims. Coligny stürzte in den Hof.

Als die Tür zu Suzanne Goulards Schlafkammer aufgerissen wurde, sprang sie auf, als triebe sie ein unsichtbares Kommando auf die Füße. Sie ahnte schon, dass der Admiral, seine Freunde und die Bediensteten tot waren, denn sie hatte den Kampflärm, das Stöhnen und die Schreie aus dem unteren Stockwerk gehört.

Nun war also sie an der Reihe. Ihre Ahnungen hatten sich als wahr erwiesen, doch dies bereitete ihr keine Genugtuung. Im Gegenteil.

Umso überraschter war sie, als sie in dem Mann, der bleich, atemlos und aus zahlreichen Wunden blutend in ihre Kammer trat, Hubert erkannte. Colignys treuer Diener hielt einen Degen in der Hand, in seinem Gürtel steckte ein Dolch. Auf seiner linken Wange prangte eine klaffende Wunde; ein Schwerthieb hatte sie bis zur Oberlippe aufgeschnitten.

»Du musst fort, Mädchen, rasch«, zischte er. »Sie bringen uns alle um, jeden Hugenotten, den sie erwischen. Angeblich stammt der Befehl von der Königinmutter, und ihr Schwächling von einem Sohn steht auf dem großen Balkon seines Palasts und feuert mit einer Muskete wahllos in die Menge der Fliehenden.« Er packte Suzanne am Handgelenk, doch sie befreite sich ungestüm.

»Ist der Admiral tot?«

»Er liegt unten im Hof. Ich habe gesehen, wie sich der Herzog von Guise über ihn gebeugt und ihm das Blut aus dem Gesicht gewischt hat. Wollte wohl sichergehen, dass er nicht den Falschen mit Fußtritten traktiert.«

Suzanne stieß scharf die Luft aus. »Ohne meine Geschwister werde ich das Haus nicht verlassen.«

War Hubert verwundert, so ließ er es nicht erkennen. Vermutlich hatte er sich damit abgefunden, dass er das eigensinnige Mädchen, das in den letzten Tagen die Gunst seines Herrn gewonnen hatte, niemals begreifen würde. »Wo sind sie?«

Suzanne zögerte.

»Du musst es mir sagen! Sofort!«

»Sie verstecken sich in dem Binsenkorb.«

Aus den Kammern, in denen für gewöhnlich die Gäste des Admirals schliefen, drang das Stöhnen Verwundeter und Sterbender zu ihnen herauf. Hubert presste in verzweifelter Wut die Lippen aufeinander. Dann fing er an, Suzannes wenige Habseligkeiten in der Kammer zu verstreuen. Er zerfetzte die Kleider mit seinem Degen und besudelte die Mieder und Hauben mit dem Blut, das aus seiner offenen Wunde lief. Dann öffnete er den Binsenkorb und warf eine zerschlissene Decke über die Köpfe der zitternden Kinder.

»Falls hier jemand eindringt, um zu plündern, wird er denken, dass andere bereits vor ihm da gewesen sind«, erklärte er sein Tun. »Nun musst du dich irgendwo verstecken.«

Suzanne hörte das Knarren der Stiege. Jemand kam herauf. Sie betete, dass Pierre und Marie still bleiben und sich nicht durch eine Bewegung oder ihr Atmen verrieten. Ohne zu zögern, lief sie zum Fenster, zwängte sich durch die Öffnung und klammerte sich an einem starken Ast des Baumes fest, der ihrem Fenster am nächsten stand. Vorsichtig schob sie ihren Körper vorwärts ins Freie und hängte sich an den Ast, der ihrem Gewicht zum Glück standhielt. Ihre Füße suchten nach einem weiteren Ast, auf dem sie sich abstützen konnte. Langsam drang sie zu den am dichtesten belaubten Teilen des Baumes vor und ergab sich dem Schutz des Blättermantels. Dort, so hoffte Suzanne, würde niemand sie entdecken. Solange es dunkel war, war sie in Sicherheit.

Etwa viertausend Hugenotten verloren während der Bartholomäusnacht vom 23. auf den 24. August des Jahres 1572 in Paris ihr Leben, darunter der einstmals gefeierte Admiral und Feldherr von Frankreich Gaspard de Coligny, Seigneur de Châtillon. Erst am folgenden Tag gab der König den Befehl, das Morden einzustellen, trotz dessen das Massaker in der Provinz noch Tage andauerte.

Colignys Leichnam sollte zur Abschreckung am Galgen aufgehängt werden, doch ein Freund konnte den leblosen Körper heimlich verschwinden lassen. Als etwas Gras über die Sache gewachsen war, ließ er ihn in der Familiengruft der Colignys zu Châtillon-sur-Loing bestatten.

Henri, der König von Navarra, überlebte die Bartholomäusnacht im Louvre, ebenso sein Freund, der Prinz Condé. Beiden blieb zunächst nichts anderes übrig, als ihrem protestantischen Glauben abzuschwören und stillzuhalten. Schließlich gelang ihnen die Flucht aus Paris. Henri bestieg nach dem Aussterben der königlichen Linie als Henri IV. den Thron von Frankreich. 1598 erließ er das Edikt von Nantes, das den Religionskriegen im Land ein Ende bereitete.

Und Suzanne?

Dank Huberts Täuschungsmanöver blieben ihre Geschwister und sie am Leben, doch was aus Colignys Haushofmeister wurde, sollten sie nie erfahren. Suzanne hoffte von Herzen, dass auch er es geschafft hatte, seinen Verfolgern zu entkommen. Nachdem sie sich noch einige Tage in verschiedenen Verstecken verborgen hatten, verließen sie zu dritt die Stadt.

»Was hast du aus dem Gemach des Admirals mitgenommen?«, wollte Marie wissen, als sie sich auf dem Karren ausstreckte, der gemächlich über eine staubige Landstraße holperte. Ein alter Bauer hatte die Geschwister an einer Weggabelung aufgelesen und eingeladen, sie ein Stück mitzunehmen. Woher sie kamen oder welchem Bekenntnis sie anhingen, kümmerte den Mann nicht. Er ahnte es wohl, doch er fragte nicht nach.

Suzanne öffnete ihr Bündel und zeigte es ihrer Schwester.

»Ach, ein altes Buch«, beklagte sich das Mädchen. »Ich dachte, du hättest Geld oder eine Kostbarkeit gefunden.«

Suzannes Lippen formten sich zu einem Lächeln. Es war nicht irgendein Buch. Es war ein Vermächtnis und damit gewiss eine Kostbarkeit. Ein Zeugnis des Glaubens, des Erduldens, vielleicht auch der Hoffnung auf Erlösung. So mochten Admiral Coligny und ihre Mutter es zumindest verstanden haben.

Eines Tages würde sie Marie davon erzählen.

AVE ATQUE VALE
Quinctilius Varus' Entourage

TANJA KINKEL

I.

In ihren Gesichtern stand der Tod geschrieben, und mehr noch: kein Glauben mehr an irgendetwas anderes. Drei Jahrzehnte bei den Legionen hatten Lucius Caedicius gelehrt, diesen besonderen Gesichtsausdruck zu erkennen. Es gab wenig Deprimierenderes. Männern, die aufgegeben hatten, die nicht mehr genügend Zorn in sich trugen, um dem Feind wenigstens noch einen letzten Schlag zu versetzen, musste schleunigst der Kopf zurechtgerückt werden, oder man musste sich ihrer entledigen, sonst infizierten sie den Rest der Einheit. Ja, er wusste, wie man damit umging, wenn man die Wahl hatte.

Aber diesmal waren es nicht nur ein paar wenige Soldaten, die Tod und Niederlage in ihren Blicken erkennen ließen. Es waren Händler, es waren Trossfrauen, es waren Siedler und ihre Familien, Kinder, die bei einer in Kürze im Kampf stehenden Einheit nichts zu suchen hatten. Aber das Legionslager Aliso, sein geruhsamer Altersposten, hatte sich mit einem Schlag in den letzten römischen Stützpunkt östlich des Rheins verwandelt.

Ob der Bote, den er mit der Bitte um Hilfe nach Mogontiacum zum Stellvertreter des Statthalters geschickt hatte, sein Ziel je erreichen würde, war mehr als fraglich. Selbst wenn der dortige Befehlshaber, der Legat Asprenas, seine Botschaft erhielt, stand in den Sternen, ob er irgendetwas tun konnte, jetzt, wo es so schien, als ob die römische Armee in Germanien mit einem Schlag drei ihrer fünf Legionen verloren hatte. Mogontiacum musste auch verteidigt werden, und die knapp zehntausend dort verbliebenen Legionäre waren das Minimum, was Rom in Germanien dafür brauchte. Nein, das Lager Aliso war auf sich selbst gestellt. Es gab niemanden, der sie retten würde vor den gleichen Germanen, die drei römische Legionen vernichtet hatten und auf dem Weg hierher waren.

Lucius Caedicius war froh, sein eigenes Gesicht nicht sehen zu können.

II.

Was ihn am meisten plagte, war die Frage nach dem Wie und Warum. Die Wälle zu verstärken und alle Soldaten auf einen in Kürze bevorstehenden Einsatz vorzubereiten, war als erste Verteidigungsmaßnahme schön und gut, aber wenn er nicht herausfand, wie es zu der katastrophalsten römischen Niederlage seit Hannibal gekommen war, dann würde ihm das für ihr Überleben auch nichts nutzen.

Die ersten Flüchtlinge, die in Aliso eintrafen, konnten ihm nichts Brauchbares verraten, nur dass es die Hilfstruppen der Legionen selbst gewesen seien, die sie angegriffen hätten. Die Cherusker, angeführt vom Präfekten und römischen Ritter Arminius, der als Sohn eines imperiumsfreundlichen germanischen Fürsten in Rom aufgewachsen war. »Das ist unmöglich«, sagte Caedicius, als er es zum ersten Mal hörte. »Der Präfekt ist ein persönlicher Freund des Statthalters. Sie haben beide unter Tiberius in Pannonien gedient. Er hat das römische Bürgerrecht, und seine Cherusker sind ein Bündnisvolk Roms! Die Sueben, gewiss waren es die Sueben, oder Marbod und seine Markomannen.«

»Herr«, entgegnete der jüdische Bernsteinhändler, der an der Weser unterwegs gewesen war, aber bei den ersten Gerüchten von einer Vernichtungsschlacht mit anschließendem Plündern und Morden sofort das nächste römische Legionslager aufgesucht hatte, »es waren ganz bestimmt die Cherusker, und sie sollen kaum Verluste erlitten haben.«

Beides war eine Katastrophe. Die cheruskischen Hilfstruppen erhielten zwar nicht die volle Ausbildung, die römischen Soldaten zuteilwurde, aber doch den wichtigsten Teil davon und zumeist gute römische Rüstungen und Waffen. Noch schlimmer, sie wurden von jemandem befehligt, der in jeder Hinsicht Teil der römischen Armee gewesen war, ihre Stärken und Schwächen, die ganze Struktur der Legion durch und durch kannte. Die Vorteile, die Römern gewöhnlich Überlegenheit bei Barbarenaufständen sicherte, waren damit zerronnen. Außerdem wusste er, was das Selbstvertrauen eines überlegenen Sieges bei Soldaten auslösen konnte.

»Aber alle drei Legionen – das ist doch gewiss eine Übertreibung, Bursche. Du willst nur, dass wir dir hier Obdach geben, statt dich den langen Weg nach Mogontiacum machen zu lassen.«

»Die siebzehnte, achtzehnte und neunzehnte Legion, Herr. Es heißt, die Adler und die Köpfe aller befehlshabenden Offiziere seien schon auf germanischen Speeren steckend unterwegs zu den anderen Stämmen.« Der Bernsteinhändler zögerte, dann setzte er hinzu: »Auch der des Statthalters.«

»Bist du Quinctilius Varus je begegnet?«, fragte Caedicius barsch.

»Nein, Herr, ich hatte nicht die Ehre. Ich bin nur ein einfacher Händler.«

»Woher willst du dann wissen …«

»Herr, ich behaupte ja nicht, dass ich selbst den Kopf gesehen hätte. Aber was ich gehört habe, das klang nicht nach Lügen. Mir sind auch nie vorher so viele römische Münzen als Bezahlung in den Dörfern der Cherusker angeboten worden, durch die ich hierher ziehen musste. Quinctilius Varus ist tot. Und die drei Legionen, die er bei sich hatte, sind vernichtet.«

Caedicius hatte sofort den Befehl erteilt, Aliso für eine lange Belagerung vorzubereiten, obwohl er sich immer noch an die Hoffnung klammerte, die Hoffnung auf wilde Gerüchte, die sich allzu oft als erstunken und erlogen herausstellten. Dann trafen die ersten Überlebenden ein.

III.

Das rotblonde Haar der Frau wäre in Rom eine große Attraktion gewesen. Ihre Figur hätte zu anderen Zeiten selbst ihn in Versuchung führen können, genauso wie ihr jetzt kaum zum Vorschein kommendes Lächeln, das stets mehr versprach, als sie je einhalten würde. Ihr Aussehen ließ Caedicius vermuten, dass es sich bei der Trosshure, die er vernahm, um eine Germanin handelte, und er fragte misstrauisch: »Warum bist du nicht bei deinen Leuten geblieben?«

»Ich bin eine Häduerin von der anderen Rheinseite«, sagte sie naserümpfend. »Wenn's nicht um das Geld eurer Legionäre ging, hätten mich keine zehn Pferde zum Heer gebracht, in dieses elende Sumpfland. Wenn aber die Cherusker mich und meine Freundinnen erwischt hätten, meinst du, Herr, die hätten uns geheiratet oder bezahlt? Niemals. Die hätten sich genommen, was sie wollten, und uns dann die Haare abgeschnitten, um ihre Mäntel damit zu stopfen.«

Das war zwar alles andere als eine flammende Erklärung der

Treue zu Rom oder der Zuneigung zu römischen Soldaten, aber dafür klang es in seinen Ohren nachvollziehbar.

»Erzähl mir, was du weißt«, sagte er.

»Ich weiß eine Menge«, entgegnete sie prompt. »Männer reden gerne. Selbst Offiziere. Doch ich bin eine Hure, Herr, und wir geben nichts umsonst.«

»Ich erlaube dir, in Aliso zu bleiben und dein Gewerbe auszuüben, ist das nichts?«, fragte Caedicius, zum ersten Mal belustigt, seit die Gerüchte über die verlorene Schlacht begonnen hatten.

»Dafür erzähle ich dir gerne von dem Marsch, wie lange er gedauert hat und wann ich geflohen bin, aber nicht, was ich von wem dazu gehört habe«, gab sie zurück, und in ihrem erschöpften Gesicht zeichnete sich ein leichtes Grinsen ab. »Herr, ich will nicht in Geld bezahlt werden. Ich will nur ein Versprechen. Wie ich schon sagte, wir Frauen haben keine Zukunft bei den Cheruskern. Wenn du und deine Leute das Lager hier verlassen, dann will ich dabei sein.«

Der Anflug von Belustigung verschwand so jäh, wie er gekommen war. Nicht wegen der Forderung an sich. Es war die darin enthaltene Einschätzung der Lage, die ihn erschütterte. Was sie sagte, bedeutete, dass die Frau überhaupt keine Zukunft der Römer in diesen Territorien mehr sah und von einem Rückzug hinter den Rhein ausging. Er hätte sie dafür hinrichten, schlagen und im für sie günstigsten Fall fortschicken können. Aber drei Jahrzehnte Militärdienst hatten Lucius Caedicius gelehrt, dass man auf Trosshuren nicht verzichten sollte. Sie sorgten dafür, dass nicht zu viel Ärger zwischen den Männern und den Einheimischen aufkam.

In Aliso gab es derzeit keine Freudenmädchen, was daran lag, dass die kleine Einheit schon lange hier stationiert war und die Soldaten eigene Familien gegründet hatten; das ergiebigere Geschäft für diese Frauen war anderswo zu machen gewesen. Wenn sich die versprengten Einheiten des Varus hierher durchschlugen, und er war sicher, es musste sie noch geben, würde es nützlich sein, sie hier zu haben. Nur dann nicht, wenn es tatsächlich zu einem Abzug käme, denn bei einem Marsch durch feindliches Territorium auf Frauen und Kinder Rücksicht zu nehmen, war eine gefährliche Hilfestellung dafür, selbst vernichtet zu werden.

»Erzähle«, sagte Caedicius, »und du wirst deinen Lohn erhalten.«

»Dein Wort, Herr«, beharrte sie. Sie war nicht dumm und hatte offenbar seine doppeldeutige Formulierung bemerkt. »Das Wort eines römischen Offiziers.«

»Der Präfekt Arminius ist ein römischer Offizier«, sagte Caedicius bitter, »und sogar ein römischer Ritter, was mehr ist, als ich je erreichen werde. Und wenn all das, was mir bis jetzt zu Ohren gekommen ist, der Wahrheit entspricht, dann ist das Wort eines römischen Offiziers nichts mehr wert.« Insgeheim hoffte er immer noch darauf, dass sich zumindest die Sache mit Arminius als Irrtum herausstellte. Teile und herrsche, so verfuhr man in allen Ländern, über denen der römische Adler schwebte. Aber wenn man den Söhnen einheimischer Fürsten römische Bürgerrechte, römischen Adel und römische Gunst in den Schoß warf und sie trotzdem zu Verrätern wurden, wenn selbst Waffenbrüderschaft nichts mehr bedeutete, dann war dieser Landstrich wahrlich hoffnungslos für das Imperium.

»Aber du hast mein Wort«, fuhr er abrupt fort. »Wir müssen hoffentlich nie herausfinden, was es wert ist. Erzähl mir endlich, was du weißt.«

IV.

»Begonnen hat alles in Colonia Agrippinensis, Herr, wo der Statthalter residierte. Du hast wahrscheinlich seinerzeit selbst Bescheid darüber bekommen, dass der Präfekt der Hilfstruppen, Arminius, den Statthalter gebeten hat, mit drei Legionen bis zur Weser zu marschieren, um den Markomannenhorden die Lust zu nehmen, weiter westwärts zu ziehen. Alle Männer, mit denen ich zu tun hatte, freuten sich darüber. Es bot Abwechslung vom ewigen Lagerdienst, und es ging, wie ich hörte, nur darum, römische Stärke zu zeigen, damit König Marbod friedlich blieb. Ein Marsch durch das Land von Verbündeten, den Cheruskern, ein Sommerlager an der Weser und ein Rückmarsch. Ein Kinderspiel.

Zuerst war es auch so. Herrliche Tage mit viel Sonne, kaum Regen. Nichts ist geschehen, Herr, überhaupt nichts, nicht auf dem Hinmarsch, nicht im Lager, und die Männer hatten so wenig zu tun, dass wir ständig im Geschäft waren. Nur von den Hilfstruppen, den Cheruskern, kam nie jemand, aber ich dachte, die würden eben zu ihren eigenen Leuten gehen. Nur als ich in das nächste Dorf zog, weil mir und den anderen Frauen allmählich gewisse Dinge ausgingen, zusammen mit ein paar von den Händlern, da fiel mir auf, dass kaum Frauen dort waren. Eigentlich gar keine, nur zwei alte Weiber, die in ihrem Leben wohl nirgendwo mehr hingezogen wären. Ich dachte mir damals, umso besser für uns, weil es nie gut fürs Geschäft ist, wenn in der Nähe das Gleiche umsonst angeboten wird, aber mehr dachte ich mir nicht.

Dann wurde es Herbst. Um Sold zu sparen, wurden die cheruskischen Hilfstruppen schon entlassen und in ihre Winterquartiere geschickt. Das Lager wurde zum Abbruch fertig gemacht, weil der Statthalter, bevor es kalt wurde, zurück in Colonia Agrippinensis sein wollte. Marbod war ja ruhig geblieben. Ich hatte Kohortenführer, denen tat das sogar leid, weil sie sich zumindest ein, zwei Scharmützel für ihre Legionäre gewünscht hätten. Keine richtige Schlacht, nur eine Gelegenheit, sie in einem echten Kampf zu trainieren.

Unsere Sachen waren schon gepackt, und der Tross stand bereit, da kam der Präfekt Arminius noch einmal zum Statthalter, und danach gab es auf einmal neue Befehle. Es würde einen Umweg geben, hieß es, keinen direkten Rückmarsch zum Rhein, und die bereits heimgeschickten Cherusker würden dabei wieder zu uns stoßen. Ein kleiner Aufstand von einigen Häuptlingen der Markomannen, hieß es, nichts Größeres, die Legionen könnten das auf dem Rückmarsch so nebenbei erledigen. Die Aufständischen sollten in die Zange genommen werden, vom Norden und Osten von den Legionen und vom Süden und Westen von den Cheruskern. Mir haben mindestens vier Männer lang und breit erklärt, warum das eine wunderbare Taktik sei, aber ich hatte mir eigentlich gewünscht, wir würden gleich zurück nach Colonia Agrippinensis marschieren, weil den Männern allmählich das Geld ausging und es erst dort wieder neuen Sold geben würde.

Vor dem Abmarsch hat sich dann noch etwas ereignet. Der Statthalter hat ein Gastmahl für den Präfekten Arminius gegeben und für den obersten Cheruskerfürsten Segestes. Da hat es einen Streit zwischen diesen drei Großen gegeben, und die nächsten Tage wurde getuschelt, worum es wohl gegangen sei. Wirklich gewusst hat es keiner, bis auf den Mundschenk des Statthalters, und so neugierig, dass ich es einem Sklaven umsonst gemacht hätte, nur um ein bisschen Tratsch schneller als üblich zu erfahren, so neugierig war ich dann doch nicht.

Die meisten vermuteten, es hätte einen Streit zwischen

Segestes und Arminius gegeben und dass der Statthalter ihn habe schlichten sollen. Zwei Tage später auf dem Marsch zum Rhein, als die Cherusker da waren – aber nicht, um zum Heer zu stoßen, sondern um es zu vernichten –, da änderte natürlich jeder seine Meinung.

Ich sage hier nur, was ich weiß, und was ich weiß, ist dies: Als am Abend, während die Legionen wegen des Geländes ihre Lager für die Nacht mitten im Wald aufschlagen mussten, der ganze Tross mit allen Lebensmitteln der Legion auf mysteriöse Weise in Flammen aufgegangen war, da kam mein bester Kunde zu mir, der Legat Numonius Vala, und sagte, ich solle das Heer verlassen und versuchen, mich durch die Wälder entweder nach Aliso oder Mogontiacum durchzuschlagen. Nicht wir hätten die Markomannen umfasst, sondern die Legionen seien von den Hilfstruppen in eine Falle gelockt worden. Als ich meinte, ich und die anderen Mädchen sollten doch besser bleiben und könnten nachher bei der Siegesfeier helfen, sagte Numonius Vala, es werde keine Siegesfeier geben und er fürchte für alle drei Legionen, weil der Kessel, in dem sie sich befänden, keinen Ausgang erkennen lasse, und sie hätten nur noch Wasser für zwei Tage. Quinctilius Varus wisse jetzt schon, dass er in eine Falle gelaufen sei, weil Fürst Segestes versucht hätte, den Statthalter vor Arminius zu warnen. Der Statthalter habe ihm aber nicht geglaubt. Er wusste nämlich, dass Arminius Segestes' Tochter begehrte, Segestes sich aber einen anderen Schwiegersohn wünschte. ›Quinctilius Varus wird nicht überleben‹, sagte er, ›denn er würde sein fehlendes Misstrauen vor dem Princeps nie rechtfertigen können. Und wenn er selbst zum Tod verurteilt ist, dann wird ihm auch nicht daran gelegen sein, dass wir ihn überleben. Also flieh, solange du noch kannst.‹

Nun, Herr, ich habe einige Freundinnen geweckt. Weil wir

wenige waren, unsere Kleider nicht so klirrten wie die Rüstungen, von unserer Heimat Wälder gewohnt sind, haben wir noch einen Durchschlupf durch die gefällten Bäume gefunden, obwohl es um uns in den Wäldern nur so von Männern wimmelte. Deswegen stehe ich vor dir. Und hoffe darauf, dass du dein Wort hältst.«

V.

Ein langer mit Beute beladener Zug von Männern, die einen großen Sieg erfochten hatten, mochte nicht immer kampfbereit sein. Mit seinen wenigen Leuten konnte er aber auch kein Risiko eingehen, den Cheruskern im freien Gelände gegenüberzutreten, solange er keine Information hatte, wie groß die Truppe war, die ihn bedrängen würde. Ein einsames Lager im feindlichen Hinterland hatte außerdem andere Aufgaben. Es musste Gegner aufhalten, so lange wie irgend möglich. Caedicius sagte sich, dass er mit dem Schlimmsten rechnen müsse; dass die Germanen zusätzlich zu ihren eigenen Waffen auch alles, was sie von den drei vernichteten Legionen erbeutet hatten, mit sich führen würden. Es galt, nicht nur Verteidigungsmaßnahmen gegen die Germanen zu ergreifen, sondern sich zu überlegen, was gegen römisch ausgebildete Truppen mit römischem Gerät effektiv wäre.

Er dachte an die Feldzüge, in denen er gekämpft hatte, und die Antwort ließ nicht lange auf sich warten. Zu tief hatte sich die Erinnerung an Pfeile, die den Himmel verdunkelten, in sein Gedächtnis gebrannt. Römische Truppen waren darauf gedrillt, mit ihren Schilden Schildkröten zu bilden, um sich vor den einschlagenden Spitzen zu schützen. Bei Belagerungen aber musste man diese Formation verlassen, um die Wälle zu erklimmen, und dabei waren Pfeile vom Gegner die größte

Gefahr und verborgene Hindernisse auf dem Boden, welche tiefe Wunden in Füße und Beine rissen.

Die Bogenschützen unter seinem Befehl kannte er natürlich, und er ließ sie üben, die Pfeile so schnell wie möglich hintereinander abzufeuern. Es bestand die Möglichkeit, dass auch die vereinzelt eintreffenden Überlebenden gut mit dem Bogen umgehen konnten. »Mit Verlaub, das bezweifle ich«, sagte sein Dekurio skeptisch. »Nur fünf bisher sind Soldaten, die anderen sind Händler und Sklaven. Die fünf Legionäre haben gerade gegen die Cherusker verloren, und ich wette bei allen Göttern, dass ihnen die Finger weich wie Butter sein werden, wenn du sie auf die Wälle stellst. Wir haben nicht die Zeit, sie wieder in Form zu bringen.«

»Ich werde mit ihnen sprechen«, entschied Caedicius. Da niemand Zeit zu verschwenden hatte, fanden diese Gespräche bei den täglichen Fechtübungen statt. »Wenn sich einer von euch zurückhält, weil ich der Kommandant bin«, sagte er vor jeder Runde, »dann sind mir für denjenigen die Lebensmittel hier zu schade, und er kann sein Glück auf dem Weg nach Mogontiacum versuchen.«

Was er für sich behielt, war, dass er so dringend wie noch nie die Gewissheit brauchte, dass sie so gut wie eh und je im Nahkampf wären. Er wollte es den Verrätern nicht leichtmachen, das waren seine Pflicht und seine Überzeugung. Er spürte aber das Alter in seinen Knochen; er hatte während des ganzen letzten Jahrzehnts zwar immer am Drill teilgenommen, doch bei Einfällen in fremdes Land in erster Linie Befehle erteilt. Außerdem war nichts mehr von dem gewiss, auf das er als Soldat sich noch vor einem Monat hatte verlassen können.

Was die Trosshure über Quinctilius Varus behauptet hatte, fraß an ihm. Römische Statthalter waren nicht vollkommen oder allwissend, aber wenn Varus tatsächlich vor einem möglichen Verrat des Arminius gewarnt worden war und diese Warnung nicht beachtet hatte, dann war es nicht nur die Treulosigkeit des Cheruskers gewesen, die drei Legionen in den Abgrund gerissen hatte und die Garnison in Aliso auch noch ihr Leben kosten könnte; dann trug der Repräsentant Roms selbst die Schuld am Untergang der römischen Macht östlich des Rheins.

Als ihm ein Legionär mit dem Übungsschwert gegenübertrat, dem eine ähnliche Erbitterung in jeder Linie seines gegerbten Gesichts geschrieben stand, war Caedicius mehr als bereit.

VI.

»Decimus Cimber, Herr, Legionär in der achtzehnten. Ja, wir ließen die Cherusker ganz nah an uns herankommen. Sie waren schließlich seit Jahren unsere Hilfstruppen, sie gehörten zur Legion wie eine Kohorte zur anderen. Ich habe selbst Wein und das elende Gesöff, das sie hier brauen, mit ein paar von den Scheißkerlen geteilt. Nein, keiner hat sich vorher etwas anmerken lassen, das schwöre ich! Über den Präfekten Arminius habe ich nie etwas Schlechtes gehört. Ich habe ein paar Kameraden gekannt, die unter ihm in Pannonien gedient haben. Ein guter Befehlshaber, haben sie gesagt. Hat seinen römischen Ritterring verdient. Ha!

Nein, Herr, über den Statthalter Varus habe ich auch nichts Schlechtes gehört. Ein paar Leute beneideten ihn vielleicht um seine neue, so junge Frau und meinten, er habe es schon sehr eilig gehabt nach dem Tod der letzten, aber das war schon das Ärgste. Ganz bestimmt. Misstrauisch wurden wir erst, als hinter uns die Wagen mit unseren Vorräten plötzlich in Flammen standen. Auf der einen Seite war ein undurchdringlicher Sumpf, auf der anderen lagen die Berge, hinter und neben uns fielen Bäume wie auf Kommando um, und unsere Führer verschwanden im dichten Wald. Hinter den gestürzten Bäumen standen dann mit unseren Waffen und Rüstungen die Cherusker, und auf uns krachten immer mehr Bäume nieder und Speere, unzählige Speere.

Am ersten Tag der Schlacht konnten wir in dem unwegsamen Gelände noch ein Lager errichten, und da hat der Statthalter befohlen, dass die Verwundeten versorgt und die letzten Vorräte verteilt würden, weil die wenigen noch verbliebenen Wagen ohnehin keine Chance mehr hätten, einen Weg über das Feld zu finden.

Ja, die Befehle lauteten auf Weitermarsch. Der Tribun unserer Einheit sagte, für eine Belagerung hätten die Legionen keine Vorräte mehr, vor allem kein Wasser, und die Zeit würden die Cherusker nutzen, noch mehr Bäume zu fällen. Nur, am nächsten Tag fanden wir dann heraus, dass die Cherusker auch vor uns einen Wall gebaut hatten. Ja, einen Wall aus Erde, ganz wie die Lagerwälle bei uns. Und auf diesen Wall, vollbesetzt mit Kriegern, trieben sie uns mithilfe eines Feuers zu, das sie hinter uns entzündet hatten. Natürlich haben wir weitergekämpft, Herr, keiner von meinen Kameraden war ein Feigling, aber kaum ein Cherusker kam hinter der Deckung hervor.

Und als Gefangener ist das Leben doch keinen Dreck mehr wert, wo einen hier oben im Norden keiner auslöst und man aufhört, ein römischer Bürger zu sein, und allen Besitz und seine Frau verliert. Meine Tullia wäre nicht mehr meine Frau, und unsere Kinder könnten nicht mehr erben, daran habe ich gedacht, und das war, bevor sich die Gerüchte über die abgeschlagenen Köpfe ausbreiteten. Nein, wir haben auch keine

Gefangenen gemacht, aber wenn ich, was selten genug vorkam, an einen von den Dreckskerlen herankam, dann sang er immer etwas von einem großen Opferfest für ihre Götter, das sie mit uns vorhatten, bis einer von uns ihm die Kehle durchschnitt.

Den Statthalter hatten wir am ersten Tag noch nicht im Kampf gesehen, aber am zweiten, als sich der Wall vor uns auftat, da kämpfte er genau wie wir. Ich glaube, er wusste, dass er nichts mehr zu verlieren hatte. Nein, gefallen ist er nicht. Ich habe ihn nicht sterben sehen, ich weiß, dass er am Abend des zweiten Tages noch am Leben war. Am Morgen des dritten hörte ich den Legaten Numonius Vala sagen, der Statthalter habe sich in sein Schwert gestürzt, und er wollte versuchen, das zusammenzuziehen, was von der kleinen Reitertruppe noch übrig war, um den Feind von hinten anzugreifen.

Ich … ich war nicht bei der Reiterei, Herr. Das gebe ich zu. Aber der Statthalter war tot, die Schlacht war verloren, und ich wollte keinesfalls Gefangener der Barbaren werden. Außerdem war eine Menge der Reiter tot. Ich habe einfach so getan, als wäre ich einer von ihnen. Numonius Vala hat das nicht überprüft, nicht an diesem Morgen. Ich bin kein besonders guter Reiter, das hat mich gerettet. Das Pferd war ganz irre von all den Leichen, und außerdem haben die Zurückgebliebenen versucht, den Statthalter zu verbrennen, wie es sich gehört, also gab es Feuer von mehreren Seiten, und die Cherusker warfen aus der Deckung der Baumpalisaden immer noch mit ihren Wurfspeeren und schossen ihre Pfeile auf uns ab. Es ging mit mir durch, das Pferd. In die falsche Richtung. Nur, dass es die richtige war, denn Numonius Vala und die Reiter, die sind nicht durchgekommen, und der Bernsteinhändler behauptet, er hätte gehört, dass auch sie unter den Opfern für die Götter waren.

Ich bin hier, und ich weiß, du glaubst, dass ich feige war. Ich kann es in deinen Augen sehen, Herr. In allen Augen hier. Meine Kameraden sind tot, und ich bin am Leben. Ich kann nur sagen, ich habe mein Bestes getan, und wenn ich sterbe, dann wird es als römischer Soldat sein, nicht als Gefangener. Meine Tullia wird die Witwe eines ehrlichen Mannes sein. Das schwöre ich.«

VII.

Der erste Ansturm auf die Wälle von Aliso fand im Morgengrauen statt, was es den Bogenschützen erschwerte zu zielen, aber es ging auch nur darum, möglichst viele Pfeile auf den Gegner regnen zu lassen. Es gelang ihnen, die Germanen zurückzuschlagen. Es waren auch viel weniger Cherusker vor den Wällen, als sie es erwartet hatten. Die kleine Befestigung hatte Arminius wohl nicht wirklich interessiert. Schrecklich dagegen wirkten auf die Verteidiger die vielen Köpfe der erschlagenen Römer, die die Cherusker mitgebracht hatten. Es war schaurig, sie auf Spieße gesteckt ständig ansehen zu müssen. Caedicius ließ Wein an alle ausschenken, gerade genug, um den Männern die Adern zu wärmen, und dankte den Göttern für den ersten Erfolg. Sofort überrannt zu werden war das, was er gefürchtet hatte; eine Belagerung gab Hoffnung. Selbst wenn sein erster Bote es nicht bis zu Asprenas geschafft hatte, dann konnte er noch einen schicken, und noch einen. Eine Belagerung ließ sich durchhalten. Lebensmittel hatten sie genügend in Aliso, zumindest was Nahrung und Wasser betraf. Mit dem Wein sah es natürlich anders aus.

Die Götter müssen einen Sinn für Ironie haben, dachte Caedicius, als sich ausgerechnet der Mundschenk des Statthalters bei ihm meldete. Es handelte sich um einen griechischen Sklaven namens Glaukos, der zuerst behauptet hatte, freigelassen worden zu sein, aber davon abgewichen war, als alle freien Männer, ob ausgebildete Soldaten oder nicht, auf die Wälle geschickt wurden. Die Götter allein wussten, wem Varus' Eigentum nun gehörte, ob seiner jungen Frau und ihrem neugeborenen Sohn, seinem Neffen und Stellvertreter Asprenas oder dem Princeps, doch keiner von ihnen war hier. Daher hatte Caedicius entschieden, dass Glaukos nun Eigentum der Armee war und sich bei der Pflege der Verwundeten und dem Flicken und Reinigen von Rüstung und Waffen nützlich machen konnte. Es war auf jeden Fall sinnvoller, als ihn auf die Wälle zu zwingen. Unwillige Soldaten verursachten nur den Tod ihrer Mitkämpfer.

Ob Glaukos nun dankbar war oder ihm diese Entscheidung übelnahm, ließ sich nicht sagen. Aber er hatte einiges zu erzählen.

VIII.

»Eigentlich habe ich der edlen Marcia gehört, Herr, der verstorbenen Gattin des Statthalters. Es war auch nicht völlig gelogen, als ich sagte, ich sei freigelassen, denn ich weiß, dass sie vorhatte, mich freizulassen. Ich wäre jedoch in ihrem Haushalt geblieben. Es kam alles sehr plötzlich und so kurz nach der Verbannung ihrer Halbschwester. Nein, der anderen. Der edlen Julilla, der Enkelin des Princeps. Die edle Marcia hatte sie noch im Jahr ihres Sturzes besucht, und es hätte alles sehr verfänglich für Quinctilius Varus werden können, nehme ich an, aber dann starb die edle Marcia ja, und der Statthalter konnte eine Claudierin heiraten. Damit hatte er der Gattin unseres Princeps natürlich seine Treue versichert, ist doch Livia Drusilla selbst von diesem Stamm.

Nein, natürlich will ich nichts andeuten. Ich will nur erklären, warum es für den Statthalter sehr wichtig war zu heiraten und warum er mich mitnahm, statt mich im Haushalt seiner neuen Frau zu lassen, so, wie ich der alten gedient hatte. Keine junge Frau will gerne an ihre Vorgängerin erinnert werden, wenn die Vorgängerin erst vor so kurzer Zeit aus dem Leben geschieden ist.

Quinctilius Varus nahm mich also mit, auch auf diesen Marsch. Schließlich reiste er als Statthalter, und ein Statthalter lebt nicht wie ein einfacher Soldat. Er muss Gastmähler ausrichten und bedarf eines Mundschenks. Das letzte Gastmahl? Das mit dem Präfekten Arminius und Fürst Segestes? Ja, ich erinnere mich. Es gab einige Unstimmigkeiten, weil der Präfekt die Tochter des Fürsten zu ehelichen wünschte und der Fürst offenbar nicht gewillt war, sie ihm zu geben. Nein, ich scherze nicht. Darüber wurde gesprochen. Ja, auch über andere Dinge.

Segestes sagte, dass Arminius immer mehr wolle, als gut für ihn sei, und der Statthalter das auch bald merken würde. Nein, sonst sagte er nichts, und erst später wurde mir klar, was diese Warnung auch für uns bedeutet hat. Arminius? Der hat sich nach dem edlen Tiberius erkundigt und dem Rest der Familie des Princeps. Ich glaube, Quinctilius Varus hat das als Anspielung auf seine letzte Frau genommen, nicht auf seine derzeitige, jedenfalls sagte er, auch Familienbande hielten nicht ewig und man müsse in die Zukunft sehen, nicht in die Vergangenheit.

Ich kann dir nicht mehr über dieses Gastmahl erzählen, Herr, aber dafür noch etwas über Quinctilius Varus. Am ersten Abend nach dem Angriff wurde im Zelt des Statthalters Kriegsrat gehalten, und der Legat Numonius Vala schlug vor, die Legionen einzeln agieren zu lassen, weil sie wegen des Geländes sonst zu unbeweglich seien, um den Ring der Cherusker an einer Stelle zu durchbrechen. Der Statthalter warf ihm vor, nur sein eigenes Leben retten zu wollen, und sagte, dass eine Teilung nicht in Frage käme.

Ja, es gab Streit. Die beiden anderen Legaten stimmten dem Statthalter zu. Die Schlacht am zweiten Tag kann ich dir nicht schildern, Herr, ich bin schließlich kein Soldat. Außerdem war es durch die dichtstehenden Laubbäume so dunkel, als wäre es Nacht, man konnte höchstens achtzig Fuß weit sehen. Aber Quinctilius Varus hatte nur eine Armwunde, als er am Abend wieder nach mir rief. Er sagte, er wisse genau, was auf ihn warte, und dass man den Göttern nur eine begrenzte Zeitlang entkommen könne.

Er fragte mich, ob ich das Fläschchen noch bei mir hätte. Das Fläschchen? Ein kleines Ding aus Alabaster. Man kann es nur zerschlagen, nicht öffnen. Quinctilius Varus führte es mit sich, seit er Statthalter in Syrien war. Er ließ es sich aushändigen, starrte es an und meinte, früher habe er geglaubt, dass Gift schneller und gnädiger sei als das Schwert, aber nicht mehr, seit er es wirken gesehen habe. Nein, ich weiß nicht, wen er da meinte. Woher soll ich das wissen? Ich bin nur ein einfacher, dummer Sklave. Jedenfalls gab er mir das Fläschchen wieder zurück und sagte, ich würde nun zum ersten Mal in meinem Leben das Privileg erhalten, das Schwert eines freien Mannes zu führen, gab mir sein Kurzschwert, befahl mir, es aufrecht vor mich zu halten, und stürzte sich hinein, indem er mich mit seinen Armen umklammerte wie ein Heimkehrer seine Frau.

Ja, ich glaube, es hat lange gedauert, bis er daran starb. Ich bin kein römischer Soldat. Wir einfachen Sklaven wissen nicht, wie man am schnellsten Menschen tötet, wir sind eben nicht darin ausgebildet, Herr. Auch habe ich mich nicht getraut, ihm ein Messer in die Kehle zu stoßen, wie er es später von mir verlangt hat. Aber am Morgen des dritten Tages war er ganz gewiss tot.

Das bedeutet natürlich, dass ich das Fläschchen noch habe. Du, Herr, bist nun in der gleichen Lage wie der edle Varus, und da du mit mir sein Erbe angetreten hast, so scheint mir, gebührt dir auch dies. Wer weiß, vielleicht kannst du es bald gebrauchen.«

IX.

Als Aliso den Germanen vier Wochen lang erfolgreich widerstanden hatte, war das, was Caedicius in den Mienen der Menschen las, nicht mehr der Tod, sondern Hoffnung. Eigentlich hatte sich nur wenig geändert; sie waren allesamt immer noch in Gefahr, und von Asprenas in Mogontiacum mit seinen zwei verbliebenen noch intakten Legionen fehlte jede Spur; mutmaßlich hielt der Stellvertreter des Statthalters Aliso längst für gefallen, wenn ihn Caedicius' Boten überhaupt erreicht hatten. Aber mit jedem Tag, den sie überlebten, schien der Tod weniger unvermeidlich.

Letztendlich, entschied Caedicius, spielte es keine Rolle, ob Varus einfach von Arminius übertölpelt worden oder in irgendwelche Intrigen mit der Familie des Princeps verwickelt gewesen sei; ob er nach bestem Gewissen gehandelt habe oder schuld an der Vernichtung seiner Legionen sei. Es zählte nur das Hier und Jetzt, und jetzt war es seine, Lucius Caedicius' Aufgabe sicherzustellen, dass die Überlebenden dem Tod auch weiterhin entkamen.

Arminius der Cherusker hatte drei Legionen durch List überwältigt. Die Götter mochten es für passend halten, wenn man ihm seinerseits durch List entkam. Vielleicht war Asprenas in Mogontiacum, vielleicht nicht, aber die Cherusker konnten das nicht mit Sicherheit wissen. Caedicius rief Decius Cimber und zwei seiner eigenen Legionäre zu sich und befahl ihnen, sich nachts und ohne schwere Rüstung mitsamt den nötigen Signalinstrumenten aus dem Lager in die Wälder nach Süden durchzuschlagen und dort ein ganz bestimmtes Signal zu blasen, das Signal, das das Anrücken von zwei im Eilmarsch befindlichen Legionen verkündete.

»Aber werden sie das erkennen?«, fragte einer der Legionäre skeptisch.

»Oh, das werden sie«, sagte Decius Cimber hart. »Schließlich sind sie unsere Hilfstruppen.«

Caedicius nickte. Es war ein Glücksspiel, das wusste er. Aber wenn es gelang, dann würde es ihm möglich sein, nicht nur mit seiner Einheit abzuziehen, sondern auch mit all den Flüchtlingen, die sich in Aliso befanden. Mit den Frauen und Kindern. Die Germanen dort draußen wussten von den aktuellen Erlebnissen nur zu gut, was es hieß, zwischen zwei Fronten zu geraten. Sie würden nicht zwischen Aliso und einer anrückenden rachedurstigen Armee festsitzen wollen, nicht einer einzigen kleinen Garnison wegen. Wenn sie den Klängen aus den Wäldern glaubten, würden sie sich zurückziehen. Nicht für lange, aber auch nur ein Tag oder zwei würden reichen, um die Menschen aus Aliso losmarschieren zu lassen. Ob sie dann den Rhein erreichten, wussten nur die Götter. Aber die Götter, dachte Caedicius, neigten dazu, auf der Seite dessen zu sein, der wenigstens versuchte, etwas zu tun, statt nur sein Schicksal zu akzeptieren.

Das Alabasterfläschchen, das ihm Glaukos gegeben hatte, hing in einem Säckchen verborgen an seinem Gürtel. Er holte es hervor, warf es auf den Boden und zertrat es.

Dann kehrte er auf die Wälle zurück, um die Vorbereitungen für einen Eilmarsch nach Westen zu treffen.

DIE BLATTERN DER MELKDEERNS

Peter Plett und die Pocken

KARI KÖSTER-LÖSCHE

Die Blattern

»Es ist ja nur ein Blatternkind.«

Dieser dumme Spruch, der ihm wieder nicht aus dem Sinn gehen wollte! Peter Plett schlug die Hände über die Ohren und eilte um die Kropper Kirche herum, deren Glocke mit dünnem Läuten verkündete, dass ein weiteres Kind zu Grabe getragen wurde. Das dritte der Pockenepidemie, die gegenwärtig das Dorf Klein Rheide im Kirchspiel erfasst hatte.

Pocken, diese Geißel der Menschheit! Er hasste sie, seitdem sein kleiner Bruder daran gestorben, er selber aber mit nur einigen Narben davongekommen war. Er verstand auch nicht, dass die meisten Menschen in diesen letzten Jahrzehnten des 18. Jahrhunderts sich mit der teuflischen Krankheit arrangiert hatten. Warum hieß es *nur* ein Pockenkind? Der Tod seines Bruders Heinrich war mit diesem Spruch abgetan worden, er hatte das Flüstern zweier Nachbarinnen sehr wohl gehört. Hatten Kinder, die sich die Blattern holten, kein Recht zu leben? Waren sie minderwertig, weil ihnen die Widerstandskraft fehlte? Oder strafte der Herr im Himmel sie für eine Schuld, die niemand kannte?

Plett nahm die Hände von den Ohren. Das Glockenläuten verfolgte ihn auf seinem Heimweg wie eine Anklage, ebenso der herablassende Spruch. Wer ihn gedankenlos benutzte, hatte kein Kind an die Blattern verloren oder schon lange den Schmerz darüber vergessen.

Die achtjährige Gesche, die jetzt in ihrem Brettersarg ruhte, war gestorben, nachdem die Eltern und eine heilkundige Frau wochenlang um ihr Leben gekämpft hatten. Sie sei voller Blattern gewesen, aber erst als sich schwarze Flecke auf ihrer Haut gezeigt hatten, wusste man, dass sie sterben würde.

Kein Arzt konnte Plett die Ursache der Blattern erklären. Plötzlich tauchte es auf, das Pockengift, wie durch den Wind herbeigeweht. Aber welcher Natur war das, was da wehte? Wenn es überhaupt stimmte. Es gab auch andere Erklärungen: Blattern entstünden von selbst im Menschen. Aus den Pusteln könne dann das Kontagium entweichen und sich in denjenigen festsetzen, die das Krankenbett umstanden. Das nenne man dann Epidemie. So betrachtet, handelte es sich gar nicht um eine Ansteckung, sondern um ein Gift, das wie verdorbene Wurst oder unbekömmliche Pilze hier und da und ohne Zusammenhang zuschlug.

Peter Plett hasste nicht nur die Blattern abgrundtief, sondern verabscheute auch die Ärzte, die nicht in der Lage waren, die Krankheit aufzuhalten.

Hingegen gab es tapfere Menschen, die sich den Blattern entgegenstellten, wie die englische Lady, die ihrem Mann an den osmanischen Hof in Istanbul gefolgt war und dort eine wirksame Abwehr kennengelernt hatte. Wie hieß sie noch? Plett grübelte eine Weile, während hinter ihm der Klang der Totenglocke längst verebbt war und er nur noch das Muhen der Kühe hörte, die an der Aue weideten.

Lady Montagu, das war es. Die Ehefrau des Botschafters hatte ihre Kinder nach Art der Muselmanen vorsorglich behandeln lassen und die Methode nach ihrer Rückkehr in England propagiert. Man solle das Blatterngift schnupfen oder in einen Ritz der Haut einreiben. Der englische König ließ seine Enkel erfolgreich impfen, und manche Engländer folgten seinem Vorbild – aber die Ärzte waren bis heute voller Vorurteile und verweigerten sich der Methode aus dem Orient. Sie sei zu gefährlich, man könne bei ihrer Anwendung sterben.

Unfähigkeit und Neid musste man ihnen vorwerfen, fand Plett. Statt anzuerkennen, wie viele Menschen gerettet würden, zählten sie die möglichen Opfer.

Insgesamt blieb die Tatsache bestehen, dass kaum etwas über die Ursache der Blattern bekannt war, jedenfalls nicht beim Kreisphysikus, dessen Pflicht es als oberster Medicus des Amtes war, auch über die jüngsten Ergebnisse der Forschung informiert zu sein. Er hatte bei Beginn der diesjährigen Epidemie am Löschteich einen öffentlichen Vortrag über Kontagium gehalten, um allen Eltern zu versichern, dass man jetzt schon bedeutend mehr als früher wisse, dass die Gefährlichkeit der Erkrankung abnehme und eine direkte Gefahr höchstens für Säuglinge bestünde. »Also, Kopf hoch, Leute, es kommt weniger schlimm, als ihr befürchtet«, waren seine Worte gewesen. Die wenigen Bäuerinnen, die Zeit gefunden hatten, ihm zuzuhören, waren skeptisch nach Hause entlassen worden.

Nachdenklich betrat Plett sein Elternhaus in Klein Rheide. Er ging in die Küche, in der seine Mutter hörbar wirtschaftete.

»Wie starb Heinrich, Mutter?«, fragte er geradeheraus, was er bisher vermieden hatte.

Über das Gesicht der Mutter legte sich ein Schatten. »Du denkst an die kleine Gesche, nicht wahr? Ich konnte nicht im Trauerzug mitgehen. Nicht ein drittes Mal innerhalb weniger Wochen.«

Peter Plett nickte. Er verstand es.

»Es war grausam«, setzte die Mutter traurig fort. »Die Blattern hatten Heinrichs hübsches kleines Gesicht so überzogen, dass kein Stückchen heiler Haut mehr erkennbar war. Sie waren auch in die Augen und in die Ohren gekrochen. Mein kleiner Junge verstand zum Schluss nicht einmal mehr, dass wir bei ihm waren und ihn zu trösten versuchten. Selbst seine Hände spürten vor lauter Blattern nur noch Schmerz.«

»Man muss doch etwas gegen die Krankheit tun können!«

Mutter Plett nickte. »Ich habe gehört, dass sie in manchen Gegenden Pockengift verabreichen, um die Kinder zu schützen. Das verstehe ich nicht.«

»Inokulieren nennen sie es. Die Kinder bekommen zwar die Blattern, aber in ganz schwacher Form, und danach sind sie für ihr Leben gefeit. Ich habe darüber gelesen, als ich neulich in Schleswig war. Ich würde zu gerne einem Medicus dabei zusehen.«

Garderuth Plett ließ sich auf einen Hocker sinken. »Lass das nicht den Vater hören! Du bist kein Medicus, du willst Kinder in Schreiben und Lesen unterrichten, und selbst das gegen Vaters Willen.«

»Mutter, wenn eines feststeht, dann, dass bisher kein Arzt eine Medizin gegen Blattern gefunden hat, sondern gewöhnliche Leute«, entgegnete Plett ein wenig verärgert. »Zum Beispiel Sklavenhändler. Warum also nicht der Sohn eines Hufners, der Lehrer werden will?«

Frau Garderuth biss sich auf die Lippen und schüttelte mit sorgenvoller Miene den Kopf.

Plett umarmte sie. »Keine Bange, Mutter, mir können die Blattern doch nichts mehr anhaben.«

Die Mutter sah ihm fest in die Augen. »In deinem Fall fürchte ich nicht die Blattern, sondern die Ärzte. Sie haben allemal das Ohr derjenigen, die begütert genug sind, einen Hauslehrer einzustellen. Wenn du den Ärzten unbequem wärst, würden sie nicht zögern, dich aus deiner Stelle fegen zu lassen.«

Peter Plett runzelte die Stirn. Seine Mutter war eine kluge Frau. In diesem Fall konnte er ihr nicht folgen. Er würde ihr nicht verraten, dass die Blattern ihn mit jedem Tag mehr interessierten.

Die Kuhpocken

Wenige Tage später erhielt Plett die lange ersehnte Nachricht: Ihm wurde eine Hauslehrerstelle auf einer Holländerei in Holstein angeboten. Vier Kinder sollte er in der Meierei des Gutes Schönweide unterrichten und die Stelle so schnell wie möglich antreten.

Drei Tage später erreichte Peter Plett nach einer ermüdenden Reise in Postkutschen und Bauernkarren das Adelsgut in der Nähe des Plöner Sees. Schon unterwegs war ihm aufgefallen, wie hüglig diese Landschaft war, und immer wieder hatten zwischen den Eichen und Buchen kleine Seen hindurchgeblinkt. Ihm gefiel es.

Plett wurde eine Kammer unter dem Dach der Meierei zugewiesen, die an den Kuhstall angebaut war. Der Unterricht fand außerhalb des von einem Graben umgebenen herrschaftlichen Anwesens im Wohnhaus des Meiereipächters Clasen statt, in dem auch das unverheiratete Gesinde der Adelsfamilie untergebracht war.

An den ersten beiden Tagen hatte er Zeit, die Umgebung zu erforschen. Abgesehen vom Herrenhaus hatte er überall Zutritt. Das weiß verputzte Wohnhaus der Clasens war zu beiden Seiten von Wirtschaftsgebäuden aus Backstein flankiert. Überall sah er Leute an der Arbeit, sie bildeten zusammen eine kleine Dorfschaft, die am Abend wie ein Spuk von dem Gut verschwand.

Plett war angekündigt worden. Knechte, Halbknechte,

Kuh-, Schweine- und Schafhirten, Zimmergesellen, Kindermädchen, Mägde, der Ziegelmeister und der Holzvogt nickten ihm höflich zu, ein »Moin, Herr Lehrer« auf den Lippen.

Das hatte Plett nicht erwartet. Lehrer von Dorfschulen, die von der Gemeinde bezahlt werden mussten, genossen häufig wenig Ansehen. Hier aber stand er offensichtlich über Handwerkern und Gesinde, obwohl er nicht die adligen Kinder zu unterrichten hatte.

Als die Sprösslinge des Meiereipächters zwei Tage später mit ihrer Mutter eintrafen, stellte Plett schnell fest, dass sie aufgeweckt und gut erzogen waren. Er erwartete keine Schwierigkeiten.

In seiner dritten Unterrichtswoche erhielt Plett per Post eine von ihm lang ersehnte Zeitungsausgabe mit der Fortsetzung eines Berichts über die Pocken. Mehrere Abende vertiefte er sich in die dort beschriebene Technik der Variolation, bei der das Pockengift durch einen kleinen Schnitt in der Haut verabreicht wurde. Es erschien ihm ein wunderlicher Zufall, dass wenig später eines der Melkmädchen ausgerechnet ihn wegen der Blattern um Rat fragte.

»Herr Lehrer«, sagte sie und machte vor ihm einen Knicks, »Sie sind in Schleswig und Holstein herumgekommen. Laufen die Blattern wieder um, wie man sich erzählt?«

»Das tun sie tatsächlich, Stine«, sagte Plett. »Haben Kinder und junge Leute auf dem Gut sie noch nicht durchgemacht? Wie alt bist du?«

»Ich bin fünfzehn, Herr Lehrer. Und nein, keines der Kinder hier hatte die Blattern. Aber ich frage nicht meinetwegen, wir Melkdeerns sind gottlob alle gefeit. Ich habe Angst um meine kleinen Geschwister in Malente.«

Plett nickte. »Und ihr Melkdeerns hattet also alle schon die Blattern?«

»Nein, keine einzige.«

»Dann kannst du nicht gefeit sein!«

»Mit Verlaub, Herr Lehrer, doch! Wir haben alle die Kuhblattern gehabt, und wer die hatte, bekommt keine Menschenblattern.«

Plett schüttelte den Kopf. Ein Märchen, aber er wollte nicht widersprechen. »Zeig mir mal die Narben deiner Kuhpocken, Stine.«

»Kuhpocken machen keine Narben. Wenn Sie mir nicht glauben, Herr Lehrer, sprechen Sie doch mit den anderen Mädchen! Jede weiß Bescheid. Wenn wir Kuhblattern auf dem Hof haben, kommen sogar die Knechte zur Melkzeit in den Stall, um zu helfen. Helfen! Herr Lehrer, Sie glauben gar nicht, was die unter ›helfen‹ verstehen.« Stine prustete los. »Wir zählen die Zitzen durch, wenn sie gegangen sind«, erzählte sie kichernd.

Plett hatte mit größter Aufmerksamkeit zugehört. »Langsam, Stine, damit auch ein Lehrer aus dem Schleswigschen versteht, was du sagen willst. Die Kühe bekommen also Pocken, und die befinden sich am Euter?«

»Ja, aber diese Blattern sind ganz harmlos. Die Kühe werden nicht krank und wir auch nicht. Kleine Knötchen an den Händen, das ist meistens alles, was da kommt.«

Plett sprang auf. »Wer von euch Melkmädchen weiß darüber am besten Bescheid?«

»Die alte Catarine, aber sie ist kein Melkmädchen mehr. Sie bekommt ihr Gnadenbrot und passt auf das Feuer im Backhaus auf. Jetzt ist sie gerade beim Anheizen.«

»Gut, gehen wir zu ihr.«

Ein neugieriger Blick traf Plett, aber Stine hatte keine Einwände, sie war sich im Gegenteil der Wichtigkeit ihres Auftrags bewusst. Sie eilten am Gesindewohnhaus vorbei einen abschüssigen Weg hinunter, wo Stine auf ein kleines Ziegelsteingebäude zeigte, aus dessen überdachtem Schornstein Rauch quoll.

Vor dem Backofen hockte die alte Frau.

Plett nannte seinen Namen. »Ich würde Ihnen gerne Fragen über die Kuhblattern stellen.«

Auch Catarine hatte von ihm gehört. Sie lächelte zahnlos. »Frag nur, Junge.«

»Stine hat mir erzählt, dass alle, die Kuhpocken hatten, gegen Menschenpocken gefeit seien.«

»Das weiß doch jeder, selbst die Kerls, die die Äcker bestellen«, warf Catarine verächtlich hin. »Wenn's ums Klauenbeschneiden geht, haben sie keine Zeit, in den Stall zu kommen, aber wenn die Kuhblattern umgehen ...«

»Und wann gehen die um?«

»Alle paar Jahre. Im Herbst. Ist eine Erscheinung wie Sternschnuppen im September.«

»Im letzten Jahr hatten wir sie«, ergänzte Stine zufrieden. »Das passte gut, denn kurz davor habe ich hier die Stelle bekommen, und ohne die Kuhblattern müsste ich ja auch Angst vor den Pocken haben.«

Plett summte der Kopf, die Begierde des Entdeckers hatte ihn erfasst. »Können Sie die Kuhblattern beschreiben, Catarine?«

»Das kann ich, Peter Plett.«

Plett wartete, aber Catarine wollte gebeten sein und schwieg. »Bitte, erzählen Sie ...«

»Na gut. Es ist ganz einfach, junger Mann. Ein oder zwei Wochen nachdem die Blattern bei unseren Kühen auftauchen, haben wir sie an den Händen, an den Armen und manchmal im Gesicht. Die Dinger werden groß wie Kirschkerne und jucken tüchtig. Das macht aber nichts. Richtig hinderlich sind überhaupt nur die Blattern in den Häutchen zwischen den Fingern. Nach drei, vier Wochen heilen sie, die Krusten fallen ab, und man sieht nichts mehr davon.«

»Gab es hier denn jemals die gewöhnlichen Blattern?« Das war der springende Punkt. Pletts Herz klopfte hart.

»Aber Peter Plett! Ich bin zwar niemals zur Schule gegangen, aber zählen habe ich im Laufe meines Lebens doch gelernt. Alle paar Jahre gab es in den Dörfern hier herum die Pockennot, ich habe sie gewiss schon acht Mal erlebt. Und jedes Mal kam sie auch zu uns aufs Gut und hat ein oder zwei Kleinkinder ins Grab gebracht.«

»Danke«, sagte Plett und schüttelte der alten Magd beide Hände. Dann drehte er sich um und stürzte mit flatterndem Rock zum Meiereigebäude zurück, um in seinem Zimmer aufzuschreiben, was er erfahren hatte.

Anscheinend ahnte außer ihm niemand, wie wichtig die Beobachtung der Melkmädchen für die Menschheit war. Plett zweifelte überhaupt nicht an deren Richtigkeit, denn mit der bäuerlichen Bevölkerung war er sein Leben lang vertraut. Ihr Handeln war von Zweckmäßigkeit bestimmt, für anderes blieb keine Zeit. Wenn sie sagten, dass Kuhpocken vor Menschenpocken schützten, dann war das so.

Schon auf der schmalen Treppe zu seiner Kammer entschied er: Diese Entdeckung könnte Leben retten, und er würde sie auf der Stelle der medizinischen Fakultät in Kiel mitteilen.

Wahrscheinlich führte eine gezielte Suche nach Kühen mit Euterpocken irgendwo in Holstein schnell zum Erfolg. Man würde sogleich Freiwillige hinbringen und die Kühe melken lassen, um nach kurzer Zeit schon festzustellen, dass die Melkmädchen recht hatten. Mit ein wenig Nachdruck könnte man vielleicht sogar den Pockenlauf dieses Jahres kupieren.

Peter Plett schrieb mit fliegenden Fingern, zwei Seiten eines Schulheftes gingen dabei drauf. Die genaue Adresse der Fakultät hatte er zwar nicht, aber er kannte die Zuverlässigkeit der Postzustellung. Seinen Brief fügte er dem bereitliegenden Briefstapel des Gutsherrn bei, der am nächsten Morgen nach Preetz gebracht und von dort mit dem Postwagen, der zwischen Altona und Kiel verkehrte, weiterbefördert werden würde.

Und dann hieß es warten. Plett verkürzte sich die Wartezeit mit einem Glas Branntwein und ging selig zu Bett.

Der Knecht, der die Post besorgte, brachte am nächsten Tag eine Ausgabe der *Bremer Wöchentlichen Nachrichten* mit, die wegen eines Artikels über Blattern sofort an Plett weitergereicht wurde. Überrascht nahm er zur Kenntnis, dass auch die Herrschaft schon von seinem besonderen Interesse gehört hatte und es nicht im Geringsten so herablassend behandelte, wie es der allgemeinen Haltung auf dem Gut entsprach.

Der Verfasser, ein Medizinalrat, berichtete von zwanzig Personen, die sich der Inokulation mit Pockengift unterzogen hätten. Plett stellte schnell fest, dass der Arzt ein Gegner der Methode war.

Nur vier der Wagemutigen hätten die Inokulation bestens mit hirsekorngroßen Pusteln ohne weitere Erscheinungen überstanden. Sieben hätten bei heftigem Fieber Schmerzen am ganzen Körper verspürt und auffallenden Speichelfluss gehabt. Zudem seien bei jedem von ihnen mehrere erbsengroße Pocken mit weißgelbem Eiterinhalt aufgetreten; jedoch überstanden sie die Krankheit ohne Narbenbildung. Weitere drei Teilnehmer hätten gar keine Reaktion gezeigt und seien möglicherweise bereits durch eine unbemerkt durchgemachte Blatternerkrankung gefeit gewesen oder das Gift hätte aus unbekanntem Grund nicht angeschlagen. Zwei aus der Gruppe seien nach fünf beziehungsweise acht Tagen am Pockengift gestorben. Das Gift sei bei ihnen wohl auf eine sehr geschwächte Konstitution gestoßen, denn sie hätten von Beginn an einen kränklichen Eindruck gemacht. Über die in dieser Rechnung Fehlenden verlor der Medizinalrat kein Wort. Jedoch warnte er vor der Anwendung des Giftes.

Der Bericht war für Plett die Bestätigung, dass die Ärzte sich weiterhin über den Nutzen und die Gefahr der Variolation stritten. Damit wuchs seine Hoffnung auf die Kuhpocken. Die Entdeckung der Melkdeerns war gerade rechtzeitig ans Tageslicht gekommen und an die Universität gelangt, wo sie ohne alle Zweifel hingehörte.

Sechs Wochen später hatte Peter Plett noch keine Antwort aus Kiel erhalten. War sein Brief möglicherweise gar nicht in der Universität angekommen? Oder prüften sie die Wahrheit seines Berichtes, ohne ihn zu benachrichtigen? Gewiss gab es andere große Höfe mit riesigem Rinderbestand, in denen ähnliche Beobachtungen gemacht worden waren.

Allerdings begann Plett sich ein wenig zu ärgern, dass er keinen Anteil mehr an der Sache haben sollte. Schließlich war es seine Schlussfolgerung gewesen, dass Kuhpocken nicht nur für Melkmädchen Schutzpocken sein konnten.

Wie oft in der letzten Zeit – es wurde draußen schon herbstlich – machte Plett immer längere Spaziergänge in der Umgebung des Gutshofes, um über die Blattern nachzudenken. Am liebsten schlenderte er zum See hinunter, wo er den Gutsfischer bei der Arbeit beobachtete und sich gelegentlich mit ihm unterhielt.

Eines Tages begegnete er auf höherem Gelände einer großen Schafherde, die auf einem abgeernteten Getreidefeld weidete. Plett sah den Tieren eine Weile zu. Wie üblich waren die älteren Schafe im Mai geschoren worden, sie unterschieden sich von ihren halbjährigen Lämmern, deren Wolle dick und lockig war. Gelegentlich machten die Tiere in ihrer Lebensfreude gewagte Luftsprünge und versuchten anschließend, bei ihren Müttern noch ein wenig Milch zu erhaschen, obwohl sie längst über das Alter hinaus waren. Manche der Schafmütter entzogen sich der Gier des Jungvolks geschickt, andere ließen sie über sich ergehen.

Alles ähnlich wie bei Menschenmüttern. Plett musste lachen. Dann erblickte er den Schäfer, neben dem zwei schwarze Hunde saßen. Alle drei wachten aufmerksam über die Herde.

Plett fiel etwas ein. Wenn jemand über Vieh gute Kenntnisse hatte, waren es die Schäfer. Die wussten mehr über Krankheiten ihrer Schützlinge als viele Tierärzte. Er bahnte sich den Weg durch die Herde, aufmerksam beobachtet von den gehorsamen Hunden, deren vibrierende Hinterteile zeigten, dass sie am liebsten auf ihn losgesprungen wären. Endlich war er beim Schäfer angelangt.

»Sie sind der Herr Lehrer Plett, stimmt's?«

»Oh, ja«, sagte Plett verlegen. »Ich hoffe, die Hunde verzeihen mir, dass ich geradewegs durch die Herde marschiert bin. Ich wollte so schnell wie möglich zu Ihnen. Ich interessiere mich für alles, was mit der Landwirtschaft zu tun hat. Ich dachte, Sie könnten mir einiges erklären, was ich von zu Hause nicht kenne.«

»Möglich.«

»Ich will gerne so viel über Blattern in Erfahrung bringen, wie ich kann. Wissen Sie etwas darüber?«

Der Schäfer nickte und gab dem einen Hund einen halblauten Befehl. Der sauste los und trieb einige Schafe zur Herde zurück, die sich entfernt hatten.

»Bekommen auch Schafe Blattern?«

Wieder nickte der Mann.

»Wo?«

»Am Euter, am Maul und an den Klauen.«

»Donnerwetter«, sagte Plett leise. »Es scheint, dass alle Lebewesen unter diesen verfluchten Blattern zu leiden haben.«

»Das können Sie wohl laut sagen, Herr Lehrer. Manche Lämmer sterben daran, vor allem im Frühjahr, wenn sie noch jung sind.«

»Von den Melkdeerns habe ich gehört, dass sie gegen Menschenblattern gefeit sind, wenn sie blatternkranke Kühe melken …«

»Diese Deerns …« Der Schäfer schüttelte den Kopf. »Binden Städtern wie Ihnen gerne einen Bären auf. Na ja, Weiber tun sich immer wichtig, vor allem wenn sie glauben, dass einer keine Ahnung hat. Mir wagen sie diesen Unsinn nicht zu erzählen.«

»Sind Schäfer also nicht gefeit?«, fragte Plett so beunruhigt, dass er auf den Städter, der er nicht war, keinen Bezug nahm.

»Natürlich nicht! Schäfer erkranken an Blattern wie jeder andere Mensch. Mein Vorgänger ist daran gestorben.«

»Die Mädchen behaupten, dass sie Pusteln bekommen, die abheilen, ohne eine Narbe zu hinterlassen.«

»Wollen Sie mal sehen?« Der Schäfer schob die weiten Ärmel seines Hemdes bis zu den Ellenbogen hoch und hielt Plett beide Hände unter die Augen. An den Fingern und den Unterarmen hatte er talergroße Narben.

»Großer Gott«, stieß Plett erschrocken hervor.

»Da staunen Sie, was? Die habe ich mir bei meinen Schafen geholt. Blattern sind Blattern. Lebensgefährlich für Mensch und Tier, dagegen ist kein Kraut gewachsen, was auch immer die schlauen Herren Ärzte von sich geben.«

An diesem Abend trank Plett eine halbe Flasche Korn zur Beruhigung. Er hatte nun begriffen, warum die medizinische Fakultät seine Eingabe ignoriert hatte, und war insgeheim dankbar dafür. Immerhin hatten die Professoren ihm erspart, öffentlich eine Blamage einzugestehen.

Seit seinem peinlichen Irrtum fühlte sich Peter Plett auf Gut Schönweide nicht mehr wohl. Fortan hütete er sich, die Blattern auch nur zu erwähnen, erfüllte hingegen seine Unterrichtspflichten mit aller Sorgfalt. Als er von einer freigewordenen Hauslehrerstelle in der Holländerei des Gutes Hasselburg in der Nähe von Neustadt erfuhr, bewarb er sich sofort.

Er wurde für das kommende Jahr, 1791, angenommen. Sein Abschied von den Kindern auf Schönweide war herzlich, aber von Erleichterung bestimmt. Pletts Gedanken waren jetzt auf seine Zukunft gerichtet. Hasselburg war ein Neuanfang, wo niemand von seinen gescheiterten Bemühungen wusste.

Das Gut Hasselburg war größer als der Hof Schönweide. Das weiß getünchte Herrenhaus mit rotem Ziegeldach ähnelte einem Schlösschen und wurde von zwei Kavalierbauten für die Hausgäste flankiert. Plett bezog eine kleine Wohnung in der Gutsmeierei außerhalb des Wassergrabens, der wie üblich das herrschaftliche Anwesen einschloss.

Der Pächter hatte drei Kinder, die im Schulalter waren. Mit Sorgfalt und Liebe nahm Plett sich ihrer an. Er wusste, dass er ein guter Lehrer war, obwohl er seine Kenntnisse lediglich aus einem älteren Handbuch für Privaterzieher bezogen hatte. Sein Traum war, so viel Geld zu sparen, dass er eine Ausbildung am Lehrerseminar bezahlen konnte.

Die beiden älteren Kinder des Gutsherrn gingen auf das Gymnasium in Lübeck. Mindestens genauso geeignet wären die klugen Töchter Hedewig und Margarethe des Meiereipächters gewesen. Aber was hätten sie mit einer Bildung angefangen, die allenfalls adligen Damen zustand? Der Vater würde sie auf dem Hof als Melkmädchen anlernen, aber ob sie das überhaupt wollten?

Zuweilen fand Plett die Ordnung dieser Welt unerträglich, auch ohne das Blatternproblem, das er aus seinem Kopf zu verbannen suchte.

Aber eines Tages holte es ihn wieder ein. Bei den Kühen auf dem Hof traten die Blattern auf, und gleichzeitig machten Gerüchte von Pocken in der Stadt Lübeck die Runde. Beide wurden in der Familie des Pächters zum Gesprächsthema. Plett, der von Familie Martini herzlich aufgenommen worden war und an allen Mahlzeiten teilnahm, erfuhr erstmals, dass die Hausfrau, ihre Schwester und ihr Bruder als Kinder die Kuhblattern durchgemacht hatten und immer von den Menschenpocken verschont geblieben waren. Und nicht nur sie: Die Schwester, ebenfalls Ehefrau eines Pächters, hatte dafür gesorgt, dass ihre neun Kinder sich an den Kühen ansteckten. Auch sie waren alle gesund geblieben.

»Und ich achte darauf, dass alle meine Melkdeerns mit den Blatternkühen in Berührung kommen«, ergänzte Martini. »Wenn sie keine Melkerknoten bekommen, müssen sie ein zweites Mal ran. Ich schwöre darauf.«

»Und die Methode versagt nie?«

»Nicht, dass ich wüsste.«

»Eigenartig«, murmelte Plett.

Martini zuckte die Schultern. »So ist die Welt. Bunt wie ein Herbstwald. Manches lässt sich nicht erklären.«

»Erklärung hin, Erklärung her. Ich wünschte von Herzen, unsere Kinder würden die Kuhblattern durchmachen, auch wenn wir uns keinen Reim darauf machen können«, sagte seine Frau.

»Warum schicken Sie sie dann nicht einfach in den Stall?«, erkundigte sich Plett.

»Nun ja, man hört dies und das«, sagte Frau Martini unentschlossen. »Manchmal sind die Kuhblattern schmerzhaft. Und es soll auch schon zu Fieber gekommen sein.«

»Immer noch besser als Blindheit, Schwerhörigkeit oder Tod«, wandte Plett ein.

Frau Martini seufzte. »Sie haben ja recht, wir sollten es unseren Kindern zumuten. Jedenfalls den vier ältesten.«

Dass die Blattern sich nicht erklären ließen, war nicht Peter Pletts Meinung. Im Gegenteil. Eigentlich, fand er, lasse sich alles erklären, vorausgesetzt, man kannte die Umstände lückenlos. Woraus sich logisch ergab, dass es im Hinblick auf die Pocken mehr Löcher als gesicherte Erkenntnisse gab.

Als er sich wieder erlaubte, über die Krankheit nachzudenken, tauchten aus der Tiefe seines Gedächtnisses zwei Bemerkungen auf, die in Schönweide gefallen waren. Die Magd Catarine hatte die Kuhblattern als Herbsterscheinung bezeichnet. Für den Schäfer waren die Schafblattern hingegen eine Frühjahrskrankheit. Die Kuhpocken heilten bei den Melkmädchen, ohne Spuren zu hinterlassen, ab und schützten offenbar lebenslang gegen Menschenpocken, die Schafpocken aber hinterließen große Narben und boten keinerlei Schutz. Waren es womöglich unterschiedliche Tierkrankheiten? Die eine feite gegen Menschenblattern, die andere nicht. Wer Masern gehabt hatte, wurde ja auch nicht von Windpocken oder Blattern verschont … Und doch ähnelten die Pusteln einander so sehr, dass nur erfahrene Ärzte sie unterscheiden konnten.

Es war ein faszinierender Gedanke. Vielleicht war er doch nicht in die Irre gelaufen, wie er in Schönweide hatte vermuten müssen. Peter Plett wurde wieder von seinem früheren Forscherdrang gepackt.

Die vier Pächterkinder wurden ab da an täglich zum Melken einer pockenkranken Kuh geschickt, und Peter Plett ging mit, sehr zur Beruhigung von Frau Martini, die ihren Ehemann für ein wenig grob mit den Kindern hielt.

Zum ersten Mal hatte Plett Muße und Gelegenheit, sich im Stall gründlich umzusehen. Zunächst deutete bei den zum Melken von der Weide hereingeholten Rindern nichts auf eine Erkrankung hin. Die rotbunten Kühe, in ihren Ständen mit den Köpfen zum Mittelgang angebunden, rupften am frischen Gras und an Rübenschnitzeln, die ihnen vorgesetzt worden waren, damit sie sich während des Melkens beschäftigen konnten. An der Zwischenwand zur Milchkammer spielte der vierjährige Sohn der Gutsköchin mit einem Wurf Katzen. Alles signalisierte Abendruhe und Frieden.

Ein schon älteres Melkmädchen winkte Plett über den Rücken der Kühe zu. Als er näher trat, drehte die Kuh ihren Kopf zu ihm und betrachtete ihn mit ihren dunklen Augen. Überrascht sah er, dass sich auf dem hellen Maul einige Auswüchse befanden, die er für die gleichen Pocken hielt, die ihm das Mädchen an den Zitzen zeigte: rote Krusten und kirschkerngroße Pusteln, die in der Mitte eine Delle aufwiesen.

»Es tut Caroline weh, wenn ich die Blattern berühre«, erklärte das Mädchen aus eigenem Antrieb. »Das Melken geht deshalb etwas langsamer als sonst. Aber sie sind liebe Tiere, die viel Milch geben, und wir nehmen wegen der Blattern Rücksicht. Unser Gutsherr erlaubt es.«

»Und sie sind trotz Blattern nicht krank?«

»Ich weiß nicht, Herr Lehrer. Manchmal denke ich, dass sie sich nicht richtig wohl fühlen, weil sie weniger fressen und häufiger liegen.«

»Und du hast die Kuhblattern schon gehabt?«

»Ja. Im vierten Jahr, nachdem ich hier angefangen hatte. Mich haben sie ins Bett geschickt, weil mir der ganze Körper weh tat. Die Hände auch.«

»Und deshalb vermutest du, dass es manchen Kühen auch nicht so richtig gut geht«, schloss Plett. »Du bist sehr aufmerksam. Wie heißt du?«

»Ida. Die anderen lachen mich aus, wenn ich so etwas sage. Ich habe es Ihnen nur erzählt, weil Sie mich gefragt haben.«

»Das war brav von dir«, antwortete Plett geistesabwesend. Inzwischen hatte er begriffen, dass es noch viele Mosaiksteinchen gab, die dem Wissen über die Blattern hinzuzufügen waren. Jeder, der die Kuhpocken durchgemacht hatte, hatte ihm etwas Neues erzählt. Gemeinsam war allen Berichten gewesen, dass kein Betroffener je an Menschenblattern erkrankt war. Dann fiel Plett noch etwas ein, was er auf der Stelle klären wollte. »Zeig mir mal deine Hände.«

Die Hände der Magd waren von langjähriger Arbeit in Mitleidenschaft gezogen worden. Die Handrücken waren noch rot vom Sauberbürsten vor dem Melken, auf der Innenfläche befanden sich Schwielen und eine Schrunde, die bis ins Fleisch ging.

Nachdem das Mädchen den Kindern die Handgriffe erklärt und gezeigt hatte, durften sie selbst melken.

Fortan unterzog Plett die Hände der vier Pächterkinder einer täglichen Musterung. Blattern zeigten sich nicht. Die Kinder waren niedergeschlagen und beklagten sich bei ihm. »Es wird schon werden«, tröstete er sie.

Und dann kam endlich der Erfolg bei dem ältesten Knaben,

der Plett stolz zwei Pocken vorführte. Von da an brach unter den Kindern Streit aus, der immer häufiger aufflackerte, als sich bei den jüngeren auch in den nächsten Tagen keine Blatter zeigte.

Plett ließ die kleinen Streithähne Aufstellung nehmen und betrachtete der Reihe nach ihre Hände. Wie er es sich gedacht hatte: Die Hände der Mädchen, die außer ihren Schreibübungen allenfalls stickten und in der Küche zur Hand gingen, waren weiß und gepflegt, die des kleinen Knaben, der noch mit Klötzen spielte, saubergeschrubbt. Nur beim ältesten Jungen entdeckte Plett eine junge Schürfwunde, die geblutet hatte und nun von Schorf bedeckt war.

Möglicherweise waren, wie bei Mägden und Knechten üblich, Risse in der Haut notwendig, damit die Blattern angingen.

Das Wagnis

Pletts Entschluss reifte. Er würde die Inokulation mit Kuhpockengift vornehmen.

Am nächsten Morgen war Peter Plett wieder im Kuhstall, wo Martini zwischen Milchkammer und Stall hin und her lief, die Melkmädchen beaufsichtigte und die Milch in den Eimern auf Sauberkeit überprüfte.

Plett trabte hinter ihm her. »Die drei Jüngeren wollen sich einfach nicht anstecken, Herr Martini. Sie haben nie beobachtet, dass es gefährlich für den Menschen wäre, sich die Kuhpocken zu holen, richtig?«

»Ganz und gar nicht gefährlich.«

»Es läge dann nahe, die Kuhblattern bei Ihren Kindern zu inokulieren, wie man es mit den Menschenblattern macht.«

»Mmm«, brummelte der Pächter.

»Wagen wir es?«

»Ich bin kein Feigling, wenn Sie das meinen.«

»Ich mache Ihnen einen Vorschlag«, sagte Plett. »Ich biete an, Ihre Kinder, bei denen die Blattern durch das Melken nicht angehen wollen, zu behandeln. Ich werde es auf die gleiche Weise machen wie die Ärzte bei der Variolation. Das ist eine saubere und wirksame Methode.«

»Die Euter werden vor dem Melken gewaschen«, grummelte Herr Martini unentschlossen.

»Oh, daran besteht gar kein Zweifel«, beeilte sich Plett zu sagen. »Aber wir sollten sicherstellen, dass die Kuhpockenflüssigkeit in die Händchen Ihrer Kinder gelangt. Die Methode der Ärzte verlangt einen winzigen Schnitt in die Haut.«

Martini zögerte immer noch. Schließlich sagte er: »Warum nicht? Versuchen wir es.«

Damit war ein Pakt geschlossen.

Schon am nächsten Tag bereitete sich Peter Plett darauf vor, die Inokulation an den beiden Mädchen und dem jüngeren Sohn des Pächters vorzunehmen. Um keine vermeidbaren Fehler zu begehen, hatte er der Haushälterin des Gutes ein gestärktes und geplättetes Tischtuch sowie einen silbernen Saucenlöffel abgeschwatzt. Beides schien ihm als Hilfsmittel geeignet, so sauber wie möglich zu arbeiten. Aus dem Grund war ihm auch die Milchkammer, die täglich geschrubbt wurde, gerade gut genug.

Als Lieferantin des Schutzblatterngiftes hatte er sich eine Jungkuh ausgesucht, die im Frühjahr das zweite Mal kalben würde. An ihren Zitzen hatten sich blasige Pappeln gebildet.

Sie trat um sich – nach den Melkmädchen, die sie zu halten versuchten, dem Eimer und in Richtung ihres Euters. »Es juckt sie wohl, außerdem ahnt sie, dass wir ihr ans Leder wollen«, vermutete Martini.

»Wir müssen ihre Klauen fesseln«, schlug Plett vor.

»Nein. Das macht sie nur widerspenstig. Ida soll melken wie gewöhnlich, und wenn sie die Zitze in der Hand hat, bringen Sie den Schnitt an, Herr Lehrer.«

Plett fügte sich der Anordnung, die Kuh beruhigte sich, und kurze Zeit später tropfte bereits eine klare Blatternflüssigkeit in den Löffel. »Es reicht schon«, stellte er überrascht fest.

Auch die Inokulation der Flüssigkeit verlief bei den drei Kindern über dem schlohweißen Tischtuch ohne Schwierigkeiten. Als Ort der Inokulation wählte Plett die Haut zwischen zwei Fingern. Die Töchter nahmen den kleinen Schnitt mit einem scharfen Messer und das Einreiben des Giftes mit zusammengebissenen Zähnen tapfer hin, und dem weinenden Carl tätschelte der Vater tröstend den Kopf.

Bald spielten sie alle wieder im Kinderzimmer, nicht ohne ermahnt worden zu sein, den Verband um die Hand sauber zu halten.

Zwei Tage später hatte sich bei allen Kindern an der Inokulationsstelle eine Pustel gebildet, deren Umgebung gerötet war und ein wenig schmerzte. Der Erfolg war da. Plett begann zu planen, wie er vorgehen müsste, um allen Kindern des Gutes die Schutzpocken zu verabreichen.

Der letzte Beweis, dass diese Methode gegen Menschenpocken schützte, fehlte natürlich noch. Aber irgendwann würden die Menschenblattern nach Hasselburg kommen, und dann würde er zur Stelle sein, um den Ärzten vorzuführen, was sie versäumt hatten. Es würde ein Triumph des Verfahrens sein, wenn ringsherum Kinder erkrankten, nur die des Gutes nicht.

Einstweilen begnügte er sich mit einem neuen Bericht über

das von ihm angewandte Verfahren und seine Gefahrlosigkeit bei der Durchführung. Dazu legte er eine namentliche Liste derjenigen an, die sich absichtlich von Kuhpocken hatten anstecken lassen und später den Menschenpocken entgangen waren. Es gelang ihm sogar, die entsprechenden Jahre herauszufinden, in denen die Pocken in der Nachbarschaft des Gutes gewütet hatten. Dies waren immerhin Daten, die sich in der medizinischen Fakultät überprüfen ließen.

Hochzufrieden ließ Peter Plett seine diesmal umfangreiche und durch Daten und Namen abgesicherte Abhandlung nach Kiel befördern. War seine erste Notiz auch verlorengegangen, diese hier konnte man nicht übersehen.

Einige Tage später kam der Rückschlag. Martinis vierjähriger Sohn erkrankte schwer. Sein Fieber stieg in beängstigende Höhe; er hatte so starke Schmerzen am ganzen Körper, dass er nur noch wimmerte. Der Meiereipächter ließ einen Arzt aus Neustadt holen.

Peter Plett war am Boden zerstört.

Bei den beiden Mädchen war vom Schnitt nach drei Wochen nur noch ein heller Strich zu erkennen, und alle Reste der Pusteln waren verschwunden. Aber dies war nicht mehr genug, Pletts Zutrauen in die Inokulation mit Kuhblatterngift wiederherzustellen.

Zudem vergällte ihm ein weiterer Wermutstropfen die Arbeit mit dem Verfahren, als die Köchin mit ihrem strampelnden Sohn unter dem Arm kam und Plett beschuldigte, Albertchen heimlich angesteckt zu haben.

Empört stritt Plett dies ab, konnte aber nicht leugnen, dass der Junge an den Händen und sogar im Gesicht Pocken hatte, die denen der Mädchen aufs Haar glichen. »Er muss unter den Kühen durchgekrochen sein …«, schlug er hilflos vor.

Die Köchin schnaubte verächtlich und ging ihres Weges. Plett hatte erneut erfahren, wie wenig er über Blattern wusste.

An jedem Tag, an dem eine Antwort aus Kiel ausblieb, gönnte sich Peter Plett einen Klaren aus einer Flasche, die Martini ihm in fröhlicheren Zeiten aus seinem Deputat geschenkt hatte. Nach der fünften Woche wurden es auch mehr Gläschen, da sich sein Kummer so gut darin ertränken ließ.

Denn selbst wenn der Bericht wie alle Angelegenheiten Holsteins an die Deutsche Kanzlei in Kopenhagen weitergereicht worden war, hätte eine Antwort längst da sein müssen. Vielleicht noch keine Einladung in die Kieler Fakultät zur Berichterstattung, wovon Plett heimlich träumte, aber doch wenigstens eine Eingangsbestätigung für sein Schreiben.

Erst nachdem Martinis Jüngster wieder gesundet war, erwachte Pletts Überzeugung von der segensreichen Wirkung der Kuhpockeninokulation aufs Neue. Die schwere Krankheit des Pächtersohnes wertete er als Unfall und die Pocken des Sohnes der Köchin als nicht erklärbar.

Verloren

Peter Plett wartete auch in diesem Jahr vergebens auf eine Antwort aus Kiel. Er begann sich wieder auf seine berufliche Laufbahn zu konzentrieren, verließ 1793 das Gut Hasselburg und begann am Lehrerseminar in Kiel zu studieren.

Zufällig traf er während der Studienzeit Martini, der ihm berichtete, dass die Inokulation seine vier älteren Kinder beim jüngsten Pockenlauf geschützt habe, während die jüngeren Geschwister schwer erkrankt seien.

Nach der Seminarzeit, die er mit ausgezeichnetem Ergebnis

abschloss, wurde Plett durch Pastor Dr. Schmidt, den Ortsgeistlichen von Probsteierhagen, als Lehrer berufen. Kaum hatte er die Stelle angetreten, verbreitete sich die Nachricht über ein aufsehenerregendes neues Verfahren, mit dem die ganze Welt zuverlässig gegen Menschenpocken geschützt werden könne: die Impfung mit Kuhpockenlymphe.

Das Verfahren des Engländers Edward Jenner, das dieser Vakzination nannte, war das gleiche, das Plett angewandt hatte. Jenner war Arzt, und auch er hatte seine Informationen von Melkerinnen erhalten. Die Impfflüssigkeit hatte er nicht den erkrankten Kühen, sondern den Pusteln der angesteckten Mägde entnommen. Mit dieser hatte er einen Jungen vakziniert und kurze Zeit später mit echtem Menschenpockeneiter vergiftet. Sein kühner Versuch hatte vollen Erfolg: Der Kleine blieb gesund.

Im Spätherbst des Jahres 1796 fand Plett in einer Gazette die Überschrift »Edward Jenner, englischer Held, Retter der Menschheit«. Um zu vergessen, betrank er sich mit einer ganzen Flasche Korn.

Wieder packte Peter Plett die Unruhe. Er wechselte nach Laboe. 1802 besuchte ihn der Arzt Dr. Heinze, der ihn ausführlich über seine ersten Vakzinationen befragte. Dieser Bericht gelangte nach Kiel und auch nach Kopenhagen.

Weiteres folgte nicht. Die Enttäuschung ließ Plett wieder tief in die Flasche schauen.

Von März bis Mai des gleichen Jahres führten Dr. Heinze und Dr. Schmidt eine Impfaktion gegen Pocken in der Probstei durch. Für ihren selbstlosen Einsatz wurden sie von der dänischen Regierung belobigt und Schmidt als Ritter des Dannebrog-Ordens vorgeschlagen. Peter Plett fand keine Erwähnung.

1808 bewarb er sich an die Distriktschule in Stakendorf an der Ostsee. Hier durfte er sogar Impfungen nach dem Verfahren von Jenner durchführen. Aber eigentlich interessierte er sich nicht mehr dafür. Die Welt hätte sich Jahre vor Jenner eines Pockenschutzes erfreuen können, wenn die medizinische Fakultät in Kiel seine Schreiben zur Kenntnis genommen hätte, statt sie zu ignorieren.

Im Jahr 1814 wurde Peter Plett erneut über die Kuhpocken befragt, es wurde ein Bericht für die medizinische Fachliteratur geschrieben und seine frühe Erkenntnis auf diese Weise auch in anderen Ländern verbreitet. Aber außer Ärzten erfuhr kaum jemand von ihm. Die medizinische Fakultät von Kiel rührte sich nicht, und aus Kopenhagen war erst recht nichts zu hören.

Unter der Hand erfuhr Plett jedoch, dass wahrscheinlich Professor Dr. Weber der medizinischen Fakultät Kiel die von ihm übersandte Methode der Melkmädchen boykottiert hatte. Der Grund: Weber betrieb in großem Stil die Variolation mit der gefährlichen Menschenpockenlymphe und wollte sich sein Geschäft nicht verderben lassen. Plett verstand mit einem Mal, was seine Mutter mit ihrer Warnung gemeint hatte, und besoff sich daraufhin gründlich.

Eines Tages kam der Dorfvorsteher von Stakendorf zu Besuch. Mit verlegener Miene nahm er in der Wohnstube Platz, während Plett auf der Chaiselongue halb saß, halb lag. Er war schläfrig und unlustig.

»Wir haben das Gefühl, Lehrer Plett, dass Sie sich bei uns nicht mehr sonderlich wohl fühlen«, bemerkte der Bauer unbeholfen. »Dabei waren Sie unseren Kindern doch sechs Jahre lang ein ganz ausgezeichneter Lehrer.«

»Mit Ausnahmen, ich weiß«, murrte Plett.

»Selbst wenn Sie im Unterricht nicht immer ganz bei der Sache waren, waren Sie doch hundertmal besser als Ihr Vorgänger, der reich an Frömmigkeit, aber arm an Kenntnissen war. Sogar die Kirchenleitung gibt das zu.«

»Hm.«

»Manchmal muss man seinen Kummer ertränken«, fuhr der Dorfvorsteher fort. »Wenn die Frau heimlich zum Nachbarn geht, oder der Sohn aufsässig ist ...«

»Ich habe keinen Kummer«, schnappte Plett widerborstig.

»Nein, natürlich nicht. Aber wir wissen alle, dass Ihnen Unrecht geschehen ist, und das wühlt lange im Gedärm. Jahrelang.«

Plett grinste trübe. Was bei ihm im Gedärm wühlte, war der Schnaps, und er war sich dessen bewusst. Aber anders konnte er die Verletzungen, die ihm zugefügt worden waren, nicht heilen. Wenn es denn eine Heilung gab.

Der Bauer straffte sich. »Die Kirchenleitung möchte, dass Sie den Schuldienst aufgeben. Die Schüler treiben sich an den Tagen, an denen Sie stockbesoffen sind, herum. So steht die Sache, Lehrer Plett, es tut mir leid.«

»Muss wohl sein.«

»Gut«, bemerkte der Bauer erleichtert. »Wir Hufner und Kätner von Stakendorf sind übereingekommen, Ihnen und Ihrer Frau aus Dankbarkeit die Altersversorgung zu sichern. Sie erhalten bis zum Lebensende, was Sie an Naturalien und Bargeld brauchen. Dazu werden wir Ihnen ein Haus bauen und auf unsere Kosten unterhalten. Das Haus wird eine Wohnstube mit zwei Bettstellen enthalten, dazu Küche und Speisekammer, eine Kistenkammer, Schweinestall und Gänsestall.«

Peter Plett wurde mit einem Schlag wach. Was er gehört hatte, glaubte er erst, als er die ausgestreckte Hand des Dorfvorstehers sah, der darauf wartete, dass er einschlug.

TODESTAUSCH

Ambrose Bierce, Wiedergänger

GISBERT HAEFS

Als Peter Wittmann die alte Voigtländer auf den Schreibtisch legte, fand er Sylvies Zettel: »Y – bis morgen – S«, darunter ein mit Lippenstift gemaltes Herz. Die alten Freundinnen mit den Y-Namen; Sylvie würde bis zum Morgengrauen mit Sibylle, Yvonne, Anya und Yolande kochen, klönen und trinken. Später würden sie vermutlich Karten legen, Geister beschwören, zwischendurch eine DVD mit irgendeinem Schmachtfetzen schlürfen und im übrigen und vor allem die derzeitigen Gespielen bereden, zerlegen und restaurieren.

»Gut so«, murmelte er. Er glaubte an Zufälle, manchmal sogar an angenehme; ihm war nach einem einsamen Abend, einer heißen Dusche, einer Tiefkühlpizza, viel Rotwein und ein bisschen kramen oder lesen. Zwei Tage lang hatte er mit dem neuesten digitalen Schnickschnack teils giggelnde, teils zickige Models in mehr oder minder geschmacklosen Klamotten für den Katalog eines Versandhauses fotografiert und danach, heute morgen, als Gegengift, Schwarzweißfilme und die Voigtländer genommen, um stundenlang alte Traktoren und einen Schrottplatz zu schießen, die Aura abgeschiedener Maschinen. Rost und Staub, Lehm und Schweiß, hat Churchill nicht gesagt, dachte er, schob die Pizza in den Backofen, zog sich aus und ging ins Bad.

Nachdem er gegessen und die Trümmer beseitigt hatte, saß er im Bademantel am Schreibtisch. Der Rioja mundete, und aus der Musikanlage quollen mexikanische Revolutionslieder, Mitbringsel von der großen Fotoreise vor ein paar Monaten.

Eigentlich sollte er die Modefotos bearbeiten und nachbessern – bei sich nannte er es »Realitätsverfälschung« –, aber der Wein und die blutrünstigen Gesänge lenkten ihn fort, zu einer anderen verfälschten Realität. Oder nicht verfälscht, aber ergänzt und bearbeitet: sein »Projekt«, an dem er seit der Mexikoreise bastelte. Er kippte den Karton mit den Fotos über dem Schreibtisch aus, schaltete den Laptop an, goss Rioja nach und rief die Datei MM (Mexiko: Montagen) auf. Um ihn her sangen Männerstimmen:

Yo soy soldado de Pancho Villa,
De sus dorados soy el más fiel;
Nada me importa perder la vida,
Si es cosa de hombres morir por él.

Ich bin Soldat von Pancho Villa,
Der treuste seiner Dorados;
Es macht mir nichts aus, das Leben zu verlieren,
Es ist ja Männersache, für ihn zu sterben.

Hundert Seiten sollten es werden, hatte Wittmann mit dem Verlag vereinbart. Kein Problem, hundert schöne Fotos auf Hochglanzpapier – das Problem war die Auswahl. Und natürlich der Text, denn es sollte um Abwesendes gehen: Bilder, die etwas zeigten, aber vor allem auf etwas Fehlendes verwiesen. Nicht nur mexikanische Bilder, nicht nur Landschaften, nicht nur Menschen. Als plakatives Beispiel, das das Verfahren erklären mochte, brachte er immer eines seiner älteren Fotos aus Frankreich an: eine monströse Mistel in einer Eiche vor giftigem Gewitterhimmel und als Text *Miraculix hält gerade Siesta*. Ein anderes, ebenfalls eingängiges und außerdem arrangiertes Beispiel: ein aztekischer Altarstein mit verkrusteter

Rinne, einem Obsidianmesser und der Unterschrift *Herzklopfen*.

Verfälschung, dachte er, als ein Tropfen Rotwein auf das Foto fiel.

Zwei karge Bilder aus dem Norden gefielen ihm besser. Eines zeigte die deutlich erkennbaren Umrisse eines Menschen auf dunklem getränkten Sand, einen staubigen Baum, ein Haus aus unverputzten Steinen und eine ins Ungefähre streunende Lehmstraße: *Drogenkrieg in Ciudad Juárez*. Das andere war aufgenommen außerhalb von Ojinaga, struppiges Gebüsch neben verfallenen Häusern und einem sehr trockenen Uferstück des Rio Grande: *Der Geist des alten Gringo*.

Im Geiste sah er Gregory Peck in der Rolle des alten Ambrose Bierce vor sich, dann schob sich Antonio Banderas als Pancho Villa dazwischen. Wittmann gluckste und gähnte, starrte auf das rissige Uferbett und erinnerte sich an zynische Definitionen aus »Des Teufels Wörterbuch« von Bierce (irgendwas Passendes als Bildunterschrift?), an die eine oder andere der grauenhaften Geschichten aus dem Bürgerkrieg, an die paar Daten, die er zur Erklärung in den Anhang aufnehmen müsste. Denn wer kennt schon Bierce? Oder Pancho Villa?

Er öffnete eine neue Datei und tippte schnell. Einzelheiten zum Foto später, sagte er sich, und Daten muss ich noch verifizieren.

Der erste Eintrag: Bierce, geboren 1842, Offizier im Bürgerkrieg, danach Journalist und Autor, verfasste die bis heute wahrscheinlich härtesten Kurzgeschichten über den Krieg, ferner bissige Aphorismen, Lügengeschichten und phantastische Fabeln; Ende 1913 reiste er nach Mexiko, hielt sich zwischen Weihnachten und Neujahr 1913 in Chihuahua auf, teilte in seinem letzten Brief der Frau seines Neffen mit, sollte sie hören, man habe ihn an die Wand gestellt und zu Fetzen geschossen, möge sie bedenken, dass er dieses Ende für erstrebenswert halte – »als Gringo in Mexiko, ah, das ist Euthanasie«, ritt angeblich mit Pancho Villas Truppen um Neujahr 1913/14 nach Ojinaga, wo kurz darauf eine Schlacht stattfand; seitdem: verschollen.

Der zweite, eigentlich eine Fußnote zum ersten: Pancho Villa, 1877–1923, mexikanischer Revolutionsführer, Volksheld.

Zu wenig, aber für diesen Zweck musste es reichen. Oder? Wer hatte gesagt, Villa sei der eigentliche Revolutionär und fähig, Unterdrückte zu befreien, ohne sich dafür auf theoretische Schriften bärtiger deutscher Scharlatane berufen zu müssen? Einen originellen Bart habe er außerdem gehabt?

Er konzentrierte sich wieder auf das Bild, auf Bierce. Warum war der alte Autor in die Revolution geritten? Desillusioniert, zynisch, beide Söhne gestorben, ebenso – ein Jahr nach der Scheidung – die Frau, litt selbst unter Asthma, Alkohol. Der Tod unterwegs in der Wüste, besser als in einem bequemen Bett? Vielleicht wirklich an diesem Uferstück. Oder in einem der Häuser, zwischen denen etwas lag. Etwas, das klein und dunkel war, aber man hätte eine Lupe gebraucht oder das Bild in der Datei vergrößern müssen. Wittmann hatte keine Lust dazu; er gähnte, riss seine Gedanken von Bierce los und sortierte weiter, tippte hin und wieder einen kaum überzeugenden Arbeitstitel an die entsprechende Stelle der Datei.

Ein paar Fotos zu viel, leider, sagte er sich. Die Gegenlichtaufnahme des grinsenden Kojoten in der Wüste von Chihuahua, zum Beispiel; das Tier war ihm als Inkarnation von Huehuecoyotl vorgekommen, dem altmexikanischen Trickster-Gott, der – wie der nordische Loki – teils heiteren, teils bösen Schabernack trieb, seine Gestalt verändern konnte und ... Aber das hätte noch mehr Text im Anhang bedeutet.

Danach verwarf er mit Bedauern ein paar besonders schöne Bilder der Anlage auf dem Monte Alban (Touristenkitsch, dachte er) und der kuriosen offenen Kirche, die die Dominikaner für die Indios gebaut hatten, die keinen Gott unter Dach mochten (nachsehen, wie der Ort heißt), schob ein paar andere »schöne« Fotos beiseite, nahm einen mit Gummiband umwickelten Bilderpacken in die Hand – und das andere Päckchen.

Es enthielt einen etwa zwanzig Zentimeter langen Knochensplitter; die Bilder waren die Ausbeute seines Besuchs im Mumienmuseum von Guanajuato. Er suchte nach einem Bild seines dortigen Führers, des zwergwüchsigen Mexikaners namens Paco, fand aber nur eines, das – wahrscheinlich – dessen Schatten zeigte.

Seltsam, dachte er, ich habe ihn doch sechs- oder siebenmal aufgenommen. Verkramt, vermutlich.

Der kleine Mann war irgendwie aus dem Nichts aufgetaucht und später verschwunden, ehe Wittmann ihm Geld in die Hand drücken konnte. Er habe jemandem einen Streich gespielt und müsse verschwinden, hatte er noch gesagt und dazu sein Schakallachen ausgestoßen. Er hatte ihn durchs Museum geführt, sogar ins Depot, in dem jene Mumien lagen, für die kein Platz in den Vitrinen des eigentlichen Gebäudes war. Zwischendurch hatte er etwas gesucht und ihn einen Moment allein gelassen, vor einer Kiste, in der ein ungewöhnlich großer Körper lag, die Mumie eines Mannes, der an die eins achtzig groß gewesen sein musste und in dessen grauen Haaren noch ein rötlicher Schimmer zu ahnen war. Nicht in einer der Vitrinen auszustellen: Offenbar hatte man die Mumie unsanft behandelt, beim Transport fallen lassen oder derlei; ihr rechtes Bein war zertrümmert, in der Kiste lagen mumifizierte Gewebefetzen und Knochensplitter, und da Paco gerade nicht hinschauen konnte, hatte Wittmann diesen Splitter genommen und unter seinem Hemd verborgen. Warum? Andenken an einen, an den nichts erinnerte? Reisesouvenir? Makabres Memento? »Wozu auch immer«, murmelte er.

Er erinnerte sich, dass er nach der Rückkehr hatte nachsehen wollen, ob es in einer der zahlreichen altmexikanischen Mythologien Zwerge gab; im Hinblick auf das geplante Buch schien ihm Paco ein unpassender Name für diesen dürren Zwerg zu sein. Er erinnerte sich auch, dass er irgendwie bei der altisländischen Edda und dem Zwergenkatalog angekommen war und sich amüsiert hatte, weil er dort Gandalf, Gimli, Oin, Gloin und andere Tolkien-Namen gefunden hatte. Warum hab ich nicht weiter nach mexikanischen Zwergen gesucht?, dachte er. Hab ich vielleicht da schon die Bilder von Paco nicht finden können? Ach, egal.

Er leerte das Glas und füllte es wieder; dann gähnte er und sagte sich, dass er ebenso gut ins Bett gehen könnte. Er ließ den Knochensplitter, das Bild aus Ojinaga und ein Dutzend der Mumienfotos liegen. Die anderen steckte er wieder in den Karton und schaltete den Laptop aus. Er trank einen weiteren Schluck, gähnte abermals und betrachtete die Schrumpelgestalten. Klar, Untertitel *Leben*, das sichtbar abwesend war, aber welche Bilder nehmen? Den französischen Arzt, aufrecht, in OP-Kleidung und mit Stethoskop um den Hals? Die kleinste Mumie der Welt, ein totgeborenes Kind? Einen der anderen, beinahe gewöhnlichen Toten mit offenem Mund – man band den Leichen den Unterkiefer nicht an den Schädel. So sahen alle aus, als hätten sie eben erst grässliche Todesqualen hinausgeschrien. Oder das Bild von einem Bild, einer Fotografie der Familie, die Opas Mumie zu Weihnachten heimgeholt hatte und nun, Opa in der Mitte, auf einem Sofa saß und in die Kamera lächelte?

Er gähnte, bis die Kieferknochen knackten, verschränkte die Arme auf der Tischplatte, legte das Kinn darauf und starrte den Knochen an, dann das Ojinaga-Bild. Was ist dieses Ding da, zwischen den Häusern?, dachte er. Und wieso ist Ambrose Bierce mit einundsiebzig in die mexikanische Revolution geritten? Wie ist er verschwunden? Ob's da nicht doch mal was Neues gibt? Ich hab doch irgendwo ein Buch, »Bierce in Chihuahua« oder so ähnlich … aber wo? Er schloss einen Moment die Augen, um sich an den Umschlag, den Autor und den Aufenthaltsort des Buchs zu erinnern.

Als er die Augen wieder öffnete, konnte er den Kopf nicht bewegen. Sein linkes Auge schmerzte, als läge ein Fremdkörper auf der Hornhaut. Er versuchte ihn fortzublinzeln, dann durch Augenrollen zu beseitigen, aber die Augen blickten starr geradeaus, und die Lider ließen sich nicht senken. Er wollte stöhnen, brachte aber keinen Laut heraus. Es muss ein Traum sein, dachte er und ächzte lautlos, aber ein Scheißtraum. Warum werde ich nicht wach?

Um das Gefühl von Schmerz und Unwirklichkeit zu verdrängen, konzentrierte er sich auf die Umgebung.

Er sah eine Mauer aus Lehmziegeln, die einen Hof umgab.

Er hörte Männerstimmen, Gelächter, Gläserklirren.

Er roch Tabak, Schnaps, Schweiß, Urin.

Aus den Augenwinkeln sah er rechts unterhalb – unterhalb wovon? – den Eingang zu einer mexikanischen *cantina*, wie es sie heute nicht mehr gab. Zumindest hatte er keine gefunden, nur Geschichten gehört über die alten Zeiten, in denen die Männer gleich am Tresen ihr Wasser abschlugen, das in einer gemauerten Rinne hinausfloss. Einer der Trinker, in Umrissen erahnt, schien sich eben erleichtert zu haben.

Die Schatten im Hof waren lang – früher Vormittag? Ah nein, bei der Menge von Trinkern, die im Hof an Tischen saßen, musste es später Nachmittag sein. So, wie die Schatten fielen, lag der Eingang zum Hof – ein Ziegelbogen in der umgebenden Mauer – nach Osten, eher Nordosten.

Im Hof saßen Männer, tranken und redeten. Mexikanische Zivilisten, besser oder schäbiger gekleidet, wahrscheinlich ein paar Städter aus der Umgebung und die übrigen vielleicht *peones*; einige hatten deutliche Indiozüge. Die größte Gruppe bestand aus Leuten mit fransigen Hosen, teils in den Stiefelschäften, und Uniformjacken über schmierigen Hemden oder bloßem Oberkörper. Und dann saßen da noch zwei irgendwie europäisch wirkende Männer, gleich unter ihm, an einem Tisch mit Flaschen, Gläsern und allerlei Papieren. Sie unterhielten sich halblaut, auf Englisch; einer der beiden war eindeutig Brite, der andere hatte einen leichten französischen Akzent.

Den wenigen Worten, die er zunächst aufschnappte, entnahm er, dass sie Korrespondenten für europäische Zeitungen waren; mehr als das interessierte ihn aber zunächst das Aussehen des Franzosen. Der graue Schopf, die Form des Kopfs, der weiße Schnurrbart – zu einer anderen Zeit hätte der Mann als Doppelgänger von Ambrose Bierce durchgehen können.

Der Schmerz im linken Auge wurde intensiver. Phantomschmerz eines Traumphantoms, dachte Wittmann. Warum wache ich nicht auf? Und wo soll das hier eigentlich sein? Wieder versuchte er, den Schmerz zu verdrängen, indem er sich auf Gegenstände und Gesichter konzentrierte.

Und auf das Gespräch der beiden unter sich. Sie redeten über einen Mann, der vielleicht bald kommen würde – immer nur »er«, kein Name –, der angeblich lebensmüde sei, und der Franzose wollte ihm einen Handel vorschlagen. »Ich hätte natürlich bei den Mumien zur Pistole greifen können, aber …«

»Ich weiß schon«, sagte der Engländer. »Der Papst mag das nicht, wie?«

»Meinen Sie, der große Kollege lässt sich auf diesen Tausch der Todesvarianten ein?«

»Der kleine Mexikaner hat's vorgeschlagen; scheint ihn zu kennen.«

Wie aus dem Nichts tauchte plötzlich neben dem Tisch ein dürrer Zwerg mit Schnauzbart und Brille auf. Das Fuchsgesicht war unverkennbar, ebenso das Schelmen- oder Schurkengrinsen. Paco, dachte Wittmann, was machst du in meinem Traum? Oder ist das noch ein Doppelgänger?

Der kleine Mann zupfte den Franzosen am Arm und deutete auf den Eingang. Dort war ein alter Mann erschienen und stehen geblieben, wie um den Hof und alle Anwesenden eingehend zu mustern.

»Das ist er«, sagte Paco – wenn es Paco war.

Und der alte Mann ... der Schnauzbart buschig und grau wie das nicht vom Alter ausgedünnte Haupthaar unter dem zurückgeschobenen Hut. Das Gesicht, die Haltung, der Blick – noch ein Doppelgänger von Bierce?

»Wetten, seine Augen sind eisgrau?«, sagte der Engländer.

Der Franzose hob die Schultern. »Keine Wetten. Können Sie ihn herholen, Paco?«

»Ich will's versuchen.« Der Mexikaner huschte zwischen den Tischen zum Torbogen. Keiner der anderen Gäste der *cantina* schien ihn zu beachten.

»Ein Geist«, sagte der Franzose. »Ein Bodengeist. Ausgeburt der mexikanischen Erde. Gibt's in der aztekischen Mythenwelt Zwerge?«

»Keine Ahnung.« Der Engländer grinste. »Paco el flaco als Geist? Na ja ... Aber ich glaube nicht, dass der viel Indioblut hat. Vielleicht ein spanischer Importzwerg. Und der berühmte Kollege ... sieht aus wie geschmuggelt.«

»Ein alter Gringo in Chihuahua? Oder wie meinen Sie das, geschmuggelt?«

»Sehen Sie sich doch die anderen hier an; passt der vielleicht dazu?«

Der Franzose nippte an seinem Schnaps und sah zu, wie Paco und der Gringo redeten; dann deutete der Mexikaner auf den Tisch der beiden Korrespondenten, der Gringo nickte und setzte sich in Bewegung. Saubere, gebügelte Hosen, ein makellos weißes Hemd, die üppig gebundene schwarze Fliege, die Haltung eines alten Soldaten – und ringsum Halbuniformierte und barfüßige *peones*.

»Na gut, geschmuggelt. Ob ihn das zugänglicher macht?«

»Abwarten.«

Der große Gringo und der Zwerg kamen zum Tisch, und die beiden Korrespondenten standen auf.

»Señor Bierce«, sagte Paco, »erlauben Sie, dass ich Ihnen diese Caballeros vorstelle. Monsieur Alphonse Durand aus Paris, Mister Lawrence Ryder aus London.«

Was wird das? Und wo, ah, wann bin ich hier?, dachte Wittmann.

»Korrespondenten, hörte ich«, sagte Bierce, nachdem sich alle gesetzt hatten, »die diese Revolution für die gelangweilten Europäer beobachten sollen.«

»Na ja, gelangweilt?« Ryder schob Bierce ein leeres Glas hin und hob die Flasche. »Tequila?« Als Bierce nickte, goss er ihm ein. »Es gibt auch in anderen Gegenden dies und das.«

»Die nächsten Balkanwirren kommen bestimmt.« Bierce hob das Glas, als wolle er darauf trinken. »Aber das hier ist schon etwas anderes.«

»Ihr Freund Hearst«, sagte Durand.

»Nicht mein Freund.« Bierce leerte das Glas und schob es Ryder zum Nachfüllen hin. »Mister Randolph Hearst hat mich jahrelang dafür bezahlt, dass ich Texte für seine Blätter liefere, und er hat mich nicht daran gehindert, hin und wieder etwas zu schreiben, was ihm missfiel. Aber nicht Freund. Wie kommen Sie auf ihn?«

»Ich nehme an, Sie sind hier, weil Sie die Revolution interessant und Pancho Villa wichtig finden.« Durand beugte sich vor; dann hustete er, verzog das Gesicht und fasste sich an den Leib. »Hearst hält Villa für einen Banditen und die Revolution für einen bloßen Aufruhr des Abschaums, nicht wahr?«

Bierce hob eine Braue. »Ich bin hier, weil ich in meinem Alter irgendwo sein will, wo entweder überhaupt nichts oder sehr viel los ist. Nicht, um mit Kollegen über Politik zu streiten.«

»Wer redet von streiten? Plaudern«, sagte Ryder.

»Plaudern?« Bierce musterte ihn, dann wieder den Franzosen. »Wenn ich Paco richtig verstanden habe, geht es doch wohl um einen Handel.«

»Was hat er Ihnen gesagt?«, fragte Durand.

»Nichts.« Paco zeigte die leeren Handflächen und grinste. »Wie besprochen. Das müssen Sie schon selber machen.«

»Stimmt es«, sagte Ryder, »dass Sie über El Paso gekommen sind?«

Bierce nickte.

»Und in Juárez haben Sie Villa getroffen und sind mit ihm hergekommen, nach Chihuahua?«

»Nein«, sagte Bierce. »Ich hoffe, dass Sie Ihre Artikel besser recherchieren. Ich bin von El Paso nach Juárez und von dort hierher geritten. Mit der Truppe von Villa. Ihn selbst habe ich nicht gesehen. Es würde mir und ihm auch nicht viel nützen. Ich spreche kaum Spanisch, er kann kein Englisch. Also?«

»Kann es sein, dass wir gemeinsame Vorfahren haben?« Durand begleitete die Frage mit einem schrägen Lächeln.

»Meinen Sie, weil wir einander schon öfter im Spiegel begegnet sind?« Bierce zwinkerte. »Die Ähnlichkeit ist erstaunlich, das gebe ich zu, aber mit den paar Elementen wie Nase, Mund, Augen und den Abständen dazwischen kommt es bei all den Millionen zwangsläufig zu Ähnlichkeiten.«

Paco schob seine Brille auf die Nasenspitze und blickte über die Gläser hinweg; seine Augen funkelten. »Der Handel«, sagte er.

Bisher nichts, was ich nicht von mir aus träumen kann, dachte Wittmann. Warum werde ich nicht wach?

Bierce spielte mit dem leeren Schnapsglas. »Villa ist nachlässig geworden, oder? In Juárez hat er sämtliche Schnapsvorräte auf die Straßen schütten lassen.«

»Er hat andere Sorgen«, sagte Ryder. »Ojinaga, zum Beispiel.«

Bierce nickte. »Wann reitet er?«

Ryder blickte Paco an. »Wissen Sie das?«

Der Mexikaner rümpfte die Nase, dass die Brille tanzte. »Er reitet gar nicht; er bleibt wohl hier. Aber wollen Sie nicht endlich über den Handel reden?«

Durand wischte imaginäre Krümel von der Tischplatte. »Hat noch Zeit. Wer ist denn in Ojinaga? Regierungstruppen oder Huerta-Leute?«

»Federales«, sagte Paco. »Sollten eigentlich mit uns, ah, mit Villa und Carranza und den anderen gegen Huertas Colorados gehen, aber …«

»Sie kennen sich gut aus, wie?« Bierce musterte den Zwerg und zwinkerte. »In El Paso habe ich einiges über Sie gehört.«

Paco hob die Hände wie zur Abwehr. »Man übertreibt. Ich habe ein bisschen geholfen, das ist alles.«

»Geholfen?« Ryder klang erstaunt. »Wobei? Ich dachte, Sie wären so was wie Villas Pressemann.«

Paco hob die Schultern und schwieg.

»Was hat man Ihnen in El Paso erzählt?«, sagte Durand.

»Ist das geheim?« Bierce blickte Paco an.

»Ach was, erzählen Sie ruhig, wenn Sie wollen, aber es hat wirklich keine Bedeutung.«

»Sehe ich anders.« Bierce bleckte einen Moment die Zähne; sie waren alt und verfärbt, aber fast vollzählig. »Huerta hat geputscht und Präsident Madero erschießen lassen. Hearst ist, wie die anderen Großgrundbesitzer ...«

»Moment«, sagte Ryder. »›Hearst und die anderen Großgrundbesitzer‹ klingt, als hätten die sich zusammengeschlossen.«

»Das verbindende Interesse des Gelds.« Bierce grinste; als er weitersprach, klang er sarkastisch. »Hearst hat zigtausend Hektar Land in Mexiko. Jeder, der die Bauern befreien und die Großgrundbesitzer entmachten will, ist sein Feind. Deshalb ist er für Huerta, und deshalb ist in seinen Zeitungen Pancho Villa ein Bandit. Und weil das Geld ... Sie wissen ja, *god* ist die mindere Gottheit, zur Größe des wahren Hauptgotts fehlt ihm ein Buchstabe.«

Ryder grinste. »Goldene Worte, Master Bierce.«

»Eben. Geld ist laut, pures Gold ist lauter, und deshalb hält Präsident Wilson den Mund und hat ein Waffenembargo verhängt. Unser kleiner Freund hier gehört zu denen, die Waffen und Munition für Villa besorgen und über den Rio Grande schmuggeln.«

»Zauberhaft«, sagte Durand. »Also, die amerikanischen Geschäftsleute mit Latifundien und Plantagen und Ölfeldern in Mexiko sind gegen Villa, andere Amerikaner verkaufen den Rebellen Waffen?«

Paco gluckste, sagte aber nichts.

»Das sehen Sie nicht ganz richtig«, sagte Bierce. »In Ihrer

Frage ist ein Wort zu viel – andere. Ich glaube, es sind die gleichen. Realisten. Aber das kennen Sie doch auch, Monsieur.«

»Wie meinen Sie das?«

»Glauben Sie, die Leute, die das französische Heer ausrüsten, hätten anno siebenundsechzig auch nur eine Sekunde daran geglaubt, das Mexikoabenteuer könnte ein Erfolg werden?« Bierce beugte sich vor. »Ein wahnsinniger Kaiser schickt einen naiven österreichischen Prinzen als Pseudokaiser nach Mexiko, mit ein paar tausend französischen Soldaten? Das schiere Delirium – außer für die Rüstungslieferanten. Die haben gewusst, dass es in einer Katastrophe endet, dass weder Maximilian noch die Truppen überleben werden. Aber sie haben gut daran verdient.«

Ryder seufzte leise. »Was sind Sie? Moralist? Zyniker?«

»Wo ist der Unterschied?« Bierce langte nach der Tequilaflasche. »Realist, schätzungsweise.«

»Jemand«, sagte Paco, ohne eine Miene zu verziehen, »hat mal den Zyniker als einen Schurken definiert, der die Dinge sieht, wie sie sind, statt, wie sie sein sollten.«

Bierce grinste. »Kluger Mann. Wenn Sie ihn treffen, grüßen Sie ihn von mir. Aber Sie selbst, mein Lieber, haben die Sache, dieses alte Spiel, noch um eine neue Variante bereichert.«

Paco schüttelte den Kopf. »Das war ich nicht.«

»Worum geht's?«, sagte Durand. »Was für eine Variante?«

»Villa braucht Waffen, hat aber nicht genug Geld.« Bierce goss sein Glas voll, hob es und betrachtete die Welt mit zusammengekniffenen Augen durch die Flüssigkeit. »Die Kollegen von der Presse – Sie und ich, Gentlemen, wir wissen, dass nur das wirklich stattfindet, worüber berichtet wird.« Er lachte. »Esse est percipi – sein ist wahrgenommen werden –, und das fällt wunderbar zusammen mit: Mundus vult decipi.«

»Was heißt das?«, sagte der Mexikaner. »Ich bin ein Kind

des Bodens, mir hat keiner Latein beigebracht. Ist doch Latein, oder?«

»Ist es«, sagte Ryder. »Den ersten Satz hat Mister Bierce ja schon übersetzt, der stammt von einem großen Philosophen. Und der zweite ist, glaube ich, eine altrömische Weisheit: Die Welt will betrogen werden. Aber was soll das in diesem Zusammenhang?«

»Sind Sie mit dem Bioskop vertraut?« Bierce leerte sein Glas und blickte zuerst Ryder an, dann Durand.

»Sie meinen, bewegte Bilder?«, sagte der Franzose.

»Kinematographie?« Ryder runzelte die Stirn. »Und?«

»Bisher haben wir meisterlich mit Wörtern gelogen – Sie, ich, wir alle«, sagte Bierce. »Und Maler tun's mit dem Pinsel oder dem Stift, Fotografen mit der Kamera. Wie wunderbar kann man wohl mit bewegten Bildern lügen, wenn die neue Technik ein bisschen weiter ist?«

»Sie sehen uns ratlos«, sagte Ryder. »Man wird zweifellos prachtvoll lügen können, und Regierungen und andere werden darin ein wunderbares Instrument für Manipulation und Propaganda haben. Aber was soll das jetzt?«

Bierce blickte Paco an. »Immer noch nicht? Nein? Na gut, dann sage ich es. Er hier, unser kleiner Freund, argloses Kind des mexikanischen Bodens ohne Lateinkenntnisse, hat einige andere Leute dazu gebracht, bestimmten Männern in New Jersey Vorschläge zu machen.«

Durand ächzte. »Nicht so spannend; spucken Sie's schon aus.«

»Eine Firma, die bewegte Bilder herstellt, wird demnächst mit Villa verhandeln. Die Rede ist von fünfundzwanzigtausend Dollar. Dafür kann Villa Waffen kaufen, und als Gegenleistung darf die Firma mit Kameras kommen und den Krieg als Schauspiel aufnehmen.«

Ryder machte den Mund auf und wieder zu.

»*Mon dieu!*« Durand klang angewidert. »Richtiges Blut und aus den Bäuchen quellende Eingeweide zur ... Unterhaltung? Warum nicht, ah, was weiß ich, Unfälle? Oder medizinische Operationen? Gah.«

»Sie haben's immer noch nicht verstanden.« Bierce lehnte sich zurück und verschränkte die Arme. »Die werden Villas Revolution finanzieren, um sie aufzuzeichnen.«

Wittmann dachte an die Mitarbeiter von D. W. Griffith, an Filmrollen mit Aufnahmen der mexikanischen Revolution, die angeblich immer noch in irgendwelchen Archiven lagen, dann lenkte ihn der bohrende Schmerz wieder ab. Etwas wühlte in seinem Auge, und es wühlte sich weiter nach hinten, in den Kopf, ins Gehirn. Ich bin ein Traumphantom, dachte er. Phantome haben keine Schmerzen.

»Krieg fürs Vaterland«, sagte Ryder eben, »für Ruhm und Ehre, für Land, für die Befreiung der Unterdrückten, für den einen oder anderen Gott, für Reichtum ... meinethalben für den Gewinn der Rüstungsindustrie, und Sie meinen, demnächst werden Pressekonzerne Kriege veranstalten, nur um darüber zu berichten?« Er schüttelte den Kopf.

»Bleiben wir bei heute.« Durand räusperte sich. »Bei Pancho Villa. Und bei dem Handel, den ich Ihnen vorschlagen wollte.«

Bierce legte den Kopf in den Nacken und blickte auf. Es war, als schaue er Wittmann an, und der sah in seinem Phantomtraum, dass die Augen des alten Gringos eisblau waren. »Was macht denn ein Januskopf hier?«

Ryder und Durand blickten ebenfalls hoch.

»Komisch«, sagte Ryder. »Den hatte ich noch gar nicht bemerkt.«

Durand stöhnte und fasste sich wieder an den Leib. »Was

wird er tun? Er schaut vor und zurück, im Raum und in der Zeit. Wie passend.«

»Caballeros«, sagte Paco, »ich habe nicht den ganzen Tag Zeit. Wenn Sie meine Hilfe bei Ihrem Handel wollen …«

»Lassen Sie mich noch eine Frage stellen«, sagte Durand. »Die gehört dazu – zum Handel, zur Vorbereitung. Warum sind Sie hergekommen, Bierce? Nur um noch ein wenig Gemetzel zu sehen? Das hatten Sie doch im Bürgerkrieg reichlich. Oder wollen Sie Pancho Villa bewundern, weil er Schulen gründet, Bauern befreit, den Reichen nimmt und es den Armen gibt?«

Ryder blähte die Wangen und stieß Luft aus. »Er lässt auch Leute exekutieren, nicht zu knapp. Notfalls, wenn seine Truppen nicht genug Munition haben, stellt er drei Mann nebeneinander und lässt sie mit einer Kugel hinrichten. Barbarisch.«

»Finden Sie eine Kugel pro Mann weniger barbarisch? Ab wie viel Kugeln pro Leiche beginnt bei Ihnen denn die Barbarei, Mann?«, sagte Bierce.

Paco lachte leise. »So ähnlich hat Pancho das selbst gesagt. Und, nebenbei, Monsieur Durand, es gibt da eine gewisse Gefahr – sich auf der Suche nach Robin Hood Pancho Villa zu nähern und Long John Silver zu finden …«

»Villa hat aber zwei Beine und keine Krücke, auch keinen Papagei«, knurrte Durand. »Womit wir beim Thema wären – fast. Noch einmal, Bierce, warum sind Sie hergekommen?«

Bierce hob die Schultern. »Alte Männer haben manchmal Illusionen, von denen sie vorher nichts wussten. Ich weiß, ich habe im Bürgerkrieg allen Edelmut und alle Niedertracht gesehen, allen Glanz und alles Grauen, aber dann dachte ich, vielleicht gibt es in diesem Revolutionskrieg etwas, was ich noch nicht kenne. Nun ja.«

»Also nichts?« Durand klang betont beiläufig.

»Nichts, was ich nicht schon gesehen hätte«, sagte Bierce.

»Moment.« Ryder hob die Hand. »Klingt, als ob Sie aussteigen wollten. Nicht abwarten, welche Köstlichkeiten Mars uns demnächst in Europa oder Asien bereitet?«

Bierce kaute auf seinem Schnurrbart; dann schüttelte er den Kopf. »Nur mehr von allem, aber nichts Neues«, sagte er. »In ein paar Tagen beginnt neunzehnhundertvierzehn. Neues Jahr, neues Glück, oder so. Durand, wie sagte Ihr Landsmann Alphonse Karr noch so treffend – plus ça change, plus c'est la même chose? Je mehr es sich ändert, desto mehr bleibt es sich gleich. Europa wird entweder weiter unruhig schlummern, vor allem Sie und Ihre deutschen Nachbarn, Durand, oder demnächst explodieren; in Russland und China, vielleicht auch in Indien – ganz gleich, ob's Ihnen und dem Empire passt, Ryder – wird es vielleicht Revolutionen geben; die Mengen werden sich ändern, sonst nichts, nehme ich an. Deshalb.«

»Deshalb Ojinaga? Pancho Villas nächste Schlacht?«

»Die oder die danach. Euthanasie.« Bierce kniff die Brauen zusammen. »Jetzt kennen Sie meinen Einsatz; was wollen Sie dagegensetzen?«

»Das hier.« Durand zog Bilder aus seiner Jackentasche und schob sie Bierce hin. Wittmann konnte nicht sehen, was sie zeigten; die bohrenden Schmerzen hatten nun die Mitte seines Hirns erreicht. Er schrie lautlos und wollte in den Schmerzwellen ertrinken.

»Bezaubernd«, hörte er Bierce sagen. »Guanajuato? Alte Kolonialarchitektur und … Mumien?«

»Sehr trockenes Klima«, sagte Durand. »Gut gegen Ihr Asthma. Und für Dehydrierung. Außerdem irgendwas in der Erde, besondere Mineralien oder derlei. Sterben. Begraben und dann als Mumie ausgegraben und ausgestellt werden. Mit oder ohne Namen. Keine lächerlichen Pilger am Grab des großen Dichters. Ihr Unterkiefer wird sacken, und man wird es für einen Schrei halten, ohne zu wissen, dass es Ihr letztes bissiges Lachen über die Welt ist.«

»Desto mehr bleibt es sich gleich«, murmelte Bierce. Er starrte die Bilder an. »Verlockend, anonyme Unsterblichkeit eines Untoten. Ha. Und was wollen Sie haben?«

»Ihre Akkreditierung. Für das Inferno von Ojinaga. Bei unserer Ähnlichkeit wird man mich für Sie halten.«

»Können Sie sich nicht selbst eine beschaffen?«

Durand klopfte auf sein rechtes Bein, steif ausgestreckt unter dem Tisch. »Das Original ist in Tongking geblieben, im Chinakrieg anno vierundachtzig«, sagte er. »Ich kann als Schlachtenbummler mitreiten, am Ende des Trosses; einem Einbeinigen wollen Villas Leute keinen Pass für … fürs Zentrum geben.« Leiser setzte er hinzu: »Ich habe Krebs, und für einen Katholiken scheidet Selbstmord aus.«

Ryder seufzte und schloss die Augen.

»Ich glaube«, sagte Durand mit einem leichten Glucksen, »die suchen gerade einen Kustos für die Mumien. Wäre das was für Sie?«

»Ich kann Ihnen aber nicht garantieren, dass bei Ojinaga eine Kugel für Sie reserviert ist«, sagte Bierce. Er griff in eine Innentasche seiner Jacke, zog ein gefaltetes Papier heraus und schob es Durand hin.

Der Franzose nahm es, hob es an die Lippen und steckte es ein. »Wenn's mich im Kugelhagel nicht erwischt, hab ich es nicht verdient«, sagte er.

Bierce starrte Ryder an. »Und was ist Ihr Teil an diesem Handel?«

»Ich«, sagte Ryder mit einem feinen Lächeln, »werde es bis an mein Lebensende genießen, etwas über den Verbleib des berühmten Ambrose Bierce zu wissen und die Welt rätseln zu lassen.«

»Caramba«, sagte Paco. »Sie sind ein Caballero, Mister.«

»In einer Vitrine stehen.« Bierce klang beinahe andächtig. »Seelenlos konserviert für die Ewigkeit. Sicher vor Maden und Pflugscharen. Hm. Wie heißt es beim Kollegen Will in Stratford? Verflucht der, der meine Gebeine bewegt ...«

Paco blickte auf; er schien Wittmann direkt anzuschauen, als er sagte: »Verflucht der, der seine Gebeine bewegt.« Dann wandte er sich an Bierce. »Ich könnte Ihnen ein paar Tipps für Guanajuato geben, *compadre*; ich kenne da ein paar Leute.«

Bierce nickte und öffnete den Mund, aber Wittmann hörte nicht mehr, was der Amerikaner zu sagen hatte. Die Schmerzen brachen auf, sengend wie ein Lavastrom, und zerfetzten seine Gedanken. Er bildete sich ein zu schreien, dann glaubte er, ins Nichts zu fallen.

Sylvie fand morgens den leblosen Körper. Arme und Kopf lagen auf dem Schreibtisch, vor dem ausgeschalteten Laptop, einem leeren Weinglas und einem einzigen Foto. Aus Peter Wittmanns linkem Auge ragte etwas, das wie das breite Ende eines Knochensplitters aussah. Später würde sie das mysteriöse Bild mit einer Lupe untersuchen und sich immer wieder fragen, warum er ein ödes Flussufer und die Hausruinen fotografiert hatte, zwischen denen eine Beinprothese lag.

DIE AUTOREN

DR. FRANK S. BECKER, geboren 1952, studierte Physik, lebt in München und ist in einem großen deutschen Industriekonzern für Hochschulfragen zuständig. In den letzten drei Jahrzehnten bereiste er intensiv den Mittelmeerraum, einschließlich des Nahen Ostens, und lieferte als Fotograf Beiträge zu Reiseführern. Seine Reisen sowie die intensive Beschäftigung mit der römischen Kaiserzeit bildeten die Grundlage seiner ersten beiden Romane »Der Abend des Adlers« und »Der Preis des Purpurs«. Er war Sprecher von Quo Vadis und Mitautor des Romans »Das dritte Schwert«. Sein neuester Roman trägt den Titel »Sie kamen bis Konstantinopel«.

Frank S. Becker: »Als Hintergrund meiner Geschichten bevorzuge ich wenig bekannte Umbruchszeiten oder dramatische Ereignisse. Ein gutes Beispiel ist die in der Kurzgeschichte beschriebene Auslöschung des Kalifats im Februar 1258 durch die von den Zeitgenossen als ›Tartaren‹ bezeichneten Mongolen. Da historische Korrektheit für mich die Basis eines historischen Romans ist, beruhen sowohl die geschilderten Ereignisse als auch die zitierten Dokumente wie Hülegüs Brief und die Antwort des Kalifen auf zeitgenössischen Quellen.«

www.historische-romane.de/autoren/Frank_S._Becker

FREDERIK BERGER, bürgerlicher Name Dr. Fritz Gesing, geboren 1945 in Bad Hersfeld. Nach dem Studium der Germanistik und Sozialwissenschaften arbeitete er an einem Internatsgymnasium und lebte zwei Jahre als Schriftsteller in Cambridge und Aix-en-Provence, bevor er nach Freiburg zog, um dort über Max Frisch zu promovieren. Während dieser Zeit schrieb er Romane und Erzählungen, Essays und Kritiken, wissenschaftliche Aufsätze und Sachbücher. Seit Ende der neunziger Jahre konzentriert er sich auf historische Romane, die in der italienischen und französischen Renaissance und im Mittelalter spielen. Er lebt mit seiner Frau am Ammersee bei München.

Frederik Berger: »Das Schreiben des Romans ›Canossa. Aus den geheimen Annalen des Lampert von Hersfeld‹ hat mein Interesse an den dramatischen Lebensgeschichten des salischen Kaisers Heinrich IV. und der Markgräfin Mathilde von Tuszien noch nicht abgeschlossen. In den Jahren nach Canossa bleiben beide in einer tragischen Verstrickung miteinander verbunden, und erst nach Heinrichs Tod gelingt eine Versöhnung der Markgräfin mit dessen Sohn und Nachfolger. Bevor Mathilde sich aus dieser Welt verabschiedet, zieht sie hier eine schonungslose Bilanz.«

www.frederikberger.de

GUIDO DIECKMANN, geboren 1969 in Heidelberg, arbeitete nach dem Studium der Geschichte und Anglistik in Mannheim und Jerusalem zunächst als Wirtschaftshistoriker. Heute ist er als freier Schriftsteller erfolgreich. Von ihm stammen mehrere bekannte historische Romane, darunter »Die Meisterin der schwarzen Kunst« und sein Buch zum großen Kinofilm »Luther«, das wochenlang auf den Bestsellerlisten stand. Mit seinem jüngsten Werk »Albert Schweitzer. Ein Leben für Afrika« setzt er einer der wichtigsten Persönlichkeiten des 20. Jahrhunderts ein literarisches Denkmal. Guido Dieckmann lebt mit Frau und Tochter in Haßloch in der Pfalz.

Guido Dieckmann: »Der vorliegende Beitrag über Admiral Coligny entspringt meinem jahrzehntelangen Interesse am Schicksal der Hugenotten in Frankreich.«

www.guido-dieckmann.de

Gisbert Haefs, geboren 1950, lebt und schreibt in Bonn; als Übersetzer ist er zuständig u. a. für Jorge Luis Borges, Rudyard Kipling, Ambrose Bierce und Georges Brassens, als Autor haftbar für Erzählungen, Krimis (»Matzbach«) und historische Romane (»Hannibal«, »Alexander«, »Raja«, zuletzt »Die Rache des Kaisers«).

Iris Kammerer, geb. 1963 in Krefeld, studierte Klassische Philologie, Philosophie und Literaturwissenschaften in München und Marburg. Ihre Studienschwerpunkte waren Kultur, Literatur und Philosophie der Antike und des Mittelalters. Während des Studiums arbeitete sie als Texterin, Redakteurin und Beraterin. Seit 2004 ist sie freie Schriftstellerin und lebt mit ihrer Familie in Marburg. Von ihr erschien die Roman-Trilogie »Der Tribun«, »Die Schwerter des Tiberius« und »Wolf und Adler«, außerdem »Der Pfaffenkönig« sowie mit »Varus« der wohl erfolgreichste Roman zur Schlacht im Teutoburger Wald.

Iris Kammerer: »Leben und Philosophie des Atheners Platon habe ich intensiv studiert. Im Jahr 366 v. Chr. erhielt Platon die Chance, seine Staatsphilosophie in Syrakus zu verwirklichen, scheiterte jedoch an den Zwängen eines Tyrannenhofes.«

www.iris-kammerer.de

Bernhard Walter Kempff, geboren 1953 in der Hansestadt Stralsund, ist Rundfunkjournalist mit juristischer Ausbildung und arbeitet seit mehr als zwanzig Jahren in München bei der erfolgreichsten landesweiten Radiostation Deutschlands. Er ist Dozent im Bereich Medien der Ludwig-Maximilians-Universität München und an verschiedenen Medienakademien in Deutschland und Österreich.

Bernhard Walter Kempff: »Die Schlacht auf der Heide von Towton, ein nie dagewesenes Gemetzel im Schneesturm, war das blutigste Treffen, das jemals auf englischem Boden stattgefunden hat. Selbst die vorsichtigsten Schätzungen sprechen von mehr als zwanzigtausend Gefallenen – und das ohne den Einsatz von Artillerie. ›Sie ritten in den Schlund der Hölle, zwischen die Kiefer des Todes‹, um es mit den Worten Tennysons zu sagen. Fiktiv ist nur der engste Kreis der handelnden Personen: Sir Humphrey Markham, Nicholas Sharpe, Tobias Blackheath und die Männer von Finchden. Selbst der Abschied des Königs von Sir Robert Horne ist historisch verbürgt. Man möge mir verzeihen, dass außer der ›Lieben Frau von Walsingham‹ keine einzige Frau vorkommt.«

Dr. Tanja Kinkel, geboren 1969 in Bamberg, studierte Germanistik, Theater- und Kommunikationswissenschaft, erhielt diverse Literaturpreise sowie Stipendien. Sie ist PEN-Mitglied und hat dreizehn Romane veröffentlicht, darunter »Die Puppenspieler«, »Götterdämmerung«, »Säulen der Ewigkeit« und »Im Schatten der Königin«, die in mehr als ein Dutzend Sprachen übersetzt wurden. Sie ist Schirmherrin der Bundesstiftung Kinderhospiz und gründete im Jahr 1992 die Kinderhilfsorganisation »Brot und Bücher e. V.« (www.brotundbuecher.de).

Tanja Kinkel: »Als ich für mein Buch ›Venuswurf‹ recherchierte, stieß ich am Rande auch auf Quinctilius Varus. Dieses Ereignis, das in den folgenden zweitausend Jahren so unterschiedlich interpretiert und mit so vielen Bedeutungen aufgeladen wurde, ließ mich seitdem nicht mehr los; ich fand, man konnte es gar nicht anders als aus unterschiedlichen Perspektiven erzählen. Als ich entdeckte, dass es einen Kommandanten namens Lucius Caedicius gab, der Aliso noch Monate nach Varus' Niederlage hielt und mit den Überlebenden erfolgreich zu Varus' Nachfolger gelangte, hatte ich meinen ›Detektiv‹ gefunden. Figuren, denen es gelingt, Menschen aus einem Desaster zu retten, statt glorreich unterzugehen, sind mir schon immer die sympathischsten gewesen.«

www.Tanja-Kinkel.de

DR. KARI KÖSTER-LÖSCHE hat Veterinärmedizin studiert und war lange als Wissenschaftlerin eines internationalen Forschungsinstitutes tätig, zuletzt als Leiterin einer Abteilung für Experimentelle Medizin, bevor sie sich entschloss umzusatteln, um zu schreiben. Auch belletristisch gilt ihre Liebe der Bakteriologie, dem Fach, in dem sie promovierte.

Kari Köster-Lösche: »Eigene Erfahrungen mit Behörden im Zusammenhang mit gefährlichen Infektionserkrankungen gewann ich im Kampf gegen den Rinderwahnsinn. Die Rehabilitation des Lehrers Peter Plett liegt mir daher sehr am Herzen. Er propagierte eine zuverlässige, ungefährliche Impfmethode gegen die im 18. Jahrhundert grassierenden, häufig tödlichen Pocken – scheiterte jedoch an den Windmühlenflügeln der konventionellen Medizin.«

CHARLOTTE LYNE wurde 1965 geboren, studierte Germanistik, Latein und Italienische Literatur in Berlin und Neapel sowie Anglistik in Berlin und London. Als Übersetzerin,

Lektorin und Autorin lebt sie mit ihrem britischen Mann und drei Kindern in London. Von ihr sind mehrere historische Romane und ein Sachbuch zu Shakespeare erschienen, zeitgleich mit dieser Anthologie erscheint ihr neuer Roman »Glencoe«.

Charlotte Lyne: »Meine Leidenschaft für die kraftvolle, völlig zu Unrecht vernachlässigte Hochkultur der Angelsachsen, ihre schöne Sprache und ihren deftigen Humor besteht seit Studientagen. Wer immer die Idee hatte, Sutton Hoo als die erste Seite im Geschichtsbuch Englands zu bezeichnen, sprach mir aus der Seele.«

www.charlotte-lyne.com

DR. MICHAEL PFROMMER, geboren 1954 in Karlsruhe, ist Professor für klassische Archäologie. Er lebte lange Jahre im Orient und beschäftigt sich seit Jahrzehnten mit Kleopatra und ihrer Welt. Aus seiner Feder stammen zahlreiche Fach- und Sachbücher zum ptolemäischen Ägypten, zum Vorderen Orient und zur Epoche des Hellenismus. Vor einigen Jahren überschritt er die Grenzen der Wissenschaft und schuf eine Reihe historischer Romane für Erwachsene wie Jugendliche, darunter »Kleopatra und der Wolkenturm« und »Kleopatra und die goldene Schlange«. Der Autor wohnt heute in Fürth bei Nürnberg.

Michael Pfrommer: »Nur wenige große Gestalten der Geschichte genossen das Privileg, wie Kleopatra VII. an einer Epochenwende zu wirken. Ihr Tod im Jahr 30 v. Chr. markiert das Ende des Hellenismus und den Beginn der römischen Kaiserzeit. Mit ihrem unvollendeten und bis heute unentdeckten Grabmal schuf sie das letzte Bauwerk einer Menschheitsepoche.«

www.michaelpfrommer.de

Eve Rudschies, geboren 1959 in Paris, hat bisher mit »Die Königin von Jerusalem« einen historischen Roman veröffentlicht, der auch ins Spanische übersetzt wurde. Die Historikerin lebt und arbeitet in München.

Eve Rudschies: »Flora Tristan war eine exzentrische Frau voller Widersprüche, was ich sehr reizvoll finde. Ihr Einsatz für die Union der Arbeiter in Frankreich ging bis zur Selbstaufopferung. Sie verdient es, aus dem Vergessen geholt und für unsere Zeit neu entdeckt zu werden.«

Eric Walz, 1966 in Königstein im Taunus geboren, lebt heute in Berlin. Er veröffentlicht seit 2002 Romane, Erzählungen und Kurzbiographien. Zuletzt erschien von ihm »Die Giftmeisterin«, Historienkrimi und Psychodrama zugleich.

Eric Walz: »Cagliostro ist die Lüge selbst, die Verstellung in persona. Er identifiziert sich so stark mit seiner Rolle, dass er anfängt, Fiktion mit Wirklichkeit zu verwechseln. Natürlich ist er Kind seiner Zeit. Aber er ist viel mehr als das: Der Prototyp des Scharlatans, dem es gelingt, Nichts als Viel zu verkaufen. Sein Drama erinnert mich an die Ursachen und Protagonisten der Finanzkrise. Über Cagliostro zu schreiben heißt, die Geschichte der Gegenwart zu erzählen.«

www.ericwalz.eu